Fantasy

Herausgegeben von Friedel Wahren

Von **Charles de Lint** erschienen in der Reihe
HEYNE SCIENCE FICTION & FANTASY:

Das Dungeon 3 –
Das Tal des Donners · 06/4752

Das Dungeon 5 –
Die verborgene Stadt · 06/4754

Das kleine Land
1. Teil: *Das verborgene Volk* · 06/5237
2. Teil: *Die vergessene Musik* · 06/5238

CHARLES DE LINT

DAS KLEINE LAND

ERSTER TEIL

Das verborgene Volk

Roman

Deutsche Erstausgabe

WILHELM HEYNE VERLAG
MÜNCHEN

HEYNE SCIENCE FICTION & FANTASY
Band 06/5237

Titel der Originalausgabe
THE LITTLE COUNTRY, 1. TEIL
Aus dem Amerikanischen übersetzt von
NORBERT STÖBE

Das Umschlagbild malte Carl Lundgren
Die Illustrationen im Text zeichnete
Johann Peterka

2. Auflage

Redaktion: E. Senftbauer

Die Originalausgabe erschien bei
William Morrow and Company, Inc., New York

Printed in Germany 1995
Umschlaggestaltung: Atelier Ingrid Schütz, München
Satz: Schaber Satz- und Datentechnik, Wels
Druck und Bindung: Presse-Druck Augsburg

ISBN 3-453-07997-3

INHALT

Für Don Flamanck und Colin Wilson,
zwei weise Männer aus Cornwall,

und für all die traditionellen Musiker,
die wissentlich oder unwissentlich,
aber mit großem Geschick,
immer noch danach trachten,
jene ursprüngliche Musik wiedereinzufangen.

DANKSAGUNGEN

Folgenden Personen bin ich zu Dank verpflichtet:

Robin Williamson für die Erlaubnis, einen Teil aus ›Five Denials on Merlin's Grave‹ aus dem Buch gleichen Titels zu verwenden, erschienen bei Pig's Whisker Music Press; Copyright 1979 by Robin Williamson. Wünschen Sie weitere Informationen über Robin Williamson, schreiben Sie an: Pig's Whisker Music Press, P. O. Box 27522, Los Angeles, CA 90027; oder an Pig's Whisker Music Press, BCM 4797, London WC1N 3XX, England.

James P. Blaylock für die Verwendung des Zitats aus *Land of Dreams*, Arbor House; Copyright 1987 by James P. Blaylock.

Paul Hazel für die Verwendung des Zitats aus *Undersea*, Atlantic, Little, Brown; Copyright 1982 by Paul Hazel.

Carrie Fisher für die Verwendung des Zitats aus *Postcards from the Edge*, Simon and Schuster; Copyright 1987 by Carrie Fisher.

Margaret Mahy für die Verwendung des Zitats aus *Memory*, J. M. Dent & Sons; Copyright 1987 by Margaret Mahy.

Hilbert Schenck für die Verwendung des Zitats aus *Chronosequence*, Tor; Copyright 1988 by Hilbert Schenck.

Tom Robbins für die Verwendung des Zitats aus *Jitterbug Perfume*, Bantam; Copyright 1984 by Tibetan Peach Pie Incorporated.

Susan Palwick für die Verwendung des Zitats aus ›*The Last Unicorn:* Magic as Metaphor‹, zuerst erschienen im Februar 1989 in *The New York Review of Science*

Fiction; Copyright 1989 by Dragon Press, Nachdruck mit Erlaubnis der Autorin.

Russell Hoban für die Verwendung des Zitats aus *The Medusa Frequency,* Viking; Copyright 1987 by Russell Hoban.

Matt Ruff für die Verwendung des Zitats aus *Fool on the Hill,* Atlantic Monthly Press; Copyright 1988 by Matt Ruff.

Ian Watson für die Verwendung des Zitats aus ›The Mole Field‹, *The Magazine of Fantasy and Science Fiction,* Dezember 1988; Copyright 1988 by Mercury Press Inc., Nachdruck mit Erlaubnis des Autors.

Robert Holdstock für die Verwendung des Zitats aus *Lavondyss,* Victor Gollancz Ltd.; Copyright 1988 by Robert Holdstock.

Colin Wilson für das Zitat aus *Beyond the Occult,* Bantam Press, 1988; Copyright 1988 by Colin Wilson.

Jack Dann für das Zitat aus ›Night Meetings‹, *Velocities: A Magazine of Speculative Poetry #4,* Sommer 1984; Copyright 1984 by Jack Dann; alle Rechte vorbehalten; Nachdruck mit Erlaubnis des Autors.

VORBEMERKUNG DES AUTORS

Die folgende Geschichte ist frei erfunden. Sämtliche Charaktere und Ereignisse in diesem Buch sind fiktiv, und alle Ähnlichkeiten mit lebenden oder toten Personen sind rein zufällig.

Die den einzelnen Kapiteln vorangestellten Musiktitel entstammen der musikalischen Überlieferung, mit Ausnahme von ›Dumdideldum‹ (Leppadumdowledum), das von Donald Lunny komponiert wurde; ›Da stand ich nun‹ (So There I Was), komponiert von John Kirkpartrick; und ›Fast zu schön um wahr zu sein‹ (Absurd Good News). Musiker, die sich für die zugehörigen Melodien interessieren, sollten in den üblichen Quellen nach ihnen suchen – in alten und neuen Notenbüchern, besonders aber im Repertoire von Musikern, ob in aufgezeichneter Form oder bei Konzerten und Sessions; die Janey Little zugeschriebenen Melodien wurden transkribiert und sind, hoffentlich zur Freude interessierter Spieler, im Anhang aufgeführt.

Ein solches Werk entsteht nicht in einem Vakuum. *Das kleine Land* geht auf zu viele Quellen zurück, als daß ich sie erschöpfend auflisten könnte, aber den auslösenden Funken vermag ich noch zu bestimmen: viele Abende zu Anfang der Siebziger, an denen ich meinem Freund Don Fleming dabei zuhörte, wie er von Cornwall erzählte, so wie er es in Erinnerung hatte. Als meine Frau und ich im Oktober 1988 nach Cornwall reisten, um an den Schauplätzen dieses Buches zu recherchieren, fanden wir alles vor, was Don uns versprochen hatte, und mehr.

Mein besonderer Dank gilt Don für diese Inspiration,

ebenso Phil und Audrey Wallis aus Mousehole für ihre wundervollen Geschichten und ihre Gastfreundschaft; Bernard Evans aus Newlyn für seine Informationen über die lokale Musikszene; für ihr Hintergrundmaterial Ben Batten, Christopher Bice, Des Hannigan, John Hocking, Robert Hunt, John und Nettie Pender, Derek Tangye, Douglas Tregenza, Ken Ward, G. Pawley White und vielen anderen, die zu zahlreich sind, als daß ich sie hier aufführen könnte; Colin Wilson für seine logische Untersuchung jener Dinge, die sich der Logik widersetzen; den vielen, vielen traditionellen Musikern – auch sie zu zahlreich, um sie einzeln zu erwähnen –, welche die Musik lebendig erhalten und sie mit jeder Note, die sie spielen, zu neuem Leben erwecken; den Musikern, die den Sessions hier in Ottawa beiwohnen (›All of a Monday Night‹ – ›Montagnacht geht's rund‹) und mit ihrem Enthusiasmus dafür sorgen, daß ich mit meinem eigenen Spiel nicht allzusehr aus der Übung komme; und nicht zuletzt meiner Frau Mary Ann, der lausigen Mandolinenspielerin von eigenen Gnaden, für ihre sowohl musikalische als auch literarische Unterstützung und für ihre Liebe, auf die ich nicht verzichten könnte.

Charles de Lint

und ich ein Gör ...
im Rechnen war ich schwach,
hat's mehr mit dem Glück,
und wenn ich drei Zeilen zusammenzählen mußte,
schrieb ich die mittlere auf als Lösung,
aber ich konnte den Tag lang lesen,
wenn ich damit durchkam,
und auch die ganze Nacht,
mit einer Taschenlampe unter der Decke,
vom Grünen Mann ... oder von Merlin
aus dem Norden ...

ROBIN WILLIAMSON
›Five Denials on Merlin's Grave‹

*

Er liebte die Art Bücher, die keinen Anfang
und kein Ende zu brauchen schienen,
die man ohne Schaden
irgendwo mittendrin aufschlagen konnte –
um langsam, bei Kerzenschein, darin zu lesen.

JAMES P. BLAYLOCK
Land of Dreams

ERSTER TEIL

Das verborgene Volk

Der Mensch hat sich eingesperrt, so daß er alles durch die schmalen Ritzen seiner Höhle sieht.

WILLIAM BLAKE

Unter dieser Wirklichkeit, in der wir leben und sind, liegt eine zweite, ganz andre verborgen.

FRIEDRICH NIETZSCHE

Der streitlustige Dudelsackspieler

Alte Namen heften sich wie Kletten aneinander
und an jeden, der sich unter ihnen bewegt.

PAUL HAZEL, *Undersea*

Zwei Dinge waren Janey Little auf der ganzen Welt am liebsten: die Musik und Bücher, wenn auch nicht unbedingt in dieser Reihenfolge.

Ihr Lieblingsmusiker war der verstorbene Billy Pigg, der Dudelsackspieler aus Northumberland im Nordosten Englands, dessen Spiel sie angeregt hatte, den kleinen Dudelsack zu ihrem Lieblingsinstrument zu erwählen.

Ihr Lieblingsautor war William Dunthorn, und nicht nur deshalb, weil er mit ihrem Großvater befreundet gewesen war, obwohl sie das alte sepiafarbene Foto der beiden schätzte, das sie in einer Plastikmappe in ihrem Geigenkasten verwahrte. Es war kurz vor dem Zweiten Weltkrieg in Mousehole – von den Einheimischen verwirrenderweise ›Mouzel‹ ausgesprochen – aufgenommen worden, wo sie aufgewachsen waren, zwei schlaksige Cornwall-Jungs, die vor dem Ship Inn standen, die Mützen in den Händen, ein scheues Grinsen im Gesicht.

Dunthorn hatte drei buchfüllende Erzählungen geschrieben, aber an jenem Tag auf dem Speicher des Chefs, als Janey eine Menge Staub aufwirbelte, während sie in alten Schachteln und Schubladen stöberte, wußte sie nur von zweien. Die dritte war ein Geheimbuch, gedruckt in einer Auflage von nur einem Exemplar.

Das verborgene Volk war sein bekanntestes Werk, an das sich die meisten Leser ebenso gern erinnerten wie an *Winnie the Pooh, The Wind in the Wallows* und andere Kinderbuchklassiker. Es erzählte von einem verborgenen Volk mausgroßer Leute, welche ›die Kleinen‹ genannt wurden und von einer verschrobenen alten Hexe im Mittelalter verkleinert worden waren, die gestorben war, ehe sie ihren Fluch zurücknehmen konnte. Angeblich gediehen die Kleinen durch die Jahrhunderte und lebten bis zum heutigen Tag im Verborgenen neben den eher normalgroßen Menschen. Das Buch war noch im Handel, in zahlreichen illustrierten Ausgaben, aber Janey war die mit Ernest Shepards herrlichen Federzeichnungen immer noch die liebste.

Das andere Buch hieß *Die vergessene Musik*, erschienen zwei Jahre nach dem ersten. Obwohl es nicht annähernd so erfolgreich war wie *Das verborgene Volk* – was zweifellos darauf zurückzuführen war, daß es weniger schrullig war und eher Erwachsenenthemen behandelte –, war es doch zu einem Klassiker der Phantastischen Literatur geworden, da seine Musiktheorien der Schlüssel zu verborgenen Reichen und geheimen Bewußtseinszuständen waren. Es war ebenfalls noch im Handel, wenn auch nur wenige Kinder ein Exemplar unter dem Weihnachtsbaum finden mochten, illustriert von irgendeinem Zeichner, der gerade in der Gunst der Kinder am höchsten stand.

Was wirklich schade war, dachte Janey häufig, weil *Die vergessene Musik* auf lange Sicht das bessere Buch war. Es war der Anlaß für ihre Beschäftigung mit alten Dingen gewesen. Seinetwegen spürte sie den Ursprüngen nach, vertiefte sich in Sagen und Mythen, entdeckte sie die traditionelle Musik und stellte fest, daß altes Sagengut und alte Melodien und Lieder auf vielfältige Weise miteinander verknüpft waren. Es waren reizvolle Forschungen, die schließlich zu ihrer gegenwärtigen Beschäftigung geführt hatten.

Während sie kein Verlangen danach verspürte, Bücher zu schreiben, hatte sie, verborgen in ihrem Innern, eine echte Neigung zu alter Musik entdeckt. Sie begann Geige zu spielen und durchstöberte Notenbücher, die sie in Antiquariaten aufgespürt hatte, wobei die Melodien an ihr hafteten wie Brombeersträucher bei einem Spaziergang über ein Feld. Alte Melodien, alte Namen, alte Geschichten. Und so war Dunthorn teilweise verantwortlich für das, was sie heute war – eine Behauptung, die den Chef zum Lachen brachte, als sie sie ihm gegenüber einmal äußerte.

»Das würde Billy aber gefallen, wenn er dich jetzt hören könnte, mein Spatz«, hatte ihr Großvater gesagt. »Mit seinen Geschichten ein braves Mädchen aus Cornwall dazu zu bringen, daß es seinen Lebensunterhalt mit irischer Volksmusik verdient – ganz zu schweigen davon, daß sie ganz allein herumreist, nur mit einer Fiedel und ein paar kleinen schottischen Dudelsäcken als Begleitung.«

»*Dir* gefällt meine Musik.«

Der Chef nickte. »Und ich zweifle nicht daran, daß Bill sie ebenfalls gemocht hätte – ebensosehr wie er seine eigenen Geschichten mochte. Manchmal saß er bei Laternenschein die ganze Nacht über wach und schrieb – hat alles sehr ernst genommen, findest du nicht? –, und er hätte dich dafür bewundert, daß du deinen Lebensunterhalt mit etwas verdienst, woran dein Herz hängt.

Er wollte immer vom Schreiben leben – von dem, was ihm gefiel, meine ich –, aber die Buchhändler wollten immer nur neue Märchen von ihm. Bill ... inzwischen hatte er ernsthafte Geschichten zu erzählen, darum verdiente er tagsüber beim Fischfang seinen Lebensunterhalt und schrieb bei Nacht – eben für sich selbst. Er wollte nicht noch so ein Buch herausbringen wie das über die Kleinen. Wollte nicht immer wieder das gleiche schreiben, hat er gesagt.«

»*Die vergessene Musik* enthält märchenhafte Elemente.«

»Warum auch nicht, mein Liebes? Aber wenn man ihn reden hörte, war das nichts Erfundenes – die Geschichte hat sich im Lauf der Zeit einfach so entwickelt. *Die vergessene Musik* war seine Art, von seiner Überzeugung zu erzählen, daß die Geschichten alter Weiber und Tanzweisen und Volksmärchen nichts anderes seien als die wirren Echos von etwas, das nicht ganz von dieser Welt ist... von etwas, das wir alle einmal kannten, aber längst vergessen haben. So hat er's mir erklärt, und richtig ernst war's ihm damit. Aber natürlich war es seine Art, alles irgendwie bedeutsam klingen zu lassen – das war seine Gabe, glaube ich. Soviel ich weiß, war es ihm auch mit den Kleinen ernst.«

»Du meinst, er hat wirklich an solche Dinge geglaubt?«

Der Chef zuckte die Achseln. »Dazu sage ich weder ja noch nein. Er war ein sensibler Mensch, eben Bill, und ein guter Kumpel, aber er war auch ein bißchen abergläubisch. Nüchtern, solange er festen Boden unter den Füßen hatte, aber hin und wieder wurde er irgendwie merkwürdig, als hätte er gerade gesehen, wie ein Kobold seinen kleinen braunen Kopf hinter dem Türpfosten hervorstreckte, und er redete eine Zeitlang nicht mehr – zumindest sagte er dann nicht mehr viel, was einen Sinn ergeben hätte. Aber ich habe noch nie einen Menschen so beredt Unsinn schwätzen hören wie Bill Dunthorn, wenn er in der Stimmung dazu war, und mehr als einmal brachte er mich fast soweit zu glauben, was er mir erzählte.«

Dunthorn hatte auch Essays, Kurzgeschichten, Reiseberichte und Gedichte geschrieben, obwohl von diesen Werken in den modernen Ausgaben nichts überlebt hatte, abgesehen von zwei Kurzgeschichten, die in Anthologien für Kinder immer wieder neu aufgelegt wurden: ›Die Kleinen‹, die Originalversion von *Das verborgene Volk*, und ›Der Mann, der in einem Buch lebte‹, ein köstlicher Schmöker über eine Welt, die innerhalb eines Buches existierte und in die man hineingelangen konnte, indem man ein Foto von sich zwischen die Seiten legte. Janey konnte sich noch an die Zeiten erinnern, als sie Bilder von sich zwischen die Seiten ihrer Lieblingsbücher gelegt hatte, an die besten Stellen, und sich dann schlafen gelegt hatte in der Hoffnung, in einem dieser magischen Reiche aufzuwachen.

»Ich könnte diesen Trick jetzt gebrauchen«, murmelte sie vor sich hin, während sie Staub und Spinnweben von einer Truhe abwischte, die weit unter das Dachgesims gerückt war.

Sie konnte immer noch nicht glauben, daß Alan sie so sitzengelassen haben sollte. Unmittelbar vor Beginn einer Tournee durch Neuengland und Kalifornien.

Im vergangenen Sommer war es zwischen ihnen nicht gut gelaufen, was wieder einmal bewies, daß man den alten Sprichwörtern mehr Beachtung schenken sollte, weil sie alle auf einem festen Fundament gesunden Menschenverstands aufgebaut waren.

Geschäft und Vergnügen soll man voneinander trennen.

Ja, klar. Außer wenn es allzu verlockend schien, ein Verhältnis mit seinem Sideman zu haben, als daß man darauf hätte verzichten können. Anstatt daß man seinen Liebhaber zurückließ, ging er mit einem auf Tournee. Was wollte man mehr? Keine einsamen Nächte mehr, während der Sideman mit irgendeinem Gitarrengroupie loszog und man allein auf dem Hotelzimmer blieb, weil man die Leute zur Abwechslung mal für eine Weile *los sein* wollte. Und all die Fremden. Weil man einmal kein freundliches Gesicht aufsetzen wollte, während man doch einfach bloß mit einem Freund Blödsinn machen oder sich in eine Ecke hocken und einfach gar nichts tun wollte, ohne sich darum zu kümmern, welchen Eindruck man machte oder zurückließ, wenn man weiterreiste.

Aber Beziehungen neigen dazu, sich abzunutzen, wenn man sie nicht pflegt, und die zwischen Alan und ihr war keine Ausnahme gewesen. Während ihrer letzten Tournee auf dem Kontinent hatten sie angefangen, aneinander herumzunörgeln. Sich zu beklagen, nicht beieinander, sondern übereinander. Meistens waren es Kleinigkeiten, Unzufriedenheit und geringfügige Differenzen, aber diese begannen die Musik in Mitleidenschaft zu ziehen, bis es so weit kam, daß sie ohne einen Streit keine neuen Arrangements mehr ausarbeiten konnten.

Alan bezeichnete sie als streitlustig.

Vielleicht war sie das auch. Aber bei der Musik wollte sie keine Kompromisse eingehen. Improvisation war eine prima Sache, aber nicht allein schon deshalb, weil es ihm zuviel war, sich ein Arrangement zu merken. Und die Gitarrensaiten knallen zu lassen, als wären es Hufeisen und sein Plektrum der Schmiedehammer, das war völlig daneben. Auf den Tourneeplakaten stand immer noch ihr Name. Die Leute kamen, um sie auf der Bühne zu sehen, und sie wollte ihnen für ihr Geld den entsprechenden Gegenwert bieten. Sie kamen schließlich nicht, um zu sehen, wie sich ihr Sideman vollaufen ließ, und um Konzerte zu erleben, im Vergleich zu denen sich die Pogues wie begnadete Musiker anhörten.

Und das war der eigentliche Kern von Alans Problem. Sie waren nicht gekommen, um Alan MacDonald zu sehen; sie waren gekommen, um sie zu sehen.

»Ach, der blöde Hund!« sagte sie, als sie die verstaubte Truhe unter dem Sims hervorzog.

Ihre Stimme hallte hohl auf dem Dachboden wider. Sie fragte sich, was der Chef wohl denken würde, wenn er sie hier sitzen und mit sich selbst reden hörte, aber sie hatte das Haus für sich allein. Er war oben in Paul, im King's Arms, und trank ein paar Pints mit seinen Kumpeln. Vielleicht hätte sie mitgehen sollen. Chalkie Fisher wäre dort, und wenn er seine Quetsche mitgebracht hatte, könnten sie eine kleine Session veranstalten. Und nach ein paar Takten würde Jim Rafferty seine winzige Flöte hervorholen und leise fragen: »Kennt ihr eigentlich das hier?«, ehe er seine Version von ›Johnny Cope‹ vom Stapel ließe, was seine Stimmungsnummer war.

Aber Janey wußte, daß sie diesmal keinen Trost in der Musik finden würde. Nicht, solange die Tournee anstand und sie ohne Sideman war. Sie hatte eine Anzeige in ein paar Zeitschriften gesetzt, aber zum Vorspielen würde sie Jennys Wohnung in London aufsuchen müssen. *Falls* sich überhaupt jemand die Mühe machte und anrief. So wie sie ihr Glück kannte, würde sie am Ende mit einem Drei-Akkorde-Wunder dasitzen, dem sie beibringen mußte, wie er sein blödes Instrument zu spielen hatte, bevor sie auch nur mit der Arbeit an ihren Stücken beginnen konnten. Weil die, die in Frage kamen, nicht frei waren. Es sei denn, sie bäte Alan, wenigstens noch diese eine Tournee mit ihr abzuschließen.

Nein, danke.

Sie öffnete die knarrende Holztruhe und der modrige Geruch, der von ihrem Inhalt aufstieg, brachte sie zum Niesen. Sie schien bis zum Rand mit alten Zeitschriftenstapeln angefüllt zu sein. Sie nahm eine Zeitschrift heraus und blätterte sie durch, bis sie auf eine vertraute Verfasserangabe stieß. ›Vorweihnachtsabend in Mousehole‹, von William Dunthorn. Der Artikel enthielt eine kurze Beschreibung der traditionellen Feierlichkeiten in Mousehole am 23. Dezember, wenn sich die Fischer versammelten, um ›Sternguckerpastete‹ zu essen – eine Pastete mit ganzen Fischen, die ihre Köpfe aus der Kruste hervorstreckten.

Sie blätterte weitere Zeitschriften durch und entdeckte in jeder einen kurzen Artikel von Dunthorn. Die meisten kannte sie schon – der Chef hatte alles Schriftliche, was er von seinem Freund in die Hände bekommen hatte, aufbewahrt – aber es gab einen oder zwei, die sie noch nie gelesen hatte, und viele waren sowohl in Manuskriptform als auch gedruckt vorhanden.

War das etwa kein Fund? Wäre es nicht wunderbar, wenn ganz unten die Manuskriptseiten eines unvollendeten Romans lägen? Oder noch besser, ein vollendeter Roman, der bloß darauf wartete, gelesen zu werden...

Sie atmete schwer, als ihre wühlenden Hände vom Boden der Truhe ein ledergebundenes Buch zum Vorschein brachten.

Still, mein Herz, dachte sie.

Der Umschlag war leicht angeschimmelt, aber der Schimmel löste sich, als sie mit dem Hemdsärmel darüberrieb, und nur ein schwacher Fleck blieb zurück. Was ihr jedoch den Atem verschlug, war der Titel des Buches.

Das kleine Land. Ein Roman von William Dunthorn.

Mit bebenden Fingern schlug sie das Buch auf. Ein gefaltetes Blatt Papier fiel ihr in den Schoß, aber sie beachtete es nicht, während sie rasch durch die dicken Pergamentseiten blätterte.

Mein Gott. Es war tatsächlich ein Roman. Ein kompletter, gedruckter Roman von Dunthorn, von dem sie noch nie gehört hatte.

Sie kehrte zum Impressum zurück, das sie mehrmals lesen mußte, bevor sie den Satz ›gedruckt in einer Auflage von einem Exemplar‹ aufgenommen hatte.

Ein Exemplar.

Dies war das einzige Exemplar.

Wie war es hierher gelangt?

Langsam legte sie das Buch auf den Stapel der Zeitschriften und Journale und hob den Zettel auf, der ihr in den Schoß gefallen war.

›Mein lieber Freund Tom‹, begann der Brief.

Ihr Blick wanderte zur Unterschrift. Es war ein Brief Dunthorns an ihren Großvater. Nachdem sie einmal geblinzelt hatte, kehrte sie zum Anfang der Seite zurück und las den Brief von Anfang bis Ende.

Hier ist das Buch, das du für mich zu verwahren versprochen hast. Lies es, wenn du magst, aber denk an dein Versprechen – es *muß* in deinem Besitz bleiben. Es *darf* nicht veröffentlicht werden. *Niemals!!* Seine Existenz muß geheim bleiben – nicht nur die darin erzählte Geschichte, sondern das Buch selbst.

Ich weiß, du hältst mich manchmal für verrückt, und ich habe dir weiß Gott Grund dazu gegeben (eine brave, ehrliche Haut, nicht wahr? – ich muß jedesmal lächeln, wenn du mich so beschreibst), aber ich werde dir auf ewig zu Dank verpflichtet sein, wenn du mir dieses letzte Mal meinen Willen läßt.

Ich habe fürs kommende Jahr so eine Vorahnung – ja, die berühmte Hellseherei des Verrückten Bill Dunthorn schlägt wieder zu! –, darum bedeutet es eine große Erleichterung für mich, das Buch in deinen Besitz zu übergeben und zu wissen, daß es bei dir sicher aufgehoben ist.

Gott mit dir, mein Freund. Ich wünschte, mir bliebe mehr Zeit.

Janey las den Brief noch einmal, dann fiel ihr Blick auf das Datum unter Dunthorns Unterschrift. Er hatte den Brief nur zwei Monate vor seinem Tod geschrieben.

Hellseherei eines Zigeuners?

Ein geheimes Buch?

Nachdenklich faltete sie den Brief und steckte ihn wieder zwischen Umschlag und Vorsatzblatt zurück. Dann, noch immer auf dem staubigen Dachstuhl des Chefs sitzend, blätterte sie die erste Seite um und begann zu lesen. Nach den ersten paar Absätzen hatten sich all ihre Sorgen verflüchtigt, und der Zauber von Dunthorns geheimem Roman hatte sie gefangengenommen.

Das Leben ist wechselvoll

Manchmal komme ich mir vor, als drückte ich meine Nase gegen die Scheibe einer Bäckerei, bloß ich bin das Brot.

CARRIE FISHER, aus *Postcards from the Edge*

»Wenn unser Leben nur in Büchern steht«, sagte Jodi zu Denzil Gossip, »dann hat jemand aus meinem ein paar Seiten herausgerissen.«

»Ti-ta-to«, erwiderte der alte Mann in leicht spöttischem Ton. »Nun hör sich das mal einer an.«

Er thronte auf einem hohen Hocker vor seinem Arbeitstisch unter dem Dachgesims und bastelte an einem verkleinerten Modell seines neuesten Flugapparats herum. Durch die Brillengläser blinzelnd, zog er zum drittenmal, seit Jodi an diesem regnerischen Nachmittag auf seinen Dachboden gekommen war, die letzte Schraubenmutter an. Jodi wartete geduldig, während er einen Happen Burke-Käse von dem Stück abbrach, das er in der Tasche seiner Tweedweste verwahrte, um damit das Mäusepaar anzulocken, welches das seltsame kleine Gefährt antreiben würde – falls er sie aus dem Käfig heraus- und in die beiden Drehvorrichtungen hineinbekam, die aussahen wie an den Seiten des Apparats befestigte Laufräder.

Denzil forcierte niemals etwas, zumal dann nicht, wenn es um die Wesen ging, von denen seine Experimente abhingen.

»Sie müssen es wollen, weißt du«, hatte er Jodi erklärt, als sie ihn gefragt hatte, warum er sie nicht einfach herausnahm und hineinsetzte. »Die Mäuse und ich sind Partner bei der Entschlüsselung des Geheimnisses, nicht Herr und Sklaven.«

Die Mäuse, klüger als man es ihnen eigentlich zugetraut hätte, beachteten den Köder nicht, sondern blieben im Käfig und spähten mit bebenden rosaroten Näschen durch die offene Tür. Jodi versuchte sich zu erinnern, welche von beiden mit dem Miniaturheißballon mitgeflogen war, der durch den Dachboden geschwebt war, als sie irgendwann letzte Woche hereingeschaut hatte. Sie glaubte, daß es diejenige mit dem braunen Fleck am linken Hinterbein gewesen war.

»Ich begreife nicht ganz, was das Ganze soll«, sagte sie.

»Was?« Denzil sah zu ihr auf. Er schob seine Nickelbrille den Nasenrücken hinauf. »Also, jetzt schlägt's aber dreizehn! Es geht hier um das Geheimnis des Fliegens – die letzte Herausforderung! Und du machst dir nichts daraus?«

»Ich glaube nicht«, sagte Jodi. »Wozu taugt denn ein Flugapparat, wenn man wie ein Wahnsinniger rennen muß, damit er in der Luft bleibt? Mit dem Zug wäre man schneller – und hinterher obendrein besser ausgeruht.«

»Wo bleibt dein Sinn für Abenteuer?«

»Ich glaube, ich hab ihn in meiner anderen Jacke gelassen. Soll ich sie holen?«

Denzil machte mehrmals »Hm« und lockte weiter die Mäuse, während Jodi sich in dem dickgepolsterten Sessel zurücklehnte, den sie sich vom Ofen organisiert und den sie zur Werkbank gezogen hatte, damit sie Denzil bequem bei der Arbeit zusehen konnte.

»Sie holen«, wiederholte der Papagei, der auf der Rückenlehne des Sessels saß. Dann wanderte er auf dem Polster hin und her, wobei er Denzils Hm-Laute imitierte.

Jodi griff hinter sich und zauste sein Gefieder. »Fang nicht schon wieder damit an, Noz«, sagte sie.

Denzils Dachboden war eine zusammengewürfelte Mischung aus Zoo, Alchemistenküche und Mechanikerwerkstatt.

In Käfigen an der Wand waren vier Mäuse, zwei weiße Ratten, ein fettes schwarzes und schlappohriges Kaninchen, ein Pärchen grüner Eidechsen und eine Schildkröte untergebracht. Außerdem gab es ein trübes Aquarium, das gegenwärtig nur zwei schläfrig wirkende Katzenfische beherbergte; Noz' Käfig, derzeit von einer schwarzäugigen Krähe bewohnt; und einen leeren Käfig, in den Ollie, der hellbraune Rhesusaffe eingesperrt wurde, wenn er ungezogen war. Im Augenblick schlief Ollie auf einem Bücherregal, in der Gesellschaft von Rum, einem alten orangefarbenen Kater mit einem zerfetzten Ohr.

Die Werkbank war andeutungsweise in zwei Teile gegliedert: die eine Seite war ein verwirrendes Durcheinander von Teströhrchen, Glasrohren, einem Gasbrenner, Klammern, Ringständern, Thermometern, Gefäßen, einer Waage, einem Mikroskop mit verschmierten Objektträgern und ähnlichen Gerätschaften; die andere Seite, wo Denzil gerade arbeitete, stellte ein nicht minder verwirrendes Durcheinander von mechanischen Werkzeugen, Drähten, Metallteilen, Uhrwerken und dergleichen dar.

Der Rest des großen Dachstuhls enthielt ein kleines Sofa gegenüber dem Ofen, das sich als Bett auseinanderklappen ließ, stehende Dachfenster, das Gegenstück zu dem Sessel, in dem Jodi nun saß, das sich noch an seinem Platz vor dem Ofen befand, eine kleine, um einen schwarzen Eisenherd herum gruppierte Kochecke und Bücherschränke, wo immer Platz dafür war, vollgestopft mit Büchern, Folianten und losen Blättern. Überall, wo man hintrat, waren kleine Stapel von Denzils Besitztümern: ein Haufen Metallreste bei der Tür; ein Sack mit Futter, der an einem Bücherschrank lehnte; ein mit zusammengerollten Landkarten gefüllter Kasten mitten im Raum; kleine Stapel von Büchern, Zeitschriften und Papieren.

Der Raum glich seinem Besitzer, der der Welt stets ein ungepflegtes, leicht amüsiertes Gesicht präsentierte, während unter seinen abgenutzten und geflickten Kleidern, seinem nestartigen Haar und Bart und den dünnen, verkniffenen Gesichtszügen ein brillanter Verstand verborgen war, der niemals aufhörte, die Welt um sich herum in Frage zu stellen. Jodi verbrachte mehr Zeit mit ihm auf dem Dachboden oder – auf der Suche nach irgendeinem fehlenden Bestandteil für sein neuestes Experiment – auf ausgedehnten Streifzügen in der Umgebung als an irgendeinem anderen Ort Bodburys.

Seine Gesellschaft war den Angriff auf ihre Nase wert, den der Dachboden stets bedeutete – eine sonderbare Mischung aus chemischen Ausdünstungen, den Gerüchen aus den Ställen, die sie für gewöhnlich am Ende reinigte, Maschinenöl und Denzils Pfeife. Und obwohl er stets vollkommen in Anspruch genommen schien von seiner jeweiligen Beschäftigung, war er dennoch zu Gesprächen über die unterschiedlichsten Themen fähig. In diesen Gesprächen kam es zu Verzögerungen und Pausen, und es konnte passieren, daß er am Morgen einen Satz abbrach, den er erst am Abend zu Ende führte, aber dennoch waren die Unterhaltungen immer lohnend.

»Welche Seiten fehlen dir?« fragte er gerade.

Er legte den Käse neben den Mäusekäfig und den Flugapparat und warf ihr einen neuerlichen Blick zu. Hoch die Hand, die Brille zurückgestoßen.

»Ach, ich weiß nicht«, erwiderte Jodi. »Ich weiß einfach nicht so recht, was ich mit mir anfangen soll, und anscheinend kann ich nichts mehr behalten. Ich glaube, das kommt vom Älterwerden.«

Denzil lachte in sich hinein. »Und du bist ja schon so alt. Siebzehn, stimmt das?«

»Achtzehn. Und ich fühle mich uralt.«

»Uralt, wirklich? Ach du großer Hecht! Du siehst gar nicht so aus, als ob du uralt wärst. Ich würde damit noch ein paar Jahre warten, weißt du.«

Er schob das Stück Käse näher an den Mäusekäfig.

»Ich brauche eine *Aufgabe*«, sagte Jodi. »Ich brauche ein Ziel im Leben. Einen Zweck.«

»Damit könntest du schon recht haben«, sagte Denzil. »Du kannst nicht ein Leben lang mit mir hier herumwerkeln. Das ist nicht mal halbwegs natürlich.«

»Ich werkele nicht herum. Ich bin deine Assistentin. Das hast du selbst gesagt.«

»War das bevor oder nachdem wir festgelegt haben, daß es zu den Aufgaben eines Assistenten gehört, die Ställe zu reinigen?«

Jodi grinste. »Vorher. Und du hast das festgelegt – nicht ich.«

»Hmm.«

Denzil nahm den Käsehappen und steckte ihn sich in den Mund. Er griff in seine Tasche, holte ein kleines Stück Tamshire-Käse hervor und legte ein Eckchen davon neben den Mäusekäfig. Beide Mäuse betrachteten es interessiert, aber keine von beiden rührte sich.

»Ein Ziel, sagst du?« fuhr Denzil fort. »Und fehlende Seiten?«

Jodi nickte. »Große Zeiträume. Wie dieses Frühjahr. Kann mein ganzes Leben denn so eintönig sein, daß es nicht die kleinsten Höhepunkte gibt? Was habe ich dieses Frühjahr über eigentlich gemacht?«

»Als du mir nicht geholfen hast?«

Jodi nickte.

»Ich erinnere mich nicht mehr, weißt du. Was meint denn Nettie dazu?«

Jodi lebte bei ihrer Tante Nettie in einer kleinen Wohnung im obersten Stock des Bordells, das ihre Tante am Stadtrand betrieb. Für ihre Tante stellte es die größte Enttäuschung dar, daß Jodi nicht der Familientradition gefolgt war und wie die übrigen Frauen in ihrer Familie ›Gunstgewerblerin‹ geworden war.

»Manche mögen es, wenn sie mager sind und wie ein Junge aussehen«, sagte ihre Tante gewöhnlich, was sich nicht gerade förderlich auf Jodis Interesse an diesem Beruf auswirkte.

Außerdem fand sie nicht, daß sie mager war. Schlank vielleicht; sogar dünn. Aber bestimmt nicht mager. Katzen waren mager. Oder Kinder.

Es half auch nicht, daß sie kaum einen Meter fünfzig groß war, ihr blondes Haar kurz geschnitten trug und in schmuddeligen Hosen und einem Hemd wie von einem zwölfjährigen Jungen aus dem Bruch herumlief – der ärmeren Gegend von Bodbury, die hauptsächlich aus einer Anzahl baufälliger Gebäude bestand, die sich in einer langen schwankenden Reihe hilfesuchend aneinanderlehnten und auf den Hafen am Alten Kai hinausblickten.

»Nettie meint, sie wüßte nicht, was sie mit mir anfangen soll«, sagte Jodi. »Aber das sagt sie ja immer.«

»Also, wenn du mich fragst, dann würde ich dir raten, vorläufig nicht mehr dran zu denken, weißt du.«

»Und was soll ich dann machen? Im stillen verrückt werden?«

»Nein. Du könntest mir helfen, diese widerspenstigen Mäuse dazu zu bringen, sich an der Erprobung dieses Apparats zu beteiligen, bevor wir alle an Altersschwäche sterben.«

»Immer das gleiche Lied«, sagte Jodi, während sie sich aus dem Sessel erhob und zur Werkbank hinüberging. »Sogar den blöden Mäuse schenkt man mehr Aufmerksamkeit.«

»Samtheit«, wiederholte Noz von der Sessellehne, breitete die Flügel aus und hüpfte auf den Platz, den Jodi soeben freigemacht hatte.

»Taupin meint«, fuhr Jodi fort, während sie eine Spur aus zerkrümeltem Käse vom Innern des Mäusekäfigs bis zum Flugapparat legte, »die Welt sei ein Buch, das jemand geschrieben hat und in dem wir alle vorkommen. Deshalb habe ich die fehlenden Seiten erwähnt. Ich glaube wirklich, jemand hat meine herausgerissen.«

»Taupin ist bloß ein Feld-, Wald- und Wiesenphilosoph, der einen originellen Gedanken nicht mal dann erkennen würde, wenn der ihn beißen täte«, sagte Denzil. »Was soll der schon wissen?«

»Kann sein. Außerdem, wer würde schon ein Buch veröffentlichen, das so langweilig ist wie unser Leben?«

»*Ich* finde mein Leben nicht langweilig, weißt du«, sagte Denzil.

»Klar tust du das nicht. *Du* hast ja eine Aufgabe.«

»Und ich habe dir deine zugeteilt – diese Mäuse davon zu überzeugen, daß dieses Experiment dem Wohle der Menschheit dient. Und dem der Mausheit natürlich auch.«

Die Mäuse hatten den Käse aufgefressen, den Jodi in ihren Käfig gelegt hatte, wagten sich jedoch keinen Schritt darüber hinaus.

»Ach, Mist«, sagte sie.

Sie hob die Mäuse hoch und setzte sie in die Laufräder.

»Ich hoffe, du bist dir darüber im klaren, daß das Nötigung ist«, sagte Denzil.

Die Mäuse begannen in ihren Rädern zu laufen. An den Rädern befestigte Riemen versetzten hölzerne Zahnräder in Drehung, die wiederum andere Zahnräder antrieben, bis der Propeller an der Vorderseite des winzigen Apparats zu rotieren begann und dieser auf der Werkbank entlangschlingerte.

»Es klappt!« schrie Denzil. »Du großer Hecht, es funktioniert!«

Er nahm den Apparat vom Tisch, hielt ihn in der Luft, bis sich der Propeller so schnell drehte, daß er nur noch ein verwischter Schemen war. Indem er Jodi zugrinste, hob Denzil den Arm. Der Papagei erhob sich augenblicklich von seinem Ausguck auf der Sessellehne und brachte sich auf dem Bücherschrank in Sicherheit. Als Denzil losließ, bewegte sich der kleine Flugapparat ruckartig voran und hielt sich bis zur Hälfte des Dachbodens in der Luft, bis er zu einem Sturzflug ansetzte.

Jodi, die ihm bereits nachlief, fing ihn auf, bevor er auf dem Boden aufschlug. Sie setzte den Apparat ab, holte die Mäuse heraus und gab besänftigende Laute von sich.

»Du hast sie fast zu Tode erschreckt!« sagte sie.

»Alles im Namen der Wissenschaft.«

»Das ist egal. Sie hätten sich weh tun können.«

»Eben! Deshalb wollte ich ja Freiwillige haben – keine genötigten Versuchsobjekte. Es würde mich gar nicht wundern, wenn ihr Schmollen dazu beigetragen hätte, den Apparat zum Absturz zu bringen.«

»Das ergibt keinen Sinn.«

Aber Denzil beachtete sie nicht.

»Da, mein Schatz«, sagte er, als er den Apparat hochhob. »Sieh dir das an. Die Zahnräder des Getriebes sind gebrochen.«

Jodi seufzte. Hier, sagte sie sich, wollte sie heute ebenfalls nicht sein. Nachdem man sie wegen ihres langen Gesichts bereits aus dem Bordell fortgeschickt hatte und nachdem sie die Market Street hinauf und hinunter gewandert war und eine Stunde lang Kiesel über die Wellen am Strand hatte hüpfen lassen, wußte sie nicht, was sie nun tun sollte, um die restlichen Stunden bis zum Abendessen auszufüllen.

Sie wechselte die Mäuse im Käfig an der Wand gegen die anderen aus. Ein Blick aus dem Fenster sagte ihr, daß der Regen trotz des immer noch grauen Himmels nachgelassen hatte. Die Pflastersteine der Peter Street waren glitschig und naß.

»Ich mache einen Spaziergang«, verkündete sie.

»Nimm Ollie mit, ja? Er ärgert mich schon den ganzen Morgen.«

»Im Moment scheint er ganz brav zu sein«, sagte Jodi mit einem Blick auf den Affen.

Denzil schüttelte den Kopf. »Ich kenne ihn, weißt du. Er spart sich bloß seine Energie auf, damit er am Abend ein Chaos anrichten kann. Mach ihn müde, damit er die Nacht durchschläft.«

Jodi zog ihre Jacke aus und rief Ollie vom Bücherschrank zu sich. Er hockte sich schläfrig auf ihre Schulter, einen Arm um ihren Hals gelegt, den Schwanz um ihren Arm geschlungen.

»Falls du die Seiten finden solltest, die ich verloren habe«, sagte sie, als sie die Tür erreicht hatte.

Denzil blickte von der Werkbank auf, wo er bereits wieder am Flugapparat herumbastelte.

»Dann schicke ich sie dir gleich nach«, sagte er.

Jodi grinste, als sie die Tür schloß und die wacklige Treppe hinunterging, die auf die Peter Street mündete. Eine feuchte Kühle lag in der Luft, aber anstatt wieder umzukehren und die Hose und den Pullover zu holen, die der Affe bei rauhem Wetter trug – für ihren Geschmack war es entwürdigend, wenn Tiere wie Menschen herausgeputzt wurden –, ließ sie Ollie sich in ihre Jacke schmiegen, ehe sie auf die Pflastersteine hinaustrat und sich auf den Rückweg zur Market Street machte.

Der Affe kuschelte sich an ihre Brust und strahlte ebensoviel Wärme aus, wie er aufnahm, während sein kleiner Kopf unmittelbar unter ihrem Kinn aus der Jacke hervorschaute. Passanten warfen ihr merkwürdige Blicke zu, aber die meisten Einwohner der Stadt kannten sie zu gut, um sich über sie zu wundern. Da sie bei ihren Ausflügen oft den Affen im Schlepptau hatte und Noz, dessen grünes Gefieder vor dem Hintergrund der grauen Granithäuser und der gepflasterten Straßen schillerte, auf ihrer Schulter thronte, schenkten sie dem hellbraunen Kopf, der aus ihrer Brust vorzuspringen schien, kaum Beachtung.

Na so was, dachte sie, als sie stehenblieb, um ihr Spiegelbild in einer Schaufensterscheibe zu betrachten. Sieh sich einer diese tolle zweiköpfige Frau an.

Ihren zweiten Kopf unter dem Kinn kraulend, ging sie weiter.

2

Unmittelbar hinter der dem Meer zugewandten Reihe der verwitterten Gebäude des Bruchs säumten die zerbröckelnden Steine und das hölzerne Pfahlwerk des Alten Kais des Hafens von Bodbury mehr als eine Meile weit die Küste. Die Pfähle waren verrottet und oberhalb der Wasserlinie dick mit getrocknetem Salz, darunter von Muscheln überkrustet. Verlassene Piers stießen rechtwinklig ins Meer vor, stellenweise fehlten Planken, und das schimmelnde Holz war von den Ausscheidungen der Seevögel gesprenkelt. Die Luft war erfüllt vom Geruch nach Salz und totem Fisch, der am Kai angeschwemmt wurde.

Bei Ebbe sah man unterhalb des Kais hier und da die Rümpfe verrottender Boote und gebrochene Spieren – ein Miniaturfriedhof für den Teil der kleinen Fischereiflotte von Bodbury, der dem letzten großen Sturm, der die Stadt vor zwanzig Jahren heimgesucht hatte, zum Opfer gefallen war.

Der Hafenbetrieb von Bodbury wurde jetzt im Neuen Dock abgewickelt, das an der Stelle lag, wo die Market Street auf den Market Square mündete, und das Alte Kai war von allen verlassen, abgesehen von den Wanderratten, ein paar Veteranen, die nachmittags über den steinernen Kai schlenderten, und den Kindern aus dem Bruch, die das ganze Gebiet als ihre Privatdomäne betrachteten.

Als Jodi eintraf, war Ollie in ihrer Jacke eingeschlafen, eine kleine Kinderschar stritt lautstark über ein Spiel namens Neunmännertanz, das zwei von ihnen spielten. Sie hatten ein Spielfeld in eine der Steinplatten geritzt und benutzten Kiesel und Muscheln zur Markierung. Als Jodi näher kam, wandten sie die schmuddeligen Gesichter in ihre Richtung.

»He, Oma«, sagte ein rothaariger Junge mit einem schiefen Grinsen. »Bist du hergekommen, um das häßliche Baby ins Meer zu werfen?«

Für sie war jeder über zwölf schon alt und ein gefundenes Fressen für ihre Sticheleien.

»Laß doch die arme alte Frau«, sagte ein anderer. Jodi blickte in seine Richtung und erkannte Peter Moyle, den Sohn einer der Angestellten ihrer Tante. »Siehst du denn nicht, daß sie schon genug Kummer hat, so gebückt und uralt wie sie ist?«

Es erscholl ein Chor gutmütigen Gelächters.

»Siehst du?« sagte Jodi zu ihrer schlafenden Last. »Welche Leiter man auch nimmt, ich stehe immer auf der untersten Sprosse. Denzils Assistentin. Das schwarze Schaf der Familie. Zu sehr Mädchen, um ein Junge zu sein, zu sehr Junge, um ein Mädchen zu sein. Dazu verdammt, Tiere in meiner Jacke herumzutragen anstelle von Brüsten.«

»Du bist gar nicht so häßlich«, sagte ein anderer Junge.

»Nicht so häßlich wie dein Baby.«

»Am besten ersäufst du's gleich.«

»Früher«, sagte Jodi zu Ollie, »hätte ich sie alle verdroschen, aber jetzt bin ich dazu viel zu würdevoll.«

»Zu alt, meinst du wohl.«

»Ach, hör nicht auf sie«, sagte Kara Faull.

Sie war eine dünne Göre, kaum elf, bekleidet mit einem Sortiment ziemlich zerlumpter Kleidungsstücke – mit Hemd und Hose, einem geflickten Pullover und einem Rock über der Hose. Sie hatte nackte Füße, ihr mageres Gesicht war nur unwesentlich sauberer als die ihrer Kameraden. Sie erhob sich, schlenderte zu Jodi hinüber und streckte die Hand aus, um Ollie zu streicheln.

»Darf ich ihn halten?«

Jodi reichte ihr den inzwischen aufgewachten Affen, woraufhin Ollie unverzüglich die Taschen von Karas Rock zu untersuchen begann.

»Lust auf ein Spiel?« fragte Peter.

»Wie hoch ist der Einsatz?«

»'n halber Penny pro Kopf.«

»Lieber nicht, nein. Ich glaube, ich habe heute kein Glück.«

»Zu alt«, bemerkte jemand. »Keine Zeit für Spiele.«

»Stimmt das, Oma?« fragte ein anderer.

Jodi lachte herzlich. Die Kinder bildeten einen zerlumpten Kreis um sie und Kara, die Augen in den schmutzigen Gesichtern blitzten fröhlich, die Hände hatten sie tief in den Taschen vergraben. Sie wollte gerade ihre Sticheleien erwidern, als die Gruppe plötzlich verstummte. Sie wichen bis zur niedrigen Kaimauer zurück, eifrig darauf bedacht, nicht hinter Jodi zu blicken, während zwei von ihnen unschuldig pfiffen – verschiedene Melodien, die hoffnungslos falsch waren, sowohl jede für sich genommen wie auch beide zusammen. Verstört durch den plötzlichen Stimmungsumschwung, sprang Ollie in Jodis Arme.

Als Jodi sich beiläufig umschaute und sah, wer sich da näherte, überwältigte sie unvermittelt die Erinnerung an die Zeit, als sie sich noch mit den Kindern aus dem Bruch herumgetrieben hatte. Aus keinem benennbaren Grund fühlte sie sich schuldig und war überzeugt davon, gleich irgendeines schrecklichen Verbrechens angeklagt zu werden, das sie nicht begangen hatte, für das sie aber trotzdem würde büßen müssen.

Die Witwe Pender weckte solche Ängste bei den Kindern aus dem Bruch. Sie glaubten alle, sie sei eine Hexe, und es war schon häufiger vorgekommen, daß eine Mutter einem ungezogenen Kind damit gedroht hatte, es zur Witwe zu schicken, ›und dann wollen wir doch mal sehen‹.

Ebenso still wie die Kinder, schloß Jodi sich der schweigenden Gruppe an, während die hochgewachsene, ganz in Schwarz gekleidete Frau mit dem Raubvogelgesicht langsam vorbeiging, mit dem Spazierstock auf das Pflaster klopfend, der Rücken steif und gerade wie ein Bügelbrett, das graue Haar zu einem strengen Knoten nach hinten gekämmt. Sie musterte mißbilligend jedes einzelne Kind mit einem durchdringenden grauen Blick, der sie nacheinander aufspießte und am längsten auf Jodi verweilte.

Als Ollie sie anzischte, runzelte die Witwe die Stirn. Einen quälenden Moment lang meinte Jodi, die alte Frau werde sie beide mit dem Stock verprügeln, doch dann warf die Witwe ihr bloß einen vernichtenden Blick zu und setzte ihren Weg langsam fort.

Erst als sie gut außer Hörweite war, entspannten sich die Kinder und entließen ihren angehaltenen Atem in einem kollektiven Seufzer. Dann erfüllten sie die Luft mit halblauten tapferen Reden, um die Kälte, welche die Witwe um sich verbreitet hatte, wieder aufzulösen.

»Bei der krieg ich 'ne Gänsehaut, ehrlich.«

»Ach, mir macht die keine Angst.«

»Ist mir gar nicht aufgefallen, wie du's ihr gegeben hast.«

»Der sollte man's mal zeigen.«

»Ihren Freunden wär das gar nicht recht.«

Es ging das Gerücht, sie habe vor zwanzig Jahren den Sturm heraufbeschworen, der das Alte Kai überflutet und die Fischerboote versenkt hatte. Und zwar deshalb heraufbeschworen, weil sich ihr Mann, selbst ein Fischer, mit einem Mädchen aus der Pintar-Bar in der Stadt herumgetrieben hatte. Fünfzehn Männer waren an diesem Tag ertrunken, als sie versucht hatten, die Boote zu retten. Das Barmädchen hatte die Stadt verlassen, obwohl man munkelte, es sei keineswegs von selbst gegangen, sondern vielmehr von der Witwe getötet und an einer geheimen Stelle im Moor begraben worden.

Jedes Kind aus dem Bruch wußte, daß die Ertrunkenen auf ihren Befehl hörten.

»Ratty Friggens meint, sie hätte einen Kleinen in diesem alten Haus, das ihr gehört – einen Winzling, den sie in einem Marmeladenglas verwahrt.«

Jodi wandte sich dem letzten Sprecher zu. »Einen Kleinen?«

»Das stimmt. Ratty hat ihn selbst gesehn – ein kleiner Mann, nicht größer wie 'ne Maus. Ein Zigeuner hat ihn vor Rattys Augen in einem hölzernen Vogelkäfig zu ihrem Haus gebracht. Hat er mir selbst gesagt. Er meint, sie würde ihn in anderer Leute Häuser kriechen und die Wertsachen stehlen lassen – wenn sie ihn erstmal so weit hat.«

»Sie braucht keine Wertsachen«, sagte Peter. »Ihr ganzer Keller ist mit Schätzen vollgestopft.«

Kara nickte. »Das hat mein Dad mal zu seinen Kumpeln gesagt.«

»Ein Kleiner«, wiederholte Jodi.

Sie blickte den Kai entlang, dorthin, wo die Witwe war, eine steife, schwarzgekleidete Gestalt, die aufs Meer hinausschaute. Ihr Herz schlug schneller. Ollie, der ihre Erregung spürte, gab einen quengelnden Laut von sich. Sie streichelte nachdenklich seinen Kopf.

Konnte es wahr sein? Wenn die Witwe *tatsächlich* einen Kleinen hatte, in ihrem alten Haus versteckt hielt ...

Wäre das nicht eine tolle Sache?

Und wenn es tatsächlich stimmte, würde sie dann den Mut haben, einen Blick auf ihn zu werfen?

Wohl kaum.

Sie hatte nicht die Nerven dazu.

Außerdem war bestimmt kein Kleiner dort.

Und wenn doch?

In diesem Moment drehte sich die Witwe um, und

trotz der Entfernung schien es so, als richtete sie ihren Blick unmittelbar auf Jodi. Die alte Frau lächelte, als läse sie ihre Gedanken.

Ich kenne Geheimnisse, von denen du dir keine Vorstellung machst, sagte dieses Lächeln. Geheimnisse, die dich deine Seele kosten würden, wenn ich dich darin einweihte. Willst du sie immer noch erfahren?

Jodi fröstelte. Visionen von Wasserleichen, die es auf sie abgesehen hatten, schossen ihr durch den Sinn. Aufgedunsene weiße Haut mit Strähnen nassen Tangs. Tote Wesen, die durch ihr Zimmer tappten, während sie schlief …

Bevor die Witwe umkehrte und wieder bei ihnen vorbeikam, winkte Jodi den Kindern unbestimmt zu und eilte fort, zurück zu Denzils Dachstube.

Die Rückkehr des Seemanns

Ich wünscht, ich wär auf dem Ozean,
In einem hölzernen Schüsselkahn;
Doch wenn das Wasser schwappt hinein –
Möcht ich wieder in Mousehole sein.

Alter Reim aus Cornwall,
gesammelt von DON FLAMMANCK

Mousehole, der alte Schlupfwinkel der Schmuggler bei Paul Parish, liegt innerhalb des Dekanats und westlichen Verwaltungsbezirks von Penwith im Süden Cornwalls. Wenn man, der Küstenstraße folgend, ein Viertel der Wegstrecke von Penzance nach Land's End zurückgelegt hat, klettern seine verwinkelten schmalen Gassen und steinernen Landhäuser von der Westküste der Mount's Bay den steilen Hang des Mousehole Hill empor.

Janey Littles Großvater liebte das Dorf und machte sich ein Vergnügen daraus, die Besucher seiner Enkeltochter mit Brocken seiner Geschichte und Folklore zu ergötzen, die er sich im Lauf der Jahre angeeignet hatte. Schon beim kleinsten Anlaß ließ er sich weitschweifig über den Ursprung seines Namens aus.

Manche Historiker, erklärte er bei dieser Gelegenheit, glaubten, das Dorf habe seinen eigenartigen Namen vom Mousehole, Mauseloch, einer gähnenden – inzwischen eingestürzten – Höhle, die südlich des Dorfes liegt, oder es handele sich um eine Abwandlung von Porthenys, dem ›Port‹ oder Hafen des Eilands, womit St. Clement Island gemeint sei, das nahe dem Dorf liegt. Andere wiederum zitierten aus einem alten Manuskript, worin von ›Moeshayle‹ die Rede ist, dessen Name von einem kleinen Fluß abgeleitet sei, der hindurchfließt – wobei ›moes‹ wahrscheinlich eine Abkürzung von ›mowes‹ darstellt, was ›young women‹, ›junge Frauen‹ bedeutet und ›hayle‹ ›river‹, also Fluß, als Umschreibung von ›Young Women River‹.

Das hervorstechendste Vorkommnis in der Geschichte von Mousehole ereignete sich 1595, als das Dorf von Truppen dreier spanischer Schiffe geplündert wurde; ein Einwohner von Mousehole hatte die spanische Armada sieben Jahre zuvor ausspioniert. Das einzige erhaltene Gebäude aus dieser Zeit ist das Keigwin Arms, das auf Säulen aus Granit über dem Hof thront, auf dem Squire Keigwin bei der Verteidigung seines Hauses sechs Spanier tötete. Dieses Ereignis wird bis zur heutigen Zeit alljährlich im Juli gefeiert, mit einem Volksfest und Festlichkeiten, die mit einem Ehrenmahl im Cairn Dhu Hotel enden, dessen verschiedene Gerichte mit ihren Namen an die Geschichte erinnern.

Mouseholes andere historischen Ansprüche auf Ruhm sind weit weniger dramatisch. Dieselbe Seitenstraße, die das Keigwin Arms beherbergt, war auch der Geburtsort von Dolly Pentreath, der letzten bekannten Sprecherin des Cornwall-Dialekts, deren Grabstein Teil der Mauer der das Dorf überragenden St. Paul's Church ist und deren Begräbnis angeblich unterbrochen wurde, um Whiskey zu trinken. Südlich des Dorfs, am Fuße des Raginnis Hill, der Aussicht auf St. Clement's Island in der Mount's Bay gewährt, liegt das 1928 von zwei Schwestern, Dorothy und Phyllis Yglesias, gegründete Wildvogelhospital, das es aufgrund von Privatspenden bis heute geschafft hat zu überleben. An einer bemoosten Mauer befindet sich eine Glocke mit einem Schild, worauf steht: »Bitte betätigen Sie die Glocke, wenn Sie einen Vogel haben.« Jahr für Jahr pflegt das Hospital mehr als tausend kranke Wildvögel, die dorthin gebracht werden.

Mousehole war einst das Zentrum der Sardinenindustrie, doch obwohl es sich das Flair eines alten Fischerdorfs bewahrt hat und man immer noch Fischerboote in seinem Hafen findet, stellt der Tourismus inzwischen seinen Haupterwerbszweig dar. Es gibt nur noch wenige Fischer, und die einzigen Schmuggler leben in den Erinnerungen der alten Dörfler.

Thomas Little erinnerte sich an die Schmuggler, obwohl er nicht an sie dachte, als er vom King's Arms in Paul über die Mousehole Lane zu dem Haus zurückging, das er sich mit seiner Tochter in der Duck Street teilte. Ein Pint Hick's Bitter schwappte angenehm in seinem Magen. In einer braunen Papiertüte hatte er zwei Flaschen braunes Ale.

Der Chef, wie ihn jedermann nannte, dachte in diesem Moment an Janey. Er hatte mit ihr vor seinen Kumpeln in der Kneipe angeben wollen, aber sie hatte wieder einmal schlechte Laune gehabt und nicht mitkommen wollen. Aber heute abend… nun, auf Charlie Boyds Farm an der Straße nach Lamorna, ein Treffpunkt, an dem sich die Musiker und Geschichtenerzähler aus der Gegend Freitag abends gern versammelten, gab es eine Session.

Boyds Farm lag auf einer Landzunge nahe Lamorna und bot einen schönen Ausblick auf die Bucht. Die flachen Klippen leuchteten von Schwarzkehlchen und Möwen, deren Schreie sich über die dumpf gegen die Felsen hämmernde Brandung erhoben, die Luft war von scharfem Tanggeruch erfüllt. Der unablässige Ansturm der Wogen hatte die Granitklippen ausgewaschen, aber die Farm würde noch mindestens ein, zwei Jahrhunderte überdauern, bis der Felsen, auf dem sie stand, vollständig unterspült war.

Bis dahin würde sie die Heimat von Charlie und seiner Familie bleiben – Bruder, Ehefrau, Tochter und zwei Jungen, allesamt Musiker – und ein gernbesuchter Treffpunkt für alle, die solche Art Unterhaltung mochten. Sehr viele waren es heutzutage nicht mehr – trotz des in anderen Landesteilen wiedererwachten Interesses an traditioneller Musik –, aber für gewöhnlich kam mit all den Leuten, die sogar noch von Lizard's Point von der anderen Seite der Bucht herüberkamen, doch ein recht stattlicher Haufen zusammen.

Bei der Session heute abend war mit einigen guten Musikern zu rechnen, aber, dachte der Chef voller Stolz, seine Enkelin würde wahrscheinlich trotzdem die beste sein. Hatte sie bislang nicht schon zwei Schallplattenaufnahmen gemacht? Ging sie nicht auf Tournee – wenn nicht gerade in England, dann auf dem Kontinent und in Amerika?

Beschwingten Schritts ging er weiter die Straße entlang, ein kleiner, rundlicher Mann mit sich lichtendem Haar und dem geröteten Gesicht eines Fischers, bekleidet mit einer alten Kordhose und einem an den Ellbogen geflickten Tweedsakko, der vor sich hinlächelte, während die Aleflaschen in der Papiertüte klirrend aneinanderstießen.

O ja. Er freute sich darauf, heute abend mit ihr anzugeben.

Als er an seinem Haus angelangt war – das ihm Gott sei Dank vollständig gehörte und mit seiner Rente und dem Geld, das Janey ihm schickte, wenn sie auf Tournee war, unterhalten wurde –, pfiff er voller Vorfreude auf den Abend eine von Chalkies Melodien.

»Janey!« rief er beim Eintreten. »Hast du vielleicht mal ein Täßchen Tee für einen alten Mann?«

Die Antwort ließ lange auf sich warten.

2

Janey hatte von einem Schriftsteller gehört, der den Vorgang des Schreibens einmal mit einem Loch im Papier verglichen hatte, durch das er hindurchtreten konnte, um anschließend dabei zuzusehen, wie sich die Geschichte vor ihm entfaltete, und das gleiche Gefühl hatte sie bei diesem neuen Roman von Dunthorn. Es war wie bei einer guten Session, bei der man vergaß, wo man war, sogar das Instrument, das man in Händen hielt, und sich in der Musik einfach auflöste. War das Stück irgendwann zu Ende, richtete man sich auf und blinzelte kurz, denn das Gefühl von Orientierungslosigkeit war nur vorübergehend und dauerte gerade so lange, bis die letzten Echos der alten Melodie verklungen waren und eine neue einsetzte.

Nun sah sie vom Buch auf, sich des verstaubten Dachbodens, auf dem sie saß, und des Buches in ihrem Schoß nur undeutlich bewußt, mit den Gedanken noch ganz in der Welt verloren, die sie darin gefunden hatte. Dann steckte sie Dunthorns Brief zwischen die Seiten und erhob sich, das Buch unter den Arm geklemmt.

»Ich bin hier oben, Opi!« rief sie, als sie sich anschickte, die schmale Treppe hinunterzugehen, die zum ersten Stock des Hauses führte.

Ihr Großvater erwartete sie in der kleinen Diele, die Haustür hinter ihm war noch geöffnet. Er sah ihr entgegen. Mit zweiundzwanzig besaß sie noch immer den Enthusiasmus und die Energie eines Teenagers. Ihr loses kastanienbraunes Haar reichte, abgesehen vom Pony, bis knapp über die Schultern und war röter als gewöhnlich, da sie es vor kurzem mit Henna gefärbt hatte. Über ihren haselnußbraunen Augen bildeten die Brauen einen sanften Bogen, der ihr einen Ausdruck fragender Überraschung verlieh, der sich nie ganz verlor. Ihre Haut hatte eine gesunde englische Pfirsichfarbc, die Nase wai klein und schmal, und sie lächelte so häufig und gerne, daß sie Grübchen in den Wangen hatte.

Sie trug einen schwarzen Gymnastikanzug unter einem gelben Rock und darüber ein sackartiges schwarzes Sweatshirt. Die gelben hohen Turnschuhe paßten zu ihrem Rock. Im Moment war das Trikot an den Knien staubig, und auf der Nase hatte sie einen Schmutzfleck. Ihre Wangen hatten vor Erregung eine gesunde rote Farbe.

»Deine Nase ist schmutzig, mein Engel«, sagte er, als sie die letzten paar Stufen zu ihm herunterhüpfte.

Ein Lächeln überzog sein rundliches Schelmengesicht, als sie sich vorbeugte und ihn auf die Wange küßte. Doch dann fiel sein Blick auf das, was sie unter dem Arm trug, und das Lächeln schwand, als er erkannte, was es war.

»Also hast du es gefunden?« sagte er nach einer Weile.

Janey hatte plötzlich das Gefühl, zu weit gegangen zu sein.

»Ich wollte nicht herumschnüffeln«, begann sie. Dunthorns Brief fiel ihr ein. *Seine Existenz muß geheim bleiben* ... »Du bist mir doch nicht böse, oder?«

Der Chef schüttelte den Kopf. »Dir nicht. Es ist bloß ... nun, ja. Irgendwann wollte ich es dir sowieso geben, warum also nicht jetzt?«

»Das Buch ist wundervoll, findest du nicht?«

»Du hast es doch bestimmt schon halb durch?«

»Wohl kaum!«

»Schon seltsam, daß du's gerade jetzt gefunden hast. Vor drei Tagen hat eine Frau bei uns angeklopft und danach gefragt. Das erste Mal seit Jahren, daß das passiert ist. Als Billy starb, gab es eine Menge Aasgeier, aber nach ein paar Jahren tauchte nur noch etwa einer pro Jahr auf, und dann keiner mehr – für wie lange? Fünf Jahre? Bis auf einmal diese Frau vor der Tür stand.«

»Woher wußte sie von dem Buch?«

»Also, sie hatte es nicht speziell *darauf* abgesehen. Sie wollte sämtliche unveröffentlichen Texte von Billy – Texte oder Hinterlassenschaften. Sie war Amerikanerin – ungefähr in deinem Alter – und so unangenehm, wie Amerikaner nur sein können. Hat behauptet, die

Enkeltochter irgendeines Vetters von Billy zu sein, von dem *ich* noch nie etwas gehört habe.«

»Was hat sie dir gesagt?«

»Nun, nichts, mein Schatz. Ich war an ein Versprechen gebunden, nicht wahr? Außerdem ist sie mir blöd gekommen, eine richtige Spinnerin. Hat mir auf der Stelle Geld angeboten – als ob man sich mit Geld alles kaufen könnte. Ich hab sie fortgejagt. Trotzdem, die Art, wie sie gefragt hat, hat mich irgendwie beunruhigt. Als ob sie gewußt hätte, daß da irgend etwas war. Vielleicht nicht unbedingt das Buch, aber irgend etwas, und das hat sie anscheinend haben wollen.«

»Wie war ihr Name?«

»Das hat sie nicht gesagt. Obwohl sie meinte, ich würde wieder von ihr hören – sobald sie mit ihren Anwälten gesprochen hätte.«

»Und du hast mir nichts davon gesagt?«

»Janey, meine Hübsche, was hätte ich denn sagen sollen? Eine bekloppte Amerikanerin klopft an meine Tür und erkundigt sich nach einem Buch, dessen Besitz ich nicht zugeben kann… Ich war noch nicht bereit, dir davon zu erzählen, aber ich wollte dich auch nicht anlügen. Zwischen uns gibt es keine Lügen, hab ich recht?«

Janey nickte.

»Siehst du.«

»Und seitdem hast du nichts mehr von ihr gehört?« fragte Janey.

Der Chef schüttelte den Kopf. »Was hätte ich denn hören sollen? Sie oder die Rechtsanwälte können nichts machen. Das Buch existiert nicht.«

Janey sah auf das sehr reale Buch in ihrer Hand hinunter.

»Nun, ja«, sagte der Chef. »In gewisser Weise nicht.«

»Wann wolltest du mir davon erzählen?« fragte sie.

»Also, das ist komisch, meine Liebe. Ich hatte das Gefühl, das Buch würde den rechten Zeitpunkt selbst bestimmen – und hat es das nicht auch getan?«

Sie suchte in seinen Augen nach einem spöttischen Glitzern, vermochte jedoch nichts zu erkennen.

»Opi! Du glaubst doch nicht etwa, das Buch könnte ...«

»Hol deinem alten Großvater seinen Tee, und ich erzähle dir ein bißchen was über die Mousehole-Hälfte deiner beiden Billys.«

Wenn sie scherzhaft von den ›beiden Billys‹ sprachen, bezogen sie sich auf ihre Schwärmerei für das Werk von Billy Pigg und William Dunthorn. Etwas, worauf sie große Stücke hielt, war ›beinahe zwei Billys wert‹.

»Ich begreife immer noch nicht, warum du mir nie davon erzählt hast«, sagte Janey, während sie zur Küche vorging.

»Tja, nun« – der Blick des Chefs fiel auf den Rand von Dunthorns Brief, der ihr Lesezeichen war, »ich sehe, du hast auch den Brief gelesen, dann weißt du ja, warum ich es vor dir versteckt habe.«

»Ich hab's zufällig entdeckt«, sagte Janey, dazu bereit, sich abermals zu entschuldigen.

»Wenn du mir den Tee holst, ist das Strafe genug, mein Schatz«, sagte der Chef.

Der Mittelpunkt des Haushalts der Littles war die Küche – war es immer schon gewesen, zumal als Janeys Großmutter noch gelebt und sie mit den verführerischen Düften ihrer Bäckereien und mit ihrer warmherzigen Gegenwart erfüllt hatte.

Janey und der Chef hatten gleichermaßen unter dem Autounfall gelitten, bei dem des Chefs Frau und sein Sohn, Janeys Großmutter und ihr Vater ums Leben gekommen waren. Damals war sie gerade erst acht gewesen, so daß sie den größten Teil ihrer Kindheit in diesem Haus verbracht hatte, das ihr und dem Chef mit der Zeit besonders ans Herz gewachsen war. Ihre Mutter – Constance Little, geborene Hetherington – war mit einem Filmemacher durchgebrannt, einige Jahre vor dem Unfall während eines Urlaubs in New York, und hatte bis zu dem Tag, an dem die Scheidung rechtskräftig wurde, nichts mehr von sich hören lassen. Obwohl Janeys Mutter aus rechtlichen Gründen wieder ihren Mädchennamen angenommen hatte, benutzte sie Connie Little noch als Künstlernamen. In Anspielung auf die Filmbranche, in der sie tätig war, hatte Janeys Vater Paul vor seinem Tod einmal voller Bitterkeit bemerkt, daß sie Lingus als Nachnamen hätte wählen sollen.

Der Chef erinnerte sich nicht gern an die Frau. Was ihn anging, hatte sie seit dem Tag, an dem sie Paul und Janey verlassen hatte, nicht mehr zur Familie gehört. Sie hatte keinen Platz in dem Leben, das er und Janey miteinander führten.

Ganz gleich, wohin Janeys Musik sie führte und wie lange sie wegblieb, Mousehole würde immer ihr Zuhause sein – dieses Haus in der Duck Street, in dem der Chef lebte, nur eine halbe Minute Fußweg vom Hafen entfernt, wo er einstmals mit den anderen Fischern aus dem Dorf die Segel gesetzt hatte. Auch wenn die Sardinenschwärme zur Jahrhundertwende ausgeblieben waren, gab es trotzdem noch Arbeit für einen Fischer, als der Chef ein junger Mann war. Die Arbeit wurde immer weniger, bis nur noch ein Schatten der einstigen Industrie übriggeblieben war. Heute hatten die meisten Boote, die aus dem Hafen von Mousehole ausliefen, Ausflügler an Bord.

Die erste Melodie, die Janey jemals komponiert hatte, war ein simpler Reel auf der Fiedel, den sie ›Denzils Mouzel‹ nannte, und das Plattencover ihres ersten Albums war ein Foto des Dorfs, aufgenommen von der Fähre, die zwischen Penzance und den Scillies verkehrte, draußen in der Mount's Bay. Sie hatte das Dorf ebenso im Blut wie ihr Großvater.

Der Chef saß am Küchentisch und rieb über den Buchumschlag, während Janey an der Arbeitsplatte mit dem Tee beschäftigt war. Sie brachte Sandwiches und

Becher mit dampfendem Tee herüber, dann setzte sie sich ihm gegenüber und legte ihre Hand auf seine.

»Ich hab dich traurig gemacht, stimmt's?« fragte sie. »Hab dich an traurige Dinge erinnert.«

Der Chef schüttelte den Kopf. »Ich werd's niemals vergessen, mein Spatz. Herrgott noch mal, was waren wir für ein Paar, Billy und ich. Immer zu Streichen aufgelegt. Hundert Jahre früher zur Welt gekommen, und wir beide wären Schmuggler geworden, da bin ich mir sicher. Wir kannten sämtliche Plätze, wo sie früher gelandet sind, weißt du.«

Janey nickte. Sie wurde es niemals müde, mit dem Chef, der voller alter Sagen und Geschichten steckte, die Gegend um Mousehole zu durchstreifen. Er war stets bereit, eine Geschichte über diese Menhire zum besten zu geben, über diese Klippen, jene alte Straße, diese Sandbank, jene aufgegebene Zinngrube. Zu allem gab es eine Geschichte. Zumal zu den Steinmalen, mit denen die Halbinsel Penwith übersät war. Zum Steinkreis ›Die Glücklichen Jungfern‹ mit den beiden steinernen Dudelsackspielern nur ein Feld weiter. Zum durchlöcherten Stein des Men-an-Tol östlich von Penzance. Zum Boscawen-Und-Steinkreis mit seinen neunzehn Steinen und der umgekippten Mittelsäule gleich südlich von Crows-an-Wra. Zum alten römischen Dorf aus der Eisenzeit auf den Hügeln von Gulval.

»Dieser Brief«, sagte sie. »Er ist so geheimnisvoll ...«

»Ja, ich weiß. Billy hatte es manchmal faustdick hinter den Ohren – ein rauher Fischer, der vielleicht etwas mehr als nur ein bißchen verrückt war. Woher, glaubst du, habe ich denn meine Geschichten? Die Riesen und Kobolde, die Heiligen und die Schmuggler. Billy war's, der mir von ihnen erzählt hat, der eine realer als der andere.«

»Aber was ist denn falsch daran, daß er so war?« fragte Janey. »Ich habe die alten Leute in der Kneipe reden hören. Sie sind selbst alle halb närrisch von den gleichen Geschichten.«

Wie du, setzte sie im stillen liebevoll hinzu.

Der Chef zuckte die Achseln. »Selbstschutz, vermute ich. Bei uns beiden. Wir haben zusammen im Krieg gekämpft, weißt du. Die anderen Soldaten haben sich schon genug über unsere Art lustig gemacht, auch ohne daß wir den Eindruck erweckten, wir glaubten an Kobolde und solche Sachen. Die simpelsten Dinge, wie zum Beispiel Seemöwen …«

»Die Geister toter Seeleute«, sagte Janey.

»Das hat mir mein eigener Dad erzählt, und ich glaube daran. Aber manche Leute behandeln einen wie einen Idioten, wenn man ihnen davon erzählt. Oder sie halten einen für einen wunderlichen Kauz – die Touristen zum Beispiel. Billy hat das nicht viel ausgemacht, aber mir schon. Wenigstens damals. Ist seitdem zu 'ner Angewohnheit geworden, schätze ich.«

»Also hat Billy wirklich geglaubt, was er geschrieben hat?«

Der Chef lachte. »Ach, ich weiß nicht, mein Spatz. Er *sagte* immer, er glaube daran, und dann hätte man drauf schwören mögen, daß er es tat, aber er hatte immer so ein Glitzern in den Augen, wenn man richtig hinsah.«

Genau wie der Chef, dachte Janey, wenn er anfing, eine Geschichte zu erzählen. »Siehst du diesen Stein dort, Janey, mein Liebling?«, fing er an. »Es war einmal …« Und schon war er mitten drin in einer phantastischen Erzählung. Das Gesicht ernst, ohne die geringste Andeutung eines Lächelns, aber seine Augen funkelten.

»Warum, glaubst du, wollte Billy nicht, daß jemand anders das Buch zu Gesicht bekommt?« fragte sie. »Ich bin noch nicht weit gekommen, aber ich muß sagen, daß es mindestens so gut wie die anderen ist. Und wenn es so wichtig ist, daß es geheim bleibt, warum wurde es dann überhaupt gedruckt?« Sie schlug das Buch am Vorsatzblatt auf und las laut vor: »›Gedruckt in einer Auflage von einem Exemplar‹. Das kommt mir so … merkwürdig vor.«

Sie blätterte die Titelseite um und blickte auf den unteren Rand, wo der Name des Verlages stand, Goonhilly Downs Press, Market Jew Street, Penzance.

»Merkwürdig«, pflichtete der Chef bei. »In der Tat.«

»Du hast ihn nie danach gefragt?«

Der Chef schüttelte den Kopf.

»Warum nicht?«

»Ein Mann hat das Recht, Geheimnisse zu haben. Und eine Frau ebenfalls.«

»Mag sein.« Janey legte den Finger auf den Namen des Verlags. »Vielleicht könnten wir diese Leute fragen. Goonhilly Downs Press. Gibt's die noch?«

»Ich habe noch nie davon gehört.«

Die Goonhilly Downs lagen draußen auf Lizard's Point, auf der anderen Seite der Bucht. Janey fragte sich, wie ein Verleger aus Penzance dazu kam, sie als Firmennamen zu wählen. Aber danach konnte sie sich ebenfalls erkundigen.

»Stell dir all die Leute vor, die das gerne lesen würden«, dachte sie laut.

»Du darfst nicht darüber reden«, sagte der Chef. »Ich habe ihm mein Wort gegeben – mein Familienehrenwort, mein Engel. Auch du mußt es einhalten.«

»Aber ...«, setzte Janey an, doch dann nickte sie. Versprochen war versprochen. »Ich werd niemandem davon erzählen«, sagte sie.

»Ist noch Tee da?«

Janey erhob sich, um die Kanne zu holen. Nachdem sie zuerst einen Fingerbreit Milch in beide Tassen und zwei Teelöffel Zucker in die des Chefs gegeben hatte, schenkte sie neuen Tee ein.

»Ist das Buch der einzige geheime Text, den Billy geschrieben hat?« fragte sie, als sie sich wieder setzte.

»Der einzige, bei dem ich ihm Geheimhaltung zusichern mußte. Es gibt noch ein paar unveröffentlichte Artikel in einer Mappe in derselben Truhe, in der du das Buch gefunden hast – Artikel über lokale Angelegenheiten –, aber ich konnte nichts damit anfangen. Hab's nicht übers Herz gebracht, wenn ich ehrlich bin. Ich fand's irgendwie nicht richtig, Vorteile aus dem Tod eines Freundes zu ziehen. Ich nicht.«

Janey legte abermals ihre Hand auf seine. »Ich auch nicht«, sagte sie.

Sie saßen schweigend da, den Moment der Nähe verlängernd, dann rückte der Chef auf seinem Stuhl hin und her und rang sich ein Lächeln ab.

»Also dann, mein Engel«, sagte er. »Ich glaube, du bist mir einen Gefallen schuldig.«

»Woran dachtest du?« fragte sie argwöhnisch.

»Ach, nichts Schlimmes. Aber heute abend findet bei Charlie Boyd eine Session statt, und ...«

»Du wolltest mit deiner Enkeltochter angeben.«

»Ich habe nur die eine.«

Janey lächelte mit aufrichtiger Zuneigung. »Ich würde gern hingehn«, sagte sie. »Gib mir eine Chance, mit meinem Großvater anzugeben.«

3

Felix Gavin durchquerte die Londoner Victoria Station mit dem wiegenden Gang des Seemanns, der er war. Er war ein hochgewachsener, breitschultriger Mann, tief gebräunt, das dunkelbraune Haar ganz kurz geschnitten und mit einem kleinen Goldring im rechten Ohrläppchen. Er zog die Blicke der Frauen an, denen er auf dem Weg zum Bahnsteig begegnete, nicht so sehr aufgrund seiner Größe oder weil er stattlich war, sondern weil er die Fähigkeit besaß, anderen auf der Stelle Vertrauen einzuflößen.

Er strahlte Stärke und Ruhe aus; das Versprechen, daß er jemand war, auf den man zählen konnte. Er trug weite Flanellhosen, ein schlichtes weißes T-Shirt mit einem offenen Kolani darüber und robuste schwarze

Arbeitsschuhe. In der einen Hand trug er einen marineblauen Seesack, in der anderen eine ungefähr quadratische Holzkiste, schwarz angemalt und mit Abziehbildern der Häfen bepflastert, in denen seine vielen Schiffe angelegt hatten – die meisten in Europa und Nordamerika, aber auch einige in so fernen Gegenden wie Hongkong und Australien.

Während eines guten Drittels seiner achtundzwanzig Jahre war er zur See gefahren, zuletzt auf dem Frachter *La Madeleine*, der von Montreal ausgelaufen war. Er war in Madrid von Bord gegangen, nachdem er den Brief erhalten hatte, den er nun in der vorderen Hosentasche trug. Er war mit der erstbesten Maschine nach London geflogen, hatte sein Geld in britische Pfund umgetauscht und war unverzüglich in einen Zug zur Victoria Station eingestiegen.

Nun wartete er auf dem Bahnsteig auf einen anderen Zug, der ihn nach Westdeutschland bringen sollte.

Er stellte das Gepäck vor sich ab und lehnte sich, die Hände in den Taschen, an eine Säule. Die Finger seiner rechten Hand berührten den gefalteten Brief.

»Ach, Felix«, fing er an und ging folgendermaßen weiter:

> es fällt mir furchtbar schwer, dir dies zu schreiben. Du hast mir immer Postkarten geschickt, während ich kaum mehr als eine Weihnachtskarte zustande bekommen habe, und irgendwie kommt es mir unfair vor. Aber du hast gesagt, wenn ich jemals Hilfe brauchte, könnte ich mich auf dich verlassen.
>
> Ich brauche Hilfe. Kannst du zum Haus des Chefs kommen?
>
> Bitte sei mir nicht böse. Ich würde dich nicht darum bitten, wenn ich nicht verzweifelt wäre.
>
> Liebe Grüße,
> Janey

Der Brief war mit der Schreibmaschine geschrieben, auch die Unterschrift. Abgestempelt war er in Mousehole, Cornwall, wo ihr Großvater lebte. Wo Felix alle paar Monate seine Postkarten hinschickte. Auf den Karten standen immer nur ein paar Zeilen aus dem Hafen, in dem er sich zufällig gerade befand – kurze Zusammenfassungen der langen einseitigen Unterhaltungen, die er mit ihr führte, wenn er auf See war und sie ihn nicht hören konnte.

Seufzend bearbeitete Felix den Brief mit den Fingern, faltete ihn zu einem noch kleineren Quadrat zusammen.

Ihr böse sein? Niemals.

Die Gefühle, die er ihr gegenüber hegte, waren stets gemischt. Er war glücklich, daß er sie kennengelernt hatte, betrübt, weil alles so auseinandergelaufen war, enttäuscht, daß sie es nicht wieder hatten einrenken können, daß sie es nicht wirklich versucht hatten. Die schöne Vorgeschichte – die zweieinhalb Jahre, als alles nahezu perfekt gewesen war – konnten die letzten paar Monate der sinnlosen Streitereien, als sie Dinge geäußert hatten, die besser ungesagt geblieben wären und die sie zu spät bereuten, anscheinend nicht ungeschehen machen. Einmal ausgesprochen, hatten die Worte ein Eigenleben angenommen und ließen sich nicht mehr zurücknehmen.

Er hatte jedoch niemals aufgehört sie zu lieben; niemals aufgehört zu hoffen, daß sie irgendwann, irgendwie wieder zusammenkommen würden. Doch jetzt, da sie endlich nach ihm verlangte, war seine Hoffnung mit Angst vermischt, Angst vor dem, was wohl Schlimmes geschehen sein könnte, daß sie sich an ihn wandte.

Nicht der Chef, betete er. Laß nicht zu, daß diesem lieben alten Mann etwas passiert.

Aber was *war* passiert? Der Brief war so vage – so war Janey manchmal eben, ließ ihre Gedanken hierhin und dorthin treiben.

Sein Zug fuhr ein, und in der Aufregung des Einsteigens, Gepäckverstauens und der Suche nach einem freien Sitzplatz stellte er seine Sorgen dankbar zurück. Der Wagen war nur zu einem Viertel besetzt. Anders als im Sommer strömten die Engländer zu dieser Jahreszeit – es war Mitte Oktober – nicht in Scharen nach Westdeutschland, um Urlaub machen. Die Gegend um Penzance wurde die Riviera Cornwalls genannt, und im Sommer wurde sie diesem Namen gerecht. Nicht nur die Einheimischen und diejenigen, die dort geschäftlich zu tun hatten, unternahmen Ausflüge zur Halbinsel Penwith hinaus.

Als er es sich auf seinem Sitz bequem gemacht hatte, holte er einen Taschenbuchkrimi hervor und versuchte zu lesen, während der Zug aus dem Bahnhof hinausfuhr. Janeys Gesicht mischte sich jedoch ständig in die Handlung ein, und er vermochte der Erzählung des Privatdetektivs nur wenige Sätze weit zu folgen, dann mußte er zurückgehen und den Absatz noch einmal lesen. Seine Unsicherheit, was ihn wohl erwarten würde, vermischte sich allzu stark mit der Besorgnis, mit der er dem Wiedersehen entgegensah.

Als der Zug London hinter sich gelassen hatte, legte er das Buch endlich beiseite und schaute aus dem Fenster, sah zu, wie die von Hecken gesäumten Felder vorüberhuschten. Als Erinnerungen aufzusteigen begannen, eine nach der anderen, ließ er es geschehen.

Gut fünf Stunden später stieg er im Bahnhof von Penzance aus, trat auf den Parkplatz hinaus und blickte zum St. Michael's Mount hinüber, der sich wie der Buckel eines Tieres aus der Mount's Bay erhob. Es war schon dunkel, der graue Himmel wirkte in der näherrückenden Nacht wie Schiefer. Ein frischer Ostwind wehte vom Wasser her und brachte scharfen Salzgeruch und das Versprechen auf Regen mit.

Schließlich drehte er sich um und ging auf eine Telefonzelle zu, dann überlegte er es sich anders. Er war noch nicht so weit, sie anzurufen. Er wollte den ersten Kontakt nicht durch ein unpersönliches Telefongespräch herstellen. Er überlegte, ob er ein Taxi nach Mousehole nehmen sollte – das Dorf lag ein paar Meilen westlich von Penzance, gleich hinter Newlyn, alle wie drei Möwen auf einer Schiffsreling an der Küste der Mount's Bay aufgereiht –, dann entschied er sich dagegen.

So viele Erinnerungen wurden hier wachgerufen. Besser, er durchquerte sie zu Fuß, bevor er das alte Haus des Chefs in der Duck Street erreichte, dachte er, als wenn er auf dem Rücksitz eines Taxis mit ihnen fertigzuwerden versuchte.

Er legte sich den Trageriemen des Seesacks über die Schulter, hob den Holzkoffer hoch und machte sich auf den Weg, zuerst über die Quay Wharf Road bis zur Battery Road, dann über die Western Promenade aus der Stadt hinaus und weiter nach Newlyn.

Selbst bei Nacht war Mousehole genau so, wie er es in Erinnerung hatte. Vielleicht gerade bei Nacht, denn er war so oft mit Janey durch seine dunklen Straßen gewandert, daß er es ebensogut kannte wie seine eigene Heimatstadt Deschenes in Westquebec. Beide lagen am Meer, aber damit endeten die Gemeinsamkeiten auch schon.

Zumindest in seiner Jugend war Deschenes ein in Armut lebendes abgelegenes Dorf gewesen, das an dem Teil des Ottawas lag, der Lac Deschenes genannt wird. Die Straßen waren voller Schmutz, die Häuser baufällig, einige kaum besser als mit Zeltplanen abgedeckte Baracken. Im Mittelpunkt der Erinnerungen, die er von dort mitgenommen hatte, standen seine streitenden Alkoholikereltern, sein Bruder Barry, der seine Harley Davidson um einen Laternenpfosten wickelte, wobei er und seine Freundin ums Leben kamen, ihre

Schwester Sue, die ihr erstes Kind mit fünfzehn bekam, und hundert andere unglückliche Ereignisse.

Mousehole war ein alter Hafen, ein unverdorbenes Fischerdorf mit schmalen Straßen und Gassen, die sich zwischen den Reihen der Landhäuser und winzigen Blumengärten hindurchschlängelten. Wenn es hier Armut gab, dann präsentierte sie der Welt, anders als in seiner Heimatstadt, nicht ihre Schattenseiten.

Er gelangte über die Strandpromenade hinein, kam am Old Coastguard Hotel vorüber und ging weiter bis zur Nordklippe. Dort stellte er sich vor den Zeitungskiosk und blickte seewärts über die beiden Arme der Kaimauer hinaus, die den Hafen des Dorfes beschützend umfaßten. In mehr als einer mondhellen Nacht hatte er mit Janey von diesen Mauern aus die Wellen an die Steine klatschen gehört, das Meer beobachtet oder mit dem Rücken zum Wasser gesessen und das malerische Bild des terrassenförmig angelegten Dorfes auf sich wirken lassen, das den Hügel hinanstieg und in dessen Fenstern die Lichter blinkten. Gute Nächte waren das gewesen. Sie brauchten nicht ständig zu reden. Die Dunkelheit hielt sie ebenso freundlich umfaßt wie die Arme des Kais den Hafen.

Felix wandte sich von der Aussicht ab. Er trödelte herum, und er kannte den Grund. So kurz davor, Janey wiederzusehen, verließ ihn ebenso sicher sein Mut, wie bei Ebbe das Wasser aus dem Hafenbecken rann.

Er ging am Zeitungskiosk vorbei zu einer winzigen Gasse, welche die Häuser zu beiden Seiten trennte, und durchschritt sie bis zum Ende. Dies war die Duck Street, die am Anfang nur wenige Meter breit war, sich dann jedoch zu einer einspurigen Straße verbreiterte, die auf den Wellington Place mündete, den Platz, hinter dem gleich das Haus des Chefs am Chapel Place lag, gegenüber der Methodistenkirche.

Eine schwarz-orangefarbene Katze beäugte ihn neugierig von der Mauer aus, als er das schmiedeeiserne

Tor öffnete, das in den winzigen Vorgarten des Chefs führte. In dem zweieinhalbstöckigen Haus waren die Lichter an.

Dort drinnen war Janey, dachte er. Wahrscheinlich saß sie gerade zusammen mit ihrem Großvater vor dem Kamin. Und las. Oder sie spielte mit dem Chef eine Partie Domino. Sie machte keine Musik, denn er vernahm weder ihren Dudelsack noch die Geige.

An der Tür zögerte er.

Na los! dachte er.

Er hob den Messingklopfer an der Tür, klopfte scharf gegen die dahinter mit dem Holz verschraubte Platte. Und auf einmal überkam ihn ein eigenartiges Gefühl.

Es war niemand zu Hause. Er spürte die Leere, die die Erwartung vor ihm verborgen hatte. Weder Janey noch der Chef waren da. Aber jemand anderer…

Er klopfte abermals und vernahm ein Krachen. Ohne zu überlegen, ließ er sein Gepäck auf den gepflasterten Weg fallen und versuchte, die Tür zu öffnen. Sie war unverschlossen, ging auf eine Berührung hin auf. Mit flatternden Nerven trat er hindurch und spürte den Schlag nahen, noch bevor er getroffen wurde.

Die kurze Vorwarnzeit ließ ihm genügend Zeit, sich wegzudrehen und den Schlag mit der Schulter abzufangen. Eine Gestalt mit etwas Unförmigem unter dem Arm schoß an ihm vorbei. Felix fand das Gleichgewicht wieder, bekam eine Hand frei und packte den Mantel des Mannes an der Schulter. Bevor er ihn ins Haus zurückziehen konnte, rammte ihm der Mann seine Last in den Bauch.

Felix ließ die Schulter des Mannes los. Er knickte in der Taille ein und bekam etwas zu fassen, das sich als Schachtel voller Papiere und Zeitschriften entpuppte. Der Mann rang eine Weile, versuchte, die Schachtel wieder in seine Gewalt zu bringen, das Gesicht noch immer im Schatten verborgen. Dann öffnete sich im Nebenhaus eine Tür. Auf den Schrei des Nachbarn hin stieß der Mann die Schachtel noch einmal fest gegen Felix und floh. Als Felix das Gleichgewicht wiedererlangt hatte und auf den Hof hinausgetreten war, sah er den Mann über die Duck Street in Richtung Mousehole Lane flüchten.

Er stellte die Schachtel vor der Tür ab, wandte sich dem Nachbarn des Chefs zu und mußte einen Moment lang überlegen, bis ihm dessen Name wieder einfiel.

»Mr. Bodener?« sagte er. Seine Stimme klang heiser, da er außer Atem war.

George Bodener war ein paar Jahre älter als der Chef und wie dieser in Mousehole geboren; im Gegensatz zu diesem war er jedoch in seinem ganzen Leben nie weiter als bis Plymouth gereist war. Er war mager und grauhaarig, aber er hatte ein rundliches Koboldgesicht, das beinahe ständig lächelte. Jetzt fehlte dieses Lächeln jedoch. Er hielt einen Stock erhoben in der Hand und musterte Felix eingehend, bis er ihn schließlich sinken ließ.

»Felix, hab ich recht?« fragte er. »Janeys Musikerfreund?«

Felix nickte. »Ich habe einen Einbrecher überrascht ...«

»Einen Einbrecher? In Mousehole? Ti-ta-to! Aber hier doch nicht!« Er kam ein paar Schritte näher. »Hat er dich verletzt?«

»Nein, mir ist nichts passiert. Bloß ein bißchen durchgeschüttelt.«

Als er an den gewalttätigen Angreifer zurückdachte, blickte er wieder besorgt ins Haus des Chefs hinein. Hatte der Mann Janey oder ihrem Großvater etwas getan?

»Mach dir wegen denen keine Sorgen, du«, sagte George. »Sind ausgegangen, das sind sie, raus zu Boyd's Farm. Es ist Freitag abend, oder etwa nicht?«

Freitag abend, das bedeutete eine Session bei Charlie Boyd, erinnerte sich Felix. Manche Dinge ändern sich nie. Aber wie kam Janey dazu, eine Session zu besuchen, wo sie doch eigentlich in Schwierigkeiten sein sollte?

Eigentlich? setzte Felix im stillen hinzu. Wie sollte man dann den Einbrecher nennen, den er soeben überrascht hatte? Einen Gast des Hauses?

»O je«, sagte George, als er sich zu Felix in den Eingang stellte und ins Haus spähte. »Hat ein ziemliches Durcheinander angerichtet.«

Felix nickte. Eine Stehlampe lag auf dem Teppich, der Glasschirm war zerbrochen. Bücher waren vor dem Kamin auf dem Boden verstreut. Die Polster des Sofas und des Klubsessels des Chefs am Fenster waren herausgerissen. Er sah auf die Schachtel hinunter, die er vor dem Einbrecher gerettet hatte. Papiere waren darin und etwas, das aussah wie ein Buch. Wer brach wegen so etwas in ein Haus ein?

»Möchtest du vielleicht einen Tee?« erkundigte sich George.

Felix schüttelte den Kopf. »Ich glaube, ich werde ein bißchen aufräumen, ehe Janey und der Chef wiederkommen – damit der Schock nicht so groß wird.«

»Ist mal 'ne gute Idee.«

»Hat es in letzter Zeit viel Ärger gegeben?« fragte Felix in beiläufigem Ton.

George blinzelte überrascht. »Ärger? In Mousehole? Das hier ist nicht London. Nicht mal Penzance.«

Felix schenkte ihm ein Lächeln. »Ich hab nicht nachgedacht«, sagte er.

»Macht nichts«, sagte George. Er sah sich ein letztes Mal im Wohnzimmer um. »Also, ich geh dann mal wieder fernsehen, Felix. Schau doch morgen mal rein und erzähl mir einen Schnack aus irgend'nem fernen Hafen.«

»Mach ich.«

Er sammelte im Hof seine Habseligkeiten auf und brachte sie und die Schachtel ins Haus, während George zu seinem Haus zurückging. Dann verbrachte er eine halbe Stunde damit, das Zimmer aufzuräumen und soviel wie möglich wieder zu reparieren, bevor er sich Tee machte.

Eine seltsame Diebesbeute, dachte er, als er die Schachtel in die Küche brachte. Er sah die Papiere durch und stellte fest, daß es Manuskripte und Artikel von Billy Dunthorn, dem alten Kumpel des Chefs, waren. Es war auch ein Buch dabei, dessen Titel Felix nicht kannte, aber das hatte nichts zu sagen. Er las bloß das, was ihm in die Hände kam, und entweder es gefiel ihm oder nicht.

Er kannte jedoch Dunthorn, weil Janey es niemals müde wurde, über diesen Mann und sein Werk zu sprechen.

Er nahm den Tee in das inzwischen aufgeräumte Wohnzimmer mit, setzte sich in den Sessel des Chefs und blätterte müßig im Buch, während er darauf wartete, daß Janey und ihr Großvater nach Hause kamen.

Die krabbelnde Maus

Däumling, Guck-in-die-Luft, Gernegroß,
Dummkopf, Winzling, jetzt geht's los.

Kinderreim

Jodi konnte nicht anders – sie mußte es einfach wissen.

Selbstverständlich gab es so etwas wie einen Kleinen nicht. Wie könnte es auch? Und die Witwe Pender war keine Hexe. Sie verfügte weder über geheimnisvolle Kräfte, um über die Lebenden zu gebieten, noch vermochte sie die Toten zu beschwören. Etwas anderes zu glauben hieße, in einem Märchen zu leben.

Denzil wurde niemals müde, sie daran zu erinnern, daß die Welt ein seltsamer und wundervoller Ort war, so wie sie war. Welchen Grund gab es also, herumzuschnüffeln, übernatürlichen Absonderlichkeiten hinterherzujagen, die unmöglich existieren konnten, solange noch nicht einmal die Geheimnisse der Natur begriffen waren?

›Ja‹, und ›natürlich‹, und ›ganz deiner Meinung‹ erwiderte Jodi darauf immer.

Aber dann waren da die Geschichten – die vielen Geschichten. Von Gespenstern und Spukerscheinungen und Dingen, die nachts herumpolterten. Von Feen und Riesen und unmöglichen Wesen. Woher kamen sie? Aus unseren Köpfen, mehr war nicht dran? Zweifellos hatte irgend etwas ihre Urheber dazu inspiriert, sich das Unglaubliche vorzustellen. Bestimmt war irgendwo ein Körnchen Wahrheit an den Geschichten, die deren Urhebern durch den Kopf gingen.

Und wenn sich hinter dem Unmöglichen wahre Wunder verbargen?

Und wenn nun der Mond aus Käse bestünde? gab Denzil trocken zurück. Dann wäre die Frage, wer ihn Nacht für Nacht aß und wie er wieder erschien, Stück für Stück, bis er wieder genauso rund war wie zuvor.

Also nickte Jodi widerstrebend, aber ganz gleich wie sehr sie sich bemühte, vernünftig zu sein, sie konnte die kleine Stimme in ihrem Kopf nicht zum Schweigen bringen.

Was wäre, wenn die Wunder wirklich waren? Was wäre *dann*?

Sie mußte es einfach wissen.

Und so kletterte Jodi spät in der Nacht, als sich die letzten Kunden verabschiedet hatten und Tante Nettie und ihre Mädchen endlich zu Bett gegangen waren, aus dem Fenster, glitt an einer Regenrinne hinunter und machte sich über das Kopfsteinpflaster Bodburys auf den Weg zum Haus der Witwe Pender.

Und es war eine Nacht für Rätsel. Wolken huschten über den Himmel, verbargen den Mond, weckten Schatten auf. Das Meer murmelte vor sich hin wie eine alte Frau, klatschte an die Pfähle des Kais, der vor dem Bruch lag, die Flut glitzerte phosphoreszierend. Kein einziges Fenster, an dem sie vorbeikam, war erleuchtet – nicht einmal Denzils Werkstatt.

Sie ging mit beschwingtem Schritt, atmete den salzigen Tanggeruch der Nachtluft ein, die weichen Sohlen ihrer Schuhe verursachten kein Geräusch auf dem Pflaster. Sie war nicht einmal nervös – ihre Abenteuerlust verhinderte dies –, bis sie schließlich zum Stadtrand gelangte und das Haus der Witwe in Sichtweite kam. Dann wurde sie langsamer und blieb stehen, als sie sich in der Deckung des letzten Hauses vor dem der Witwe befand.

Das zweistöckige Steinhaus, das der Witwe Pender gehörte, ragte düster und bedrohlich aus dem dunklen

Garten auf. Aus einem Erdgeschoßfenster fiel flackerndes Licht, als ginge die Witwe auf und ab.

Bald würde sie das Haus verlassen, dachte Jodi, als sie sich an der Mauer des Nachbarhauses niedersetzte, um zu warten. Im Bruch war allgemein bekannt, daß die Witwe immer spätnachts ausging, wenn die ganze Stadt schlief, und auf der Landzunge vor ihrem Haus stand und das Meer beobachtete.

An ihren Mann dachte, sagten die Leute.

Sich mit den Ertrunkenen unterhielt, flüsterten die Kinder aus dem Bruch untereinander.

Das letztere schien Jodi nur allzu wahrscheinlich, als sie sich nervös an die Wand drückte und das Haus der Witwe beobachtete. Die Nacht um sie herum hatte sich verändert. Im Murmeln der Flut war jetzt ein unangenehmer Unterton. Die leichte Brise, die vom Meer her wehte, war mehr ein Atem als ein Meereswind. Bäume ächzten unheilvoll. Unsichtbare *Wesen* raschelten in den Hecken.

Ihr warmes, behagliches Bett schien sehr weit weg und höchst verlockend, aber sie kaute auf der Unterlippe und blieb auf dem Posten, weigerte sich, die Nerven zu verlieren. Tapferkeit war jetzt gefragt, und sie war entschlossen, durchzuhalten. Doch während sie dort wartete, mußte sie unwillkürlich an all die Gespenstergeschichten denken, von denen sie gehört hatte. Geschichten über Nebelgeister, die sich hinter Hecken erhoben, um Reisende mit ihrer unheimlichen Gegenwart zu erschrecken. Über Ertrunkene, die aus der Brandung hervortaumelten, die Gliedmaßen mit Tangsträhnen umwickelt, während das Wasser aus ihren verfaulenden Kleidern strömte. Über den Bagle Wight, eine strohgliedrige Vogelscheuche von einem Wesen, dessen Kopf eine riesige ausgehöhlte Rübe war; er fing und fraß Kinder, die nachts von zu Hause ausbüchsten …

Jodi wünschte, sie hätte nicht an ihn gedacht. Jetzt

hörte sie nichts anderes mehr als das Geräusch seiner weichen Schritte hinter sich auf der Straße. Die Vorstellung, er kröche auf sie zu, packte sie mit seinen knorrigen Fingern und drückte scharfe Dornennägel in ihre Arme, drängte sich geradezu auf.

Sie fröstelte und blickte sich so oft über die Schulter um, daß ihr beinahe entgangen wäre, wie die Witwe das Haus verließ. Jodi sah ihr nach, dann erhob sie sich rasch. Den sich entfernenden Rücken der Witwe im Auge behaltend, huschte sie mit angehaltenem Atem zu dem erhellten Fenster hinüber und spähte hinein.

Und sah nichts Ungewöhnliches.

Anscheinend blickte sie ins Wohnzimmer der Witwe hinein, und was sie sah, war zum Gähnen normal. Im Kamin brannte ein Kohlefeuer. Auf dem Kaminsims standen zwei dicke weiße Kerzen in einem silbernen Kerzenhalter und erhellten den Raum mit ihrem flackernden Schein. Vor dem Feuer standen zwei bequeme Sessel, auf dem Sitz des einen lag eine Näharbeit; auf einer Anrichte waren Porzellanteller dekorativ zur Schau gestellt – überwiegend mit Ansichten aus Bodbury und seiner Umgebung; ein langer Tisch an der anderen Wand, voller Schnitzwerkzeuge, Holzstücke und Stoffe, erinnerte sie an Denzils Werkbänke; und es gab ein Bücherregal mit ebensovielen Nippsachen wie Büchern. An den Wänden hingen Gemälde und Stickbilder. Den Boden bedeckte ein behaglicher dicker Wollteppich.

Doch es gab nichts Magisches. Keinerlei Utensilien, wie man sie für gewöhnlich mit Hexen in Verbindung brachte – kein über einem Feuer brodelnder Kessel, keine Kräuterbündel und seltsamen Talismane. Und das war ja auch nicht zu erwarten gewesen. Wenn die Witwe eine Hexe wäre, würde sie ihr Arbeitsgerät verstecken. Auf dem Dachboden vielleicht. Oder im Keller.

Jodi wandte ihre Aufmerksamkeit wieder dem Arbeitstisch zu. Am anderen Ende befand sich ein mit einem Stück Samt bedeckter quadratischer Kasten. Sie blickte in die Richtung, welche die Witwe eingeschlagen hatte, doch es hatte nicht den Anschein, als käme sie bereits wieder zurück.

Sollte sie es wagen? Sie war immerhin schon so weit gekommen, aber das Haus tatsächlich zu betreten und in ihren Sachen herumzuschnüffeln…

Sie zögerte lange, dann ging sie nach vorn zur Tür. Der Knauf ließ sich mühelos drehen, die Tür schwang lautlos auf, als sie ihr einen Stoß versetzte. Auf der Schwelle zögerte sie erneut, dann holte sie tief Luft und trat ein.

Dann stand sie in der Diele und wartete auf etwas, ohne zu wissen worauf. Wahrscheinlich auf eine Art von Alarm, vermutete sie. Daß eine Katze sie ansprang, fauchend und zischend. Auf einen Raben, der krächzend durch den Korridor auf sie zugeflogen kam. Auf einen schwarzen Hund, der sich zu ihren Füßen vom Boden erhob, aus einer schwarzen Rauchwolke erschien, rotäugig und knurrend. Aber da war nichts.

Wie sollte es auch anders sein? So etwas wie Hexen gab es nicht. Die Witwe Pender war bloß eine einsame alte Frau, die sich mit ihrer Einsamkeit und ihrer Rente durchschlug, und hier war Jodi, die uneingeladen und zweifellos ohne willkommen zu sein in ihr Haus eindrang.

Ratty Friggens meint, sie hätte einen Kleinen in diesem alten Haus, das ihr gehört…

Aber Kleine waren auch nicht realer als Hexen, oder?

Einen Winzling, den sie in einem Marmeladenglas verwahrt.

Sie bewegte sich durch den Korridor auf das Wohnzimmer zu. Aus ihrem jetzigen Blickwinkel wirkte es genauso harmlos wie eben, als sie durchs Fenster gespäht hatte. Mit dem freundlichen Feuer, dem schwachen Geruch nach getrockneten Blumen in der Luft, hätte es auch das Zimmer jeder anderen alten Frau sein können.

Sie trat ein, fuhr mit einer Hand über die glatte Holzplatte der Anrichte und näherte sich dem Arbeitstisch. Als sie ihn erreicht hatte, blieb sie stehen und betrachtete neugierig, woran die Witwe gearbeitet hatte.

Puppenmöbel.

Ein kleiner Mann.

Es gab hundert gute Gründe dafür, daß sie Puppenmöbel herstellte.

Sie hat einen Kleinen ...

Jodi legte ihre Hand auf das Tuch über dem Kasten am Kopfende des Tisches, und als sie es langsam wegzog, kam darunter ein Aquarium zum Vorschein. Im Gegensatz zu denen in Denzils Wohnung war dieses jedoch eingerichtet wie ein Puppenhaus. Es gab einen kleinen Tisch mit zwei Stühlen; einen winzigen Kamin mit einem Stück Kohle darin, und das Ofenrohr führte an der Aquariumwand nach oben und trat durch ein rundes Loch im Glas an der Rückseite aus; es gab einen Kleider- und einen Küchenschrank; einen winzigen Webteppich; ein Bett, komplett mit Bettwäsche und Kissen. Es lag sogar eine Puppe unter der Decke. Doch dann drehte sich die Puppe herum und sah zu Jodi auf, und das Herz klopfte ihr bis zum Hals.

Der Kleine.

Heiliger Strohsack, es war tatsächlich ein kleiner Mann!

Er war nicht größer als eine Maus; ein vollkommen ausgestalteter Miniaturmensch blinzelte aus seinem Glasgefängnis zu ihr empor. Er drückte sich die Bettdecke fest an den Hals, mit aufgerissenen Augen und einem Ausdruck von Entsetzen im winzigen Gesicht.

Sie beugte sich zur Aquarienscheibe vor, wobei sie sich möglichst langsam bewegte, damit sie ihn nicht noch mehr erschreckte, als sie im Nacken einen kühlen Luftzug verspürte. Sich noch immer langsam bewegend, diesmal jedoch aus Angst, richtete sie sich wieder auf und wandte sich zur Tür um.

Darin stand die Witwe und schaute sie mit ihren dunklen Augen belustigt an. Sie stützte sich auf ihren Stock, die dunklen Falten ihres Umhangs fielen bis auf die Schnürstiefel herab.

»Was haben wir denn da?« sagte sie. »Du hast mir also nachspioniert, Jodi Shepherd?«

Sie konnte sich nirgendwo verstecken – dafür war es sowieso zu spät – und auch nicht weglaufen, darum verharrte Jodi mit schlackernden Knien an Ort und Stelle und sah der Witwe entgegen.

In der Tür bewegte sich etwas zu Füßen der Witwe, lenkte Jodis Blick auf sich. Bereits halb gelähmt – weil der Kleine existierte und die Witwe sie ertappt hatte –, konnte sie nur das kleine Wesen anstarren, das dort hockte.

Es war nicht größer als eine Katze oder Denzils Affe, sein Körper war jedoch unbehaart. Sein rundbäuchiger Rumpf ruhte auf spindeldürren Gliedmaßen. Es hatte ein dreieckiges Gesicht mit einem wirren dunkelroten Haarschopf darüber. Muschelförmige Ohren standen rechtwinkling vom Kopf ab. Es klammerte sich an den Saum des Umhangs der Witwe, erwiderte Jodis Starren mit untertassengroßen Augen. Die breite Mundöffnung zeigte die Andeutung eines Lächelns.

Jodi zwang sich, wieder die Witwe anzusehen.

»Was – was haben Sie jetzt mit mir vor?« brachte sie schließlich heraus.

»Tja, das ist nun die Frage, nicht wahr?« erwiderte die Witwe.

Ihr Tonfall war nachsichtig, aber etwas war in ihren Augen, das Jodi frösteln ließ.

Wie hatte sie bloß eine solche Närrin sein können, hierherzukommen, ohne daß jemand wußte, wohin sie gegangen war?

Sie war dazu verdammt, den Rest ihres Lebens als

Kröte oder Wassermolch oder irgend etwas anderes zu verbringen, je nachdem, in was die Witwe sie wegen des widerrechtlichen Eindringens in ihr Haus und die Entlarvung ihrer Geheimnisse verwandeln würde.

»Ich – ich wollte wirklich keinen …«

Ärger machen, wollte sie sagen, aber ihre Kehle schnürte sich einfach zu, und es wollte kein Wort mehr herauskommen.

»Mein kleiner Mann ist so einsam«, sagte die Witwe.

Das Wesen zu ihren Füßen begann zu kichern. Jodi versuchte zurückweichen, aber hinter ihr war nur der Arbeitstisch, gegen den sie sich bereits drückte.

»Bitte«, flehte Jodi.

Die Witwe sagte ein Wort, das zwischen ihnen mitten in der Luft zu hängen schien.

Es gehörte keiner Sprache an, die Jodi kannte, aber trotzdem vermochte sie es beinahe zu verstehen. Ihr wurde übel, als sie hörte, wie die drei Silben wiederholt wurden, so als schlösse ihr Körper unbewußt auf seine Bedeutung und scheute vor den Folgen zurück.

Dann sprach die Witwe Jodis Namen aus. Sie wiederholte ihn einmal, zweimal. Insgesamt sagte sie ihn dreimal.

Nun war Jodi schwindelig.

Ich werde nicht ohnmächtig, dachte sie, als sie vom Tisch zurücktaumelte.

Ein erstickendes Gefühl von Enge erfaßte sie, schien von allen Seiten her auf sie einzustürzen. Gleichzeitig wichen die Wände vor ihr in die entgegengesetzte Richtung zurück.

Benommen, taumelnd und orientierungslos, versuchte Jodi das Gleichgewicht zu halten, aber dennoch hob sich ihr der Boden entgegen.

Die Jagd

Der stolze Nimrod die erste Jagd begann –
Ein großer Jäger, seine Beute ein Mann.

Alexander Pope, aus *Windsor Forest*

Im Westen von Mousehole, weit im Westen; jenseits der zerklüfteten Klippen von Land's End, jenseits des Atlantischen Ozeans und noch weiter nach Westen; jenseits des nordamerikanischen Kontinents bis zur Südspitze der Insel Vancouver ... Dort erwachte in einem tadellos gepflegten Haus im Tudorstil ein alter Mann aus einem leichten Schlaf und setzte sich im Bett auf.

Mit fast neunzig Jahren war John Madden immer noch so fit wie Mitte sechzig, und damals war er gut in Form gewesen – so gut, daß sein Arzt einmal bemerkt hatte: »Wenn Sie nicht schon seit zwanzig Jahren mein Patient wären, John, dann würde ich schwören, daß Sie keinen Tag älter als fünfzig sind.«

Wohl wahr, der schwarze Haarschopf, der dem jungen Mann gehört hatte, der er einmal gewesen war, ergraute und lichtete sich ein wenig. Er bewegte sich jetzt auch langsamer, seine schlanke Gestalt spürte die Sprödigkeit des Alters, so daß die Knochen bei jedem Wetterumschwung schmerzten, und wenn er sich morgens erhob oder lange am Schreibtisch gesessen hatte, waren die Muskeln steif. Aber er verwaltete seinen Besitz noch immer selbst, mit all der Klugheit, die ihn vor langer Zeit zu einem reichen Mann gemacht hatte, und sein Verstand war so klar und scharfsichtig wie eh und je.

In den Kreisen, in denen er sich bewegte, stellte er eine Ausnahme dar – immer ein Führer, niemals ein

Schmeichler. In seinem Bekanntenkreis wunderte man sich über seinen Scharfsinn und seine für sein Alter ungewöhnliche Gesundheit, jedoch niemals in seiner Gegenwart. Aber er konnte es in ihren Augen lesen, mit jedem Jahr deutlicher, in dem er im wesentlichen unverändert blieb, während sie auf der Strecke blieben und der Nachwuchs ihre Plätze einnahm – bis sich in den Augen der Jüngeren schließlich die gleichen Fragen zeigten.

Das Geheimnis seines Erfolgs beruhte jedoch weder auf seiner raschen Auffassungsgabe noch auf der hervorragenden Verfassung, in der sich sein alternder Körper befand. Der Schlüssel lag vielmehr in dem kleinen Bild einer grauen Taube verborgen, die seitlich auf sein linkes Handgelenk tätowiert war, so plaziert, daß sein Uhrenarmband sie vor zufälliger Entdeckung verbarg.

Nachdem er die Lampe über seinem Bett angeknipst hatte, drückte Madden einen Knopf auf der Sprechanlage, die neben dem Telefon auf dem Nachttisch stand.

»Sir?«

Die Antwort erfolgte fast ohne Verzögerung, schneidig und hellwach, obwohl der Empfänger zweifellos geschlafen hatte, als ihn der Anruf in seinem Zimmer im Erdgeschoß des Gebäudes erreicht hatte.

»Ich möchte dich sprechen, Michael«, sagte Madden.

»Ich komme gleich.«

Madden lehnte sich gegen das Kopfbrett zurück und schloß die Augen.

Vor fünfundfünfzig Jahren hatte er sich mit einem seiner Landsleute gemessen und verloren. Diese Niederlage schmerzte ihn noch immer; nicht die Niederlage an sich – schon damals hatte Madden über solchen Nebensächlichkeiten gestanden –, sondern der unersetzliche Preis, der ihm entgangen war.

Er hatte es fast schon in Händen gehalten – ein Geheimnis, das sich nicht mit weltlichen Maßstäben messen ließ –, doch es war ihm entglitten, ebenso unbestimmt und unberührbar wie Nebel, der unter der Morgensonne verdunstete. Es existierte weiter, doch sein Gegner hatte es allzu gut versteckt. Es ruhte an einem geheimen Ort, und das Wissen darum hatte sein Widersacher mit in sein feuchtes Grab genommen.

Madden hatte wieder und wieder Detektive darauf angesetzt, doch solange es schlief, war das Geheimnis unsichtbar. Unzugänglich. Verloren. Er hatte das Haus und dessen Umgebung selbst durchsucht und nichts entdeckt, er, der soviel wußte über das, wonach er suchte, wenn er auch nicht die Gestalt kannte, die es gegenwärtig einnahm – wie sollte er da hoffen, daß andere Erfolg haben würden?

Trotzdem ließ er sie Wache halten.

Und wartete.

Denn eines Tages, das wußte er, würde es wieder erwachen.

Und dann würde das Geheimnis sein werden.

Und er würde es für immer besitzen.

Ein Klopfen an der Eichentür seines Schlafzimmers riß ihn aus seinen Träumereien. Er öffnete die Augen.

»Komm rein, Michael«, sagte er.

Der eintretende Mann war ebenfalls ein Geheimnis – was allenfalls die hermetische Weltgemeinschaft vermutete, aber seine Bedeutung reichte über okkulte Belange hinaus. Michael Bett war – davon hatte Madden sich unwiderlegbar und zweifelsfrei überzeugt – eine Reinkarnation einer der größten Hexenmeister des frühen zwanzigsten Jahrhunderts. Geboren am 5. Dezember 1947, war seine Existenz nicht nur der Beweis, daß Reinkarnation möglich war, sondern auch, daß der Wille eines Zauberers stark genug war, ihm mehr als eine Gelegenheit zu bieten, in körperlicher Form auf der Erde zu wandeln.

Madden hatte Bett in seinem vorigen Leben gut gekannt, so gut, daß er sich nicht irren konnte, als er ihm in seiner neuen Identität begegnete.

Die Ähnlichkeit war keine körperliche. Bett war ein drahtiger, schlanker Mann – im Gegensatz zu dem Mann, der er einmal gewesen war. Er trug das dunkle Haar modisch lang, seine Gesichtszüge waren eckig, die Wangenknochen ausgeprägt, die Stirn hoch, seine allzu hellen Augen lagen ein bißchen zu tief in den Höhlen. Aber er verfügte über den gleichen starken Willen, die gleiche Neigung zum Exzeß, die gleiche Unfähigkeit zu normaler Zuneigung, die Überheblichkeit und den brillanten Verstand.

In den früheren Leben war er mißverstanden worden, und er wurde auch jetzt mißverstanden. Jedoch nicht von Madden. Madden hatte seinen glänzenden Verstand gehätschelt.

Er hatte Bett vor zehn Jahren entdeckt, war über ihn gestolpert, als er auf einer zugigen Chicagoer Gasse gerade vor dem Leichnam seines letzten Opfers stand, und plötzlich war ihm klargeworden, welcher gequälte Geist sich hinter dem strahlenden Blick des Mannes verbarg.

Bevor Bett ihn angreifen konnte, rief er die Taube an – deren Symbol sie beide am Handgelenk trugen –, und er nahm Bett mit. Baute ihn auf und stillte sein unersättliches Verlangen nach dem Leiden anderer. Lenkte den unglaublichen Willen des Mannes auf die Doktrinen des Ordens, woraufhin er davon abkam, das Fleisch seiner Mitmenschen zu quälen, da er nun ein intellektuelles Ventil für seine Exzesse hatte, und selbst Maddens hohe Erwartungen noch weit übertraf.

Aber konnte das jemanden, der wußte, wer Bett war, eigentlich überraschen?

Es gab solche und solche Geheimnisse. Dieses gehörte Madden und Michael Bett und niemandem sonst. Es war zehn Jahre alt, brachte aber jedesmal, wenn er seinen Kollegen betrachtete, ein zufriedenes Glitzern in Maddens Augen.

Er winkte Bett zu sich heran. Bett durchquerte den Raum und setzte sich ans Fußende von Maddens Bett.

»Du hast es wieder gespürt?« fragte er.

Madden nickte. »Zweimal an einem Tag. Ich glaube, es wird Zeit, daß du Lena aufsuchst.«

Bett runzelte die Stirn.

»Ich weiß«, sagte Madden. »Wenn sie unzuverlässig wird oder außer Kontrolle gerät ...«

»Ich werde sie im Zaum halten.«

»Aber sanft. Ihr Vater nimmt einen hohen Rang im Orden ein.«

Bett nickte und erhob sich.

»Am besten packe ich jetzt meine Sachen«, sagte er.

Er wandte sich zum Gehen, blieb in der Tür stehen.

»Du kannst dich auf mich verlassen«, sagte er, dann war er verschwunden.

Madden nickte vor sich hin. Mich darauf verlassen, daß du es mir bringst, dachte er. Aber wenn das Geheimnis erst einmal seiner gegenwärtigen Gestalt entrissen ist und uns zum Gebrauch zur Verfügung steht? Werde ich mich dann immer noch auf dich verlassen können?

Madden war klug genug, um zu verhindern, daß ihm seine Zuneigung zu Bett den Blick auf das habsüchtige Wesen des Mannes verstellte. Soviel Madden auch für Bett getan hatte, die Loyalität seines Kollegen würde immer zuallererst ihm selber gelten.

Schließlich, dachte Madden, während er durchs Zimmer blickte, sind wir gar nicht so verschieden voneinander.

Eben darum unterschieden sie sich von den Schafen.

Welcher Teufel reitet dich?

Es ist immer gut, wenn man mit anderen Spielern in Kontakt kommt und entdeckt, daß man gar kein solcher *Narr* ist, daß es noch andere gibt … die dieses seltsame Instrument spielen.

KATHRYN TICKELL über den northumbrischen Dudelsack, aus einem Interview in *Folk Roots* Nr. 41, November 1986

Manus Boyd war es gewesen – Charlie Boyds Großvater, ein Einwohner der Grafschaft Kerry aus Ballyduff nahe der Shannonmündung –, der zur Jahrhundertwende das in Irland weitverbreitete ›Rambling House‹ auf der Halbinsel Penwith eingeführt hatte. Janey hatte die Geschichte so oft gehört, daß sie wie Charlies Kinder auch nur die Augen verdrehte und an andere Dinge dachte, wenn Charlie sie wieder einmal erzählte.

Manus hatte 1902 zusammen mit seiner Frau Anne das Keltische Meer überquert und war irgendwie in Cornwall gelandet, wo er Melker auf einer Farm nahe Sennen wurde, das damals zu den großen Gütern Cornwalls gehörte. Zu jener Zeit hatten die Gutsbesitzer Mühe, Pächter für ihre Farmen zu finden, darum mietete ein alteingesessener Farmer als Mittelsmann das nicht übertragbare Land, stattete es mit Vieh aus und verpachtete das Gut einem Melker seiner eigenen Wahl. Dieser Melker war für den Besitz nicht verantwortlich; die Verantwortung für dessen Unterhalt oblag dem abwesenden Farmer.

Als Charlie die Farm übernahm, verhandelte er nicht mehr mit dem Mittelsmann, sondern pachtete die Farm

über einen Grundstücksmakler unmittelbar vom Gutsbesitzer. Er bestellte das Land in dritter Generation, und zu Beginn des Zweiten Weltkriegs erkannten ihre wortkargen Nachbarn schließlich an, daß es die Boyd-Farm und nicht mehr die Farm der Dobsons war, die vor Manus Boyd die Pächter gewesen waren.

Manus und Anne waren gestorben, ebenso wie Charlies Eltern, aber es gab immer noch jede Menge Boyds auf diesem Stück Land, nämlich Charlie, seine Frau und drei Kinder sowie seinen Bruder Pat. Und die Musiksessions, die es zu Zeiten seiner Großeltern zum allgemeinen Treffpunkt gemacht hatten, waren bei denen, die ein Ohr für schöne alte Weisen hatten, so beliebt wie eh und je.

So ziemlich das einzige, was Janey an den Sessions nicht mochte, war die Tatsache, daß so viele Leute rauchten; wenn sie nach Hause kam, rochen ihre Kleider und ihr Haar immer nach Rauch. In den meisten Folkclubs, in denen sie spielte, war es das gleiche, aber obwohl es sie störte, stellte es doch nur ein unbedeutendes Ärgernis dar angesichts der schönen Zeit, die sie stets dort verbrachte.

Als sie und der Chef eintrafen, war bereits eine stattliche Zahl von Gästen versammelt.

Chalkie mit seinem Melodeon war da und saß neben Jim Rafferty, der die Blechflöte noch nicht aus der Innentasche seines Jacketts geholt hatte. Ein paar Mitglieder der Newlyn Reelers – eine lokale Tanzgruppe – waren gekommen, außerdem Bobbie Wright und Lesley Peake, ein profesionelles Duo, die gegenüber von Penzance wohnte und Gitarre und Geige spielten.

Andere waren von den umliegenden Farmen gekommen, manche mit Instrumenten, andere nur mit ihren Stimmen, und dann waren da natürlich die Boyds: Onkel Pat am Tenorbanjo; Charlie an der Geige und seine Frau Molly am Piano und der Englischen Konzertina; ihre Tochter Bridget an der Querflöte und Blechflöte und ihre Söhne, Sean ebenfalls an der Geige und Dinny, der sowohl den irischen Dudelsack als auch den northumbrischen Dudelsack spielte.

Dinny hatte Janeys ersten Dudelsack aufgetrieben, als diese angefangen hatte, davon zu reden, daß sie Dudelsack spielen wolle. Er brachte ihr die Grundlagen bei und ermutigte sie, wann immer die Schwierigkeiten des Instruments so groß wurden, daß sie es am liebsten in die Mount's Bay geworfen hätte.

Außerdem war Clare Mabley gekommen, Janeys beste Freundin, die neben den beiden für Janey und ihren Großvater reservierten Stühlen saß. Clare war dunkelhaarig, schlank und blaß und arbeitete in der Buchhandlung von Penzance. Neben ihrem Stuhl lag auf dem Boden ein Stock aus Schlehdorn. Als Janey sich setzte, holte sie eine kleine Blechflöte aus der Handtasche.

»Ich hab die F-Flöte«, sagte sie. »Kam heute mit der Post.«

Janey lächelte. »Und?«

»Ich muß mich erst noch an die Tonlage gewöhnen.«

Clare hatte eine gute Singstimme, aber sie hatte immer schon ein Instrument spielen wollen. Das Problem dabei war, daß sie sich anscheinend nie auf das Instrument zu konzentrieren vermochte, das sie gerade ausprobierte. Schließlich fing sie mit der Flöte an und blieb dabei hängen, als Jimmy Rafferty ihr versicherte, daß sie leicht zu erlernen sei, und er ihr anbot, sie zu unterrichten. Die Sessions machten ihr jetzt erheblich mehr Spaß als früher, obwohl sie jedesmal, wenn sie an die Reihe kam, ein Stück auswählte, das jeder kannte, so daß sie es gar nicht selbst hätte spielen müssen.

So wie jeden Freitagabend hatten sie sich alle in Boyds riesiger Küche versammelt und Stühle, Hocker und Kisten um den Gasofen und den großen Küchentisch herum, auf dem eine Unmenge von Kuchen, Biskuit und Plätzchen ausgelegt waren, welche die verschiedenen Gäste mitgebracht hatten, zu einer Art Kreis zusammengestellt. In einer großen Porzellankanne neben dem Herd wurde ständig Tee aufgebrüht, wenn auch viele stärkere Getränke mitgebracht hatten, so der Chef sein braunes Ale, dessen eine Flasche unter seinem Stuhl, die andere unter Janeys stand.

Die Musik ging im Kreis herum. Wenn jemand an die Reihe kam, mußte er irgend etwas zum besten geben: eine Melodie, ein Lied, eine Geschichte, einen Witz – ganz egal was. Wenn man das Stück kannte und es passend schien, fiel man darin ein; wenn nicht, lehnte man sich einfach zurück und ließ sich unterhalten.

So wie meistens, wenn sie eintrafen, hatte Janey erst dann Platz genommen, als die Reihe an sie gekommen war. Sich gutmütig beklagend, packte sie ihren Dudelsack aus dem Koffer aus und schnallte sich den Blasebalg über den Ellbogen ihres linken Arms. Dann befestigte sie den Luftsack mit den Baßpfeifen daran und legte sich die Baßpfeifen schräg vor den Oberkörper, so daß sie auf dem rechten Arm ruhten, dann kuppelte sie den kleinen Chanter an. Nachdem sie Baß- und Melodiepfeifen kurz aufeinander abgestimmt hatte, grinste sie Dinny an und begann mit einer lebhaften Fassung von ›Billy Pigg's Hornpipe‹. Es war eines ihrer Lieblingsstücke, das Pigg selbst geschrieben hatte.

Da sie in F spielte, konnten die meisten anderen Musiker nicht einfallen. Es stellte eine Besonderheit der northumbrischen Dudelsäcke dar, daß sie nicht in den Tonarten der meisten Standard-Tanzweisen zu spielen vermochten. Nachdem Dinny einen Durchgang lang zugehört hatte, fiel er beim nächstenmal mit seinem eigenen Dudelsack ein, ebenso wie Clare mit ihrer winzigen neuen F-Flöte, deren hohe liebliche Töne angenehm mit dem bienenstockartigen Brummen der Baßpfeifen und dem weicheren Klang der Melodiepfeifen kontrastierten.

Sie beendeten das Stück mit einem von Applaus begleiteten Finale, wobei Clare heftig errötete, und dann war der Chef mit einer seiner unwahrscheinlichen Geschichten dran. Anschließend begann Chalkie auf seinem Melodeon mit einer Version von ›Johnny Cope‹, und Janey tauschte den Dudelsack gegen ihre Fiedel aus. Als Chalkie zum ›Beschwipsten Seemann‹ überwechselte – eine irische Variante derselben Melodie – spielte jeder, der ein Instrument in Händen hielt, mit, und diejenigen, die keines hatten, klatschten in die Hände, und die Küche hallte wider vom Klang der Musik.

Und so verstrich der Abend, mit Melodien und Liedern und Gedichtrezitationen. Jedesmal, wenn sie oder Dinny drankamen, nahmen sie beide ihre Dudelsäcke zur Hand und genossen die Gelegenheit, zusammen zu spielen. Das mochte Janey an den Sessions am liebsten.

Es war nur schade, daß sie Dinny nicht dazu bringen konnte, sie auf der bevorstehenden Tournee zu begleiten, dachte sie mitten in einer besonders gefühlvollen Version des langsamen Stücks ›Die Blumen des Waldes‹. Sie spielten mit der Melodielinie, wobei die Chanter, die zum lieblichen Schnarren der Baßpfeifen wundervoll miteinander harmonierten, abwechselnd die Führung übernahmen.

Dinny machte sich jedoch nichts aus Tourneen. Er liebte die Musik, aber wie seine ganze Familie zog er Sessions organisierten Auftritten vor. Erst nach wochenlangem Zureden hatte sie ihn dazu gebracht, ein paar Stücke für ihre beiden Platten einzuspielen.

Irgendwann kam die Reihe an Frank Woolnough, der in der Nähe von St. Buryan eine Farm besaß. Er spielte weder ein Instrument, noch konnte er singen, aber er erzählte gerne Geschichten, je verrückter, desto lieber. Hin und wieder brachten er und der Chef einen Abend damit zu, sich gegenseitig zu übertrumpfen, und jetzt, wo der Chef seine Geschichte von den beiden unheimlichen Nebelgeistern erzählt hatte, die er eines Nachts auf einer Landstraße nahe Sennen gesehen hatte, mußte Frank ihn da nicht ausstechen?

»Also«, sagte er. »Das hab ich von meinem Vater, und es hat sich ganz in deiner Nähe zugetragen, Chef, nämlich im Hafen von Mousehole. Dort hatte ein Boot von Lizard's Point angelegt, und mein Vater, der ein paar Bier zuviel intus hatte, wankte gerade vom ›Schiff‹ nach Hause. War sonst gar nicht seine Art, wißt ihr, aber an diesem Tag hatte er'n bißchen Glück gehabt, und mußte ihm da nicht jeder einen ausgeben?

Betrunken war er wohl, aber paßt auf, was er mir erzählt hat. Da stand er also am Geländer und guckte sich die Boote an, die alle in die eine oder andere Richtung gekippt waren, es war nämlich grad Ebbe, und da sieht er doch tatsächlich einen kleinen Mann aus dem Boot der ›Lizard‹ rauskommen. War nicht größer als wie 'ne Maus, wie er da über die Festmacheleine lief und so mühelos das Gleichgewicht hielt, daß man's kaum für möglich gehalten hätte.

Also, mein alter Herr blinzelt, blinzelt noch einmal, und irgendwo zwischen den beiden Blinzern ist der kleine Mann doch tatsächlich verschwunden!«

Am Ofen brach Onkel Pat in Gelächter aus. »Wohl zurück in die Flasche, aus der er gekommen war!«

»Lach du nur«, sagte Frank, »aber mein alter Herr ging zum Hafen runter, um nachzusehen, und was meinst du wohl, was er da sah? Winzige Fußstapfen, die von der Festmacheleine über den Sand zu einem großen Haufen Netze führten, die auf den Treppenstufen lagen.«

Frank nickte verständig, ein Auge feierlich auf den Chef gerichtet.

»Nebelgeister, gut und schön«, sagte er. »Aber wär doch möglich, daß du bloß einen Nebel gesehen hast, Chef. Nimm's mir nicht übel, aber so seh ich das. Aber dieser kleine Mann – ein Kobold war's, den mein alter Herr da gesehen hat, Gott ist mein Zeuge. Die Fußstapfen waren der eindeutige Beweis.«

»Und wer hat sie sonst noch gesehen?« fragte Chalkie.

»Tja, nun«, erwiderte Frank. »Es kam halt die Flut und wusch sie weg. Aber er hat sie klar und deutlich gesehen, und betrunken oder nüchtern, mein alter Herr war nicht der Typ, der so eine Geschichte erfindet.«

Die Erzählung hatte Janey zum Lächeln gebracht. Sie erinnerte sie an Dunthorns Werk und an das neue Buch, das sie an diesem Nachmittag entdeckt und das sie gerade angefangen hatte zu lesen. Bevor sie sich jedoch allzuviele Gedanken machen konnte, stimmte Bridget Boyd, die neben Frank saß, eine Melodie an, und die Musik schlug sie alle wieder in den Bann.

Gegen Mitternacht verstummte die Musik allmählich, und die Gäste brachen auf. Janey und der Chef gehörten zu den letzten, die sich verabschiedeten, denn der Chef führte mit Onkel Pat eine ernsthafte Unterhaltung über den Fischhandel, den der Chef von seinem Haus aus betrieb, indem er mit einem hellgelb lackierten schrottreifen alten Austin Kombi, der auf jeder Seite die Aufschrift ›Frischer einheimischer Fisch‹ trug, die Haushalte belieferte.

Dinny und Janey waren in ihre eigene Unterhaltung vertieft und stießen beinahe mit den Köpfen zusammen, während sie die Besonderheiten von Rohrblattinstrumenten, die eigentümlichen Wendungen bestimmter Melodien und andere Fachfragen erörterten, was Clare und die anderen – die dies schon allzu oft gehört hatten, wenn die beiden zusammen waren – dazu veranlaßte, sich weniger ausgefallenen Themen zuzuwenden.

Als es schließlich Zeit war aufzubrechen, schloß Clare sich Janey und dem Chef an, um sich von ihnen nach Hause bringen zu lassen. Janey packte ihre Instrumente in den Kofferraum ihres winzigen dreirädrigen Reliant Robin – was Dinny zu seinem üblichen Kommentar veranlaßte, wann sie sich denn endlich einen *richtigen* Wagen anschaffen würde? –, und sie machten sich über die gewundenen, auf beiden Seiten von hohen Hecken gesäumten Straßen auf den Rückweg von Lamorna nach Mousehole.

Sie setzten Clare an der Tür des Hauses ab, das sie sich mit ihrer Mutter auf dem Raginnis Hill teilte, nur ein paar Häuser vom Wildvogelhospital entfernt. Nachdem sie vereinbart hatten, sich morgen zu treffen, weil dies Clares freier Tag war, winkte Janey ihrer Freundin zu, der Chef fügte ein »Schlaf gut, mein Engel« hinzu, und sie fuhren den Hügel hinunter nach Hause.

2

Felix hörte den kleinen Reliant, noch ehe dessen Scheinwerfer flackernd durch das Wohnzimmer des Chefs huschten, als er um die Ecke der Mousehole Lane bog und neben dem Kombi des Chefs hielt. Er legte das geborgene Buch beiseite, in dem er gelesen hatte, und beugte sich erwartungsvoll im Sessel vor, während sich sein Puls beschleunigte.

Drei Jahre ist es her, dachte er.

Hatte sie sich verändert? Oder er? Würde es peinlich werden?

Er fuhr sich mit der Hand über sein Stoppelhaar, lauschte auf ihre Stimmen vor dem Haus. Er wollte sich gerade aus dem Sessel erheben, da wurde die Tür aufgerissen, und Janey platzte ungestüm wie eh und je ins Zimmer.

Und blieb abrupt stehen, als sie ihn im Sessel des Chefs sitzen sah.

Der Chef folgte ihr langsamer nach. Er sprach als erster.

»Felix, du meine Güte. Wie *geht* es dir?«

Felix erhob sich aus dem Sessel, doch ehe er antworten konnte, hatte Janey ihre Instrumente aufs Sofa fallengelassen und flog buchstäblich durch den Raum, um ihn zu umarmen.

»Felix!« rief sie, während sie ihn an sich drückte, die kleinen Arme fest um ihn geschlungen.

Felix' Puls verdoppelte abermals sein Tempo. Er legte die Arme um sie, berührte die vertrauten Konturen ihrer Schulterblätter unter dem Pullover, roch den Zigarettenrauch, der sich in ihren Kleider und ihrem Haar festgesetzt hatte, aber auch ihren eigenen lieblichen Duft.

Er brachte kein Wort heraus.

Janey lehnte sich ein wenig zurück, damit sie ihm ins Gesicht sehen konnte.

»Das ist eine wundervolle Überraschung«, sagte sie. »Es ist eine *Ewigkeit* her.«

Eine Überraschung? dachte Felix.

Der Chef schloß die Tür.

»Du hättest dich anmelden sollen«, sagte er. »Wir hätten dich vom Bahnhof abgeholt.«

Janey drückte ihn noch einmal, dann trat sie mit immer noch strahlenden Augen zurück. »Das sieht dir ähnlich, daß du einfach so reinplatzst.«

»Aber ...«, setzte Felix an.

»Es tut so gut, dich zu sehen«, fuhr Janey fort, bevor er den Satz beenden konnte. Sie zog ihn zum Sofa, damit sie nebeneinander sitzen konnten. »Du mußt mir alles erzählen. Wo du warst. Was du hier machst.« Sie sah zu seinem Gepäck hinüber, und ihr Blick fiel auf den Holzkoffer. »Wie ich sehe, hast du dein Akkordeon mitgebracht. Hoffentlich auch ein paar neue Stücke.«

»Es ist kein Bier da«, sagte der Chef, »aber ich kann Wasser aufsetzen.«

Felix schüttelte den Kopf. »Nein, danke. Ich hab gerade Tee getrunken.«

Janey nahm seine Hand und drückte sie. »Wie lange kannst du bleiben?« fragte sie. »Sag mir, daß es Wochen sind.«

Felix hätte sich am liebsten nur in ihrer Aufmerksamkeit gesonnt und geschwiegen, schaffte es jedoch nicht.

»Janey«, sagte er. »Warum bist du überrascht, mich zu sehen?«

Sie blinzelte. »Warum denn nicht? Du hast deinen Besuch nicht angekündigt.«

»Aber der Brief ...«

»Du hast geschrieben?« Sie blickte zum Chef. »Wir haben keinen Brief bekommen, oder?«

Der Chef schüttelte den Kopf.

»Er muß unterwegs verlorengegangen sein«, sagte Janey. »Wo hast du ihn abgeschickt?«

»Ich habe dir nicht geschrieben«, sagte Felix. »Du hast mir geschrieben.«

Janey blinzelte erneut. »Das habe ich nicht«, sagte sie.

Felix löste seine Hand aus ihrer und holte den gefalteten Brief aus der Tasche. Er reichte ihn ihr.

»Und was ist das?« fragte er.

Janey faltete den Brief auseinander und überflog ihn rasch.

»Der ist nicht von mir, Felix«, sagte sie.

Felix runzelte die Stirn. »Das ist nicht komisch«, sagte er. »Ich komme von weither. Ich ...«

Was sollte er sagen? Daß er gekommen war, weil er einmal etwas versprochen hatte und weil ihm Versprechen heilig waren? Weil er ihr gesagt hatte, er werde immer für sie da sein, komme was wolle? Weil der Brief in seinem Kopf wie ein Leuchtfeuer gebrannt und tote Hoffnungen wiedererweckt hatte?

»Ich habe ihn wirklich nicht geschrieben«, wiederholte Janey. »Und ich bin weder in Schwierigkeiten noch verzweifelt noch sonstwas.«

»Aber ...«

»Also, das stimmt nicht ganz. Ich habe mich von Alan getrennt, und ich stehe kurz vor einer Tournee, und ich suche tatsächlich verzweifelt nach einem Sideman, aber deswegen würde ich dir nicht schreiben.« Sie tippte auf den Brief. »Das klingt so … so feierlich.«

»Deshalb bin ich hergekommen.«

Janey war inzwischen vollkommen ernst geworden. Sie nahm wieder seine Hand.

»Es bedeutet mir viel, daß du daraufhin hergekommen bist«, sagte sie.

»Kann ich den Brief mal sehen?« fragte der Chef.

Janey reichte ihn hinüber.

»Da hat dir aber jemand einen seltsamen Streich gespielt«, sagte der Chef, als er ihn durchgelesen hatte.

Felix begegnete dem ruhigen Blick des alten Mannes und sah darin, daß der Chef genau wußte, warum er gekommen war – und daß er den Grund dafür billigte. Gewiß, er und der Chef waren stets gut miteinander ausgekommen. Aber so sehr er den alten Mann auch mochte, es war seine Enkeltochter, an der ihm in erster Linie gelegen war.

»Bist du weit gereist?« setzte der Chef hinzu.

»Ich habe ihn in Madrid erhalten«, sagte Felix, »und bin gleich hergekommen.«

»Ich habe ihn wirklich nicht geschrieben«, sagte Janey. »Ich besitze nicht mal eine Schreibmaschine.«

Er wollte ihr glauben. Aber wenn sie ihn nicht abgeschickt hatte, wer dann? Wer kannte ihn so gut, daß er gewußt hatte, daß ihn ein solcher Brief dazu veranlassen würde, hierherzukommen, ganz gleich, wo er sich befand, wenn er ihn bekam? Und wen sollte das kümmern?

Es ergab keinen Sinn.

»Das ist nicht Janeys Art«, sagte der Chef.

»Ich weiß.«

Zumindest glaubte er es. Die Janey, die er gekannt hatte, hätte sich niemals diesen Spaß erlaubt. Aber wer wußte schon, wie sehr sie sich in drei Jahren verändert haben mochte?

Er rieb über die Stoppeln auf seinem Schädel und

kam sich dumm vor, daß er die ganze Reise gemacht hatte und nun hier war, wo er nicht gebraucht wurde.

»Trotzdem ist es *wundervoll*, dich zu sehen«, sagte Janey.

»Und um so besser, daß es keine Probleme gibt, findest du nicht, mein Spatz?« fügte der Chef hinzu.

Probleme, dachte Felix.

»Also, es gab ein Problem«, sagte er.

Er schilderte kurz, was sich vor ihrer Ankunft ereignet hatte.

»Wie konnte überhaupt jemand davon wissen?« sagte der Chef, als Felix geendet hatte.

»Was wissen?« fragten Felix und Janey gleichzeitig.

Der Chef sah das Buch an, das auf der Armlehne seines Lieblingssessels lag. Lange Zeit schwieg er. Schließlich seufzte er.

»Irgend etwas stimmt nicht mit dem Buch«, sagte er. »Ich weiß nicht genau, was es ist, aber seit es in meinem Besitz ist, sind Leute dahinter her.«

Janey rückte an die Sofakante vor. »Das stimmt! Du hast gesagt, eine Amerikanerin hätte sich danach erkundigt.«

»Und sie ist nicht die erste, mein Herzblatt«, sagte der Chef. »Seit ich es von Billy bekam. Ich… nun, wir waren Kumpel, Billy und ich. Waren wie Brüder zueinander, stimmt's? Ich wußte nicht, was es mit dem Buch auf sich hatte, daß er's mir geschickt hat, oder warum er wollte, daß ich's verstecke – ich hab's selbst gelesen, und es ist bloß eine Geschichte wie alle anderen auch, die er geschrieben hat – aber ich hab's versteckt.

Zuerst bei Charlie und später dann auf Andy Spurrs Farm, in der Nähe vom Wasserspeicher, und das war auch gut so, denn es kamen Männer vorbei, die sich danach erkundigten, mir mit juristischen Schritten drohten – obwohl sie damit kaum durchgekommen wären – und sogar zum Haus kamen, wenn weder ich noch meine Alte daheim waren.«

»Wann war das?« fragte Janey.

»Ach, das ist schon Jahre her – bevor du geboren wurdest, mein Liebling. Aber sie kamen und schnüffelten monatelang herum, gaben keinen Augenblick Ruhe, bis sie eines Tages alle auf und davon waren. Von Zeit zu Zeit bekam ich einen Brief – oder einen Anruf, als wir den Anschluß hatten –, worin sich jemand nach Billys ›unveröffentlichten Werken‹ erkundigte. Sie wären Herausgeber, wißt ihr, die noch unveröffentlichte Notizen oder Geschichten haben wollten oder um Fotos und Artefakte baten, aber ich konnte den Unterschied zwischen echten Lektoren und diesen Leuten erkennen, was immer sie waren. Jedenfalls keine Verlagsmenschen, obwohl ich euch nicht sagen kann, woher ich das wußte oder wer sie wirklich waren. Oder was sie eigentlich wollten.«

Janey fröstelte. »Das wird ja immer mysteriöser.«

Der Chef nickte, wirkte jedoch nicht besonders glücklich darüber.

»Als Andy letztes Jahr starb, wollte seine Witwe, daß ich die Kiste mit Billys Schriften wegschaffe, weil sie die Farm verlassen und mit ihrem Sohn in St. Ives leben wollte. Ich stellte sie auf den Speicher, aber ich habe nicht reingesehen, bloß nachgeschaut, ob das Buch noch da war. Hab das Buch nicht aufgeschlagen.«

»Warum nicht?« fragte Felix.

Der Chef zuckte die Achseln. »Keine Ahnung, mein Lieber. Hab bloß so ein Gefühl, das irgendwas *passieren* wird, wenn das Buch aufgeschlagen wird.«

»Aber was sollte denn passieren?« wollte Janey wissen.

Der Chef sah aus, als wolle er etwas sagen, dann zuckte er abermals die Achseln und meinte bloß: »Die Aasgeier könnten wieder herumschnüffeln.«

»Ich nehme doch an, man könnte mit einem bislang unbekannten und unveröffentlichten Buch von Dunthorn Geld machen«, bemerkte Felix.

Weder der Chef noch Janey antworteten darauf.

»Nun, was meint ihr dazu?«

»Schon möglich«, sagte der Chef. »Aber es wäre nicht recht. Ich habe etwas versprochen, oder nicht?«

»Ich wollte damit nicht sagen, daß du es veröffentlichen lassen solltest«, sagte Felix. »Es wäre lediglich eine Erklärung dafür, warum die Leute danach suchen – und sogar bereit sind, es zu stehlen. Es muß irgendwelche Gerüchte über die Existenz des Buches geben, die ab und zu wiederaufleben.«

Janey schüttelte den Kopf. »Ich habe sämtliche Biographien gelesen, die über ihn geschrieben wurden, und bis ich das Buch heute nachmittag entdeckt habe, bin ich nirgendwo auf einen Hinweis auf *Das kleine Land* oder irgendwelche anderen unveröffentlichten Bücher gestoßen.«

»Es geht nicht nur um Geld«, stimmte der Chef zu. »Irgend etwas an diesem Buch ist eigenartig. Ich kann es nicht in Worte fassen, aber es ist da. Ich spür's einfach.«

Felix dachte an das Buch. Auch er hatte ein bestimmtes Gefühl, aber eigenartig konnte man es nicht nennen. Das Wort, das er gewählt hätte, war wohltuend. Es war die Art Buch, bei dem er sich von Anfang an behaglich und unter Freunden gefühlt hatte. Bereit dazu, der Handlung zu folgen, ganz gleich, wie phantastisch sie sein mochte. Dabei machte er sich gar nicht viel aus solchen Büchern.

»Was wirst du jetzt tun?« fragte er den Chef. »Es wieder verstecken?«

»Ich denke schon.«

»Aber nicht bevor ich es gelesen habe!« protestierte Janey.

Der Chef lächelte. »Nein. So lange können wir noch warten, meine Prinzessin. Aber wir müssen vorsichtig sein und es jedesmal gut verstecken, wenn wir aus dem Haus gehen.«

Wieder fröstelte Jane. »Ist das nicht alles – ach, ich weiß nicht – irgendwie unheimlich?«

»Es ist schon seltsam, das stimmt«, sagte der Chef.

Aber auch nicht seltsamer als der mysteriöse Brief, der ihn hierhergeführt hatte, dachte Felix. Er lag vergessen auf Janeys Schoß. Felix schaute ihn an, dann hob er ihn auf und faltete ihn erneut zusammen.

»Felix«, setzte sie an, als er ihn in die Tasche steckte. »Ich hab ihn ehrlich nicht geschickt.«

»Schon gut«, sagte er. »Es macht mir nichts aus, daß ich gekommen bin. Es ist wirklich schön, dich zu sehen – euch beide.«

»Du wirst mir doch nicht wieder weglaufen?« fragte Janey.

War sie der Meinung, daß ihre Beziehung so geendet hatte? fragte sich Felix. Damit, daß er von ihr weggelaufen war?

»Nein«, sagte er. »Ich werde einen Tag oder so bleiben, aber dann muß ich los.«

»Aber du bist ja gerade erst angekommen.«

Wie sollte er ihr erklären, was es für ihn bedeutete, hier bei ihr zu sein, aber nicht mit ihr *zusammen*?

»Ich habe fast mein ganzes Geld ausgegeben, um so schnell wie möglich hierherzukommen«, sagte er. »Ich muß wieder nach London und nachschauen, welche Schiffe im Hafen liegen und ob ich einen Job bekommen kann.«

»Du kannst bei uns bleiben«, sagte Janey.

»Ich bleibe heute nacht.«

»Wir haben jede Menge Platz«, fügte der Chef hinzu.

Felix wußte, was er damit sagen wollte. Es könnte wieder wie früher sein, als er hier mit ihnen zusammengelebt hatte. Aber es würde – könnte – nicht mehr dasselbe sein. Und obwohl Felix sich nichts sehnlicher wünschte, als mit Janey befreundet zu sein, war er im Augenblick zu durcheinander, um an die Möglichkeit, daß sie wieder zusammenkommen könnten, auch nur zu denken.

Da war dieser Brief, der zwischen ihnen stand …

»Gib mir nicht die Schuld für etwas, das ich nicht getan hab«, setzte Janey an, doch der Chef brachte sie zum Schweigen, bevor sie weiterreden konnte.

»Laß dem Mann Zeit, etwas zur Ruhe zu kommen, mein Schatz.« Er sah Felix an. »Erinnerst du dich noch an dein altes Zimmer?«

Felix nickte.

»Hat sich nicht viel darin verändert. Du kannst raufgehen und es benutzen, wenn du möchtest.«

Felix wandte sich Janey zu. Er wollte ihr seine Verwirrung schildern, aber obwohl er so beredt zu ihr sprechen konnte, solange er sich weit draußen auf See auf irgendeinem Frachter befand und sie nur in seiner Vorstellung anwesend war, herrschte jetzt, wo er hier im Haus des Chefs in der Duck Street saß und ihre Gegenwart nur allzu real war, in seinem Kopf ein völliges Chaos.

»Ich glaube, ich gehe nach oben«, sagte er.

Als er sich vom Sofa erhob, ergriff Janey seinen Arm, und er hielt inne, schaute sie an.

»Ich …«, setzte sie an, dann seufzte sie. »Ich wollte dir bloß gute Nacht sagen.«

Felix schenkte ihr ein schwaches Lächeln. »Gute Nacht«, sagte er.

Er sammelte sein Gepäck auf und ging nach oben.

3

Als Felix gegangen war, blieb Janey lange auf dem Sofa sitzen. Während sie hörte, wie er sich in seinem Zimmer umherbewegte, wurde ein Schwall von Erinnerungen in ihr wach. Es waren gute Erinnerungen, und zum erstenmal seit langer Zeit fragte sie sich, warum ihre Beziehung eigentlich nicht geklappt hatte.

Im Gegensatz zu Alan war er niemals eifersüchtig

auf ihren Erfolg als Musikerin gewesen, noch hatten ihn die Tourneen, die er mit sich brachte, so belastet wie den Burschen, mit dem sie vor Alan zusammen gewesen war – wahrscheinlich deshalb, weil Felix durch seine Arbeit selbst in der ganzen Welt herumkam. Trotzdem hatten sie Wochen in Mousehole verbracht, wenn sie nicht auf Tournee war und er abgemustert hatte, und wenn sie in der Welt herumreiste, tauchte er oft an den merkwürdigsten Orten auf, um ein paar Tage mit ihr zusammen zu verbringen. Einmal in Neuengland, als sein Schiff in Boston festgemacht hatte. Ein andermal in Kalifornien, als er sich ein paar Monate freigenommen hatte und durchs ganze Land getrampt war, um sie zu sehen. Bei einem Festival in Deutschland. Oder in Schottland.

Wie Dinny Boyd machte er gern Musik, hatte jedoch nicht die geringste Lust, daraus einen Beruf zu machen – was sie einfach nicht verstehen konnte, weil er so unglaublich gut auf dem Akkordeon war. In den Kreisen, die etwas davon verstanden, wurde er in einem Atemzug mit einigen Meistern auf diesem Instrument genannt – John Kimmel, Paddy O'Brien, Joe Cooley, Tony MacMahon, Joe Burke – und galt Altersgenossen wie Martin O'Connor, Jackie Daly und anderen als ebenbürtig. Außerdem spielte er gewöhnliche Flöte, Querflöte und Gitarre. Obwohl er hin und wieder mit ihr auftrat, weigerte er sich, die Verpflichtung einzugehen, eine Platte einzuspielen oder mit ihr auf Tournee zu gehen.

Sie stritten sich deswegen – hauptsächlich gegen Ende ihrer Beziehung. Genaugenommen, dachte sie, war der ständige Druck, den sie auf ihn ausgeübt hatte, die Hauptursache für den Bruch gewesen. Es fing damit an, daß sie über seine Weigerung sprachen, auf Tournee zu gehen, oder über seinen Wunsch, einen Hausstand zu gründen – ein Witz, da ihn seine Arbeit in der ganzen Welt herumführte –, und irgendwie mündete das in sinnlosen und oft heftigen Auseinandersetzungen, bei denen es im Rückblick nur um Kleinigkeiten gegangen war.

Sie erinnerte sich noch, wie er versucht hatte, die Streitereien zu beenden, an seine Ruhe angesichts ihrer Vorwürfe, aber sie hatte ein allzu lebhaftes Temperament, und sein Gleichmut brachte sie nur noch mehr auf. Es war wirklich bescheuert, denn fünf Minuten später hatte sie alles wieder vergessen, und wenn er auch kein Wort darüber verlor, trug er seine Verletzungen dennoch weiter mit sich herum. Das konnte sie in seinen Augen lesen oder entnahm es seinem Verhalten, und dann fing alles wieder von vorne an, bis sie sich eines Tages sagten, daß es genug sei. Ehe ihr so richtig klargeworden war, was sie taten, hatte er gepackt und war weg.

Anfangs hatte sie ihn fürchterlich vermißt und ihre Einwilligung zu einer Europa-Tournee gegeben – was sie zunächst abgelehnt hatte, weil sie und Felix vorgehabt hatten, einen Monat lang durch Irland zu reisen. Ohne ihn wollte sie nicht mehr nach Irland. Und sie wollte auch nicht in Mousehole bleiben. Sie wollte nichts weiter, als alles so rasch wie möglich hinter sich lassen.

Und genau das hatte sie getan. Aber das Wiedersehen heute – zu spüren, wie ihr Herz vor Freude einen Satz machte, wie sie sich seiner Umarmung so vollkommen hingab – hatte ihr klargemacht, daß sie zu weit gegangen war. Vor allem hätte sie ihn nicht fortgehen lassen dürfen.

Seufzend blickte sie zum Chef hinüber, der am Kamin in seinem Sessel saß und so tat, als beobachtete er sie nicht.

»Er glaubt mir nicht, nicht wahr?« fragte sie.

»Tja, ist schon eine eigenartige Sache, mein Goldstück.«

»Es ist ein komisches Gefühl, ihn wiederzusehen. Mir

ist, als hätten wir nie Schluß gemacht, aber gleichzeitig kommt es mir so vor, als läge ein ganzer Ozean zwischen uns.«

Sie zupfte an einem losen Faden im Saum ihres kurzen Rocks, den Blick auf ihre Hand gerichtet, obwohl sie gar nicht an den Faden oder den Rock dachte. Schließlich blickte sie wieder ihren Großvater an.

»Glaubst du, das Leben gibt einem eine zweite Chance?« fragte sie.

»Nun, das kommt darauf an«, sagte der Chef. »Zu meiner Zeit haben wir uns um solche Dinge nicht viel Gedanken gemacht. Die Paare versuchten miteinander auszukommen, sich gegenseitig durch die schlechten Zeiten hindurchzuhelfen. Ich sage nicht, daß das richtig oder falsch war – es kommt vor, daß ein Mann und eine Frau einfach nicht zueinander passen, und egal was man tut, es läßt sich nicht ändern – aber meistens hielten wir durch.«

»Was ist mit mir und Felix?«

»Wie fühlst du dich, jetzt, wo du ihn wiedergesehen hast?«

»Sehr gemischt.«

»Tja, mein Spatz, zuallererst mußt du herausfinden, was du eigentlich willst.«

»Schon möglich.«

Der Chef nickte. »Das ist schwer, ich weiß. Aber finde erst mal heraus, was du willst, mein Schatz. Wenn du dich einfach durchzumogeln versuchst, wirst du euch beiden noch einmal das Herz brechen.«

»Aber wie soll ich ihm klarmachen, daß ich den blöden Brief nicht geschrieben habe?«

»So blöde ist er doch gar nicht, oder?« sagte der Chef. »Deswegen ist er zurückgekommen, stimmt's?«

Janey sah ihn plötzlich nachdenklich an. »Hast du ihn etwa abgeschickt?«

Der Chef lachte. »Bestimmt nicht, mein Liebling. Ich weiß schon lange, daß ich meine Nase nicht in fremder

Leute Angelegenheiten stecken soll, besonders dann nicht, wenn es die eigene Familie betrifft.«

»Und wer hat es dann getan?«

»Mach dir deswegen nicht soviel Gedanken. Mach dir Gedanken über dein Herz. Er wird nicht lange bleiben.«

»Aber er glaubt mir nicht.«

»Laß ihm Zeit, es zu glauben.«

Janey seufzte. »Eben hast du gesagt, er würde nicht lange bleiben, und jetzt sagst du mir, ich soll ihm Zeit lassen.«

Der Chef erhob sich aus seinem Sessel. »Jetzt weißt du, warum ich meine Nase am liebsten nur in meine eigenen Angelegenheiten stecke«, sagte er. »Egal, was man sagt, in solchen Dingen sagt man immer das Falsche.«

»Tut mir leid. Ich wollte dich nicht …«

»Ist schon gut, meine Liebe«, sagte der Chef. »Dein alter Großvater kennt dich besser, als du glaubst. Jetzt wird's Zeit für mich, daß ich ins Bett komme. Bleibst du noch auf?«

Janey schüttelte den Kopf.

Der Chef nahm Dunthorns Buch von der Armlehne des Sessels und reichte es ihr.

»Laß es auf gar keinen Fall offen herumliegen«, sagte er.

»Bestimmt nicht. Gute Nacht, Opi.«

»Gute Nacht, mein Spatz. Morgen sieht alles wieder ganz anders aus, wenn du es mit neuen Augen betrachtest.«

»Ich brauche einen neuen Kopf«, murmelte Janey, aber der Chef ging bereits aus dem Zimmer und ließ sich nicht anmerken, ob er es gehört hatte.

Oder vielleicht ein neues Herz, setzte sie im stillen hinzu. Ach, warum mußte alles immer so kompliziert sein?

Sie blieb noch eine Weile auf dem Sofa sitzen, bis sie

schließlich aufstand und ihre Instrumente zusammensuchte. Sie machte das Licht aus und ging zu ihrem Zimmer.

Vor dem Haus des Chefs lag ein kleiner Vorgarten – der gleiche, auf dem Felix früher am Abend mit dem Einbrecher gerangelt hatte. Eine niedrige, von einem schmiedeeisernen Tor durchbrochene Steinmauer grenzte ihn von der Straße ab. An beiden Seiten hingen Blumenkästen daran, und tagsüber bis spät in den Abend hinein sah man Jabez, den schwarzweißen Kater des Chefs, sich darauf rekeln.

Wandte man sich von der Haustür aus nach rechts, gelangte man von der Terrasse durch einen kleinen Torbogen in einen kleineren Innenhof. Dem Torbogen unmittelbar gegenüber lag der Eingang zu dem Keller, wo der Chef die Kühlschränke für seinen Fisch aufgestellt hatte. Wandte man sich abermals nach rechts, blickte man auf die schmale Treppe, die zu Janeys Wohnräumen hochführte.

Sie hatte zwei Zimmer.

An das äußere schloß sich das Badezimmer unmittelbar gegenüber der Tür an, und es hatte zwei Fenster, von denen das eine auf den Hof hinausging, das andere auf den winzigen quadratischen Rasen hinter dem Haus, der von Brombeerhecken gesäumt war. Dies war Janeys Wohnzimmer, in dem sie auch übte. An den Wänden hingen Festivalposter, auch ihr Lieblingsposter vom Cornwall Folk Festival '86 in Wadebridge, bei dem sie das erste Mal groß angekündigt worden war, anstatt im Kleingedruckten oder in der Rubrik ›und andere‹ unterzugehen. Neben der Tür hingen zwei Gemälde von Bernard Evans, dem Künstler aus Newlyn – das eine stellte den Hafen von Mousehole dar, das andere einen der alten Kutter, die an diesem Teil der Küste früher einmal gefischt hatten.

Das Mobiliar bestand aus zwei Holzstühlen (Janey konnte auf einer Couch oder einem Stuhl mit Armlehnen nicht spielen); einem ramponierten Sofa, das sie mit Stoff von zwei Laura-Ashley-Kleidern geflickt hatte, aus denen sie herausgewachsen war; einer Kiste unter dem hinteren Fenster, mit Kochplatte, Wasserkessel und Teekanne darauf; einer Anrichte voller Schallplatten, auf der inmitten eines Durcheinanders von Kassetten ihre Stereoanlage stand; einem überwiegend mit Notenbüchern gefüllten Bücherregal; und natürlich ihren Instrumenten. Zwei weitere Geigen und eine flachrückige Mandoline hingen an der Wand, ihr erster Dudelsack lag in seinem Koffer in einer Ecke, während verschiedene Flöten, Chanter, Ersatzzungen und dergleichen auf einem niedrigen Tisch vor dem Sofa herumlagen. Auf dem Sofa selbst lag eine Bodhran.

Der andere Raum war ihr Schlafzimmer. In einer Ecke befand sich die Auqatron-Dusche, die der Chef vor einigen Jahren eingebaut hatte, damit sie sich nicht jedesmal, wenn sie duschen wollte, mehr oder weniger vollständig anziehen mußte. Dann waren da noch das Bett, ein alter, mit ihren Sachen vollgestopfter Kleiderschrank – aus denen sie teilweise längst herausgewachsen war, die wegzuwerfen sie jedoch nicht übers Herz brachte –, eine weitere Anrichte und ein Regal, das mit mehr Büchern vollgestopft war, als eigentlich hineinpaßten. Das Fenster in diesem Raum ging ebenfalls auf den Innenhof hinaus.

Nachdem sie die Instrumente im Vorderzimmer abgelegt hatte, ging Janey in ihr Schlafzimmer hinüber. Sie entkleidete sich langsam, mit den Gedanken nur halb bei dem, was sie tat, dann kuschelte sie sich unter die Decke, Dunthorns Buch an ihre Brust gedrückt.

Morgen würde alles schon wieder anders aussehen, hatte ihr der Chef versprochen. Gut und schön, aber wie sollte sie aufhören, in der Zwischenzeit daran zu denken?

Sie lag lange wach, lauschte auf den Wind und das Plätschern des Regens, den er bald mit sich brachte. Nach einer Weile schlug sie das Buch auf und ließ sich von Dunthorn von ihren Sorgen ablenken, bis sie einschlief und das Buch neben ihrem Bein aufs Laken fiel.

Weg ist sie!

Nicht daß ich Angst vor dem Sterben hätte.
Ich möchte bloß nicht dabei sein, wenn's soweit ist.

WOODY ALLEN zugeschrieben

Jodi war noch nie ohnmächtig geworden. In der Geschichte, die ihr Leben war, sah sie sich als mutige und tapfere Heldin, die – wenn sich doch irgendwann abenteuerliche Komplikationen ergaben – etwas zuwege brachte und auf die es ankam. Bestimmt sah sie sich *nicht* als leichtsinniges Püppchen, das schon bei den ersten Schwierigkeiten zusammenbrach.

Trotzdem wurde sie ohnmächtig.

Und als sie wieder zu sich kam, wäre sie fast schon wieder ohnmächtig geworden.

Sie stellte nämlich fest, daß sie auf einem Bett lag, zusammen mit einem Mann, der neben ihr auf dem Laken saß und der dem kleinen Kerl, den sie im Aquarium der Witwe Pender gesehen hatte, erschreckend ähnlich sah, abgesehen davon, daß er ebenso groß war wie sie. Was sie fast auf der Stelle wieder in Ohnmacht fallen ließ, war die Erkenntnis, daß er nicht größer geworden war. Nein. Denn sie konnte über das Bett hinwegsehen, durch die Glaswände des Aquariums hindurch, und ihr wurde klar, daß sie sich innerhalb des Auqariums befand, das auf dem Arbeitstisch im riesigen Wohnzimmer der Witwe stand.

Der kleine Mann war gar nicht größer geworden.

Sie war auf seine Größe geschrumpft.

Das war natürlich ausgeschlossen. Sie träumte bloß. Jeden Moment würde sie im Haus ihrer Tante aufwachen und feststellen, daß sie eingeschlafen war und alles nur geträumt hatte. Ihr mitternächtliches Abenteuer mußte erst noch beginnen, und angesichts der weisen Warnung ihres Traums würde sie zur Abwechslung einmal vernünftig sein und bis zum Morgen einfach im Bett bleiben.

»Geht es Ihnen schon ein wenig besser?« fragte der kleine Mann.

In ihrer Vorstellung war er immer noch winzig, auch wenn sie jetzt gleich groß waren. Mit seinen rundlichen Gesichtszügen und der kräftigen Statur des Landbewohners machte er einen recht angenehmen Eindruck; er war älter als sie – wenigstens Anfang zwanzig –, was ihn in den Augen der Kinder aus dem Bruch eindeutig als Greis abgestempelt hätte. Sie betrachtete ihn abwägend, dann versuchte sie die ganze Szenerie wegzudenken.

Wach auf, wach auf, befahl sie sich.

An ihrer Umgebung und Größe änderte sich leider nichts.

»Miss?« versuchte es der kleine Mann erneut.

Jodi setzte sich im Bett auf und lehnte sich an das Kopfbrett, als sich das Innere des Aquariums langsam um sie zu drehen begann. Sie wartete, bis sich ihr Kopf beruhigt hatte, dann konzentrierte sie sich wieder auf das Gesicht des kleinen Mannes.

»Ich träume, nicht wahr?«

Er schüttelte den Kopf. »Das ist kein Traum – obwohl es ein Alptraum ist.«

Natürlich würde er es nicht für einen Traum halten, nicht, wenn er ein Teil davon war. Sie versuchte seinen Akzent einzuordnen. Er entsprach nicht ganz dem weichen Schnarren, das um Bodbury herum vorherrschend war; vielmehr hatte er etwas Knappes an sich, was ihn eher ein wenig förmlich wirken ließ. Sie fragte sich, wie er wohl heißen mochte.

»Edern Gee«, sagte er, als sie ihn fragte.

Und das klang ganz wie erfunden – gar nicht wie ein richtiger Name.

»Ich heiße Jodi«, sagte sie. »Jodi Shepherd.«

Edern nickte. »Ich weiß. Ich habe Ihren Namen gehört, als die Hexe Sie verzaubert hat.«

»Ich fand an ihr überhaupt nichts Zauberhaftes«, sagte Jodi.

»Ich meine, als sie ihre Magie angewandt hat – als sie Sie verhext hat.«

Magie. Ach du grüne Neune! Der Kopf tat ihr weh, wenn sie nur daran dachte.

»Und Sie?« fragte sie. »Ich nehme an, Sie wurden ebenfalls verhext?«

Edern schaute sie verdrießlich an. »Glauben Sie etwa, ich wurde in dieser Größe geboren?«

»Woher soll ich das denn wissen? Wir haben uns gerade erst kennengelernt.«

Das brachte ihr ein Lächeln ein.

Jodi blickte sich noch einmal in ihrem Glasgefängnis um.

»Dann ist das also … wirklich?« fragte sie.

»Nur allzu wirklich.«

»Wollten Sie auch im Haus herumschnüffeln?«

Edern schüttelte den Kopf. »Ich war auf der Durchreise und hielt hier an, um mich zu erkundigen, ob es irgend etwas für mich zu tun gäbe. Dann war hier auch schon Endstation.«

»War sie mit Ihrer Arbeit unzufrieden?«

»Wollte mich nicht bezahlen. Sie ließ mich einschrumpfen, während ich mit ihr stritt. Ich bin seit drei Wochen hier, in diesem Glaskasten eingesperrt wie eine Kröte.«

»*Drei* Wochen?«

Edern nickte düster.

»Und Sie haben nicht versucht wegzulaufen?«

»Versuchen Sie mal, über diese Glaswände zu klettern.«

»Und was ist damit?« fragte Jodi, zum Ofenrohr deutend, das vom Ofen ausgehend am Glas in die Höhe führte.

»Das Blech ist zu heiß.«

Jodi lachte. »Dann löschen Sie doch das Feuer.«

Lange Zeit starrte Edern sie bloß an, dann seufzte er.

»Es geht nicht nur ums Rauskommen«, sagte er. »Da ist auch noch das da.«

Jodi blickte in die Richtung, in die er zeigte, und meinte, abermals ohnmächtig werden zu müssen.

Hör endlich auf, befahl sie sich.

Doch das war schwer, denn auf der hohen Rückenlehne eines Sessels saß fettleibig und dünngliedrig das seltsame kleine Wesen der Witwe, wie es leibte und lebte. Als es bemerkte, daß sie es ansah, grinste es sie an und entblößte dabei lange Reihen höllisch scharfer Zähne. Als sie es das letzte Mal gesehen hatte, war es so groß wie eine Katze gewesen. Jetzt, nachdem sie selbst kleiner geworden war, hatte es die relative Größe eines Elefanten.

»Verflixt und zugenäht«, sagte sie.

Das war nicht nur unmöglich, es war auch ungerecht. Kaum, daß sie das gedacht hatte, vernahm sie auch schon die Stimme ihrer Tante. »Gerechtigkeit ist etwas für die, die sie bezahlen können«, pflegte sie Jodi gern zu sagen. »Nicht für solche wie uns.«

»Es ist fast immer da«, sagte Edern. »Wenn man es nicht sieht – einmal ans Glas getippt, und schon springt es wieder auf seinen Posten.«

»Was ist es?«

»Ihr Doppelgänger.«

»Das ist doch so was Ähnliches wie ein Nebelgeist, oder?« sagte Jodi. »Bloß eine andere Art von Spukerscheinung?«

»So nennt man auch den Vertrauten einer Hexe. Sie nennt ihn Windle. Hexen lassen sie aus ihren eigenen Zehengliedern wachsen – meistens vom kleinen Zeh.«

Jodi blickte ihn abermals abwägend an. Edern Gee mochte behaupten, ein einfacher Wanderarbeiter zu sein, aber er schien eine Menge über Hexen und Magie und solche Sachen zu wissen.

»Ich glaube Ihnen nicht, daß Sie zum fahrenden Volk gehören«, sagte sie. »Ich glaube, Sie kommen aus der Hügelwelt. Sie sind ein Kleiner – ein kleiner Kobold, den sie draußen im Moor gefangen hat.«

»Das gleiche könnte ich von Ihnen behaupten.«

»Ja schon, aber Sie haben mich gesehen, als ich noch groß war. Sie haben gesehen, wie sie mich auf Mausgröße hat schrumpfen lassen.«

Das war leicht gesagt, aber trotzdem wollte sie auf Nummer Sicher gehen, hauptsächlich deswegen, weil sie immer noch hoffte, dies alles wäre ein Traum.

»Sie scheinen eine Menge über Magie und dergleichen zu wissen«, fügte sie hinzu.

Edern zuckte mit den Achseln. »Haben Sie nie die Geschichten gehört, die man sich in Bodbury über das fahrende Volk erzählt? Daß wir alle Zauberer und Hexen sein sollen?«

»Aber das sind doch nur Märchen …«

Jodi verstummte. Ebenso wie die Kleinen. Oder daß Hexen ein seltsames kleines Wesen aus den Knochen ihres kleinen Zehs züchten oder jemanden auf Maulwurfsgröße schrumpfen lassen konnten.

»Was hat sie mit uns vor?« fragte sie schließlich.

»Keine Ahnung. Vermutlich will sie uns als Haustiere halten. Sie unterhält sich gern mit mir, während sie die winzigen Möbel macht und all das. Ich glaube, im Grunde hat sie gar kein schlechtes Herz – sie ist bloß einsam.«

Jodi vermochte nicht viel Mitgefühl mit einer einsamen Hexe zu empfinden – zumindest nicht mit einer, die sie verzaubert hatte, wie es die Witwe Pender getan hatte.

»Ich kann in diesem Gefängnis nicht bleiben«, sagte sie. »Ich würde wahnsinnig werden.«

»Weiß jemand, wohin Sie gegangen sind?«

Jodi schüttelte den Kopf. »Man wird mich vermissen – früher oder später. Wahrscheinlich erst später, wenn entweder Denzil oder meine Tante irgendwann nach mir zu suchen anfangen. Aber das kann vielleicht einen Tag dauern, und sie werden nicht wissen, wo sie suchen sollen. Und was ist mit Ihnen?«

»Ein einsamer Wandersmann? Wer sollte mich schon vermissen?«

»Also, ich bleibe nicht«, sagte Jodi.

Sie erhob sich langsam aus dem Bett. Der Kopf tat ihr noch weh, aber wenigstens blieb das Zimmer an Ort und Stelle. Sie durchquerte das Aquarium, lehnte sich an die Glasscheibe und spähte hinaus. Windle saß auf seiner Stuhllehne und betrachtete sie interessiert mit seinen untertassengroßen Augen.

»Warum hat sie den Deckel nicht wieder draufgelegt?« fragte sie Edern.

»Das tut sie nur, wenn sie das Haus verläßt.«

»Und wann tut sie das?«

Jodi wußte über ihre nachmittäglichen Spaziergänge am Alten Kai und ihre mitternächtlichen Ausflüge auf die Landzunge Bescheid, aber damit hatte es sich auch schon.

»Am Nachmittag und spät nachts – so pünktlich wie ein Uhrwerk«, erwiderte Edern, womit er ihr nichts Neues sagte.

»Dann werde ich wohl bis zum Nachmittag warten müssen«, sagte sie.

Sie wandte sich von der Glasscheibe ab und sah ihren Leidensgenossen an.

»Wer bekommt das Bett?« fragte sie.

»Es reicht für zwei.«

»Das glaub ich gern. Aber bleiben Sie auf Ihrer Seite.«

Edern lachte. »Sie sind ein bißchen zu jung für mich.«

War sie das wirklich?

»Und Sie sind viel zu alt für mich, Sie Kauz«, entgegnete sie.

Ohne sein Lächeln zu beachten, ging sie zur anderen

Seite des Betts und kroch unter die Decke, ohne sich die Mühe zu machen, ihre Kleider auszuziehen.

Vielleicht schlafe ich ein und wache zu Hause wieder auf, dachte sie.

Vielleicht täte sie es wirklich. Und vielleicht würde sie nur träumen, es zu tun. Wie konnte sie sich jemals sicher sein?

Das Nachdenken darüber machte ihren Kopfschmerz nur noch schlimmer, so daß sie an angenehmere Dinge zu denken versuchte. Aber ihre Gedanken wanderten bloß im Kreis, und im Zentrum stand immer die Unmöglichkeit ihrer Lage.

Ja, das Leben konnte verwirrend sein, dachte sie, als sie vor lauter Erschöpfung endlich einschlief.

2

Das Erwachen brachte keine Erleichterung.

Als sie die Augen aufschlug, besaß sie immer noch die Größe einer Maus und war wie Denzils Katzenfische in einem Aquarium eingesperrt, wenngleich es zum Glück nicht mit trübem Wasser gefüllt war. Im Trockenen zu sein, war, so wie die Dinge lagen, nur ein geringer Trost. Ihre Lage war so bizarr, daß sie sich ebensogut in der Hügelwelt der Feen hätte befinden können – ein Ort, den zu besuchen sie sich gewünscht hatte, seit sie ihr erstes Märchen gelesen hatte – wie im gewohnten Bodbury. Aber gefangen in der ungemütlichen Realität ihres Abenteuers – in beschränkten Verhältnissen, dachte sie mit einem wehmütigen Lächeln –, hatte das Wunderbare den Reiz verloren, den es als Erzählung einmal besessen hatte.

Ich würde mein altes Leben vorziehen, entschied sie. Trotz der fehlenden Seiten und allem. Das war gar keine Frage. Leider schien die Entscheidung darüber, was aus ihrem Leben werden würde, nicht mehr bei ihr zu liegen.

»Sind Sie schon wach?«

Sie blickte zur anderen Seite des Aquariums hinüber, wo Edern am Tisch saß und aß.

»Am besten beeilen Sie sich«, fügte er hinzu, »es sei denn, es macht Ihnen nichts aus, im Dunkeln zu essen.«

»Was meinen Sie damit?«

»Mittag ist vorbei, und sie wird bald weggehen. Für gewöhnlich füttert sie mich – uns jetzt wohl –, bevor sie geht.«

Während sie sich den Schlaf aus den Augen rieb, schwang Jodi die Füße aus dem Bett und ging in ihren zerknitterten Kleidern zu ihm. Bei der Erwähnung von Essen hatte ihr Magen geknurrt, aber der Teller mit zerkrümeltem Käse und Brotkrumen wirkte nicht sonderlich verlockend. Es erinnerte sie zu sehr an das, womit Denzil seine Mäuse fütterte.

Sie stand da und kämmte sich das kurze Haar mit den Fingern, bis Edern ihr bedeutete, sie möge sich setzen.

»Ist das alles?« fragte sie und deutete auf das Essen, als sie Platz nahm.

»Ich habe schon Schlimmeres gegessen.«

»Vielleicht haben Sie das, und vielleicht werd ich's müssen, aber das hier ... damit füttert man Mäuse. Ich bin *nicht* ihr Haustier, und ich werde es *nicht* essen.«

Obwohl sie sowohl Käse als auch Brot mochte. Es ging um's Prinzip.

Edern lachte. »Aber genau das sind wir für die Witwe – ihre Haustiere.«

Jodi sagte nichts.

»Verhungern ist keine Lösung«, setzte Edern hinzu.

Als Jodi die Stirn runzelte, schob er ihr einen von zwei Fingerhüten aus Porzellan über die Tischplatte zu.

»Trinken Sie wenigstens etwas Tee«, sagte er.

»Na ja, Tee vielleicht schon.«

Sie zog den Fingerhut zu sich heran und nahm einen großen Schluck. Der Tee war gut, aber das Gefäß vermittelte ihr ein Gefühl, als sei sie der Winzling aus dem alten Kinderreim. Nun konnte sie sich selbst etwas zusammenreimen:

Jetzt bin ich klein, war einmal groß;
Fühl mich als Narr, als Trauerkloß.

Gedankenlos legte sie etwas Käse zwischen zwei Brotkrumen und aß sie, spülte sie mit weiterem Tee hinunter. Erst als sie beim dritten Sandwich angelangt war, wurde ihr bewußt, was sie überhaupt tat. Sie warf Edern einen Blick zu, doch dieser ignorierte sie angestrengt.

Also aß sie. Wen kümmerte es schon? Außerdem brauchte sie Kraft für ihre große Flucht.

Sie aß das dritte Sandwich auf, dann drehte sie den Stuhl herum, damit sie das Wohnzimmer der Witwe in Augenschein nehmen konnte.

Windle schien nicht in der Nähe zu sein, was nur gut war. Der Doppelgänger der Witwe vermittelte ihr das Gefühl, ihr säße der Bagle Wight im Nacken. Jetzt, wo sich weder die Hexe noch ihre Kreatur im Zimmer befand, war der passende Augenblick, sich ein bißchen umzusehen.

Jodi erhob sich und ging als erstes zum Ofen. Das Feuer war ausgegangen, also berührte sie vorsichtig das Ofenrohr und stellte fest, daß es nicht heiß, sondern nur warm war. Da sie seit ihrem sechsten Lebensjahr an Dachrinnen und auf Dächern herumgekraxelt war, wußte sie, daß sie das Ofenrohr problemlos hochkommen würde. Sie konnte sogar in das Rohr hineinklettern, was es ihr ersparen würde, das Ding vom Glas wegzustemmen, wenn sie oben angelangt war. Sie konnte einfach hindurchflitzen und dann am Tuch hinunterklettern, das die Witwe über das Aquarium legen würde, wenn sie wegginge.

Der Abstieg vom Arbeitstisch war eine andere Sache. Aber sogleich erspähte sie eine Rolle Garn. Wenn sie es schaffte, das Fenster zu öffnen und das Garn am Riegel festzubinden, könnte sie es in den Garten hinunterlassen. Und weg wäre sie.

Dann fiel ihr wieder Edern ein, und sie musterte abermals das Ofenrohr. Würde er hineinpassen? Zwei würden leichter mit dem Fenster und dem Garn fertigwerden als einer. Aber wenn er nicht hindurchpaßte ...

Sie sah zu der Stelle hoch, wo das Rohr ans Glas stieß. Es war weder verklebt noch sonstwie befestigt. Wenn sie sich am Tuch festhielt und fest dagegentrat, könnte sie es vielleicht vom Glas losbekommen. Von außen ließe sich das jedenfalls leichter bewerkstelligen als von innen. Sie wollte ihn gerade in ihren Plan einweihen, als die Wohnzimmertür aufging und die Witwe eintrat.

Vor sich hin summend, nahm die Witwe eine Zange vom Arbeitstisch und holte damit ein Stück Kohle aus dem Kamin, das sie anschließend zum Aquarium trug.

Oh nein, dachte Jodi. Bitte nicht.

Ebensogut hätte sie sich wünschen können, der Mond möge vom Himmel fallen und die Hexe erschlagen.

»Und wie geht es uns heute, meine Süßen?« fragte die Witwe, als sie den Glasdeckel vom Aquarium hob.

Ihre Stimme dröhnte wie dumpfer Donner. Jodi starrte wütend zum gewaltigen Gesicht der Witwe auf, während Edern sie einfach nicht beachtete.

Eine riesige Hand senkte sich ins Aquarium und scheuchte Jodi vom Ofen fort. Sie entfernte sich widerstrebend und wünschte, sie hätte eine große Nadel. Die Witwe öffnete die Ofentür und legte die Kohle hinein, dann schloß sie sie wieder und zog die Hände zurück.

»So«, sagte sie, »jetzt habt ihr es wieder warm und behaglich.«

Der Glasdeckel ging wieder zu. Sie nahm das Samttuch, das über der Stuhllehne gehangen hatte, und legte es über das Aquarium.

»Schön brav sein«, sagte die Witwe, bevor das Tuch die Sicht auf sie und das Zimmer versperrte.

Augenblicklich wurde es im Innern des Aquariums düster, da das einzige Licht von der Stelle kam, wo das Ofernrohr ans Glas stieß. Aus dem Tuch war ein Stück herausgeschnitten, damit es nicht das Blech berührte.

Sobald sie das Schließen der Wohnzimmertür gehört hatte, wandte Jodi sich zu ihrem Kameraden um.

»Ich habe einen Plan«, teilte sie ihm mit.

»Das wird was Schönes sein.«

»Wollen Sie nun fliehen oder nicht?«

Edern streckte gespielt spöttisch die Hände vor. »Ich bin ganz Ohr.«

»Dann helfen Sie mir, die Kohle loszuwerden.«

Sie schoben den Teppich vom Ofen weg, dann hoben sie die Kohle mit einer Stuhllehne heraus und ließen sie auf den Boden fallen, wo sie mit einem Funkenregen aufschlug.

»Das ist ja eine schöne Bescherung«, meinte Edern.

»Verflixt und zugenäht«, sagte Jodi. »Wollen Sie wohl still sein?«

Edern hörte sich ihren Plan an und nickte bedächtig mit dem Kopf, als sie fertig war.

»Es könnte klappen«, sagte er. »Aber …«

»Was, aber?«

»Sie vergessen Windle.«

»Wir nehmen einen Nagel vom Arbeitstisch der Witwe und stechen damit nach ihm.«

»Hm-hm«, machte Edern skeptisch.

Jodi funkelte ihn lange an, dann wandte sie ihm den Rücken zu und steckte den Kopf in den Ofen. Er war noch warm von der Kohle, doch das war gar nicht so unangenehm. Sie drehte sich auf den Rücken und drückte sich ins Ofenrohr hoch.

Jede Menge Platz, dachte sie.

Es dauerte nur ein paar Augenblicke, sich durchs Rohr zu schlängeln. Die Stelle, wo es rechtwinklig abknickte und aus dem Aquarium nach draußen führte, erwies sich als ein wenig schwierig, war aber zu schaffen. Sie packte ein paar Handvoll Tuch und zog sich nach draußen. Während sie mit den Füßen auf dem Rand des Ofenrohrs balancierte und mit den Händen das Gleichgewicht hielt, befand sie sich Kopf an Kopf mit Edern, nur durch die Glasscheibe des Aquariums von ihm getrennt.

Sie hob fragend die Brauen. Als er ihr mit einem Kopfnicken bedeutete, daß er bereit sei, packte sie den Samt fester und holte Schwung, dann trat sie mit der vollen Wucht ihres Gewichts mit beiden Füßen gegen das Rohr. Es löste sich schon beim ersten Tritt. Edern schwankte darauf und sah ganz so aus, als würde er mit ihm hinunterfallen. Er schaffte es gerade noch, sich an der Öffnung festzuhalten, bevor das Rohr wegkippte und zurück in ihr Gefängnis fiel. Es krachte auf den Glasboden neben dem Bett.

Beide hielten sie die Luft an und lauschten. Und hörten nichts.

»Na los«, flüsterte Jodi.

Sie kletterte rasch am Tuch hinunter, ließ sich Hand über Hand daran ab, bis ihre Füße die Tischplatte berührten. Als Edern seinerseits mit dem Abstieg begann, kroch sie unter dem Tuch hervor und spähte vorsichtig durchs Wohnzimmer.

Ihr Glück hielt vor, denn vom Doppelgänger der Hexe war nichts zu sehen.

Während Edern die Rolle Garn über die Tischplatte beförderte, kletterte Jodi aufs Fensterbrett und versuchte, den Riegel zu bewegen. Er rührte sich nicht von der Stelle.

»Ich brauche Unterstützung«, rief sie ihrem Kameraden leise zu.

Edern kam zu ihr, und mit seiner Hilfe bekamen sie

den Schnappriegel frei und konnten das Fenster aufschwingen. Der scharfe Tanggeruch einer salzigen Brise wehte zu ihnen herein.

»Da«, sagte Jodi. »Ich kann die Freiheit schon riechen.«

Sie band das Garn mit einem Seemannsknoten am Riegel fest, dann hoben sie gemeinsam die Rolle aufs Fensterbrett und ließen sie aus dem Fenster fallen, wo sie zwischen der Hauswand und den davor wachsenden Rosenbüschen auf dem Boden landete.

Edern verneigte sich geziert. »Nach Ihnen.«

Grinsend ließ Jodi sich am Seil hinab, dann hielt sie es straff, während Edern herunterkletterte.

»Und wohin jetzt?« fragte er, als er auf dem Boden angelangt war.

»Zu Denzil«, sagte Jodi. Als Edern sie fragend ansah, fügte sie hinzu: »Ein Freund von mir. Ein Erfinder.«

»Ein Erfinder?«

»Er ist – ach, vergessen Sie's. Sie werden's früh genug sehen.«

Dicht gefolgt von Edern ging sie voran. Als sie unvermittelt stehenblieb, stieß er gegen sie.

»Was …?« setzte er an, dann sah er, was auf dem Rasen der Witwe auf sie wartete.

Da war Windle, mit lachenden Untertassenaugen, die Zähne in einem unangenehmen Grinsen entblößt. Das Wesen hockte geduckt und vor den Blicken zufälliger Passanten geschützt an der Gartenmauer und wartete offenbar darauf, daß sie unter den dornigen Büschen hervorkamen, damit er sich auf sie stürzen konnte.

»Verflixt und zugenäht«, murmelte Jodi. »Wir haben den Nagel vergessen.«

»Nagel?« fragte Edern leise. »Wir brauchen mehr als einen Nagel, um dieses Vieh aufzuhalten. Sehen Sie sich bloß an, wie groß es ist!«

Natürlich hatte er nur allzu recht. Mausklein wie sie waren, wirkte der katzengroße Doppelgänger geradezu riesenhaft.

»Was sollen wir jetzt tun?« fragte Jodi. »Die Witwe kommt bestimmt bald zurück.«

Edern nickte düster, ohne das Wesen aus den Augen zu lassen.

»Ich gehe nicht wieder ins Aquarium zurück!« sagte Jodi.

Tapfer gesprochen. Ihre Beine zitterten, ihre Knie waren weich. Wenn sich nur ihr Puls endlich beruhigt hätte. Das Trommeln des Herzschlags in ihren Ohren machte Nachdenken unmöglich.

»Ich nicht«, sagte sie, als brauchte sie es nur oft genug zu wiederholen, damit es wahr würde.

Edern nickte wieder, dann berührte er ihren Arm, als der Doppelgänger die Ohren spitzte und zu der niedrigen, überwachsenen Steinmauer sah, die den Garten von der dahinterliegenden Straße trennte.

»Was hört er?«

»Die Witwe …?«

Edern schüttelte den Kopf.

Sie konnten nichts sehen, aber in der Luft war ein Bimmeln, das von einem Schnüffeln begleitet wurde.

Erregung spülte Jodis Angst mit sich fort.

»Edern«, sagte sie langsam. »Kannst du pfeifen? Richtig laut und schrill?«

Zieh das Messer und stich noch einmal zu

Ich fühle mich wegen gar nichts schuldig …
Mir tun Leute mit Schuldgefühlen leid.

TED BUNDY zugeschrieben

Michael Bett flog mit einem der Privatjets der Madden Enterprises nach London Heathrow, mit nur einem Zwischenstop in St. John's zum Auftanken. Er stieg in St. John's nicht aus, sondern setzte lieber seine Studien fort.

Das einzige, was ihm wirklich Freude bereitete, war, herauszufinden, was hinter den Dingen steckte – alle Oberflächlichkeiten zu durchdringen und zum Kern dessen vorzudringen, was gerade sein Interesse in Anspruch nahm. Dies brachte manchmal Nachforschungen und Studien mit sich, wie zum Beispiel jetzt; manchmal erforderte es einen bestimmten Lebensstil, wie er beispielsweise mit Maddens Orden der Grauen Taube einherging; manchmal war nicht mehr nötig, als ein Messer zu nehmen und zu sehen, wie tief und wie oft es schneiden konnte, bis sich das Geheimnis des Lebens verflüchtigte.

Der Familienhund war als erster seinem Messer zum Opfer gefallen. Während sein Körper noch von den letzten Schlägen seines neuesten ›Daddys‹ schmerzte, hatte er den alten Hund zu dem unbebauten Grundstück mitgenommen, das in der Nähe des Hauses seiner Mutter zwischen zwei verlassenen Wohnhäusern lag. Lange Zeit blickte er auf den Hund hinunter. Während dessen Augen vertrauensvoll zu ihm aufsahen, verspürte er in sich eine eigenartige Leere. Die heraushängende Zunge und der den Boden peitschende große Schwanz, der ihn immer zum Lachen brachte, vermochten ihm nicht einmal ein Lächeln zu entlocken.

Dann holte er das Messer, das er aus der Küche gestohlen hatte, aus seiner Jackentasche, zog den Kopf des Hundes hoch, damit er an den Hals herankam, und zog die scharfe Klinge über die Kehle. Blut sprudelte hervor, und er trat gerade noch rechtzeitig zurück, um zu verhindern, daß es ihn bespritzte. Er schlug einen Kreis und näherte sich dem Hund von hinten, hieb wieder und wieder mit dem Messer zu, stach und hackte auch dann noch auf das arme Tier ein, als es längst tot war.

Damals war er elf Jahre alt gewesen.

Andere Haustiere aus der Nachbarschaft erlitten das gleiche Schicksal wie der erste Hund. Als er dreizehn war, tötete er den ersten Menschen – einen fünfjährigen Jungen, den er von einem Hinterhof kidnappte und in ein leerstehendes Gebäude brachte, wo er sich stundenlang am Sterben des Jungen ergötzte. Mit fünfzehn verschaffte ihm sein neuestes Opfer – ein halbwüchsiges Mädchen, das er mit dem Versprechen, sie zu einer Party mitzunehmen, in ein verlassenes Haus gelockt hatte – einen Moment geradezu göttlicher Ekstase.

Sterbend und hilflos, in den Augen ein flackerndes Inferno des Leidens, hatte sie ein einziges Wort gekrächzt: »Warum?«

Bis dahin war es Bett noch nicht in den Sinn gekommen, sein Tun zu hinterfragen, hatte er nicht verstanden, was ihn zu derart schrecklichen Verbrechen trieb.

»Weil ich es kann«, hatte er zu dem Mädchen gesagt.

Doch das war nicht die ganze Wahrheit, lediglich deren offensichtlichster Aspekt. Darunter lag eine Absicht verborgen, die im Laufe der Jahre in den Mittelpunkt seiner Existenz rückte: das Bedürfnis zu begreifen, nicht nur das Geheimnis des Lebens, sondern auch das Mysterium seines Übergangs zum Tod; wie etwas funktionierte, *warum* es funktionierte. Bei seiner methodischen Suche nach Erkenntnis empfand er niemals Reue oder Wut. Die Toten waren nur eine Art Treibstoff, der die Neugier nährte, die in ihm wie ein schwelendes Feuer brannte.

Er lebte in einer Art von beherrschtem Autismus, in dem Sinne, daß er ständig mit der einen oder anderen Art von selbstbezogener subjektiver geistiger Aktivität beschäftigt war, aber er hatte keine Mühe, mit der Welt um sich herum in Verbindung zu treten. Die Welt und das, was in ihr lebte, faszinierten ihn. Er war in solchem Maße diszipliniert, daß er seine Aufmerksamkeit zielstrebig solange auf einen Gegenstand oder ein Versuchsobjekt zu richten vermochte, wie er brauchte, um ihn zu verstehen, oder bis sein Opfer – im Falle eines Versuchsobjekts – starb.

Alles war wichtig – jedoch nur insofern, als es ihn betraf.

Jetzt, in Maddens Privatjet, galt seine ungeteilte Aufmerksamkeit dem Rätsel Janey Little.

Er hatte einen Walkman aufgesetzt, auf dem er ein Band mit ihren beiden Alben abspielte. Der kleine Kassettenrecorder war auf Autoreverse-Betrieb geschaltet, so daß das Band wieder und wieder abgespielt wurde und nur anhielt, wenn die Batterien verbraucht waren. Dann wechselte Bett sie aus, und die Musik spielte weiter.

Auf dem freien Sitz neben ihm lagen eine lederne Aktentasche und ein Toshiba-Laptop. Auf dem Schoß hatte er eine dünne Mappe mit Presseausschnitten und dem siebendunddreißigseitigen Bericht eines Privatdetektivs; beidesmal ging es um dieselbe Frau, deren Musik Bett in den Ohren klang. Soeben war er in ein Porträt von ihr in einer alten Ausgabe von *Folk Roots* vertieft. Er hatte es schon so oft gelesen, daß er den ganzen Artikel auswendig kannte, Wort für Wort. Er betrachtete eingehend die den Artikel begleitenden Fotos und verglich sie mit denen, die dem Bericht des Detektivs beigefügt waren.

Mit dem vorliegenden Material und den in seinem Besitz befindlichen Videobändern – die ebenfalls die Ermittlungsagentur beschafft hatte – wußte er soviel über Janey Little wie nur irgend jemand und vielleicht sogar mehr. Vielleicht genausoviel wie Janey Little selbst.

Madden wußte nichts von den privaten Nachforschungen, die Bett angestellt hatte – und zwar lange bevor Madden ihn am heutigen Abend nach Cornwall geschickt hatte. Denn sobald Bett vom Interesse erfahren hatte, das der Orden an Thomas Little hatte, war Bett klargeworden, daß die Antwort, nach der sie suchten, nicht bei ihm, sondern bei seiner Enkeltochter zu finden war. Sie würde den Weg freimachen zu den Geheimnissen des alten Mannes. Aber man mußte sich ihr behutsam nähern – weitaus vorsichtiger als der Orden bei seinen früheren stümperhaften Versuchen, Thomas Little das Rätsel zu entlocken, was immer es war.

Ah, ja: das Rätsel. Das Geheimnis.

Was war es?

Madden wollte – oder konnte – es nicht sagen, und niemand sonst kannte es. Und das machte es für Bett ausgesprochen faszinierend.

Er lächelte, als er an John Madden dachte. Wenn sie mit einem Glas Sherry vor sich in der Bibliothek beisammen saßen, erzählte Madden gern die Geschichte, wie sie sich begegnet waren. Wie er, Madden, in Betts Augen sogleich den Geist seines alten Freundes Aleister Crowley wiedererkannt hatte. Maddens Verstand war scharf wie eine Rasierklinge, aber seine hermetischen Studien setzten den Teil seiner Logik außer Kraft, der den ganzen okkulten Hokuspokus als Blödsinn hätte entlarven können.

Bett hatte eine andere Erinnerung an jene Nacht in

Chicago. Madden hatte bei Bett lediglich eine Geistesverwandschaft festgestellt – wobei der Unterschied zwischen ihnen darin bestand, daß Madden nur davon träumte, das Messer zu zücken, während Bett sich jede Maßlosigkeit gestattete, die ihm gerade in den Sinn kam.

Die Sache mit der Reinkarnation hatte Bett jedoch sehr geholfen. Es machte ihm Spaß, die Charade aufrechtzuerhalten. Als er erst einmal erkannt hatte, was ihm zufallen könnte, wenn er Madden davon zu überzeugen vermochte, daß er tatsächlich der Magier war, der sich ›Das Tier‹ genannt hatte, hatte er heimlich Nachforschungen über Crowleys Leben angestellt. Mit der gleichen Gründlichkeit, die er auf alle Projekte verwandte, hatte er genügend düstere Einzelheiten aus seiner Biographie aufgetischt, bis Madden schließlich nicht nur überzeugt war; er *glaubte* an ihn.

Natürlich war Bett nicht so dumm gewesen, sie alle auf einmal preiszugeben. Er präsentierte sie häppchenweise. Zögernd. Unsicher – womit er es Madden und dessen Erregung gestattete, sie beide zu ›überzeugen‹.

Diese Schwäche Maddens – seine einzige Schwäche – machte ihn so faszinierend für Bett. Daß ein Mann mit einem so unerbittlich nüchternen und scharfen Verstand so leichtfertig hinnehmen sollte, was nur Märchen sein konnten …

Falls es tatsächlich Märchen waren.

Bett war mit einem vorurteilslosen Verstand gesegnet oder geschlagen. So unlogisch die Ansichten auch sein mochten, die der Orden vertrat, war er dennoch bereit, sich ein abschließendes Urteil zu versagen. Denn es gab Abweichungen zwischen dem, was der Logik entsprechend real sein konnte, und dem, was er bei Madden und seinen Kollegen als real wahrnahm. Da war die Sache mit Maddens Langlebigkeit – die auch bei anderen alten Ordensmitgliedern zu beobachten war. Ihr weltweiter Erfolg, der sich nicht ausschließlich mit simpler wirtschaftlicher Gerissenheit erklären ließ. Die seltsame Tatsache, daß sie unweigerlich bekamen, wonach sie strebten.

Der Wille ist alles, sagte der Orden.

Bett wußte Bescheid über die Kraft des Willens und das, was man damit erreichen konnte. Was er noch nicht zu entscheiden vermochte, war die Frage, ob der eigene Wille es einem gestattete, sich mit einer äußeren Kraft oder Wesenheit zu verbinden und sich deren Macht anzueignen – wie der Orden es behauptete –, oder ob diese Stärke aus einem selber kam. Oder beides zugleich.

Solange er darauf keine befriedigende Antwort gefunden hatte, würde Bett Mitglied dieses Geheimordens der alten Männer und Frauen bleiben, die glaubten, sie regierten die Welt.

2

Ein Wagen holte ihn von Heathrow ab und brachte ihn zur Victoria Station, von wo aus er mit dem Zug nach Penzance fuhr. Madden hatte diese Entscheidung überrascht, er hatte Einwände dagegen vorgebracht, Bett hatte sich jedoch nicht umstimmen lassen.

»Ich brauche Zeit, um mich in die Rolle einzufühlen, die ich spielen soll«, hatte er erklärt. »Außerdem werde ich aufgrund des Zeitunterschieds immer noch rechtzeitig eintreffen.«

»Welche Rolle?« fragte Madden.

»Gestatte mir, erst die Ergebnisse vorzulegen«, hatte Bett erwidert. »Dann werde ich's erklären.«

Und Madden, der schwärmerische Mentor, hatte gelächelt und genickt. Bett konnte das Mißtrauen in den Augen des alten Mannes sehen, doch es war nicht stärker als gewöhnlich. Bis jetzt hatte er Madden noch nicht im Stich gelassen; warum sollte er es dann jetzt tun?

Im Zug vollendete er die Verwandlung von Maddens Gehilfen in seine neue Rolle. Verschwunden waren der maßgeschneiderte Geschäftsanzug, die steife Körpersprache, die ausdruckslose Miene, die keine Rückschlüsse auf die dahinter versteckten Gedanken zuließ.

Jetzt war er lässig mit Cordhose, einem leichten Baumwollhemd, Nike-Joggingschuhen und einer dunkelblauen Windjacke bekleidet. Die Aktentasche hatte er im Jet zurückgelassen und nur eine Nikon-Kamera in einem abgenutzten Futteral mitgenommen, außerdem den Laptop und einen ramponierten Koffer, in dem seine Notizen, Akten und Kleidungsstücke zum Wechseln waren, die ähnlich aussahen wie die, die er trug.

Seine Körperhaltung war nun entspannt, sein Gesicht ausdrucksvoll und offen, seine ganze Ausstrahlung ließ ihn zehn Jahre jünger erscheinen als die einundvierzig Jahre, die er tatsächlich alt war.

Als er im Bahnhof von Penzance ankam und ausstieg, wirkte er so frisch, daß man ihm die vielen Stunden, die er unterwegs gewesen war, gar nicht ansah. Er half einer älteren Frau beim Tragen ihrer Koffer und lächelte nachsichtig, als sie sich die Bemerkung gestattete, sie, Janet, wünschte, ihr eigener Mann wäre nur halb so nett zu seiner Familie wie er zu ihr als Fremder. Nachdem sie sich verabschiedet hatten, näherte sich Bett ein kleiner, unangenehm wirkender Mann, den er zuvor draußen an der Bushaltestelle hatte sitzen sehen.

»Mr. Bett?«

Bett sah ihm stirnrunzelnd entgegen. Der Mann war schäbig gekleidet, sein Mantel war geflickt, die Schuhe abgetragen, die braune Stoffmütze tief in sein Rattengesicht herabgezogen.

»Was willst du?«

»Miss Grant hat mich geschickt, um Sie abzuholen, äh, Sir.«

»Sag mir die Adresse, und ich finde den Weg schon allein.«

»Aber ...«

Bett beugte sich vor, und seine gespielt unbeschwerte Art fiel von ihm ab, als habe man sie mit einem Schlachtermesser von ihm abgeschnitten.

»Rede mich nie mit meinem Namen an«, sagte er. »Zweifle niemals an, was ich sage. Wenn du das noch einmal machst, stopfe ich deiner Mutter dein Herz in den Hals.«

»Ich – ich ...«

Bett trat freundlich lächelnd zurück. »Die Adresse?«

Über seine eigenen Worte stolpernd, nannte ihm der Mann den Namen eines über der Bucht gelegenen Hotels auf der Western Promenade und eine Zimmernummer. Nachdem Bett sich vergewissert hatte, daß es zu Fuß zu erreichen war, ließ er den Mann auf dem Bahnhofsparkplatz stehen und machte sich allein auf den Weg.

3

Lena Grant sah so aus wie eh und je – wunderschön, verdorben und gelangweilt. Ihr dunkles Haar war frisiert und von der Stirn als steife Welle zurückgekämmt. Ihr Make-up hätte tadellos in die Park Avenue gepaßt, wirkte in dieser kleinen Stadt in Cornwall allerdings fehl am Platz. Desgleichen der perfekte Schnitt der Designerbluse und des Rocks; die Bluse war weit genug aufgeknöpft, um den Spitzenbesatz des Büstenhalters zu zeigen, der Rock war geschlitzt, so daß mit jedem Schritt, den sie machte, ein langes bestrumpftes Bein zum Vorschein kam.

»Der Goldjunge«, sagte sie, als sie ihm die Tür zu ihrem Zimmer aufmachte.

Bett zwängte sich an ihr vorbei und schloß die Tür.

»Wo ist Willie?« fragte sie.

»Kann ich davon ausgehen, daß es ›Willie‹ war, der am Bahnhof auf mich gewartet hat?«

Lena nickte. »Willie Keel. Ein Einheimischer.«

»Das habe ich nicht bezweifelt.«

»Ihr seid nicht miteinander ausgekommen?«

»Mit Idioten komme ich niemals aus.«

Lena runzelte die Stirn. »Einer der Sicherheitsleute meines Vaters hat ihn empfohlen. Daddy meint, man soll möglichst auf örtliche Talente zurückgreifen, wenn man …«

»Die Betonung liegt dabei auf ›Talent‹«, unterbrach sie Bett.

Die vollkommen geformten Lippen zogen eine Schnute, doch Bett achtete nicht darauf. Er war nicht in der Stimmung, sich anzuhören, was alles so toll an ›Daddy‹ war. Mit Daddys kannte er sich aus.

»Hat sich seit gestern irgendwas Neues ergeben?« fragte er, bevor sie weiterreden konnte.

»Ich hab getan, was ich konnte«, sagte Lena.

Das glaubte er ihr. Eine lange verschollene Verwandte Dunthorns zu spielen und die Herausgabe seiner persönlichen Besitztümer zu verlangen – das überstieg ihre Vorstellungskraft. Oder vielleicht war es auch ›Daddys‹ Plan gewesen. Roland – ›Nenn mich Rollie!‹ – Grant mochte ein großer Fisch an der Wall Street sein, aber da hörte sein Sachverstand auch schon auf … wie auch sein Sinn für Anstand und seine feine Lebensart, darum war es vielleicht gar nicht Lenas Schuld gewesen. Bett hatte jedoch keine Zeit für Mitgefühl. So ziemlich das einzige, was ihn an Lena interessierte, war, wie lange sie zum Sterben brauchen würde, und das würde er bedauerlicherweise wahrscheinlich niemals herausfinden.

Jedenfalls vorerst nicht.

Solange ihm der Orden noch von Nutzen war.

»Vergangene Nacht hab ich Willie in ihr Haus geschickt«, teilte sie ihm mit. »Er hat eine Schachtel mit Manuskripten Dunthorns entdeckt.«

Bett hob interessiert die Brauen und schaute sich im Zimmer um. »Wo ist sie?«

»Äh…« Sie wich seinem Blick aus.

»Wo *ist* sie?«

»Er wurde von irgendeinem Schläger überrascht und konnte sich gerade noch selbst in Sicherheit bringen.«

Wunderbar. Jetzt würden die Littles noch mehr auf der Hut sein.

Schade nur, daß Madden sich so sicher war, daß Tom Little das Geheimnis seines Freundes mit ins Grab nehmen würde, denn die einfachste Lösung wäre gewesen, sich den alten Mann einfach zu schnappen und ein paar Tage lang Bett zu überlassen. Ungeachtet Maddens Überzeugung zweifelte Bett nicht daran, daß er Little das Geheimnis entlocken würde. Vielleicht sollte er einfach Littles kleine Enkeltochter vor ihm zerschneiden, bis ihr Blut sein Gedächtnis auf Trab brachte…

Er verdrängte das angenehme Bild.

»Ein Schläger, hast du gesagt?«

Lena zuckte die Achseln. »Willie zufolge ein großer Mann. Kam mit einem Koffer an. Sah aus wie ein Seemann, aber das trifft hier auf so ziemlich jeden zu.«

»Würdest du den Mann auf einem Foto wiedererkennen?« sagte Bett versuchsweise, doch Lena hatte ein neues Thema gefunden.

»Also wirklich, was für ein trostloser Ort. In der sogenannten Dusche ist kein Wasserdruck, so daß ich mir nicht richtig die Haare waschen kann. Das Essen ist grauenhaft. Es gibt nichts zu tun. Die Luft stinkt. Wo man sich auch hinwendet, überall gibt es…«

»Halt die Klappe«, sagte Bett.

Er hatte leise gesprochen, aber mit genügend Nachdruck, um sofort eine Reaktion zu bekommen. Sie blinzelte überrascht, dann deutete sie mit einem manikürten Finger auf ihn.

»Wenn ich Daddy erzähle, wie du mich behandelst, wird er…«

»Beschwer dich bei John, aber es wird ihm egal sein. Erzähl mir von dem Mann.«

Wieder die Schnute. »Was gibt's da schon zu erzählen? Vielleicht haben sie einen Leibwächter angeheuert.«

Natürlich hatte sie nicht die Initiative ergriffen und herauszufinden versucht, wer er war und was er bei den Littles tat. Wenn man's genau betrachtete, war das vielleicht ein Segen. Wer wußte schon, was für ein Chaos sie sonst angerichtet hätte.

»Von jetzt an gehen dich die Littles nichts mehr an«, sagte er. »Und sollten wir uns zufällig irgendwo begegnen, mußt du so tun, als würdest du mich nicht kennen. Genaugenommen wäre es am besten, wenn du gar nicht mehr rausgehen würdest.«

»Ich lasse mich nicht in diesem Zimmer einsperren.«

»Dann solltest du vielleicht zurückfliegen.«

Sie lachte freudlos. »Das kann ich nicht. Daddy möchte, daß ich hier bleibe.«

Bett nickte. Er hatte gehört, wie in der alten Garde des Ordens über Lena geredet wurde. Man war unzufrieden mit ihr. Obwohl sie ihr Zeichen auf dem Handgelenk trug, war sie einfach zu unbedarft, als daß man ihr hätte vertrauen können. Ungeachtet ihres Mangels an Disziplin bei der Verfolgung ihrer Studien fürchtete man vor allem, sie könnte eine Indiskretion begehen, wenn sie mal wieder schmollte, und der Boulevardpresse vom Orden berichten und enthüllen, wofür er stand, wer die Mitglieder waren und was sie taten. Angesichts des ständig wachsenden Einflusses der christlichen Fundamentalisten in Wirtschaft und Politik konnte das katastrophale Auswirkungen haben.

Wenn ihr Vater nicht einer von Maddens ältesten Bundesgenossen gewesen wäre – Grant gehörte zu den Gründungsmitgliedern des Ordens – hätte man sich wahrscheinlich schon längst mit ihr befaßt. Aber das konnte noch kommen.

Bett hoffte, der Auftrag würde ihm zufallen.

Bis dahin mußte er mir ihr auskommen, so gut es ging.

»Wenn du nicht weg kannst«, sagte er, »dann mußt du genau das tun, was ich dir sage. Ich genieße das volle Vertrauen des Ordens und …«

»Ich weiß, ich weiß. Du bist ihr Goldjunge.«

Bett erkannte, daß sie endlos so weitermachen konnten, darum legte er eine andere Platte auf und eine neue Maske an. Er lächelte gewinnend, sie gegen ihren Willen verzaubernd.

»Es tut mir leid«, sagte er. »Ich weiß, wie schwer das alles für dich ist. Aber wir sitzen beide im selben Boot. Glaubst du etwa, mir gefällt es hier? Madden hat darauf bestanden, daß ich herkomme. Aber wenn ich versage … dann war's das.«

»Was willst du damit sagen?«

Ihr Tonfall war nicht mehr so schmollend, bekundete Anteilnahme.

»Du wurdest in deine Stellung hineingeboren«, sagte er. »Ich muß ständig dafür arbeiten. Wenn ich diesmal versage, bin ich erledigt.«

Sie vermochte seiner gespielten Aufrichtigkeit nicht zu widerstehen. »Aber das würden sie doch nicht machen?«

Er nickte mit gesenktem Blick. »Eine zweite Chance bekomme ich nicht.«

»Das ist ja furchtbar. Ich werde mit Daddy sprechen …«

»Das wird auch nichts nützen.«

»Nein«, sagte sie, wobei sie offenbar den grimmigen alten Mann im Sinn hatte, als den sie Betts Mentor kannte. »Nicht bei Madden.«

Bett blickte sie durch gesenkte Wimpern hindurch an. Es überraschte ihn immer wieder, wie leicht sich manche Menschen manipulieren ließen. Eben noch hatte sie ihn aus der Tiefe ihres seichten Herzens heraus gehaßt. Jetzt waren sie Verbündete.

»Wir könnten uns gegenseitig helfen«, sagte Bett. »Laß mich das auf meine Art erledigen – und laß uns die Anerkennung miteinander teilen. So gewinnen wir beide.«

»Warum solltest du das für mich tun?« fragte Lena, schließlich doch mißtrauisch geworden.

»Ich tu's nicht nur für dich – ich tu's auch für mich. Ich darf nicht versagen.«

Lena seufzte. Sie ging zu ihm und fuhr mit der Hand über das Vorderteil seiner Jacke.

»Du bist ein so verwirrender Mann«, sagte sie. »Manchmal bist du wie aus Eis, und ich bin mir sicher, daß du mich haßt, dann wieder gibt es Augenblicke wie jetzt, wo du so ... ich weiß nicht, verwundbar bist, nehme ich an ... daß ich alles tun würde, um dich vor dem Rest der Welt zu beschützen.«

»Das bin ich«, sagte Bett. »Ich muß kalt sein, Madden verlangt das von mir, aber bei dir fällt es mir schwer.«

»Wirklich?«

Er begegnete ihrem Blick, die blauen Augen weit offen und unschuldig. »Wirklich.«

Sie schien sich entschieden zu haben, und ihre Hand fiel seitlich herab.

»Also gut«, sagte sie. »Ich werde hier auf dich warten und dir nicht in die Quere kommen. Aber du mußt mir etwas versprechen.«

»Und das wäre?«

»Daß du nicht mehr gemein zu mir bist. Wenn wir allein sind, brauchst du dich nicht zu verstellen. Ich möchte, daß wir Freunde sind.«

Es war unglaublich, dachte er, und sah ihr so ähnlich. Wenn alle um sie herum nett waren, nun, dann war alles in Ordnung, nicht wahr? Jeder mochte sie und war ein Freund.

»Ich möchte das auch«, sagte er.

Sie beugte sich vor und gab ihm die Art Kuß, die in

ihren Kreisen verbreitet war – ein Bussi in die Nähe des Ohrs.

»Ich bin froh«, sagte sie, dann trat sie zurück. »Und wie geht's weiter?«

Bett straffte die Schultern. »Zuerst lassen wir deinen Keel ein paar Fotos anschauen, um zu sehen, ob er den Mann wiedererkennt, den er letzte Nacht gesehen hat.«

»Und dann?«

Bett zögerte.

»Ich komme dir nicht in die Quere«, sagte sie. »Ehrlich. Es sagt mir bloß nie jemand, was eigentlich vor sich geht.«

»Also gut«, sagte Bett und erzählte ihr, er wolle sich an die Littles heranmachen und sich als ein Reporter von *Rolling Stone* ausgeben, der sich für Dunthorns Werk interessiere – wobei er sein Augenmerk nicht auf den alten Mann, sondern auf dessen Enkeltochter richten werde, die anscheinend selbst eine Verehrerin von Dunthorn sei.

Größtenteils war es gelogen, doch Lena war es zufrieden.

4

So sehr sie sich auch langweilen mochte, war Lena dennoch erleichtert, als Bett und Willie Keel gegangen waren.

In Betts Gegenwart fühlte sie sich unbehaglich. Sie wußte nie, woran sie bei ihm war. Die meiste Zeit über behandelte er sie wie ein Flittchen, doch dann konnte er plötzlich umschwenken und so nett sein, daß sie ihn einfach gern haben *mußte* – obwohl sie wußte, daß sie ihm nicht trauen konnte; wußte, daß er sie nicht mochte; wußte, daß unter der unbewegten Maske, die er der Welt zeigte, etwas unendlich Gefährliches lauerte. Hätte man sie gedrängt zu sagen, woher sie das wußte, hätte sie keine Antwort gewußt. Sie *spürte* es einfach.

Intuition … oder vielleicht war es das, was Daddy Magie nannte.

Was Willie Keel betraf … wenngleich Jim Gazo ihn empfohlen hatte – und sie vertraute dem Sicherheitsbeauftragten ihres Vaters bedingungslos –, war er, offen gesagt, ungehobelt. In seinen schlampigen, schlecht sitzenden Klamotten sah er aus wie ein Schurke. Sein Atem roch nach schalem Rauch und Knoblauch. Seine Kleider rochen, als wären sie seit dem Tag, an dem er sie bekommen hatte, nicht mehr gewaschen worden. Und Gott steh ihr bei, sein Körpergeruch war so stark, daß sie nach Luft schnappen mußte.

Schon der Gedanke an ihn machte sie beklommen.

Und so stand sie erleichtert am Fenster ihres Hotelzimmers und sah auf der Straße zwei Männer in verschiedene Richtungen auseinandergehen. Sobald sie verschwunden waren, kehrte sie zu ihrem Bett zurück und hob das Foto auf, das Willie aus dem halben Dutzend, die Bett ihm gezeigt hatte, ausgewählt hatte.

Dies war der Mann, der ihn vergangene Nacht bei seinem Einbruch bei den Littles gestört habe, hatte er ihnen versichert, während sein Blick nervös zwischen Lena und Bett hin und her schoß.

Felix Gavin.

Ein gewöhnlicher Handelsschiffer, hatte Bett gesagt. Vielleicht war Gavin das, aber er gefiel ihr. Im Gegensatz zu Bett und Willie würde er weder riechen, noch würde sie sich in seiner Gegenwart unbehaglich fühlen.

Sie drehte das Bild, damit sich das Licht nicht auf seiner glänzenden Oberfläche spiegelte. Ein alter Liebhaber Janey Littles also? Der zurückgekommen war, um ihre alte Romanze wieder aufzuwärmen? Wenn er ein alter Freund von ihr war, konnte es dann nicht sein, daß er etwas über die Erbstücke wußte, die im Haus der Littles herumgelegen hatten? Vielleicht hatte ihn die kleine Little irgendwann ins Vertrauen gezogen …

ihm Geheimnisse anvertraut, die man nur mit seinem Liebsten teilte…

Lena lächelte. Vielleicht würde sie sich unters Volk mischen und Daddy beweisen, daß sie ebenso geschickt war wie Maddens Goldjunge. Und würde es Bett nicht zu denken geben, wenn sie Erfolg hätte, wo alle anderen, Bett eingeschlossen, versagten?

Bei dem Gedanken an einen wütenden Bett wurde ihr beklommen zumute.

Am besten gar nicht dran denken. Denk lieber an Daddys stolzes Gesicht.

Und sie konnte es schaffen. Wie Bett, wie Daddy und seine Freunde mit ihren kleinen eintätowierten Tauben – sie rieb über die Taube an ihrem Handgelenk, als sie an den Altherrenclub dachte, der sich selbst als Orden bezeichnete – hatte sie ihre eigenen Geheimnisse. Nahm sie nicht seit zwei Jahren zweimal die Woche Schauspielunterricht? Hatte ihre Lehrerin nicht gesagt, sie mache sich gut, wenn nicht sogar besser als alle ihre früheren Schüler?

Lena betrachtete sich im Spiegel, der die ganze Länge des Kleiderschranks einnahm. Sie konnte es schaffen: Sie konnte Felix Gavin dazu bringen, ihr alles zu erzählen. Er würde auf Klasse fliegen – Leute wie er taten das immer, weil normalerweise Frauen wie sie unerreichbar für sie waren –, aber so, wie sie jetzt aussah, würde sie ihn nervös machen.

Doch das ließe sich leicht ändern.

Vor sich hin summend, zog sie Designerjeans an, komplett mit dem passenden Loch über dem einen Knie, ein enges MIT-T-Shirt und ein Paar hochhackiger Schuhe. Sie entfernte ihr Make-up, dann trug sie es neu auf, diesmal mit der Absicht, eher unauffällig zu wirken. Als sie fertig war, warf sie sich ein Lederblouson über und betrachtete sich im Spiegel.

Ja, entschied sie. So würde es gehen. So würde es wunderbar gehen. Felix Gavin wäre ihr ausgeliefert.

Jetzt brauchte sie ihn nur noch zu finden. *Ohne* daß Bett es merkte.

Sie telefonierte mit der Rezeption und hinterließ eine Nachricht, die besagte, daß sie schlafe und während des Tages nicht gestört zu werden wünsche. Dann verließ sie mit dem angenehmen Gefühl, ein Spion zu sein, das Zimmer und ging über die Treppe nach unten, wo sie wartete, bis das Foyer einen Moment lang leer war. Dann schlüpfte sie aus der Eingangstür.

Der salzige Wind zerzauste ihr Haar, sobald sie nach draußen getreten war, doch anstatt sich darüber zu ärgern, wie sie es sonst jedesmal getan hatte, wenn sie das Hotel verlassen hatte, fühlte sie sich in ihrer Abenteuerlust bestärkt.

Wo sollte sie nach Gavin suchen?

Willie würde es wissen.

Die Hunde im Gebüsch

Ohne Fleiß kein Preis
Sprichwort

Das Schöne an Tieren, fand Jodi, war die Tatsache, daß ihr Gehör viel empfindlicher ausgebildet war als das der Menschen.

Unglücklicherweise hatte der Doppelgänger der Hexe ein ebenso scharfes Gehör. Als Jodi und Edern die Finger an die Lippen legten und gellend pfiffen, wandte er ruckartig den Kopf – doch da war es bereits zu spät. Zwei Hunde stürmten in den Garten, und Jodi erkannte sie beide wieder.

Der eine war ein kleiner Mischling – ein Teil Terrier, ein Teil irgendwas – und hieß Kitey. Der andere war ein schottischer Collie und hieß Ansum. Beide lebten ein paar Türen von Tante Netties Haus entfernt und hatten mit Jodi und Denzil schon häufig lange Spaziergänge an den Klippen unternommen.

Kitey bellte schrill, als er den Doppelgänger erblickte und sich, Ansum dicht auf den Fersen, auf ihn stürzte. Windle flüchtete vor ihrem wilden Angriff. Der Doppelgänger sprang über Jodis und Ederns Köpfe, über die Rosenbüsche, und schoß durch das Fenster, hinter dem er mit einem vernehmlichen Krachen auf dem Arbeitstisch im Innern des Hauses landete. Kitey rannte vor den Rosen hin und her, dann zwängte er sich durch eine Lücke und lief zum Fenster, wo er sich freudig kläffend auf die Hinterbeine stellte. Ansum blieb auf dem Rasen vor den Büschen und schob seinen Kopf Jodi und Edern entgegen.

Edern wich ängstlich zurück. Als er seinerseits ausreißen zu wollen schien, packte Jodi ihn beim Arm.

»Die kennen mich«, sagte sie.

Ansum blickte die beiden mausgroßen Leute weiterhin neugierig an. Kurz darauf verließ Kitey seinen Posten am Fenster und gesellte sich zu dem Collie, tänzelte mit kaum gezügelter Erregung auf dem Rasen herum.

»Sie werden uns nichts tun«, sagte Jodi.

Hoffe ich, setzte sie im stillen hinzu.

Als Ansum ihnen seine Nase entgegenstreckte, offenbar verwirrt, weil der vertraute Geruch von einem so seltsamen winzigen Wesen stammte, trat ihm Jodi entgegen.

»Hallo, alter Junge«, sagte Jodi.

Sie berührte mit der Hand seine Schnauze und war erschrocken, wie winzig ihre Finger im Vergleich zu seiner Nase waren. Ansum wich nervös zurück und winselte.

»Stimmt«, sagte Edern, dessen Stimme seine eigene Nervosität verriet. »Sie werden uns überhaupt nichts tun.«

»Ach, sei doch still«, sagte Jodi, die sich allmählich über ihn ärgerte. »Sie sind bloß verwirrt wegen meiner Größe.«

»Es sieht eher so aus, als überlegten sie, ob es sich lohnt, uns zu fressen«, murmelte Edern. »Wenn du mich fragst, ich würde ...«

Als Jodi ihn anfunkelte, verstummte er.

»Na komm schon, Ansum«, sagte sie. »He, Kitey.«

Während der Terrier weiter im Garten umherlief und das eigenartige wütende Kläffen ausstieß, legte Ansum sich auf den Boden und schob die Schnauze vor, bis seine Nase – nach dem Maßstab einer normalgroßen Person – nur noch Zentimeter von Jodi entfernt war. Als Jodi seine Schnauze kratzte, gab er einen zufriedenen kehligen Laut von sich.

»Was nun?« fragte Edern, der immer noch auf Abstand hielt.

»Jetzt setzen wir uns ab.«

»Aber die Hunde ...«

»Werden uns helfen. Hast du dort, wo du herkommst, schon mal was von glücklichen Zufällen gehört?«

Edern seufzte. »Sicher. Aber ich habe auch von hungrigen Hunden gehört, und ich habe keine Lust ...«

Diesmal unterbrach ihn ein plötzlicher Wechsel der Tonhöhe und Lautstärke von Kiteys Kläffen.

»Ihr Mistviecher«, rief eine nur allzu vertraute Stimme.

»Das ist die verdammte Hexe«, sagte Jodi.

Ansum wollte den Kopf heben, verharrte jedoch, als Jodi ihn beim Namen rief.

»Jetzt oder nie«, sagte sie zu Edern und stürmte vor.

Edern vermochte sie bloß anzustarren, als sie sich auf den Hals des Collies zog und dann hinter dessen Halsband zwängte, bis sie zwischen ihm und dem Fell eingeklemmt war.

»Du bist verrückt«, sagte Edern.

»Dann bleib da und laß dich in eine Kröte verwandeln. Nein!« setzte sie an Ansum gewandt hinzu, als dieser sich aufrichten wollte. Dann zu Edern: »Kommst du? Deine letzte Chance.«

»Haut ab!« schrie die Witwe. »Macht, daß ihr wegkommt, ihr Dreckskӧter.«

»Ich *bin* verrückt«, sagte Edern und stürmte vor.

Kurze Zeit später klammerte er sich ebenfalls an Ansums Halsband. Der Collie sprang auf die Beine. Aschfahl im Gesicht, hielten Jodi und Edern sich nach Kräften fest, als der Hund aus dem Garten hinausschoß, den kläffenden Kitey neben sich, den Kopf zurückgewandt, um der Witwe seine Geringschätzung zu zeigen. Jodi erhaschte einen Blick auf den Doppelgänger der Witwe, der ihnen vom Fenster aus nachstarrte, dann war das Haus der Witwe außer Sichtweite.

Es war ein wilder, ungestümer Ritt, während die

Hunde durch die schmalen Gassen Bodburys in Richtung Hafen rannten. Sie klammerten sich an Ansums Halsband fest und bissen angesichts der Schüttelei die Zähne zusammen.

»Langsamer, langsamer!« schrie Jodi, aber die Hunde hörten nicht auf sie.

Endlich kamen sie auf dem Kopfsteinpflaster in der Nähe der Kais japsend zum Stehen. Um sie herum auf dem Dock ragten Kistenstapel wie Berge in den Himmel. Gebirge von Fischernetzen lagen in unordentlichen Haufen herum. Ehe die Hunde wieder losrennen konnten, versetzte Jodi Ansum einen Stoß mit dem Ellbogen. Der Hund schüttelte den Kopf.

Die Welt war ein einziger Wirbel, und ihr Magen hob sich. Mißbilligend hielt sie sich mit aller Kraft am Halsband fest.

»Hörst du wohl damit auf!« schrie Edern, als sie den Ellbogen hob, um den Hund abermals zu knuffen.

»Wir müssen irgendwie runterkommen, stimmt's?«

Ansum stand ganz ruhig da, als er die Stimmen unter seinem Kinn vernahm. Er schüttelte noch einmal versuchsweise den Kopf, hörte jedoch auf, als Jodi ihn anschrie.

»Mir wird schlecht«, sagte Edern.

Jodi verstand ihn nur allzugut. Auch ohne daß Ansum sie abzuschütteln versuchte, war es befremdend und höchst unerfreulich, an einem Hundehalsband zu hängen.

»Platz!« schrie sie, so laut sie konnte. »Leg dich hin, Ansum, sei ein braver Hund.«

Der Collie stand bloß da und machte ein verwirrtes Gesicht. Kitey bellte einmal kurz.

»Fang nicht schon wieder an, Kitey!« schrie Jodi.

Vom vielen Schreien wurde sie allmählich heiser.

»Leg dich hin!« schrie sie wieder.

Und endlich gehorchte er.

Ehe er sich's wieder anders überlegen konnte, krochen Jodi und Edern hinter dem Halsband hervor und kletterten auf den Boden. Sie schwankten unsicher auf dem Kopfsteinpflaster, durch den Ritt vollkommen aus dem Gleichgewicht gebracht. Eins von Ansums Augen betrachtete sie eindringlich. Kitey winselte glücklich.

Edern warf dem Terrier einen nervösen Blick zu.

»Die Zähne gefallen mir nicht«, sagte Edern.

Jodi lachte und schob ihn auf eine nahegelegene Lücke zwischen den Kisten zu. Sobald sie sich darin befanden, drehte sie sich um und spähte wieder hinaus. Als sie nach rechts und links geschaut hatte, entschied sie, daß niemand von den Hunden oder ihrer seltsamen Last Notiz genommen hatte.

»Man hat uns nicht entdeckt«, sagte sie über die Schulter.

Edern lehnte sich gegen eine Kiste, die Beine vor sich gespreizt.

»Du glaubst gar nicht, wie gut das tut«, sagte er.

»Kein Grund, eingeschnappt zu sein«, sagte Jodi. »Ich habe uns befreit, oder?«

Ansum und Kitey standen noch immer dicht neben den Kisten. Der Terrier saß mit schräggelegtem Kopf da und schaute sie an. Ansum winselte und rieb mit einer Pfote über die Pflastersteine.

»Ich danke euch«, sagte Jodi zu ihnen, »aber jetzt könnt ihr verschwinden.«

Keiner der beiden Hunde rührte sich.

»Schhh!«

Sie rannte schreiend ein paar Schritte vor, und die Hunde sprangen zurück, nahmen jedoch wieder ihre Posten ein, sobald Jodi sich zwischen die Kisten zurückgezogen hatte.

»Verflixt und zugenäht«, sagte sie. »Sie wollen nicht weggehn, was bedeutet, daß *wir* verschwinden müssen, bevor eine neugierige Teerjacke nachsehen kommt, was hier los ist.«

Edern schaute sie erschöpft an. »Wirst du eigentlich niemals müde?«

Jodi schüttelte den Kopf. Sie ging an ihm vorbei, blieb kurz stehen, um sich nach ihm umzusehen, dann ging sie weiter. Edern erhob sich langsam. Er schaute Ansum und den Terrier an. Als Kitey ihn mit lautem Gebell begrüßte, bewegte er die Schultern, um den Schauder loszuwerden, der ihm jedesmal, wenn er an die Hunde dachte, über den Rücken lief, dann eilte er seiner Begleiterin nach.

2

In den Zwischenräumen des Kistengebirges war es dunkel. Die Luft war beladen mit dem Geruch nach Fisch und Salz, und nur wenig Tageslicht drang bis zu den schmalen Korridoren vor, durch die Jodi Edern hindurchführte. Nach häufigen Kehrtwenden und vielem Umherwandern gelangten sie schließlich zur anderen Seite des Gebirges und blickten aufs Meer.

»Nun, ich glaube, hier geht's jedenfalls nicht lang«, sagte Jodi.

Die Kisten waren bis zum Ende des Kais gestapelt, ohne einen Zwischenraum, durch den sie sich hätten zwängen können, auch wenn sie nur mausgroß waren. Unterhalb des Kais leckte die Flut an den Pfeilern. Draußen im Hafen trieb die lockere Schar der Fischkutter, die Besatzungen waren an Land damit beschäftigt, den Fisch zu säubern und die Netze vor dem Einsatz am nächsten Morgen zu flicken. Jenseits des geschützten Hafenbeckens näherte sich ein Frachter.

»Wofür werden diese Kisten eigentlich gebraucht?« fragte Edern.

Jodi zuckte die Achseln. »Es wird noch eine Weile dauern, bis er anlegt. Dann heißt es den Papierkram mit dem Hafenmeister erledigen und die nächste Flut abwarten. Uns passiert hier nichts.«

»Auf offener Straße würde ich mich wohler fühlen.«

»Du bist wohl ein richtig feiner Pinkel, was?«

»Kümmere dich um deinen Kram.«

»Also, ich nörgele jedenfalls nicht dauernd herum und ziere mich, oder?«

»Ich bin sowas einfach nicht gewöhnt«, sagte Edern. »Ich laufe lieber in den Hügeln rum, jederzeit.«

»Wo dich ein Hermelin oder ein Wiesel zum Mittagessen verspeisen kann. Wäre das nicht toll?«

»Du weißt, was ich meine.«

»Schon möglich. Ich hab auch schon bessere Zeiten erlebt.«

Sie setzte sich und ließ ihre Füße über den Rand des Kais baumeln, ohne sich darum zu scheren, ob sie ein Fischer bemerkte.

»Wohin jetzt?« fragte Edern, als er sich neben sie setzte.

Jodi zuckte die Achseln. »Wir warten hier, bis es dunkel wird, dann gehen wir zu Denzil. Wenn uns überhaupt jemand helfen kann, dann er.«

»Uns helfen?«

»Unsere normale Größe wiederzuerlangen, du Blödkopf. Meinst du etwa, ich möchte den Rest meines Lebens als Maus verbringen?«

»Dazu muß ich dir was sagen«, meinte Edern.

»Mir was sagen?«

Edern fühlte sich sichtlich unwohl.

»Mir was sagen?« wiederholte Jodi.

Er wandte den Kopf und schaute sie an. »Hast du dir schon mal überlegt, wo der Rest von dir ist?«

Jodi blinzelte, dann blickte sie ihn verständnislos an.

»Eben noch warst du normal groß, im nächsten Moment nur noch so lang wie eine Garnele. Über den Widerspruch hast du doch wohl schon mal nachgedacht?«

»Nö«, sagte Jodi. »Ist mir noch gar nicht aufgefallen.«

Edern schüttelte den Kopf. »Als dich die Witwe verkleinert hat, ist ein Teil von dir du selbst geblieben – in deiner momentanen Größe –, aber der Rest von dir wurde sozusagen in alle Winde verstreut. Um diese Reste wiederzubekommen, brauchst du einen dritten Teil von dir, den die Witwe für sich behalten hat.«

»Ich habe keine Ahnung, wovon du überhaupt redest«, sagte Jodi, die sich nun beklommen fühlte.

»Es ist eine Art von Code, der dich zu dem macht, was du bist. Ein Talisman, wenn du so willst, der die verstreuten Bruchstücke zurückruft, sobald du bereit bist, wieder deine ursprüngliche Größe anzunehmen.«

»Ich bin jetzt bereit.«

Edern schüttelte den Kopf. »Ohne den Talisman wirst du deine richtige Größe niemals zurückerlangen.«

»Ein Talisman«, sagte Jodi bedächtig.

Edern nickte.

»Der im Besitz der Witwe ist?«

Erneutes Kopfnicken.

»Verflixt und zugenäht. Warum hast du mir das nicht eher gesagt?«

»Du hast mir keine Zeit dazu gelassen.«

»Ich habe dir alle Zeit der Welt gelassen. Wahrscheinlich wolltest du bloß selber wegkommen und mir nicht den Kopf mit anderen Sorgen zukleistern.«

Edern schaute sie verletzt an.

»Vielleicht aber auch nicht«, sagte Jodi. »Und wie sieht dieser Talisman aus?«

»Er hat die Form eines Knopfes und ist an der Innenseite ihres Umhangs festgenäht.«

»Und deiner? Wie sieht dein Talisman aus?«

»Ich weiß nicht«, sagte er. »Ich habe mit angesehen, wie sie dich verhext hat – daher weiß ich, was ich weiß. Als sie mich verhext hat, war ich im gleichen Zustand wie du. Bewußtlos.«

»Dann müssen wir also umkehren?«

»Nur, wenn du deine normale Größe zurückerlangen willst.«

Jodi schüttelte den Kopf. »Ich kann's nicht glauben. Endlich erlebe ich mein großes Abenteuer, und als was stellt es sich heraus? Als die Suche nach einem blöden Knopf im Umhang einer alten Frau. Wenn das in einem Buch stünde, käme ich in die Verlegenheit, einfach umzublättern.«

»Es ist nicht meine Schuld.«

»Wohl kaum. Aber wo bleibt da die Romantik? Wo bleibt das Wunderbare?«

»Na, schließlich bist du eine Kleine.«

»O ja. Wie wunderbar. Eine Maus zu sein. Vielleicht finde ich einen Rattenprinz, der mich eines Tages rettet. Wäre das nicht romantisch?«

»Ich bin auch noch da.«

»Ach du grüne Neune!« sagte sie.

»Aber ich bin ja zu alt für dich.«

»Viel zu alt«, pflichtete Jodi ihm bei.

Und dann seufzte sie – ein Stoßseufzer aus der Tiefe ihres Herzens, der nichts an ihrer düsteren Stimmung änderte.

»Ich glaube, es ist wirklich meine Schuld«, sagte sie. »Ich war nie zufrieden und hab drauf gewartet, daß mir irgendwann das große Abenteuer begegnet. Und jetzt, wo ich's gefunden habe – also, das ist doch typisch, nicht?«

Edern schien verwirrt.

»Daß es dann, wenn es *mir* zustößt«, erklärte Jodi erschöpft, »so – ach, ich weiß nicht, wie es ist. So lächerlich. So unbedeutend.«

»Vielleicht trifft das auf alle Abenteuer zu, und sie sind nur aufregend, wenn sie aufgeschrieben werden«, sagte Edern. »Obwohl«, setzte er hinzu, »wenn ich an unsere Flucht denke, dann könnte ich gut auf weitere Aufregung verzichten, vielen Dank.«

»Du weißt, was ich meine. Ich möchte einfach ein

bißchen wichtiger sein, als einen Knopf zu suchen und nicht größer als eine Maus in Brodbury herumzukrabbeln. Das kommt mir so läppisch vor.«

»Wenn jemand auf deine Größe verkleinert wird, dann ist das läppisch?«

»Sei nicht blöd.«

»Wer von uns beiden ist denn nun zickig?«

Als Edern sie anschaute, grinste sie.

»Ich schmolle bloß«, sagte sie. »Und ich weiß, daß ich's tue, also halt mir keine Vorträge. Ich werde bald drüber weg sein, und dann wirst du dir wünschen, ich würde wieder schmollen.«

»Drohungen sind nicht deine Stärke«, teilte Edern ihr mit.

»Schon möglich. Hab nicht genug Übung.« Ihr Grinsen wurde breiter. »Erzähl mir, wie es ist, umherzureisen«, fügte sie hinzu. »Um die Zeit totzuschlagen.«

»Was soll ich da erzählen? Man wandert über die Straßen, bergauf, bergab …«

Jodi verdrängte ihre Sorgen, lehnte sich mit immer noch über den Kai baumelnden Beinen zufrieden an die Kiste und schloß die Augen. Während Edern erzählte, erzeugte sie im Geiste Bilder, mit denen sie seine Worte ausschmückte – Bilder von Wegen, die sich durch wildes Heideland und über felsige Trampelpfade bis ans Meer wanden, von heckengesäumten Straßen mit dem Flickenmuster der Weiden und Felder ausgebreitet zu beiden Seiten, Straßen, die sich durch Dörfer mit Bruchsteinhäusern schlängelten, zu Orten, an denen sie nie gewesen war, von Straßen, die bei Tag sonnenüberflutet waren und geheimnisvoll bei Nacht …

Erst als sich der Himmel vor ihrem Versteck verdunkelte und die langen Schatten der Gebäude Bodburys auf den Hafen fielen, erwachte sie und stellte fest, daß sie mit dem Kopf auf Ederns Schulter eingeschlafen war. Er schlief ebenfalls, darum bewegte sie sich nicht und schaute aufs Meer hinaus, bis das Zwielicht in

Nacht überging. Dann stupste sie Edern mit dem Ellbogen an und setzte sich auf.

»Zeit zum Aufbruch«, sagte sie.

»Laß mir noch fünf Minuten Zeit.«

»Ich hätte nie gedacht, daß fahrendes Volk so faul sein könnte.«

»Glaubst du vielleicht, wir wandern ständig wie Gänse umher, anstatt uns dann und wann auch mal irgendwo niederzulassen?«

Jodi grinste nur. Sie stand auf und streckte ihre steifen Muskeln, dann stemmte sie die Arme in die Seiten und baute sich vor ihm auf.

»Fertig?«

Edern ächzte und spielte den alten Mann, als er sich langsam erhob.

»Ich vermute, du hast schon wieder einen neuen tollen Plan«, sagte er.

Jodi nickte. »Wir müssen immer noch zu Denzil. Er kann uns vielleicht nicht größer machen, aber er wird sich bestimmt was ausdenken, wie wir der Witwe die Knöpfe wegnehmen können.«

Edern schauderte. »Vielleicht ist es gar nicht so schlimm, ein Kleiner zu sein.«

»Vielleicht«, stimmte Jodi fröhlich zu, »aber ich werde mich erst dann mit dem Leben einer Maus abfinden, wenn ich es muß.«

Die letzten Worte warf sie über die Schulter zurück, während sie sich daran machte, den Weg durch das verschlungene Labyrinth des Kistengebirges zurückzutapsen. Edern folgte ihr langsamer, wobei er sich fragte, wie sie sich in der Dunkelheit bloß so sicher bewegen konnte. Es schien eine Ewigkeit zu dauern, und er hätte beinahe nicht bemerkt, daß sie plötzlich vor ihm angehalten hatte. Er konnte gerade noch verhindern, daß er gegen sie stieß.

»Wenn du schon so plötzlich stehenbleibst, könntest du mich wenigstens vorher warnen ...«

»Psst!« machte Jodi.

»Was ist los?« flüsterte er und rückte neben sie.

Er sah gerade noch das riesige schnurrbärtige Gesicht einer Katze, die von draußen zu ihnen hereinschaute, dann krabbelten er und Jodi zurück, als eine krallenbewehrte Pfote vorschoß und sie zu fangen versuchte. Die Katze zischte vor Enttäuschung und streckte die Pfote noch weiter vor. Jodi und Edern zogen sich in sichere Entfernung zurück.

»Verflixt und zugenäht«, sagte Jodi. »Was machen wir jetzt?«

»Hast du dort, wo du herkommst, schon mal was von glücklichen Zufällen gehört?« fragte Edern.

Jodi warf ihm einen vernichtenden Blick zu. »Fang nicht schon wieder damit an«, sagte sie.

»Du glaubst nicht, daß du sie becircen kannst?«

Die Katze gab ein wütendes Knurren von sich, während sie sie weiter zu packen versuchte.

»Was meinst du?« fragte Jodi.

Edern seufzte. »Ich meine, wenn am Morgen die Leute kommen, um diese Kisten in den Frachter zu laden, werden wir immer noch hier sein.«

3

Bei Anbruch der Nacht saß Denzil Gossip an seiner Werkbank und arbeitete an einem kleinen Modell einer Dampflokomotive. Er saß auf einem Hocker, den Rücken vor Konzentration wie einen Triumphbogen gekrümmt. Ständig rutschte ihm die Brille von der Nase, und immer wieder mußte er seine Arbeit am Uhrwerk der Lok unterbrechen, um sie wieder hochzuschieben. Bald darauf rutschte sie wieder herunter. Erst als es nahezu dunkel geworden war und er nichts mehr erkennen konnte, richtete er sich auf und blickte sich auf dem dunklen Dachboden um. Als die Tiere endlich die

Gelegenheit gekommen sahen, von ihm bemerkt zu werden, begannen sie augenblicklich, um seine Aufmerksamkeit zu wetteifern.

Rum stieß einen schrillen Schrei aus und kratzte an der Tür, wodurch er all den Kerben, die er bereits gemacht hatte, neue hinzufügte. Ollie schwang sich vom Bücherregal herunter und landete auf seiner Schulter, was ihn so erschreckte, daß er den winzigen Schraubenzieher fallenließ, mit dem er gearbeitet hatte.

»Jetzt sieh dir die Bescherung an«, sagte er.

»Blödmann, Blödmann!« schrie Noz auf seiner Stange, breitete die Flügel aus und flatterte damit.

Als hätte er es von Anfang an so geplant, ließ sich Ollie von Denzils Schulter hinuntergleiten und landete auf dem Boden, wo er anschließend dastand und unschuldig in der Nase bohrte.

Die Mäuse und Ratten, von der plötzlichen Unruhe aufgescheucht, rannten in ihrem Käfig auf und ab. Das schlappohrige Kaninchen drückte sein Gesicht gegen den Maschendraht des Käfigs. Die Eidechsen huschten umher, bis sie in neuen Haltungen erstarrten. Die Schildkröte streckte den Kopf aus ihrem Panzer und glotzte. Die Krähe gab von ihrem Ausguck am Fensterschieber ein lautes Krächzen von sich. Nur die Katzenfische reagierten nicht, doch das taten sie nie, außer wenn Brotkrumen oder etwas anderes Eßbares auf die Wasseroberfläche gestreut wurde.

War es früh am Morgen oder Abend? fragte sich Denzil.

Er stieg von seinem Hocker, um nach dem Schraubenzieher zu suchen, aber Ollie hatte ihn schon und versuchte, ihn sich ins Ohr zu stecken.

»Gib her«, sagte er.

»Dieb, Dieb«, sagte Noz.

Auf der gegenüberliegenden Seite des Raums brachte Rum der Tür eine neue Serie von Kratzern bei.

Denzil steckte den Schraubenzieher in die Tasche, nahm die Brille ab und wischte sie mechanisch am Ärmel ab, dann ging er zum Fenster hinüber, wo er sie wieder aufsetzte.

Früh am Abend, entschied er. Das bedeutete, daß ein Tag verstrichen war – aber wo war er geblieben? Hätte ihn jemand gefragt, hätte er versichert, daß er sich erst vor einer halben Stunde hingesetzt hatte, um an dem Uhrwerk herumzubasteln. Vielleicht vor einer Stunde, höchstens. Kurz nach dem Frühstück …

Er ging zur Tür und ließ Rum hinaus, dann wurde ihm klar, daß er hinter dem Kater hergehen und ihm die Haustür öffnen mußte. Er packte Ollie an der Schulter, als der kleine Affe Rum auf die Straße hinaus folgen wollte.

»Nicht vorwitzig sein«, sagte er und schwang Ollie in seine Armbeuge hinauf.

Er blickte die Straße erst hinauf, dann hinunter, ehe er die Tür schloß und wieder die Treppe hinaufging. Ollie wand sich in seinen Armen, doch er hielt den Affen fest, bis sie auf dem Dachboden angelangt waren und er die Tür hinter sich geschlossen hatte.

Trotz der vielen Tiere wirkte der große Raum leer. Denzil machte eine Lampe an, dann eine zweite. Sehr leer. Das war auch kein Wunder.

Heute war Jodi nicht gekommen.

Schon seltsam, dachte er. Wo steckte sie bloß?

Während er die Käfige reinigte und die Tiere fütterte, versuchte er sich zu erinnern, ob sie erwähnt hatte, daß sie nicht vorbeikommen wolle, denn es sah ihr gar nicht ähnlich, nicht mindestens einmal am Tag zu ihm zu kommen. Eher schon ein halbes Dutzend Mal.

Er wußte bloß noch, daß sie von fehlenden Seiten gesprochen hatte und davon, daß sie viel fangen wollte. Nein, etwas mit sich anfangen. Ein Ziel im Leben. Sie hatte wieder Taupin erwähnt – bestimmt nur, um ihn zu ärgern –, und dann war sie weggegangen und hatte bei der Rückkehr etwas von einem Kleinen erzählt, der angeblich bei der Witwe Pender gesichtet worden sei. Was sie eben so daherredete.

Aber kein Wort darüber, daß sie heute nicht vorbeikommen würde.

War sie krank?

Unwahrscheinlich. Sie erfreute sich so guter Gesundheit, daß sie nicht einmal wußte, was das Wort bedeutete.

Also weggelaufen?

Wohin? Und wovor? Trotz ihres Geredes über Langeweile und das fehlende Ziel in ihrem Leben liebte sie Nettie und wäre niemals weggegangen, ohne ihm vorher auf Wiedersehen zu sagen.

Dann vielleicht von Gangstern entführt? Ein abwegiger Gedanke, sagte sich Denzil, während er am Fenster stand und auf die nächtlichen Straßen von Bodbury hinausschaute. Aber wo war sie dann?

Stirnrunzelnd schob er die Hand in die Tasche und spießte sie sofort auf das scharfe Ende des Schraubenziehers. Er zog die Hand heraus und saugte am Schnitt, dann faßte er einen Entschluß.

Wenn sie nicht zu ihm kam, nun, dann würde er eben nach ihr suchen.

Er zog seine Jacke an, dann setzte er sich einen Zylinder schräg auf den Kopf. Aus einem Bambusständer an der Tür, der voller Spazierstöcke und Regenschirme war, wählte er einen von einem silbernen Dachskopf gekrönten Spazierstock aus.

Denn er machte sich Sorgen.

»Seid schön brav«, wies er die Tiere an, als er die Tür hinter sich schloß.

Große Sorgen, um genau zu sein.

Als er sich auf der Straße befand, blieb er unsicher stehen.

Das Problem war nur, daß er nicht wußte, wo er mit der Suche anfangen sollte.

Die verhängnisvolle Tasse Tee

Die Werbung besteht aus einer Reihe stiller Aufmerksamkeiten ... nicht so anzüglich, daß sie erschrecken könnten, aber auch nicht so undeutlich, daß man sie mißverstehen könnte.

LAURENCE STERNE

Janey schlief lange an diesem Morgen. Als sie aufstand und nach nebenan frühstücken ging, war der Chef bereits von seiner morgendlichen Verkaufstour zurückgekehrt und hatte sich hingesetzt, um vor dem Lunch Tee zu trinken, den *Cornishman* neben seiner Tasse auf dem Tisch. Als er ihr verschlafenes Gesicht sah, lächelte er.

»Und wie geht es uns an diesem wunderschönen strahlenden Morgen, mein Spatz?« sagte er.

»Mhmm«, erwiderte Janey.

Sie setzte sich zu ihm an den Tisch. Nachdem sie einen Fingerbreit Milch in die Tasse gegossen hatte, die der Chef für sie bereitgestellt hatte, zog sie die Teekanne zu sich heran und füllte die Tasse bis zum Rand. Der Chef widmete sich wieder der Zeitung, bis sie die Tasse ausgetrunken und sich eine zweite eingeschenkt hatte.

»Wo ist Felix?« fragte sie, während sie die Schachtel Frühstücksflocken auf der Anrichte ohne große Begeisterung beäugte.

»Ist früh spazierengegangen.«

Das machte sie wach. Auf der Uhr neben der Tür, die zur Küche führte, war es nach elf.

»Hat er gesagt wohin?«

Der Chef schüttelte den Kopf. »Er hat sich alte Gummistiefel von mir geborgt, dann wird er wohl über den Küstenweg gegangen sein.«

»Hat er gesagt, wann er zurückkommt?«

Der Chef schüttelte abermals den Kopf. »Gib dem Jungen Gelegenheit, sich seine eigenen Gedanken zu machen, mein Schatz.« Als sie darauf nichts erwiderte, setzte er hinzu: »Dann hast du dich also entschieden?«

»Nein. Ja. Vielleicht.« Janey seufzte. »Ach, ich weiß nicht. Es war so schön, Felix wiederzusehen; mir wurde erst in dem Augenblick klar, wie sehr er mir gefehlt hat, als er vor mir stand. Aber was sollte sich ändern? Er wird immer noch nicht auftreten wollen, und wohin soll das führen?«

»Hast du ihn gefragt?«

»Ich hatte noch keine Gelegenheit dazu.«

Der Chef faltete die Zeitung zusammen und legte sie auf den Tisch. »Was willst du eigentlich, meine Prinzessin?«

»Wenn ich es mir aussuchen könnte?«

Der Chef nickte.

»Daß wir hier mit dir den meisten Teil des Jahres über zusammenleben – Felix und ich. Gemeinsam Schallplatten aufnehmen. Ein paarmal im Jahr auf Tournee gehen. Ein paar Babys kriegen – aber erst später.«

»Und Felix? Was will er?«

»Ich ...« Janey seufzte. »Ich weiß es nicht.«

»Also, mir scheint, du weißt, was du willst – zumindest so gut, wie es dir möglich ist. Also ist es jetzt an der Zeit, daß du dich mit Felix zusammensetzt und herausfindest, was er will. Aber achte darauf, daß du ...«

»Dich nicht mit ihm zankst. Ich weiß.«

»Ich wollte sagen, daß du ihm wirklich zuhörst«, sagte der Chef. »Die Hälfte aller Auseinandersetzungen rührt daher, daß die eine Seite der anderen einfach nicht zuhört.«

Obwohl er es nicht offen aussprach, wußte Janey, daß sie damit gemeint war. Sie hatte die schlechte Angewohnheit, so damit beschäftigt zu sein, ihren eigenen Standpunkt verständlich zu machen, daß sie dem, was andere sagten, keine große Beachtung mehr schenkte. Dies, zusammen mit ihrem unglückseligen Temperament, hatte schon mehr als eine Unterhaltung allzu heftig werden lassen.

Der Chef rollte die Zeitung zusammen und steckte sie in die Innentasche seines Jacketts.

»Also, ich bin weg, mein Schatz«, sagte er, als er sich erhob. »Ich hab Chalkie versprochen vorbeizukommen und ihm beim Ausbessern der alten Mauer hinter seinem Haus zu helfen. Du kommst zurecht?«

»Aber sicher. Mach dir meinetwegen keine Sorgen.«

»Und du wirst dran denken, was ich gesagt habe, wenn du mit Felix sprichst? Männer mögen entschlossene Frauen, meine Blume, aber zwischen Entschlossenheit und bloßer Widerspenstigkeit liegt ein großer Unterschied.«

Janey mußte lachen. »Hast du schon mal dran gedacht, dich bei der Zeitung für die Ratgeberspalte zu bewerben?«

Er holte die zusammengerollte Zeitung heraus und versetzte ihr einen Klaps auf den Kopf.

»Ich werde allen erzählen, daß mich mein alter Großvater schlägt«, warnte sie ihn.

»Alt, sagst du?«

Wieder hob er die Zeitung, aber Janey war bereits aufgesprungen und weggetänzelt, bevor er sie erreichen konnte.

»Und streitsüchtig«, sagte sie von der anderen Zimmerseite her. »Oder sollte ich sagen – wie hast du dich ausgedrückt? Widerspenstig?«

»Wenn ich nicht was vorhätte ...«

Er bemühte sich sehr, überzeugend zu klingen, doch es war eine leere Drohung. Lächelnd steckte er die Zeitung weg.

»Komm her und gib diesem alten Mann einen Kuß, bevor er geht«, sagte er.

Sie näherte sich ihm vorsichtig, aber weder kitzelte noch zwickte er sie, wie sie es befürchtet hatte.

»Wenn du mit Felix sprichst«, sagte er, »setz ihn nicht zu sehr unter Druck. Und das ist der letzte Rat, den ich dir ungefragt gebe, mein Herzblatt. Wenn bei einem Liebespaar die Funken fliegen, soll man sie nicht stören, hat mein Dad immer gesagt.«

Janey sah ihn durchs Vorderfenster weggehen, dann setzte sie sich wieder an den Tisch und aß etwas Toast. Sie ließ sich Zeit, weil sie hoffte, daß Felix bald zurückkommen werde, als es jedoch halb zwölf wurde und er immer noch nicht da war, ging sie wieder auf ihr Zimmer. Sie versuchte ein paar Stücke zu spielen, aber sie war nicht in der Stimmung, um zu musizieren. Sie nahm Dunthorns Buch zur Hand, setzte sich ans Fenster, von wo aus sie den Hinterhof überblicken konnte, stellte jedoch fest, daß ihr auch nicht nach Lesen zumute war.

Statt dessen blätterte sie müßig durch die Seiten und starrte auf den Hof hinaus, wo sie ein Schwarzkehlchen dabei beobachtete, wie es in den Brombeerbüschen, die das kleine Rasenrechteck säumten, von Ast zu Ast hüpfte. Nach einer Weile spürte sie, wie sich in ihr die Anfänge einer Melodie zu regen begannen.

Wenn sie komponierte, ergaben sich die Melodien meistens aus einer Übungssession. Nur selten waren sie geplant. Eine falsch gespielte Wendung aus einem Stück konnte sie auf die Idee zu einer neuen bringen. Oder Schwung und Rhythmus einer bestimmten Passage riefen die ersten paar Takte eines neuen Stückes wach. Nur selten stellten sich die Melodien als Ganzes ein. Und niemals hörte sie sie so wie diese.

Sie schien weniger aus ihrem Innern zu kommen, als vielmehr von draußen, so als hörte sie jemanden gleich hinter einer Anhöhe spielen, und die Musik wehte zu ihr heran, schwach, unbestimmt vertraut, aber vollkommen unbekannt. Und während sie normalerweise eine Melodie nur ein- oder zweimal hören mußte, um sie aufnehmen zu können, entzog sich ihr diese auf schwer faßbare Weise.

Sie summte mit, ihre Finger hatten aufgehört, im Buch zu blättern. Sie legte es beiseite, nahm die Mandoline von der Wand und versuchte, die Ordnung der Noten einzufangen. Sie bekam einen Tonlauf hin, dann einen zweiten. Der dritte stimmte nicht. Er ging eher so...

Nebenan schellte die Türglocke des Chefs und störte ihre Konzentration.

Nicht drauf achten, dachte sie, doch als sie sich wieder auf das Instrument konzentrierte, hatte die Musik aufgehört.

»Ach, Mist«, murmelte sie und legte die Mandoline weg.

Andererseits konnte es Felix sein, dachte sie, als sie nachsehen ging. Also sei ihm nicht böse. Er hatte ja nicht wissen können, daß er sie störte.

Trotzdem war es schade. Die Melodie war nämlich gut gewesen. Obwohl es wirklich seltsam war, daß sie sich jetzt nur noch an die ersten beiden Takte erinnern konnte.

Angestrengt ein Lächeln beibehaltend, öffnete sie die Tür zwischen ihrem kleinen Hof und dem des Chefs, worauf sie sich einem Fremden gegenübersah, der vor der Haustür stand.

Er hatte nichts Bedrohliches an sich. Er war schlank – nein, schon eher dünn, verbesserte sie sich –, mit langem dunklem Haar und einer bestimmten Art von Blässe, jedoch hellen Augen, die sie an Paul Newmann erinnerten. Er trug Cordhosen und eine dunkelblaue Windjacke, hatte eine Kamera in einem Futteral über eine Schulter hängen, und neben ihm standen mehrere Koffer am Boden.

Er hätte alles mögliche sein können, und zweifellos hatte er keine bösen Absichten, aber als Janey ihn sah, war ihr erster Gedanke: Der ist hinter dem Buch her.

Jetzt war es zu spät, das Lächeln, das Felix gegolten hatte, rückgängig zu machen, und ungeachtet ihrer Vorahnung hatte sein eigenes Lächeln etwas Ansteckendes an sich.

»Janey Little?« fragte er.

Sie nickte argwöhnisch, obwohl sie immer noch wie ein Idiot lächelte.

»Ich hoffe, ich komme nicht ungelegen«, fuhr er fort. »Mein Name ist Mike Betcher; ich arbeite für *Rolling Stone*.«

»Was? Die Zeitschrift?«

Betcher nickte. »Ich würde Sie gern interviewen.«

Janey wußte lange nicht, was sie sagen sollte. Sie blickte ihn an, sah auf seine Koffer hinunter, stellte fest, daß einer von ihnen ein tragbarer Computer war, dann schaute sie wieder ihn an.

»Das ist doch nicht Ihr Ernst.«

Betcher lachte. »Wir beschäftigen uns nicht nur mit Madonna und so.«

»Ich weiß, aber ...«

»Wenn ich einen schlechten Zeitpunkt erwischt habe, komme ich ein andermal wieder.«

»Nein, es ist bloß ...«

Bloß, was? Absurd, daß *Rolling Stone* einen Artikel über *sie* bringen wollte! Das war zurückhaltend ausgedrückt.

»Ich schreibe einen Artikel über alternative Musik, wissen Sie«, erklärte Betcher. »Ich mache hier Ferien und dachte mir, um den Artikel abzurunden, könnte ich ein paar Interviews mit britischen Musikern machen, die ich bewundere. Im Augenblick ist er noch zu USA-lastig.«

»Ja, aber ...«

»Sie wollen doch nicht behaupten, Sie hätten in den Staaten keine Gefolgschaft«, sagte er.

»Also, nein. Sie ist bloß ziemlich gedämpft …«

»Und genau das möchte ich mit diesem Artikel ändern«, sagte Betcher. »Es gibt eine Menge Musiker wie Sie – bei kleinen unabhängigen Labels, die ihre eigene Musik machen –, die beim breiteren Schallplattenpublikum relativ unbekannt sind. Und das ist nicht richtig. Betrachten Sie sich selbst. In Europa sind Sie ein Top-Act.«

»In kleinen Sälen.«

»Das ist egal. Und war Ihre letzte Tournee durch Kalifornien nicht ausverkauft?«

»Ja, aber da habe ich nur in kleinen Clubs gespielt.«

Betcher schüttelte den Kopf. »Vielleicht sollte ich das als Überschrift nehmen: ›Die bescheidene Little‹.«

Janey mußte lachen. »Das ist doppelt gemoppelt.«

Er zuckte die Achseln. »Dann helfen Sie mir, eine bessere zu finden. Schauen Sie, ein Versuch kann doch nicht schaden, oder? Was haben Sie denn zu verlieren? Geben Sie mir wenigstens eine Chance. Ich habe einen langen Weg hinter mir.«

»Sie sagten, Sie machten sowieso hier Urlaub.«

»Okay. Aber von London ist es immer noch ein weiter Weg. Die Zugfahrt hat fast sechs Stunden gedauert.«

Sie sollte ihn einfach einladen, dachte sie, denn er hatte schon recht, sie hatte nichts zu verlieren und alles zu gewinnen. Ein ausführlicher Artikel in einer Zeitschrift mit landesweiter Verbreitung wie *Rolling Stone* … das war genauso gut wie hier auf dem Cover von *NME* zu erscheinen. Trotzdem störte sie etwas daran, daß er gerade jetzt vor ihrer Tür gelandet war.

Zuerst die Amerikanerin, die nach Dunthorns Buch gesucht hatte.

Dann war Felix aufgetaucht.

Jetzt ein Reporter von *Rolling Stone* …

Es war alles ein bißchen viel auf einmal. Dann also nicht. Sie würde ihn nicht hereinlassen. Aber sie wäre ein Vollidiot, wenn sie ihn einfach wegschicken würde.

»Lassen Sie mich bloß eine Jacke holen«, sagte sie, »dann können wir eine Tasse Tee trinken gehen. Wäre Ihnen das recht?«

»Gewiß doch.«

Sie ließ ihn stehen und eilte die Treppe hoch.

Ein Reporter von *Rolling Stone*. Hier in Mousehole. Um *sie* zu interviewen. Wie absurd. Sie konnte es kaum erwarten, jemandem davon zu erzählen.

Ein rascher Blick in den Spiegel ließ sie innehalten. Gott, sah sie schrecklich aus. Sie legte ein wenig Lidschatten und Lippenstift auf, machte sich Sorgen wegen eines Pickels, der sich jedoch bei genauerer Betrachtung als vertrocknetes Hautfitzelchen erwies, dann bürstete sie ihr Haar. Sie brauchte eine Weile, um ihre Jacke unter den Kleidern auszugraben, die sie am Abend zuvor fallengelassen hatte. Als sie sie anzog, fiel ihr Blick auf Dunthorns Buch, das auf dem Sofa neben dem Fenster lag.

Dort konnte es nicht liegenbleiben. Sie mußte es verstecken, aber wo?

Als sie sich in ihren Zimmern umschaute, wurde ihr klar, daß es im Grunde kein narrensicheres Versteck dafür gab. Poe gab das Stichwort, und sie steckte es in das Bücherregal hinter die anderen Bücher. Vor zufälligen Blicken versteckt, dachte sie, zufrieden mit ihrer Tüchtigkeit.

Sie nahm ihre Handtasche und ging wieder hinaus, schloß die Tür hinter sich ab und steckte den Schlüssel in die Tasche.

Ein komisches Gefühl, dachte sie. Sie konnte sich nicht erinnern, wann sie die Tür das letztemal abgeschlossen hatte.

Das Gefühl verdrängend, kehrte sie zu Betcher an der Haustür zurück.

»Wohin?« fragte er.

»Zu Pamela's Pantry. Dort gibt es den besten Rahmtee in der ganzen Stadt.«

Und zu dieser Jahreszeit, dachte sie, auch so ziemlich den einzigen, aber das wollte sie ihm gegenüber nicht zugeben. Sollte er doch glauben, Mousehole habe ebensoviel zu bieten wie jeder andere Ort dort oben – so nannten die Einwohner von Cornwall den Rest des Landes.

»Rahmtee?« fragte Betcher, als er seine Koffer hochhob. »Was ist das?«

»Warten Sie's ab.«

2

Der Küstenweg von Cornwall ist 268 Meilen lang und führt von Marshland Mouth an der Grenze zu Devon um Land's End herum und bis zu den Gestaden der Meerenge von Plymouth. Er ist der zentrale Teil der 520 Meilen langen Südwestroute, dem längsten ununterbrochenen Fußweg Englands.

Ein großer Teil des in Cornwall gelegenen Abschnitts folgt den Trampelpfaden, welche die regelmäßigen Patrouillengänge der Küstenwache zurückgelassen haben. 1947, als eine neue Kommission für Nationalparks zum erstenmal behauptete, daß ein ununterbrochener Fußweg rund um die britische Küste möglich sei, erwies sich, daß Cornwall ideale Bedingungen dafür bot, doch erst im Mai 1973 wurde der Küstenweg von Cornwall offiziell eröffnet.

Wie die ganze Südwestroute wird der Küstenweg von Cornwall für gewöhnlich von Norden nach Süden durchwandert, in der psychologisch günstigen ›bergab‹ führenden Richtung, die den Wanderer von den zweihundert Meter hohen Klippen von Marshland Mouth südwestwärts zu den Granitfelsen von Land's End führt und dann wieder in östlicher Richtung an der sanfteren Südküste entlang nach Osten. Als Felix ihn an diesem Morgen entlangging, schlug er die entgegengesetzte Richtung ein.

Er ging den Raginnis Hill im Westteil von Mousehole hinauf, vorbei am Wildvogelhospital und dem Carn Du Hotel, wo die Straße nach rechts abbog. Eine kleinere Straße führte an einer Ansammlung von Bruchsteinhäusern vorbei zu einem schmalen Feldweg, der von Brombeerbüschen gesäumt war. Einige Kühe grasten friedlich auf den Weiden hinter den Hecken zur Linken, und hinter ihnen lag das Meer. Als der Feldweg endete, führte ein Fußweg weiter durch die Felder nach Westen auf Lamorna zu.

Felix wanderte die ganze Strecke um Kemyel Point und Carn Du herum bis zur geschützten Höhle von Lamorna. Der Weg war holperig und führte an den steilen Klippen hinauf und hinab, wobei ihn manchmal nicht mehr als einen Meter breite Stechginsterbüsche vom Abgrund trennten. Der Wind wehte vom Meer her und führte Tanggeruch mit sich. Das lange Gras war niedergedrückt, vertrocknet und braun von Salz. Seemöwen kreisten in der Luft, und wenn man von ihnen absah, hatte er den Pfad für sich allein. Als er sich auf dem Rückweg Mousehole näherte, blieb er an einer Art steinernem Lehnstuhl stehen, der unmittelbar vor dem Ausguck der Küstenwache hinter Penzer Point aus einem Granitbuckel vorsprang. Dahinein setzte er sich und blickte über die Mount's Bay hinweg.

Irgendwo links unter ihm lag die Höhle, die er und Janey vor einigen Jahren auf einem anderen Spaziergang erkundet hatten. Es war dunstig, so daß St. Michael's Mount nur ein verschwommener Flecken und die langgezogene Linie der Lizard-Küste den Blicken vollständig entzogen war. An einem sonnigen Tag, und er war an solchen Tagen hier gewesen, konnte man die Häuser von Marazion sehen und die riesigen Empfangsschüsseln der Satellitenüberwachungsanlage von Goonhilly, wenn die Sonne darauf fiel.

Er riß einen langen Grasbüschel ab, drehte ihn zwischen den Fingern, dachte an Janey, an den Brief, der ihn hierhergeführt hatte, und fragte sich, was er nun tun sollte. Wenn er daran dachte, wie ihre Beziehung geendet hatte... Er wollte die letzten Monate nicht noch einmal durchmachen.

Und wenn nun alles *anders* werden könnte? Wenn er es nicht versuchte, würde er es niemals erfahren, und bedeutete ihm Janey nicht so viel, daß es den Versuch wert war?

Das war gar keine Frage. Er glaubte einfach, es nicht noch einmal ertragen zu können, wenn um ihn herum alles wieder in Scherben ging.

Er seufzte, ließ den verdrehten Grasbüschel fallen und riß einen neuen ab.

Sprich dich mit ihr aus, sagte er sich.

Er blickte den Weg entlang nach Mousehole hinüber, und sein Herz machte einen Satz, als er sah, daß eine Gestalt durch die Felder zu ihm unterwegs war. Das ist Janey, dachte er. Doch dann bemerkte er den Spazierstock der Gestalt und wußte, daß sie es nicht war. Es war Clare Mabley.

Er wartete geduldig, bis sie sich ihm langsam genähert hatte, dann erhob er sich und umarmte sie.

»Es ist lange her«, sagte er, als er sich von ihr löste.

Clare nahm auf dem Sitz Platz, den er soeben freigemacht hatte, und lächelte ihn an.

»Ja, nicht wahr?« sagte sie. »Aber ich habe deine Briefe bekommen, darum kam es mir nicht so vor, als wärst du einfach über den Rand der Welt gepurzelt. Aber du hast mich nie besucht – obwohl du es versprochen hast.«

Felix zuckte die Achseln. »Ich war noch nicht soweit. Woher wußtest du, daß ich in der Stadt bin?«

Prompt lächelte Clare wieder. »Warst du so lange weg? Mr. Bodener hat es Greg Lees erzählt – er liefert die Milch aus, seit sich sein Vater zur Ruhe gesetzt hat –, und Greg hat es meiner Mutter erzählt. Edna von nebenan hat es außerdem von Mr. Hayle erfahren, der es wiederum vom Chef hat.«

»Manche Dinge ändern sich nie.«

»Das ist eben mal eine kleine Abwechslung.«

Felix nickte. »Mag sein.«

Er setzte sich auf einen Stein und riß einen neuen Grasbüschel ab, den er sogleich zu zerpflücken begann.

»Ich hab mir gedacht, daß ich dich hier finden würde«, sagte Clare, nachdem sie eine Weile geschwiegen hatten.

Felix sah auf.

»Hierher bist du mit Janey zuletzt immer gekommen, wenn ihr Krach hattet.«

»Wir hatten keinen Krach.«

Eigentlich nicht, dachte er. Noch nicht. Aber das lag daran, daß sie noch keine Gelegenheit gehabt hatten, miteinander zu sprechen.

»Wirklich nicht? Das ist gut. Aber ich habe dich heute morgen am Haus vorbeigehen sehen – allein. Ich hielt das für kein gutes Zeichen.«

Clare war Felix' Vertraute gewesen, als er und Janey auseinandergegangen waren. Sie war Janeys beste Freundin und bedeutete auch Felix sehr viel. Wie dem Chef hatte es auch ihr weh getan, mitzuerleben, wie sie ihr Leben verpfuschten, aber anders als der Chef hatte sie sich nicht gescheut, Felix Ratschläge zu geben, wenn sie miteinander sprachen. Obwohl er ihr aufmerksam zuhörte und ihr die Anteilnahme nicht übelzunehmen schien – er nannte sie ›Mutter Clare‹, wenn sie zu weitschweifig wurde –, hatte er sich ihren Rat nicht zu Herzen genommen.

»Wir sind noch nicht eng genug zusammen, um schon wieder Schluß zu machen«, sagte Felix.

Als Clare fragend eine Braue hob, schaute er wieder zur Bucht hinüber. Lange Zeit schwieg er, dann begann er schließlich zu erzählen, was es mit seiner Rückkehr nach Penzance auf sich hatte.

»Um Himmels willen, Felix«, sagte sie, als er geendet hatte. »Du mußt ihr sagen, was du für sie empfindest.«

»Ich weiß.«

»Und wenn sie wütend wird, werd du ebenfalls wütend. Ich will damit nicht sagen, daß ihr euch prügeln sollt, aber du kennst doch Janey. Sie hört nur jemandem zu, der lauter spricht als sie selbst. Sie ist nicht absichtlich so eigensinnig; es ist nun mal ihre Natur.«

Felix wußte das selbst. Und er war der Typ, der die Fehler seiner Freunde stets in Kauf nahm. Das änderte jedoch nichts an den elementaren Unstimmigkeiten, die allen Auseinandersetzungen mit Janey zugrunde gelegen hatten.

»Warum gehst du eigentlich nicht auf Tournee?« fragte Clare, als er darauf zu sprechen kam. »Das hast du mir nie gesagt, und Janey auch nicht. Du liebst die Musik, was spricht also dagegen, daß du dir deinen Lebensunterhalt damit verdienst? Das ist doch bestimmt besser, als auf einem Frachter Kisten rumzuschleppen oder was immer du auf deinen Schiffen machst.«

Felix wich ihrem Blick aus.

»Ach, komm schon, Felix! Wenn du es mir nicht sagen kannst, wie willst du es ihr dann sagen? Ist es so wie bei Dinny, der meint, wenn er für Geld spielt, würde er es nicht mehr bringen?«

Erneutes Schweigen. Noch immer wich er ihrem Blick aus.

»Felix?«

Endlich drehte er sich um.

»Es macht mir angst«, sagte er. »Soviel, daß mir übel wird, wenn ich nur daran denke.«

Er sah die Überraschung in ihren Augen und wußte genau, was sie dachte: ein großer, strammer Mann wie er – fürchtete sich vor etwas derart Einfachem?

»Aber … es fällt dir doch nicht schwer, auf Sessions zu spielen«, sagte Clare.

»Das ist nicht dasselbe.«

»Trotzdem beobachten dich Leute, als ob du auf einer Bühne wärst, oder nicht?«

Felix schüttelte den Kopf. »Das ist wirklich nicht dasselbe. Glaub mir, ich habe versucht, darüber wegzukommen. Ich weiß gar nicht, wie oft ich schon zu offenen Clubveranstaltungen gegangen bin und es versucht habe, bloß um innerlich zu erstarren. Dann kriege ich nicht mal die erste Note aus meiner Kiste raus.«

»Deswegen geht die Welt nicht unter«, sagte Clare.

»Schon möglich. Aber wie soll ich das Janey sagen?«

»Sie wird es verstehen.«

»Meinst du? Sie blüht auf, wenn sie im Scheinwerferlicht steht – dann erwacht ihre Musik erst wirklich zum Leben. Wie sollte sie das verstehen?«

»Du meinst, du würdest dadurch in ihrer Achtung sinken?«

»Ich weiß es«, sagte Felix. »Erinnerst du dich noch, wie Ted Praed immer aufstand und im Schwan in Truro auftrat?«

Clare nickte. »Er brachte nie ein Lied zu Ende, ohne daß seine Stimme zu zittern begann, und dann verließ er die Bühne …« Sie zögerte, dann fuhr sie fort: »Und auf dem Heimweg lachten wir uns halbtot, wenn Janey nachmachte, wie ihm die Stimme versagte.«

»Sie spielte in kleinen Szenen nach, wie es sein mußte, wenn er in eine Bank oder einen Laden ging und ihm die Stimme versagte und er dann nach draußen rannte …«

»Aber wir haben alle gelacht – du auch. Und wir haben alle Witze darüber gemacht.«

»Ich könnte es nicht ertragen, daß sie so über mich lacht, Clare.«

Sie nickte. »Das war nicht besonders nett von uns, nicht?«

»Aber Ted hat nie davon erfahren.«

»Trotzdem war es nicht richtig.«

»Ich schätze nein.«

Felix seufzte. »Ich hätte es lieber, daß sie wütend auf mich ist, als daß sie mich auslacht.«

Eine Zeitlang schwiegen sie. Sie beobachteten die Seemöwen, welche die Fähre umkreisten, die zu den Scilly Islands unterwegs war. Felix zerfetzte weitere Grasbüschel, während Clare mit der Spitze ihres Spazierstocks vor ihren Füßen im Boden herumstocherte.

»Du mußt es ihr trotzdem sagen«, meinte sie schließlich.

»Ich hab dir doch gesagt, ich könnte es nicht ertragen, wenn sie ...«

»Du solltest mehr Vertrauen zu ihr haben, Felix. Vielleicht versteht sie dich. Wenn ihr überhaupt etwas an dir liegt, dann wird sie das bestimmt tun.«

»Aber wenn ich an Ted denke ...«

»Ach, Ted. Der war sowieso ein Blödmann. So eingenommen von sich selbst. Der wahre Grund, daß wir über ihn lachten, war, daß er sich immer drüber ausließ, was für ein toller Sänger er doch wäre, und sobald er auf der Bühne stand, war's aus mit ihm. Das ist nicht dasselbe, Felix. Wenn wir ihn nicht deswegen ausgelacht hätten, dann wegen irgendwas anderem. Es stimmt«, setzte sie hinzu, bevor Felix sie unterbrechen konnte, »das war nicht besonders nett, aber du mußt zugeben, daß er selbst daran schuld war.«

»Aber Janey ...«

»War nicht schlimmer als wir auch. Wenn Ted kein solcher Hampelmann gewesen wäre, wäre sie die erste gewesen, ihm über seine Bühnenangst hinwegzuhelfen.«

Sie tippte solange mit dem Ende ihres Spazierstocks gegen Felix' Bein, bis er sie ansah.

»Wirst du es ihr nun sagen?«

»Wenn es sich ergibt.«

Clare schüttelte den Kopf. »Wenn es sich ergibt! Was ist bloß mit euch Männern los, daß ihr alle glaubt, ihr müßtet diesem Macho-Image gerecht werden? Ich dachte, du wärst frei davon.«

»Das ist es nicht«, protestierte er. »Es ist nur … also, machst *du* dich etwa gern zum Narren?«

»Natürlich nicht.«

»Ich auch nicht. Mit Macho oder nicht hat das nichts zu tun.«

»Trotzdem machen wir uns alle irgendwann zum Narren«, sagte sie. »Ob es uns nun gefällt oder nicht. Außerdem reden wir nicht von mir, sondern von dir, wir reden von dir und Janey. Du mußt es ihr sagen.«

»Ja, Mutter Clare.«

»Nein, wirklich.«

»Ich mach's.«

»Gut. Jetzt kannst du mich wie ein netter Gentleman nach Hause begleiten, und morgen kannst du vorbeikommen und mir erzählen, wie es gelaufen ist.«

Felix mußte lachen. »Ja, Mutter Clare. Werde ich dann geprüft?«

Sie schlug mit dem Stock nach seinem Bein, dann reichte sie ihm die Hand, um sich von ihm aufhelfen zu lassen. Sie blieb bei ihm eingehakt und plauderte auf dem Rückweg zu ihrem Haus über belanglose Dinge, wodurch sie Felix bezüglich des Dorfklatsches, der ihn interessieren mochte, auf den neuesten Stand brachte.

Felix, der ihre Gesellschaft genoß, fragte sich nicht zum ersten Mal, was passiert wäre, wenn er Clare begegnet wäre, bevor er Janey kennengelernt hatte. Sie war attraktiv, gescheit, und sie kamen fabelhaft miteinander aus. Sie hätte ausgezeichnet zu ihm gepaßt, aber sie war eben nicht Janey. Es konnte nur eine Janey geben – und wenn sie wieder einmal schlechte Laune hatte, würde der Chef dem hinzugefügt haben: »Und zwar Gott sei Dank«.

»Also dann bis morgen – und denk dran«, sagte Clare, als Felix sich an der Haustür von ihr verabschiedete.

»Werd ich. Wünsch mir Glück.«

»Du brauchst kein Glück – sei einfach du selbst. Niemand kann mehr von dir verlangen. Und nenn mich heute nicht noch einmal ‹Mutter Clare›, oder ich verpasse dir einen Schlag mit dem Stock, und dann wirst du zu sehr damit beschäftigt sein, dich zu kurieren, um noch Zeit zum Spötteln zu haben.«

Felix winkte ihr zu, dann ging er weiter den Raginnis Hill hinunter. Wahrscheinlich hatte Clare recht, dachte er, wie er so dahinging. Janey würde nicht lachen – nicht, wenn sie ihn wirklich mochte. Aber wie er jemals den Mut aufbringen sollte, um mit ihr darüber zu reden, das wußte er nicht –

Er brach mitten im Gedanken ab und starrte Janey an, die vor ihm in Begleitung eines Mannes ging, den er noch nie gesehen hatte. Das Alter des Mannes war schwer zu schätzen, aber an seinen Koffern ließ sich erkennen, daß er soeben in Mousehole angekommen war. Ohne Felix zu bemerken, lachten sie miteinander und betraten Pamela's Pantry.

Der erste Gedanke, der Felix beim Anblick der Koffer in den Sinn kam, war: Hatte Janey mehr als einen Brief abgeschickt?

Er steckte die Hand in die Tasche, um das gefaltete Blatt Papier zu berühren, das sich noch immer dort befand.

Nein. Sie hatte abgestritten, ihn überhaupt abgeschickt zu haben, oder etwa nicht? Und er hatte ihr geglaubt.

Er hatte keinen Anspruch auf sie, doch unwillkürlich fühlte er sich ein wenig verletzt.

Du bist derjenige, der spazierengegangen ist, sagte er sich. Nicht sie. Warum sollte sie dann herumsitzen und auf dich warten?

Weil – weil ...

Ach, zum Teufel damit, dachte er und ging weiter.

Als er den Hafen erreichte, ging er, anstatt in die

Duck Street zum Haus des Chefs abzubiegen, weiter den Parade Hill hoch, bis er Mousehole hinter sich gelassen hatte und auf der Küstenstraße angelangt war, die nach Newlyn führte.

3

Janey fand es leicht, sich in der Gesellschaft des Reporters zu entspannen – so leicht, daß sie sich in Erinnerung rufen mußte, daß er tatsächlich Reporter war und daß es zu seinem Job gehörte, ihr ein angenehmes Gefühl zu vermitteln. Weil sie dazu neigte, einfach drauflos zu reden, hatte sie Lehrgeld bezahlen müssen, als ihre ersten Interviews erschienen und sie so manche ihrer heftigeren und manchmal unfreundlichen Bemerkungen schwarz auf weiß und leider nur allzu genau zitiert vor sich sah. Einiges von dem, was sie früher einmal gesagt hatte, war ihr äußerst unangenehm gewesen, und sie würde aufpassen, daß sich etwas Derartiges nicht wiederholte.

Außerdem hatte sie sich vergewissert, daß Mike Betcher tatsächlich der Reporter war, der zu sein er behauptete.

Sobald sie an einem Tisch im Pamela's Platz genommen und ihre Bestellungen aufgegeben hatten, bat sie ihn, sich auszuweisen, woraufhin er einen in Plastik eingeschweißten Presseausweis präsentierte.

Sie überlegte, wie schwer es wohl sein mochte, sich einen solchen Ausweis zu verschaffen.

Sie hatte keine Ahnung. Aber seiner wirkte ausreichend echt, und ihr wurde klar, daß sie sich zum Narren machen würde, wenn sie ihn weiter ausfragte. Sie wußte, daß keine Verschwörung existierte. Zwischen der Amerikanerin, die nach Dunthorns Buch gesucht hatte, Felix' Erscheinen und diesem Reporter gab es keinen logischen Zusammenhang.

Sie verdrängte das alles bewußt aus ihren Gedanken und konzentrierte sich auf das Naheliegende. Sie war entschlossen, sich von ihrer besten Seite zu zeigen. Hatte *Rolling Stone* eine Million Leser? Oder mehr? Wenn nur fünf Prozent davon dazu angeregt wurden, ihre Platten zu kaufen und ihre Auftritte zu besuchen, wäre sie wirklich fein heraus.

»Das schmeckt prima«, sagte Betcher, als die Bedienung ihre Bestellungen gebracht hatte.

Janey hatte den Rahmtee des Lokals – zwei dick mit Cornwall-Rahm bestrichene Kekse, serviert mit einem dampfenden Kännchen Tee – immer schon gemocht, allerdings gönnte sie sich diesen Luxus nicht oft. Ansonsten, hatte sie Clare einmal geneckt, würden sie irgendwann wie die Dickmadams werden, die man immer auf der Kirmes sah.

»Ich habe mir gedacht, daß es Ihnen schmecken würde«, sagte sie.

Er kam nicht auf Dunthorn oder dessen Bücher zu sprechen, weder auf verschollene noch sonst welche. Statt dessen redete er hinlänglich kenntnisreich über Musik, um Janey davon zu überzeugen, daß seine Begeisterung echt war. Sie stimmte nicht immer mit ihm überein, aber sie brachte ihre abweichende Meinung diplomatisch vor – kein leichtes Unterfangen für sie, aber eine gute Übung, wie ihr schien.

»Warum gibt es Ihrer Meinung nach in der Szene so viele junge Dudelsackspieler?« fragte er irgendwann.

»Junge Spieler? Sie vergessen Alistair Andersom, Joe Hutton, Jim Hall ...«

»Von den Ranters, ja«, sagte er. »Ich habe ihn nicht vergessen und auch die anderen nicht, aber sie scheinen doch nicht so die Popularität der jungen Musiker zu haben, wie beispielsweise Sie, Kathryn Tickell, Martyn Bennet ...«

»Er spielt den schottischen kleinen Dudelsack.«

»Für meine Begriffe«, sagte er, »ist der Unterschied zwischen beiden Arten nicht sehr groß.«

»Ist er, wenn Sie Hamish Moores Spielweise bedenken.«

»Worauf wollen Sie hinaus?«

Wie jeder Dudelsackfan sprang Janey unverzüglich auf das Thema an.

»Nun, es gibt drei Arten von Dudelsäcken«, sagte sie. »Der schottische kleine Dudelsack, von dem wir sprechen, ist mit dem northumbrischen verwandt, aber er wird mit einem schottischen Fingersatz gespielt und ist im allgemeinen tiefer gestimmt. Dann gibt es noch den Flachland- oder Border-Dudelsack, der mehr mit dem Hochlanddudelsack verwandt ist, obwohl er aufgrund der konischen Bohrung des Chanters bedeutend leiser ist. Heutzutage interessiert sich kaum einer mehr dafür.«

»Ja, aber ...«

»Und schließlich«, unterbrach ihn Janey, »gibt es noch den Schäfer-Dudelsack, der am Ende des Chanters einen langen Aufsatz hat. Außerdem hat er einen Regulator und eine u-förmige Baßpfeife, die eine Oktave tiefer ist als normal, was ihm einen Klang verleiht, der dem des irischen Dudelsacks sehr ähnlich ist.«

Betcher lachte. »Sie heben viel zu hoch ab für meine Leser. Warum bleiben wir nicht einfach bei einem Instrument, das Sie tatsächlich spielen?«

»Da haben Sie wohl recht.« Sie dachte kurz nach. »Sie haben Becky Taylor noch nicht erwähnt. Letzten Sommer habe ich beim Sidmouth Festival in Devon mit ihr zusammen einen Workshop veranstaltet.«

Er notierte es sich aufmerksam, dann kehrten sie zu seiner vorherigen Frage zurück. Im Lauf des Interviews wunderte sich Janey, wieviel er über ihre Karriere wußte, und fühlte sich unwillkürlich geschmeichelt. Er vermied alle gewöhnlichen Fragen und konzentrierte sich auf die Dinge, die sie für wichtig hielt, die aber niemand von der Presse in einem Interview jemals behandeln zu wollen schien.

»Und wie steht es nun mit den Stücken, die Sie selbst komponiert haben?« fragte er. »Jetzt, nachdem Sie mir von Ihrem Großvater erzählt haben, spricht ›Denzils Mouzel‹ für sich. Aber was ist mit den anderen?«

»Mit welchen?«

»›Die steinerne Scheune‹?«

»Bezieht sich auf die alte Scheune einer kanadischen Farm, auf der ich mal ein Wochenende verbracht habe.«

»›Neun blinde Harfenspieler‹?«

Janey lachte. »Ich habe keine Ahnung, woher ich den Titel habe. Wahrscheinlich von Felix.«

»Sie meinen den Felix aus ›Felix Gavins Reel‹?«

Janey nickte.

»Und der Billy in ›Billys Jig‹ – das ist Billy Pigg?«

»Nein«, sagte sie. »Das Stück war für Billy Dunthorn.«

Er notierte es in seinem Notizbuch. »War das ebenfalls ein Dudelsackspieler?«

»Wohl kaum. Er war ein einheimischer Schriftsteller. Er hat *Das verborgene Volk* geschrieben.«

Betcher runzelte die Stirn, als versuchte er einen Gedanken zu fassen, dann hellte sich sein Gesicht auf.

»Ach, wirklich?« sagte er. »Das mit den Kleinen? Ich habe es als Kind gelesen und sehr gemocht. Es ist seltsam, daß er nicht mehr geschrieben hat – oder ist es ihm so ergangen wie Grahame oder Carroll, und wir bringen seinen Namen nur mit einem einzigen Werk in Verbindung?«

»Sie haben *Die vergessene Musik* nicht gelesen?«

Betcher schüttelte den Kopf.

»Aber das ist sein bestes Buch – viel besser als *Das verborgene Volk*. Es handelt von dem, was ich mache – von traditioneller Musik und ihren magischen Eigenschaften.«

Betcher hob in übertriebener Überraschung die Brauen. »Magie?«

»Ach, Sie wissen schon, was ich meine. Keine Hexen oder solche Sachen – obwohl das auch drin vorkommt –, sondern die Art und Weise, wie Musik Empfindungen in uns erzeugt. Sie verbindet einen auf magische Weise mit der Geschichte. Mit allem, was einmal geschehen ist. Er war mitverantwortlich dafür, daß ich mich mit der Musik eingelassen habe.«

»Tja, dann werde ich wohl irgendwo ein Exemplar auftreiben müssen. Ist es noch lieferbar?«

»Beim Zeitungshändler an der Nordklippe ist es vorrätig – schließlich wurde er dort geboren.«

»Dann werde ich's mir holen, sobald wir fertig sind.« Er warf einen Blick auf seine Notizen. »Dann hat Dunthorn also Ihr Interesse an Musik geweckt – sind Sie so zur Geige gekommen?«

Janey nickte.

»Was hat Sie dazu veranlaßt, sich dem northumbrischen Dudelsack zuzuwenden? Im Grunde ist das ja gar kein traditionelles Instrument aus Cornwall.«

»Stimmt. Wie in Wales ist hier vor allem der Chorgesang verbeitet. Hat wohl etwas mit dem Bergbau zu tun, nehme ich an.« Janey grinste plötzlich. »Hier ist ein alter Witz des Chefs: Wie lautet die Definition eines Einwohners von Cornwall?«

»Keine Ahnung.«

»Ein Mann auf dem Boden einer Kohlegrube, der singt.«

Betcher lächelte, dann lenkte er das Gespräch wieder auf sein ursprüngliches Thema zurück. »Was brachte Sie dazu, Dudelsack zu spielen?«

»Tja, daran war Dinny schuld – hab ich Ihnen schon von Dinny erzählt?«

Betcher nickte. »Er spielt auf den LPs.«

»Er hat mein Interesse am Dudelsack geweckt, aber

der einzige, den er damals übrig hatte, war der northumbrische kleine Dudelsack, und so ...«

Die folgenden zwei Stunden vergingen wie im Flug, und nur allzu bald legte Betcher seinen Kugelschreiber und sein Notizbuch beiseite.

»Ich möchte ein bißchen Ordnung in das alles hineinbringen«, sagte er, »aber falls ich etwas vergessen habe, wäre es Ihnen dann recht, wenn ich bei Ihnen vorbeikomme – sagen wir morgen?«

»Rufen Sie vorher an«, sagte Janey und nannte ihm die Telefonnummer des Chefs.

»Und zum Schluß noch ... zwei Bitten. Ich würde Sie gern persönlich spielen hören. Haben Sie in den nächsten Tagen irgendwelche Auftritte anstehen?«

Janey schüttelte den Kopf.

»Das ist schade.«

»Ich mache Urlaub. Wie lautet die zweite Bitte?«

»Ich brauche ein paar Fotos. Ein paar von Ihnen zu Hause – am besten aus dem Raum, in dem Sie auch üben – und ein oder zwei Fotos, die im Dorf aufgenommen sind.«

Als ihr das Gesicht einfiel, das sie am Morgen aus dem Spiegel angeschaut hatte, schüttelte sie abermals den Kopf.

»Heute nicht«, sagte sie.

Sie mußte sich die Haare waschen, ein paar nette Sachen auftreiben ...

Betcher lachte. »›Die bescheidene Little‹ – ich glaube, bei dem Titel bleibe ich.«

»Wagen Sie das bloß nicht!«

Er hob besänftigend die Hände. »Ihr Wunsch ist mir Befehl. Morgen also dann die Bilder – und vielleicht ein paar Stücke?«

Er wirkte so aufrichtig, daß Janey schließlich nachgeben mußte.

»Warum eigentlich nicht«, sagte sie. »Aber rufen Sie nicht zu früh an. Ich mache wirklich Urlaub, darum bin ich furchtbar träge – und zitieren Sie das nicht.«

»Würde mir nicht im Traum einfallen.«

»Wo wohnen Sie?« fragte Janey. »Vielleicht bekomme ich für heute abend eine kleine Session zusammen. Falls ja, rufe ich Sie an.«

»Ich bin noch offen für Vorschläge.«

»Würde Ihnen ›Bed and Breakfast‹ reichen?«

»Gewiß.«

Janey zog ihre Jacke an und nahm ihre Handtasche. »Dann kommen Sie, ich bringe Sie zu einem Zimmer in der Nähe. Anschließend müssen Sie sich um sich selbst kümmern. Ich habe Besuch von einem Freund, und da sitze ich den ganzen Tag mit Ihnen zusammen und vernachlässige ihn.«

Sie fühlte sich schuldig, weil sie erst jetzt an Felix gedacht hatte, aber er würde doch bestimmt einsehen, daß der Artikel gut für ihre Karriere war?

Betcher erhob sich mit ihr gleichzeitig. Er bezahlte die Rechnung, dann sammelte er seine Habseligkeiten auf.

»Ich hoffe, Sie werden keine Schwierigkeiten bekommen«, sagte er. »Mit Ihrem Freund, meine ich.«

»Das glaube ich nicht. Felix ist sehr verständnisvoll.«

Hoffte sie.

»Ist das der Felix Gavin, für den Sie das Stück geschrieben haben? Ist er ebenfalls Musiker?«

Sie nickte. »Und sogar ein sehr guter. Aber erwähnen Sie ihn bloß nicht in Ihrem Artikel. Das Geschäftliche daran kann er nicht ausstehen. Er liebt bloß die Musik.«

»Sie scheinen ihn sehr gern zu haben.«

Hatte sie aus Betchers Tonfall einen Anflug von Bedauern herausgehört? Es stimmte sie nachdenklich, daß sie die Signale womöglich übersehen hatte. Aber jetzt, wo sie darüber nachdachte, waren die Signale die ganze Zeit über dagewesen. Sie hatte sie einfach nicht bemerkt. Schade. Er war ein sehr netter Kerl, und wenn

Felix nicht gewesen wäre, hätte sie sich auf sein Interesse, das offenbar über das Interview hinausging, vielleicht eingelassen.

Aber Felix war nun einmal da.

»Sehr gern«, sagte sie.

Ja, er war an ihr interessiert. Sie sah seine Enttäuschung, so sehr er sie auch zu verbergen suchte.

Sie beschloß, so zu tun, als bemerke sie sie nicht. Ihr Liebesleben war auch so schon kompliziert genug.

»Kommen Sie«, sagte sie. »Wenn wir zu lange warten, sind alle Zimmer belegt.«

»Zu dieser Jahreszeit? Ich dachte, die Touristensaison wäre vorbei.«

»Das ist sie auch. Aber das heißt nicht, daß B&B zumacht. Es sind immer noch alle möglichen Leute unterwegs. Abgehärtete Wanderer. Vertreter. Reporter von amerikanischen Popzeitschriften ...«

»Ich verstehe, was Sie meinen«, sagte er, während er sich von ihr fortführen ließ.

4

Es verblüffte Michael Bett jedesmal von neuem, wie leicht sich manche Menschen manipulieren ließen. Man mußte nur wissen, wo man anzusetzen hatte.

Madden hielt das für Magie, doch obschon Bett einräumte, daß es durchaus mit Willenskraft zu tun hatte und damit, wie man diese einsetzte, um die natürlichen Abwehrmechanismen der Menschen zu bezwingen – der ›Schafe‹, wie Madden und andere Ordensmitglieder die Uneingeweihten gern nannten –, hielt er selbst es einfach für eine Form von Mesmerismus.

Er zog diesen alten Ausdruck – der von den Techniken und Theorien Franz Mesmers abgeleitet war, die wiederum das Interesse Charcots und seiner Anhänger an ›animalischem Magnetismus‹ geweckt hatten – der zeitgenössischen Auffassung von Hypnose vor. Denn die Art und Weise, wie Bett von seinem Willen Gebrauch machte, *war* eine Form von animalischem Magnetismus, vergleichbar mit der stillschweigenden Vorherrschaft eines Alfawolfs über sein Rudel oder mit der hypnotischen Kontrolle, die eine Schlange über ihre Beute ausübte. Der Unterschied bestand darin, daß sich Betts Opfer niemals der Kontrolle bewußt waren, die Bett über sie ausübte.

Zum Beispiel Janey Little.

Ja, vielleicht würde er. Aber nicht jetzt. Noch nicht. Erst wenn sie ihm gegeben hatte, weswegen er hergekommen war.

Sie war das typische Beispiel. Willensstark und gescheit, würde sie sich nie träumen lassen, daß sie manipuliert wurde. Sie war der Typ, der in einer Gruppe allein schon schon aufgrund seines Überschwangs und seiner Vitalität dominierte, aber wenn man sich ihr so näherte, wie er es bei ihr getan hatte – ihr zukünftigen Ruhm versprach, sich auf ihre Musik konzentrierte, ein sehnsüchtiges, unausgesprochenes Verlangen vortäuschte, ihr gab, was sie wollte – ließ sie sich von Bett ebenso leicht beherrschen wie das einfältigste von Maddens Schafen.

Mit der Zeit würde sie für ihn tun, was er wollte.

Alles.

Sein Wille – seine ›Magie‹, wie Madden sich ausgedrückt hätte –, war einfach so stark.

Sie würde Dunthorns Geheimnis nicht heute lüften. Aber lüften würde sie's. Unweigerlich.

Er ließ sich von ihr zum Zeitungshändler führen, wo er eine Taschenbuchausgabe von *Die vergessene Musik* erwarb, dann brachte sie ihn zu einer Pension am Ostrand des Dorfes. Nachdem sie sich vergewissert hatten, daß ein Zimmer frei war, begleitete er sie zur Haustür, wo sie ihm ein sorgloses Lächeln schenkte.

»Also dann, bis später«, sagte sie.

»Danke für alles«, sagte er. »Sie waren einfach fabelhaft. Wenn Sie – nein, vergessen Sie's.«

»Wenn ich was?« wollte sie wissen.

»Ich wollte nur sagen, wenn Sie heute abend eine Session zusammenbekommen oder einfach bloß nichts zu tun haben, würde ich ... Sie wissen schon. Mich freuen, von Ihnen zu hören.«

»Was die Session betrifft, werd ich sehn, was sich machen läßt, aber ich habe ...«

»Einen Freund zu Besuch. Richtig. Hatte ich vergessen. Nun, vielleicht Sie beide ...?«

Sie lachte. »Mal sehn. Aber versprechen kann ich's nicht. Felix und ich haben eine Menge nachzuholen.«

»Ich verstehe. Also dann, danke für alles.«

Er verabschiedete sich von ihr, dann ging er ins Haus, um zu telefonieren. Als er mit Lenas Zimmer verbunden war, hob ein Mann ab.

»Hallo?«

Bett legte ohne Antwort auf und starrte den Hörer an.

Er hatte ihr gesagt, sie solle auf dem Zimmer bleiben, aber er hatte ihr nicht gesagt, daß sie niemanden hereinlassen sollte, nicht wahr? Die dumme Kuh. Mußte er ihr denn alles haarklein erklären?

Er brauchte sie jetzt, um Felix Gavin aus dem Weg zu schaffen. Ein kleines Tête-à-tête mit irgendeinem hergelaufenen Strolch kam da äußerst ungelegen. Er überlegte, ob er Willie Keel anrufen und bei ihr nach dem Rechten sehen lassen sollte, doch dann wurde ihm klar, daß es wahrscheinlich Keel selbst gewesen war, der sie mit jemandem zusammengebracht hatte.

Dann mußte er sich eben selbst drum kümmern.

5

Nördlich von Mousehole, auf halbem Weg zwischen dem Dorf und dem benachbarten Newlyn, liegt der alte

Steinbruch von Penlee. Wenngleich es dort nicht halb so geschäftig zuging wie zu seiner Blütezeit, lagerte in den Silos des Steinbruchs noch immer der blaue Alveolit, der früher in großen Mengen in zahlreiche Häfen verschifft worden war, jetzt aber nur noch nach Deutschland ging. Als Felix sich dem Steinbruch über die Straße näherte, war er wie jedesmal ein wenig überrascht von dem verwüsteten Land, das zu seiner Linken lag. Im malerischen Penwith mit seinen anmutig gewundenen Wegen und Hecken und seinen großartigen Klippen und Mooren wirkten die Schutthaufen und alten Narben des Steinbruchs völlig fehl am Platz.

Er stand im Schatten der Silos, die an der Seeseite der Straße drohend emporragten, und blickte zum Steinbruch hinüber. Im Moment war dort alles ruhig. Nur ein alter Range Rover parkte neben einem verfallenen Gebäude, dahinter lagen weitere Ruinen und das entstellte Land. Hinter ihm befanden sich neben den Silos riesige unbenutzte Lagergruben, mit Wänden aus Stein und Metalldächern, die breiten Eingänge von der Straße durch einen Zaun abgetrennt. Über ihm war der Himmel schmutziggrau und kündete von nahendem Regen.

Ein idealer Ort für einen Mord, dachte Felix.

Er war in keiner guten Stimmung.

Er war auf niemanden wütend – nur auf sich selbst. Obwohl er diesen Teil Englands liebte und in und um Mousehole herum eine Menge Freunde besaß, die er durch Janey kennengelernt hatte, war er seit ihrer Trennung vor ein paar Jahren nicht mehr hiergewesen. Im Moment wünschte er, er wäre niemals zurückgekehrt.

So wie der Himmel Regen versprach, schien auch seine Rückkehr etwas versprochen zu haben. Aber jetzt hatte er festgestellt, daß Janey den Brief, der ihn hierhergeführt hatte, gar nicht abgeschickt hatte. Obwohl sie sich gefreut hatte, ihn zu sehen, war es doch nur

allzu offensichtlich, daß sie nun ihr eigenes Leben lebte – ein Leben, aus dem er ausgeschlossen war –, und er wunderte sich, wie er jemals hatte so dumm sein können, zu glauben, daß es anders sein könnte.

Es kam nicht darauf an, wer der Mann war, der sie zu Pamela's Pantry begleitet hatte. Es konnte ein Freund gewesen sein, ein Agent, ihr verdammter Anwalt – es machte keinen Unterschied. Sie mit jemand anderem zu sehen, brachte ihm lediglich die unbestreitbare Tatsache zu Bewußtsein, daß sich, ganz gleich, was er wollte oder was Clare gesagt hatte, nichts geändert hatte. Warum sollte es auch? Janey schuldete ihm nichts. Sie hatte das Recht auf ein eigenes Leben. Nur weil ihn ein Irrtum hierhergebracht hatte, bedeutete das nicht, daß sie alles stehen- und liegenlassen mußte, um es noch einmal mit ihm zu versuchen.

Sie mochte ihn – aber nur als Freund. Also werd endlich erwachsen, sagte er sich. Akzeptiere sie auf derselben Ebene und hör auf, herumzujammern wie ein Teenager mit Liebeskummer.

Du mußt es ihr sagen, vernahm er Clares Stimme.

Aber welchen Sinn hatte das, wenn er die Antwort schon kannte? Warum alles noch schwieriger machen? Besser war es, ein paar Tage im Dorf zu verbringen. Mit ihr herumbummeln, ein paar Stücke zu spielen, Clare wiederzusehen – aber nicht allein, sonst würde sie ihm zusetzen –, vielleicht zur Farm rauszugehen und Dinny und dessen Familie zu besuchen…

Nichts sagen und einfach weggehen.

Du mußt ihr sagen, was du für sie empfindest.

Nein, das würde er nicht tun. Auch er lebte sein eigenes Leben. Und wenn er sich dazu entschlossen hatte, ohne Janey zu leben – nun, dann war das *seine* Sache, oder etwa nicht?

Ohne sie.

Nur mit einer verschwommenen Erinnerung, mit der er sich nachts auf dem rollenden Deck eines Frachters aus Gott weiß was für einem Hafen unterhalten konnte. Die Zeit auf dem Meer totschlagend.

Gott, wie er diese Seite an sich haßte.

Meistens wußte er, was er wollte, und dann ging er hin und tat es. Er brachte etwas zuwege. Es mangelte ihm weder an Tatkraft, noch litt er unter Gewissensbissen.

Nur bei Janey war es anders.

Er hob einen Stein am Straßenrand auf und schleuderte ihn in die umzäunten Lagergruben neben den Silos. Zeit umzukehren, dachte er, verärgert darüber, wie sich sein Bauch bei dem Gedanken zusammenzog. Vielleicht sollte er nach Newlyn runtergehen und sich einen Pub suchen, wo er etwas essen konnte, bevor er zurückging. Er hatte jedoch keinen Appetit.

Als er die Straße entlangsah, bemerkte er eine unsichere Radfahrerin, die sich über den eingeebneten Hügel auf den Steinbruch zubewegte. Sie schwankte den schmalen Straßenrand entlang und zuckte merklich zusammen, wenn ein Auto vorbeirauschte.

Eine Nachsaisontouristin, dachte Felix. Nicht an diese Straßen gewöhnt. Er fragte sich, ob sie wohl schon auf einer der B-Straßen gewesen war, denn im Vergleich zu diesen schmalen kleinen Feldwegen war das hier eine vierspurige Schnellstraße.

Er wollte sich gerade abwenden, als ein weiterer Wagen die Radfahrerin passierte. In seinem Sog wurde sie noch unsicherer, und dann fuhr ihr Vorderrad über einen Stein, und fast gleichzeitig kippte das Fahrrad um. Sie schlug schwer auf, ein Bein unter sich verdreht. Felix trabte zu ihr hin.

»Mist, Mist, Mist«, sagte sie gerade, als er sie erreichte.

»Versuchen Sie noch nicht, sich zu bewegen«, sagte Felix zu ihr.

Sie sah auf. Tränen hatten ihren Lidschatten verschmiert, und ihr Mund war schmerzverzerrt, doch beides vermochte nicht darüber hinwegzutäuschen, daß sie eine sehr attraktive Frau war. Das kurze Haar hatte sie zurückgekämmt. Ihr Lederblouson war zerschrammt, und über einem Knie hatte ihre Jeans ein Loch, doch das schien eher eine Frage des Stils zu sein, als daß es eine Folge des Sturzes gewesen wäre. Noch ehe er ihren Akzent einzuordnen vermochte, hatte Felix sie an ihrem MIT-T-Shirt als Amerikanerin erkannt.

»Wo tut es weh?« fragte er.

»Mein – mein Knöchel ...«

»Okay. Entspannen Sie sich.«

Sanft half er ihr, sich vom Rad zu lösen. Nachdem er das Fahrrad beiseite gestellt hatte, half er ihr beim Aufstehen.

»Können Sie den Fuß voll belasten?« fragte er

Sie versuchte es.

»Ich glaube – nein!«

Der jähe Schmerz ließ sie zusammenzucken, und als sie sich an ihn lehnte, zitterte sie. Felix half ihr beim Aufsetzen, dann untersuchte er ihren Knöchel. Er war leicht geschwollen, aber war er verstaucht oder gebrochen? Er vermochte es nicht zu sagen. In der Nähe lag eine Armbanduhr auf der Erde, deren Verschluß aufgegangen waren.

»Gehört die Ihnen?« fragte er, als er sie aufhob.

Sie legte eine Hand auf ihr Handgelenk und nickte. Als Felix sie ihr reichte, bemerkte er etwas, das er zunächst für einen Schmutzfleck hielt. Dann, kurz bevor sie den Ärmel ihrer Jacke darüberzog, sah er, daß es ein eintätowierter kleiner grauer Vogel war.

Seltsam, dachte er. Wenn sie die Uhr trug, war er vollständig verdeckt. Wozu war er dann gut?

Als er sich aufrichtete, stellte er fest, daß sie ihn betrachtete.

»Hallo«, sagte sie.

Er lächelte. »Ebenfalls hallo.«

Jetzt, wo das Gewicht von ihrem Knöchel genommen

war und der erste Schock des Sturzes nachgelassen hatte, schien sie sich ein wenig zu erholen.

»Ich hab mich wohl ziemlich dumm angestellt«, sagte sie.

»So was kommt vor. Wo wohnen Sie?«

»In Penzance. Ich heiße Lena.«

Sie reichte ihm die Hand.

»Felix Gavin«, sagte Felix, als er die Hand ergriff und sie schüttelte.

Lena lachte. »Mein Gott, wir sehen bestimmt blöd aus.«

Felix lächelte. Sie drückte seine Hand rasch, dann ließ sie sie los – widerstrebend, wie es schien.

»Danke, daß Sie mir geholfen haben«, sagte sie.

»Sie sollten sich untersuchen lassen«, sagte Felix mit einem Kopfnicken in Richtung ihres Knöchels. »Dort drüben am Steinbruch steht ein Land Rover. Möchten Sie, daß ich nachsehe, ob Sie jemand zum Krankenhaus fahren kann?«

»Ach, ich glaube, ich brauche bloß ein bißchen Eis.«

»Okay. Ich werd mal nachsehen.«

Als er Anstalten machte, sich aufzurichten, ergriff sie seinen Arm.

»Ich möchte nicht soviel Aufhebens um mich machen«, sagte sie. »Vielleicht könnten Sie mich einfach auf dem Fahrrad mitnehmen. Meistens geht es bergab.«

»Meinen Sie?«

»Ich komme mir auch so schon blöd genug vor, ohne daß mich ein Haufen fremder Leute anglotzt.«

»Und wir sind uns nicht fremd?«

»Nicht mehr – wir haben uns einander vorgestellt, erinnern Sie sich?«

Unwillkürlich erwiderte Felix ihr Lächeln.

»Okay«, sagte er. »Probieren wir's. Aber wenn es Ihnen zu sehr weh tut, sagen Sie mir Bescheid.«

Er richtete das Fahrrad auf und schob es neben sie, dann lehnte er es an sich und reichte ihr die Hand, damit sie ihren Knöchel nicht zu belasten brauchte. Es war ein Herrenfahrrad, darum hob er sie auf die Stange und schob das Fahrrad anschließend auf die Straße.

»Meinen Sie wirklich, es geht?« fragte er, als sie das Gesicht verzog.

Sie nickte.

Als Felix aufstieg, drehte sie sich zu ihm herum, hielt sich an seiner Hüfte fest und lehnte sich an ihn. Leicht verlegen, aber resigniert ließ Felix das Rad nach Newlyn hinunterrollen. Es war wenig Verkehr, und er brauchte erst wieder zu treten, als er unten am Hafen angelangt war und die Grenze zwischen Newlyn und Penzance überquerte.

6

Der Chef und Chalkie speisten im Smuggler's Restaurant in Newlyn zu Mittag, nachdem sie bei der Ausbesserung der Mauer eine Pause eingelegt hatten, ohne überhaupt so recht damit begonnen zu haben. Sie hatten in ihren Gummistiefeln auf Chalkies Hinterhof herumgestanden, die eingestürzte Mauer aus verschiedenen Blickwinkeln betrachtet, und dann hatte Chalkie verkündet, daß er Hunger habe, und darauf bestanden, daß sie auf seine Rechnung essen gingen.

»Warum das Geschirr schmutzig machen, wenn man jemand anderen für sich kochen lassen kann?« fragte er den Chef.

In Wirklichkeit aß Chalkie stets auswärts. Seine kulinarischen Fähigkeiten erschöpften sich darin, sich morgens sein eigenartiges Porridge oder einen Toast zuzubereiten. Und schmeckte sein Tee nicht wirklich scheußlich?

Und so saßen sie am Fenstertisch des Restaurants, als Felix auf dem Fahrrad vorbeifuhr, mit Lena eng an seine Brust geschmiegt. Der Chef mußte zweimal hinsehen, um sich zu vergewissern, daß er richtig sah. Das

Paar fuhr so rasch vorbei, daß er sich beinahe nicht sicher war, sie erkannt zu haben – aber nur beinahe. Er hatte sie beide erkannt, und das verursachte ihm ein eigenartiges Gefühl mitten in der Brust.

Arme Janey, dachte er.

»Der Anblick wärmt mir das Herz«, sagte Chalkie. »Ein Pärchen auf einem Fahrrad. Weißt du noch, wie wir immer mit unseren Rädern Spritztouren nach Kerris rauf machten? Wie hießen die beiden Schwestern noch gleich?«

Der Chef blickte ihn verständnislos an, dann nickte er.

»Feena und April«, sagte er.

Chalkie grinste. »Genau. Und Feena fuhr bei mir auf dem Fahrrad mit, aber April...«, sein Grinsen wurde breiter, »... hatte ihr eigenes, stimmt's? Hatte ihr eigenes, und du warst der Verlierer.«

»Stimmt gar nicht«, sagte der Chef.

Und er war wieder der Verlierer, er und Janey, sie beide. Denn die Frau, die er in Felix' Armen gesehen hatte, war dieselbe, die zu ihm gekommen war und sich nach Billys unveröffentlichten Schriften erkundigt hatte, aber jetzt ergab alles einen Sinn, sein plötzliches Erscheinen und der Brief. Natürlich hatte Janey ihn nicht geschrieben – er hatte ihn selbst geschrieben.

Wenn er daran dachte, wie sehr er Felix stets gemocht hatte – er war der beste von allen Typen gewesen, die Janey nach Hause gebracht hatte –, wollte es ihm das Herz brechen.

»Bist du taub oder was?«

Der Chef hob den Kopf und stellte fest, daß Chalkie ihn seltsam ansah. Er hatte kein Wort von dem gehört, was Chalkie gesagt hatte.

»Was hast du gesagt, mein Lieber?« fragte er.

»Ich sagte, bist du taub?« wiederholte Chalkie. »Mann, du warst irgendwo weit draußen auf'm Meer.«

Der Chef seufzte. »Ich hab nachgedacht.«

»Schlechte Gedanken?«

»Jedenfalls keine guten«, sagte der Chef.

»Kommt vom Älterwerden«, versicherte ihm Chalkie. »Denk immer an die guten Zeiten, Tom. Das macht's leichter.«

»Schon möglich.«

Die guten Zeiten. Verlorene Zeiten. Nein, es war nicht gut, darüber nachzugrübeln. Aber was tat man, wenn man feststellte, daß ein Teil davon Lügen waren?

Ach, wie sollte er es Janey bloß beibringen?

7

Die meisten Probleme lösen sich von selbst, dachte Lena, und sie hatte nicht einmal Willies Rat gebraucht. Sie hatte einen verstauchten Knöchel, und das war kein Spaß, aber eine bessere Methode, um Felix kennenzulernen, als der absichtliche Sturz vom Fahrrad war ihr nicht eingefallen.

Er hatte sie tatsächlich nach oben zu ihrem Zimmer getragen und dann eine Eispackung besorgt, die er nun an ihrem Fuß anbrachte, den sie auf dem Bett hochgestützt hatte. Während er in die Hotelhalle gegangen war, um Eis zu holen, hatte sie ein weites Sweatshirt angezogen, das ihr bis zu den Knien reichte. Ihr angespannter bleicher Gesichtsausdruck – die Folge des schmerzhaften Kleiderwechsels – war nicht gespielt. Schon diese kleine Anstrengung hatte sie völlig erschöpft. Und so gutherzig, wie er war, hatte ihr Retter gleich bei ihrer Ankunft darauf bestanden, daß sie sich hinlegte.

Er war ein interessanter Mann – stark und sanft, und sie konnte gut nachvollziehen, was die kleine Little an ihm gefunden hatte. Was sie nicht verstand, war, warum Janey Little ihn fallengelassen hatte.

Um so besser, dachte Lena philosophisch. Des einen Leid, des anderen Freud.

Sie zeigte sich ihm gegenüber von ihrer besten Seite, wobei sie alles einsetzte, was sie im Schauspielunterricht gelernt hatte. Das Bild, das sie dabei abgab, war eine recht reizvolle Mischung, das mußte sogar sie zugeben.

Sittsam, aber nicht naiv. Verletzt, aber tapfer. Offen und freundlich, ein wenig einsam, aber nicht unzugänglich. Sie würde mit ihrem Charme dafür sorgen, daß er schon bald die Hosen fallenließ, ohne daß sie dabei als Flittchen erschien.

Und sie merkte, daß es funktionierte. Es lag nicht an dem, was er sagte oder tat – er verhielt sich wie der vollkommene Gentleman, was sie angesichts seines Hintergrunds ziemlich überraschte –, aber sie konnte trotzdem erkennen, daß sie bei ihm ankam. Sie merkte es an der Art, wie er sie musterte, ohne sie wirklich anzusehen. An der Art, wie es ihm zunehmend schwerfiel, normale Konversation zu machen.

»O Mann!« stöhnte sie und wand sich ein wenig, als sie ihre Haltung am Kopfteil veränderte. »Wie kann man sich nur so dämlich anstellen. Sie müssen glauben, ich wäre noch nie mit dem Rad gefahren.«

»Benutzen Sie das Fahrrad oft?« fragte Felix.

Sie nickte. »Ich mag es. Aber ich bin diese Straßen nicht gewöhnt, und die Stange am Rad hat mich auch ein bißchen verunsichert. Wozu sind die bei Herrenrädern eigentlich gut? Man sollte eigentlich meinen, daß sie Männer eher noch nervöser machen.«

O je, dachte sie, als er eine Braue hob. Sachte, sachte. Du willst ihn doch nicht verschrecken.

»Wie auch immer«, setzte sie rasch hinzu, »ich kann von Glück sagen, daß Sie in der Nähe waren und mir geholfen haben. Sie sind ein richtiger Engel.«

»Das war doch nichts Besonderes.«

»Für Sie vielleicht nicht.«

Felix zuckte die Achseln und blickte sich im Zimmer um.

»Machen Sie hier Urlaub?« fragte er.

Ein scheues Lächeln kräuselte Lenas Lippen. »Sie wollen doch wohl nicht die ganze traurige Geschichte hören, warum ich allein hier bin, oder?«

»Ich bin ein guter Zuhörer.«

Darauf möchte ich wetten, dachte Lena. Und da sie ihn möglichst lange dabehalten wollte, erfand sie eine Geschichte: Sie lebe als Sekretärin in Boston und sehne sich danach, Schauspielerin zu sein, und hergekommen sei sie zu einer Art Geschäftsurlaub mit ihrem neuen Boyfriend – ›Exfreund, sollte ich wohl besser sagen‹ –, der gemeint habe, er sei Filmregisseur und suche nach Drehorten, und ob sie nicht einfach so zum Spaß mitkommen wolle?

»Wie ein richtiges Dummchen hab ich ja gesagt«, schloß sie, »und wir sind gerade einen Tag hier, da läßt er mich auch schon fallen, weil ich nicht nett zu ihm sein wollte, Sie wissen schon.«

»Wovon sollte der Film denn handeln?« fragte Felix.

»Welcher Film? Aus allem wurde ein großes Geheimnis gemacht, und jetzt weiß ich auch, warum: Es gab gar keinen Film. Was ich nicht begreife, ist, warum er mich bis hierher mitgenommen hat, wenn er nichts weiter von mir wollte als Sex, verstehen Sie? Mir scheint, es gibt billigere Methoden, ein Mädchen zu finden.«

Sie fühlte sich versucht, ihm zu erzählen, daß ihr ›Boyfriend‹ herumliefe und sich als Reporter von *Rolling Stone* ausgäbe, aber sie brauchte sich nur vorzustellen, wie Bett darauf reagieren würde, und schon ließ sie die Idee fallen.

»Vielleicht gibt es doch einen Film«, sagte Felix.

Lena nickte bedächtig. »Wahrscheinlich haben Sie recht. Und weil ich nicht gespurt habe, hat er sich irgendein einheimisches Flittchen gesucht, das meinen Platz eingenommen hat.«

»Seien Sie nicht so hart mit sich.«

»Warum nicht? Die ganze Reise war von Anfang an ein Fehler, und ich muß bescheuert gewesen sein, daß ich mich überhaupt darauf eingelassen habe.« Sie schüttelte den Kopf. »Und bis zum Rückflug bleiben mir *immer noch* neun Tage.« Sie stieß einen wohlberechneten Seufzer aus. »Nicht, daß ich etwas gegen Cornwall hätte – ich bin *gern* hier –, aber wenn man allein ist, macht es einfach keinen Spaß.«

»Ich weiß, was Sie meinen.«

Lena lächelte ihn prompt an. »Klingt so, als hätten Sie ihre eigene Jammergeschichte. Möchten Sie drüber reden? Ich fühle mich nämlich schon besser.«

»Ich glaube nicht«, sagte Felix.

»Es geht um eine Frau – richtig?«

Als Felix überrascht aufsah, schaute ihn Lena mitfühlend an.

»Das tut es immer«, sagte sie. »Ich glaube, wir sind dazu verdammt, niemals den richtigen Partner zu finden, und dann vermasseln wir erst recht unser Leben, indem wir ständig dem perfekten Unbekannten nachjagen, den wir im allgemeinen nicht dort draußen treffen. Und falls doch, ist er entweder verheiratet oder hat gerade keine Zeit, oder es kommt irgendwas anderes dazwischen.«

»Sie sind mit dem falschen Bein zuerst aus einer schlechten Beziehung ausgestiegen, glauben Sie mir«, sagte Felix.

Lena zuckte die Achseln. »Vielleicht. Meistens jammere ich deswegen nicht soviel herum – ich meine, *er* ist es bestimmt nicht wert, daß man sich über ihn den Kopf zerbricht, aber mit der Zeit geht es einem doch auf die Nerven, finden Sie nicht?«

»Schon möglich.«

Er schien sich unwohl zu fühlen, und Lena beschloß, einen Rückzieher zu machen, als er das Gesprächsthema von sich aus wechselte.

»Die Tätowierung auf ihrem Handgelenk«, setzte er an.

»Ach, das alte Ding…« Unbewußt bedeckte sie sie mit der anderen Hand. »Ich hab das als Teenager machen lassen – eines der Dinge, die man zehn Minuten zu spät bereut.«

Felix lachte. Er hatte seine Jacke schon vorher ausgezogen. Nun rollte er den Ärmel seines T-Shirts hoch und zeigte ihr die Tätowierung auf seinem linken Bizeps. Es war die farbige Darstellung eines alten Mannes, der auf einer Kiste saß und Akkordeon spielte.

»Das gefällt mir«, sagte Lena. »Spielen Sie so eins selbst?«

Felix nickte.

»Beruflich?«

»Wohl kaum.«

»Ach, ich möchte wetten, daß Sie richtig gut darin sind.«

»Es geht so.« Felix deutete auf ihr linkes Handgelenk. »Und warum eine Taube?«

»Sie ist das Symbol… das heißt, angeblich ist sie das Symbol einer alten…«

Jetzt war sie zu weit gegangen. Wenn Bett sie jetzt hören könnte. Oder wenn ihr *Vater* sie jetzt hörte…

»Was für einer alten?«

»Ach, Sie wissen schon. Friede, Freude, Eierkuchen, halt so was. Ich war fasziniert von den Sechzigern, als ich noch ein Kind war – hauptsächlich deshalb, weil ich sie verpaßt habe. Als ich beschloß, mich tätowieren zu lassen, hab ich gedacht, ich lasse mir so ein Peace-Zeichen machen, aber ich hab das runde Ding eigentlich nie so recht gemocht, und als ich die Taube im Musterkatalog von dem Kerl sah, hab ich mich statt dessen dafür entschieden.«

Nahm er ihr das ab?

Sie konnte es nicht mehr herausfinden, denn in diesem Moment klingelte das Telefon. Bevor sie ihn daran hindern konnte, hatte er den Hörer schon abgenommen.

»Hallo? Hallo?«

Er sah sie verwirrt an.

»Es ist niemand dran«, sagte er und legte auf.

»Das ist seltsam.«

Die Schauspielerin in ihr wollte nur der Wirkung halber hinzufügen, vielleicht war es ein Freund, der mich kontrollieren wollte, aber sie besann sich eines Besseren. Felix sah auf seine Uhr.

»Ich muß allmählich los«, sagte er. »Kommen Sie allein zurecht? Soll ich Ihnen etwas zum Essen holen, bevor ich gehe?«

Sie beschloß, es damit für heute bewenden zu lassen. Morgen war auch noch ein Tag. Sie war sich ihrer ausreichend sicher, um das zu wissen. Außerdem, wenn tatsächlich der Goldjunge am Telefon gewesen war, dann machte Felix besser, daß er möglichst schnell das Weite suchte.

»Nein. Ich kann ja den Zimmerservice anrufen.«

Er stand auf und nahm seine Jacke von dem Sessel, auf dem er sie zuvor abgelegt hatte.

»Da ist noch etwas«, sagte sie. »Wenn es Ihnen nicht zuviel Mühe macht…«

»Und das wäre?«

»Tja, ich werde wohl einen Stock brauchen, mit dem ich die nächsten paar Tage umherhumpeln kann. Wäre es vielleicht möglich, daß Sie mir einen besorgen?« Als er zögerte, setzte sie hinzu: »Ich würde natürlich dafür bezahlen.«

»Das ist es nicht. Es ist bloß…« Er zögerte noch einen Moment, dann nickte er. »Klar. Kann ich machen.«

»Ich weiß, daß die Geschäfte im Moment geschlossen haben, folglich müßten Sie morgen vorbeikommen.«

»Kein Problem. Wann stehen Sie auf?«

»Gegen neun Uhr dreißig?«

»Um zehn werde ich da sein.«

Sie machte ein zerknirschtes Gesicht. »Da ist noch etwas. Ich nehme, was immer Sie bekommen können, aber wenn Sie die Wahl haben, könnten Sie dann vielleicht einen besonders tollen besorgen? Einen alten vielleicht?«

Felix lächelte. »Kein Problem. In der Chapel Street gibt es ein paar Antiquitätenläden. Ich weiß allerdings nicht, wann sie geöffnet haben.«

»Macht nichts. Ich weiß das wirklich zu schätzen – alles, was Sie getan haben. Sie waren wirklich großartig.«

Felix nickte. »Dann also bis morgen. Und versuchen Sie, nicht mit dem Fuß aufzutreten.«

»Jawohl, *Sir.*«

Felix ging lachend hinaus.

Lena lehnte sich im Bett zurück und lächelte vor sich hin. Der Fisch hatte den Köder bereits geschluckt und zappelte an der Leine. Und wenn er wirklich gerade einen zweiten Fehlschlag mit der kleinen Little erlebt hatte, nun, um so leichter wurde es für sie.

Aber woran lag es dann, daß sie sich bei alledem ein bißchen schmutzig fühlte?

Eine Stunde später kam Bett vorbei und maßregelte sie. Offenbar nahm er ihr die Geschichte, daß sie über eine Ecke des Teppichs gestolpert sei und sich den Knöchel verstaucht habe, nicht ab, aber er konnte nicht viel mehr tun, als sie anzufunkeln – während in den fahlen Tiefen seiner Augen die furchtbare Drohung schimmerte, was er mit ihr anstellen würde, wenn sie nicht unter dem Schutz ihres Vaters stünde.

Als er ihr Anweisungen bezüglich Felix Gavin gab, hätte sie es ihm am liebsten gleich heimgezahlt. Das sah ihm ähnlich, daß er ihren Plan übernahm, um selbst das Lob dafür einzuheimsen. Aber sie sagte nichts und tat nichts, bis er schließlich ging, während in seinen Augen immer noch die unangenehme Drohung loderte. Dann nahm sie den Hörer ab und ließ sich von der Telefonistin mit Übersee verbinden.

»Hallo, Daddy?« sagte sie, als sie durchgestellt worden war. Sie bediente sich ihrer besten Kleinmädchenstimme. »Ich möchte nicht, daß ich mich anhöre wie ein kleines Kind oder so, aber Mike fängt an, sich seltsam zu benehmen ... Nein, er hat mir nicht gedroht oder so, zumindest hat er nichts *gesagt*, aber er hat mich geschubst, und ich bin hingefallen und hab mir irgendwie den Knöchel verstaucht ... Nein, es geht schon wieder; tut bloß weh. Ach, würdest du das tun? Könntest du Jim schicken? Laß ihn ein Zimmer vorbestellen, aber er soll warten, bis ich mich bei ihm melde.«

Nach und nach verwandelte sie ihre Kleinmädchenstimme in die einer tüchtigen Frau.

»Ich glaube, du wärst zufrieden mit den Maßnahmen, die ich von mir aus ergriffen habe, Daddy. Da ist dieser Mann, der der Little sehr nahe steht – nein, Little ist ihr Familienname, erinnerst du dich? Sie ist schon erwachsen. Jedenfalls bin ich ganz dicht dran, daß er mir Dunthorns Geheimnis bringt, was immer es ist. Ich dachte mir, daß du dich darüber freuen würdest. Selbstverständlich passe ich auf. Ich hab dich auch lieb, Daddy.«

So, dachte sie, als sie den Hörer auflegte. Ihr Vater würde den übrigen Ordensmitgliedern sagen, daß es ihre Idee gewesen war, Gavin zu benutzen, und schon bald würde sie Bett gegenüber ein wenig Protektion genießen. Alles lief bestens.

Doch als sie daran dachte, wie sie Felix benutzte, kam sie sich immer noch schmutzig vor.

Sei nicht blöd, sagte sie sich. Er ist bloß ein dummer Seemann.

Das stimmte. Aber er war ein netter dummer Seemann, und vielleicht gar nicht so dumm. Und er hatte sie jedenfalls besser behandelt, als es die meisten Leute aus ihren Kreisen taten. Wie viele von ihnen wären auch nur stehengeblieben, wenn sie eine Frau, attraktiv oder nicht, hätten vom Fahrrad fallen sehen?

Sie starrte vor sich hin. Der Knöchel tat wieder weh.

»Mist«, sagte sie zu niemandem im besonderen.

Warum mußte alles immer so kompliziert sein?

8

Als Janey nach Hause kam, war niemand da. Sie setzte Teewasser auf und ging auf ihr Zimmer, um sich einen Pullover anzuziehen. Als sie ihn angezogen und sich im Spiegel vergewissert hatte, daß das, was sie am Morgen darin gesehen hatte, tatsächlich kein Pickel war, ging sie zum Bücherregal und schaute nach, ob *Das kleine Land* noch da war.

Es war genau dort, wo sie es hingelegt hatte.

Sie nahm das Buch aus dem Regal und blätterte darin, einen Moment lang innehaltend, als sie meinte, die Musik wieder zu hören. Aber als sie sich darauf konzentrierte, hatte sie auch schon wieder aufgehört. Seufzend klappte sie das Buch zu und ging mit ihm unter dem Arm zum Chef hinüber, um Clare anzurufen.

»Es tut mir leid, daß ich nicht schon früher angerufen habe«, begann sie, als sie mit ihrer Freundin verbunden war, »aber es ist was ganz Erstaunliches passiert.« Und sie berichtete, wie der Reporter aufgetaucht war und sie ins Lokal gegangen waren, um das Interview zu machen.

»Wie war er?« wollte Clare wissen.

»Oh, sehr nett. Ein Amerikaner. Ich bin mir nicht ganz sicher, wie alt, aber nicht *zu* alt. Er hat Paul-Newman-Augen, und er weiß so gut über Musik Bescheid wie nur irgend jemand sonst, den ich kenne, also wird der Artikel bestimmt gut.«

»Wegen seinen Augen?«

»Clare!«

Ihre Freundin lachte. »War bloß Spaß. Du bist bestimmt froh.«

»Bin ich.«

»Wann erscheint er?«

»Das hat er nicht gesagt. Wahrscheinlich wird es noch eine Weile dauern. Du weißt doch, wie's bei diesen Zeitschriften zugeht – im Juni kaufen sie Weihnachtsgeschichten.«

»Hast du Felix schon gesehen?« fragte Clare.

»Noch nicht. Ich wollte dich gerade dasselbe fragen.«

»Ich habe ihn am späten Vormittag am Ausguck der Küstenwache getroffen. Anschließend ging er zu deiner Wohnung zurück. Das war kurz nach zwölf.«

»Ich hab ihn bestimmt verpaßt. Ich frage mich, wo er jetzt wohl steckt?«

»Was war das für ein Gefühl, ihn wiederzusehen?«

»Ich bin mir nicht sicher«, sagte Janey. »Freude und Schreck zugleich, glaube ich.«

»Aber du magst ihn doch noch?«

»O ja«, sagte Janey, ohne überhaupt darüber nachgedacht zu haben, doch dann wurde ihr klar, daß es stimmte.

»Er ist ein prima Kerl«, sagte Clare. »Paß auf, daß du ihn diesmal nicht wieder entwischen läßt.«

»Wenn er zurückkommt, will ich mit ihm reden«, sagte Janey. »Und diesmal werde ich kein bißchen ausfallend werden, wie der Chef sich ausdrücken würde.«

»Vielleicht mag er's, wenn du frech bist.«

»Vielleicht. Da ist jemand an der Tür, ich muß hingehen. Vielleicht ist es Felix.«

»Ruf mich morgen an.«

»Mach ich.«

In dem Moment, als die Tür sich öffnete, legte Janey den Hörer auf, doch es war der Chef. So sehr sie ihren Großvater liebte, in diesem Augenblick wünschte sie, es wäre Felix gewesen.

»Keinen guten Tag gehabt, Opi?« fragte sie, als sie sah, was für ein grimmiges Gesicht er machte.

Der Chef seufzte. »Tja, ich hab schlechte Neuigkeiten

für dich, mein Goldstück, und ich weiß nicht, wie ich's dir beibringen soll.«

»Chalkie ist doch nicht etwa verletzt?«

Sie konnte sich gut vorstellen, wie die beiden alten Käuze an Chalkies Mauer herumwerkelten und wie einer dem anderen einen großen Granitbrocken auf den Fuß fallen ließ.

»Nein«, sagte der Chef. »Das ist es nicht.«

Er wirkte so traurig.

»Und, was ist es dann?« fragte Janey.

Der Chef nahm steif am Küchentisch Platz, als fühlte er zum erstenmal die Last des Alters. Als Janey das sah, nahm ihre Besorgnis noch zu.

»Es geht um Felix, mein Spatz. Er hat unser Vertrauen mißbraucht.«

Als der Chef ihr berichtete, was er am Nachmittag in Newlyn gesehen und mit wem es sich Felix auf dem Fahrrad so behaglich gemacht hatte, wurde sie kalkweiß im Gesicht.

»Das ist nicht wahr«, sagte sie leise. »Sag, daß das nicht wahr ist.«

»Ich wünschte, es wäre so, mein Schatz, aber was ich gesehen habe, habe ich gesehen.«

Janey konnte ihn nur ansehen, die Augen voller Tränen.

Das Getriebe der Welt

> Das Räderwerk des Lebens war keine saubere,
> gutgeölte Maschine, überwacht von Tausenden
> von peinlich genauen Skalen,
> sondern ein verrückter, stotternder Apparat,
> der aus roh zusammengefügten seltsamen
> Einzelteilen bestand.
>
> MARGARET MAHY aus *Memory*

Als Nettie Shepherd die Tür öffnete, stand Denzil auf der kleinen Veranda. Er stützte sich auf seinen Stock mit dem Silberknauf und spähte durch seine Brille, die in der Wärme, die dem Haus entwich, beschlug.

Stattlich war die treffendste Bezeichnung, die Denzil in den Sinn kam, wann immer er Jodis Tante begegnete. Sie war ein gewaltiges Weibsbild, aber ihre Größe war gleichmäßig verteilt. Sie hatte enorme Oberschenkel und entsprechend füllige Brüste, breite Schultern, ein großzügiges Gesicht, einen Sturzbach von rotblondem Haar – kurz gesagt, alles an ihr war überlebensgroß. Das Lächeln, das über ihre Züge glitt, als sie seiner ansichtig wurde, war ebenfalls breit und ausladend, erfüllt von der wissenden Genugtuung einer Katze.

»Sieh an«, sagte sie. »Ich hätte nicht gedacht, daß ich Sie jemals hier sehen würde.«

»Ich bin nicht geschäftlich hier, sondern …« Denzil verstummte, als ihm klar wurde, was er da sagte.

»Zum Vergnügen? Unter diesem Dach ist das ein und dasselbe, Master Gossip.«

»Ähem. Ja, sicher. Eigentlich komme ich wegen Jodi. Ist sie zu Hause?«

»Wollen Sie damit sagen, daß sie nicht bei Ihnen ist?«

Denzil schüttelte den Kopf. »Ich habe sie den ganzen Tag lang noch nicht gesehen.«

Nettie spitzte die Lippen, dann machte sie die Tür weiter auf.

»Am besten kommen Sie erst mal rein«, sagte sie.

Denzil zögerte einen Moment und blickte die Straße hinauf und hinunter, ehe er ihr ins Haus folgte. Obwohl er es nicht für möglich gehalten hätte, wurde ihr Grinsen tatsächlich noch breiter.

»Haben Sie Angst, jemand könnte Sie beim Betreten dieses Sündenpfuhls sehen?«

»Das *ist* nun mal ein Bordell«, erwiderte Denzil leicht verstimmt.

»Ja, wir haben Modelle.«

»Bitte.«

Unvermittelt wurde Nettie ernst. »Sie haben ganz recht«, sagte sie.

Sie nahm seinen Stock und seinen Hut, lehnte den einen an die Wand und hängte den anderen neben die Tür. Jetzt, wo Denzil beide Hände frei hatte, nahm er die Gelegenheit wahr, sich die Brille zu putzen.

»Heute abend ist nicht die Zeit für Scherze«, setzte Nettie hinzu.

Denzil wurde bald klar, was sie damit meinte.

Als er ins Wohnzimmer geleitet wurde, stellte er fest, daß er heute abend nicht Netties einziger nicht zahlender Besucher war. In Sesseln beiderseits des Fensters saßen Cadan Tremeer, der Polizeipräsident von Bodbury, und die Witwe Pender. Der massige Tremeer erhob sich und reichte Denzil eine schwammige Hand. Der Polizeipräsident roch schwach nach Parfüm, und Denzil fragte sich, ob er nicht vielleicht von den oberen Räumen in den Dienst gerufen worden war. Sobald Denzil dem Mann die Hand geschüttelt hatte, ließ er sich mit offenkundiger Erleichterung wieder in seinem Sessel nieder.

Die Witwe nickte Denzil flüchtig zu.

»Einen Tee?« fragte Nettie.

Denzil schüttelte den Kopf. Er nahm die Brille ab, säuberte sie erneut mit dem Jackenärmel, dann setzte er sie wieder auf die Nase, wo sie gleich wieder beschlug. Nettie deutete auf einen Sessel, blieb selbst jedoch stehen.

»Hat Jodi irgend etwas angestellt?« fragte er.

Die Witwe räusperte sich.

»Diesmal ist es ernst«, sagte Nettie.

Tremmer nickte und versuchte ohne großen Erfolg, seinem fröhlichen Gesicht einen grimmigen Ausdruck zu verleihen.

»Sie ist ins Haus der Witwe eingebrochen und hat ein Familienerbstück gestohlen«, sagte er.

Denzil schüttelte den Kopf. »Jodi würde nicht mal einen Penny stehlen.«

»Die Witwe hat sie mit eigenen Augen durchs Fenster hinausklettern sehen. Ich war da, Master Gossip, und dort herrscht ein furchtbares Durcheinander. Zerbrochenes Glas. Alle möglichen Sachen in der Gegend verstreut. Es sieht nicht gut aus.«

Denzil sah Nettie an. »Was hat Jodi zu alledem zu sagen?«

»Tja, darum sieht es eben so schlecht aus«, sagte der Polizeipräsident, ehe sie etwas erwidern konnte. »Niemand weiß, wo die junge Miss Shepherd steckt.«

Denzil nahm nun doch in dem Sessel Platz, den Nettie ihm zuvor angeboten hatte.

Das war ja eine schöne Bescherung, dachte er. Das war das letzte, womit er gerechnet hatte, als er beschloß, die Suche bei Nettie zu beginnen.

»Wann wurde sie zuletzt gesehen?« fragte er Nettie.

»Als sie zu Bett ging – für ihre Verhältnisse früh. Vor Mitternacht.«

»Und?« half Denzil nach, da er spürte, daß sie noch nicht alles gesagt hatte.

Nettie seufzte. »Ihr Bett war unbenutzt, und das Fenster stand offen. Ab und zu meint sie, sie sei ein Affe, Master Gossip, und dann klettert sie über die Regenrinne ins Freie. Ohne daß man was merkt, ist sie im Nu auf dem Boden und stellt irgendwelche Streiche an.«

»Zum Beispiel, einer alten Frau ihre Erinnerungsstücke zu rauben«, ergriff die Witwe zum erstenmal das Wort.

Ihre Stimme zitterte, und sie machte ein bekümmertes Gesicht, das Denzil ihr nicht einen Augenblick lang abnahm. Er hatte sie schon oft genug auf Spaziergängen gesehen, um zu wissen, daß sie ebenso flink war wie eine erheblich Jüngere und so niederträchtig wie der bärbeißigste alte Seebär. Er traute ihr zu, aus reiner Boshaftigkeit jede beliebige Niedertracht zu begehen. Was er ihr nicht zutraute, waren die sogenannten magischen Zaubersprüche, die ihr angeblich zu Gebote standen – ganz gleich, was die Kinder aus dem Bruch behaupteten.

»Woher wissen Sie, daß es Jodi war?« fragte er. »Es war Nacht, nicht wahr? Könnten Sie sich nicht getäuscht haben?«

»Ich kenne dieses Mädchen«, sagte die Witwe. »Es hetzt die anderen Kinder dazu auf, mich zu verspotten.«

Das allerdings glaubte der Chef gern.

»Warum haben Sie so lange gewartet, bis Sie es gemeldet haben?« fragte er. Er sah den Polizeipräsidenten an. »Ich nehme an, Sie hat gerade erst Anzeige erstattet?«

Tremeer wirkte schuldbewußt und sandte einen Blick zur Decke, dann faßte er sich wieder.

»Ich … äh«, setzte er an. »Das heißt, sie …«

»Einer Frau in meinem Alter fällt die Fortbewegung schwer«, sagte die Witwe. »Das kommt von der Arthritis.«

Jetzt log sie schon wieder, dachte Denzil.

Tremeer hatte seine Dienstwürde inzwischen wiederhergestellt. Er nahm Notizblock und Bleistift vom Tisch.

»Und wann haben Sie sie zum letztenmal gesehen, Master Denzil?«

»Gestern. Als sie heute nicht vorbeikam, machte ich mir Sorgen.« Denzil seufzte. »Diese Art Unfug paßt nicht zu Jodi«, fügte er hinzu.

Nettie nickte, froh über seine Schützenhilfe.

»Sie ist ein Kind, nicht wahr?« sagte die Witwe. »Und sind nicht alle Kinder lästige Quälgeister?«

Nicht so lästig wie du, dachte Denzil, verkniff sich jedoch die Erwiderung. Er erhob sich und nickte Tremeer und der Witwe zu, dann wandte er sich an Nettie.

»Rufen Sie mich an, wenn ich Ihnen irgendwie behilflich sein kann«, sagte er.

»Danke. Das werde ich.«

»Und falls Sie sie finden sollten …« begann Tremeer.

»Dann werde ich Sie unverzüglich benachrichtigen«, sagte Denzil.

Als Nettie sich erheben wollte, um ihn hinauszubegleiten, bedeutete er ihr, sie solle sitzenbleiben.

»Ich finde allein hinaus«, sagte er.

In der Diele angelangt, nahm er seinen Hut und seinen Spazierstock und trat rasch ins Freie. Draußen beschlug sofort wieder seine Brille, doch er achtete nicht darauf. Manchmal schien es ihm, als brächte er die eine Hälfte seines Leben damit zu, durch trübe Brillengläser zu spähen, und die andere damit, sie zu putzen, darum hatte er sich inzwischen damit abgefunden.

Irgend etwas Seltsames ging vor, dachte er, und er beabsichtigte, der Sache auf den Grund zu gehen. Zunächst brauchte er aber erst mal einen kräftigen Schnaps, um den üblen Nachgeschmack hinunterzuspülen, der von der jämmerlichen Schauspielerei der Witwe und Tremeers Speichelleckerei zurückgeblieben war.

Er bedachte Netties Haus noch mit einem nachdenklichen Blick, dann machte er sich auf den Weg zum Hafen und betrat den erstbesten Pub, in diesem Fall das ›Schiff‹.

Zu allem Überfluß war Taupin da, und es sah ganz danach aus, als habe der Feld-, Wald- und Wiesenphilosoph gerade auf ihn gewartet. Oder zumindest auf jemanden, der ihm einen ausgab.

Er hätte beinahe auf der Stelle kehrtgemacht und wäre wieder hinausgegangen, doch Taupin begrüßte ihn freudig, und Denzil brachte es nichts übers Herz, noch zehn Blocks weiter zum ›Schleppnetz & Kombüse‹ zu gehen.

Außerdem, dachte er, mochten alle Kinder den alten Narren. Vielleicht wußte er, wo Jodi war.

2

Herumsitzen führte zu nichts, sagte sich Jodi, als eine halbe Stunde verstrichen war und die Katze immer noch nicht weggehen wollte. Sie erhob sich, klopfte sich den Staub von der Hose ab und machte sich daran, einen anderen Ausgang aus dem Kistenlabyrinth zu suchen. Doch an jedem Ausgang stießen sie auf die Katze, die das leise Geräusch ihrer Schritte angezogen hatte – und Jodis ständige Kommentare bezüglich der zweifelhaften Abstammung von Katzen im allgemeinen und dieses räudigen Exemplars im besonderen.

»Verflixt und zugenäht!« schrie Jodi.

Sie hob einen Stein auf und schleuderte ihn auf die Katze, erzielte jedoch keine sichtbare Wirkung damit. Der größte, den sie noch leidlich zielsicher zu werfen

vermochte, war gerade mal so groß wie ein Pfefferkorn. Dennoch hielt sie ihr Bombardement so lange aufrecht, bis ihr der Arm weh tat. Dann hockte sie sich wieder neben Edern auf den Boden.

»Warum haben Katzen bloß so eine Scheißausdauer?« wollte sie wissen.

Edern zuckte die Achseln. »Dieser Freund von dir«, sagte er. »Wie hieß er noch gleich? Dazzle?«

»Denzil.«

»Ist er ein Zauberer?«

Jodi lachte. »Denzil ist so ziemlich der vernünftigste Mensch, den du dir denken kannst, was bedeutet, daß er nicht an Magie glaubt. Wenn es für etwas keine logische Erklärung gibt, sagt er immer, dann haben wir einfach noch nicht die richtigen Parameter und Ansatzpunkte entdeckt.«

»Dann wird er uns keine große Hilfe sein, oder?«

»Außerdem ist er weise und klug und mein bester Freund.«

»Ja, aber wenn er keine Ahnung von Magie hat, dann kann er nichts für uns tun.«

»Hast du eine bessere Idee?«

»Ich glaube schon«, sagte Edern. »Was weißt du von den Steinmalen in der Gegend?«

»Herzlich wenig, abgesehen davon, daß ich mich in ihrer Nähe so kribbelig fühle – ach, ich weiß nicht, irgendwie verzaubert halt, nehme ich an.«

»Hast du schon mal davon gehört, daß unsere Welt an diesen Orten an die Hügelwelt stößt?«

Jodi lachte. »Ach du grüne Neune! Willst du jetzt Nebelgeister und Kobolde anrufen, damit sie uns helfen?«

»Wenn uns eine Hexe verkleinern kann, warum sollte dann nicht auch das Kleine Volk existieren?«

»Das ist also dein Plan?«

Als Edern nickte, wollte Jodi abermals lachen, riß sich jedoch zusammen. Also gut, dachte sie. Überlegen wir mal – ganz logisch, genauso wie Denzil es von ihr erwarten würde. Magie funktionierte. Offenbar existierte sie – sie waren der Beweis dafür. Warum dann nicht auch die Kleinen?

»Warum sollten sie uns helfen?« wollte sie wissen.

»Vielleicht könnten wir ihnen etwas für ihre Hilfe anbieten.«

Jodi steckte eine Hand in die Tasche und holte ein Stück Bindfaden, ein paar vertrocknete Biskuitstückchen, die vom Essen übriggeblieben waren und die sie dem erstbesten streunenden Hund, dem sie über den Weg liefen, hatte geben wollen, drei Glasmurmeln, zwei Kupferpennies, ein vom Meer glattpoliertes Stück Holz ohne erkennbaren Zweck, zwei kleine Getrieberädchen, die offenbar irgendeinem Zweck dienten, wenn Jodi auch nicht wußte, von welcher Art Mechanismus sie stammten, ein kleines Taschenmesser und ein paar Fusseln heraus. Sie betrachtete alles skeptisch, dann hielt sie Edern die Hand hin.

»Was davon würden sie wohl gern haben wollen?« fragte sie.

»Wir könnten ihnen unsere Dienste anbieten«, sagte Edern geduldig.

»Dienste welcher Art?«

»Das müßten wir sie wohl fragen, meinst du nicht?«

Jodi seufzte. »Ich weiß nicht.« Sie blickte zur Katze hinüber, die sie noch immer mit unvermindertem Interesse beäugte. »Übrigens, zunächst einmal müssen wir hier wegkommen ...«

»Aber wenn es soweit ist ...«

Jodi verstaute den Abfall wieder dort, wo er hergekommen war, nur die Biskuitkrumen behielt sie in der Hand. Sie bot Edern ein Stück an und kaute auf einem anderen selbst herum.

»Steinmale«, sagte sie mit vollem Mund. Sie schluckte und wünschte, sie hätte etwas zu trinken gehabt. »So was wie die steinernen Kreuze?«

Edern nickte.

»Und wenn nun Gott einen Engel herabsendet, um zu sehen, wo wir abgeblieben sind? Ich glaube nicht, daß er bereit wäre, mir zu helfen, denn ich bezweifle stark, daß ich in der Bibel stehe.«

»Das ist unwahrscheinlich«, sagte Edern.

»Wenn Kobolde existieren, warum dann nicht auch Gott?«

»Ich dachte eher an einen Ort wie die ›Glücklichen Jungfern‹.«

»Oh, ich kenne die Geschichte dazu. Ein paar Mädchen tanzten an einem Sonntag, nicht wahr? Dreizehn insgesamt. Und Gott verwandelte sie in Steine. Die beiden Dudelsackspieler, die für die Mädchen gespielt hatten, rannten weg, aber sie wurden trotzdem in Steine verwandelt und stehen ein paar Felder weiter.«

»Was soll auf einmal dieses Gerede über Gott?« fragte Edern.

»Na, du hast doch damit angefangen.«

»Die Geschichte von den Glücklichen Jungfern, so wie ich sie kenne, besagt, daß es Meerjungfrauen waren, die beim Tanzen von der aufgehenden Sonne überrascht wurden, so daß sie zu Stein wurden.«

»Du denkst an Trolle.«

»Die Sache ist die«, fuhr Edern fort, als hätte sie ihn nicht unterbrochen, »daß in diesen Steinen eine Meeresweisheit gespeichert ist. Das Meer ist voll mächtiger Magie und Wissen. Wenn wir es dazu bringen könnten, uns zu helfen ...«

»Ich glaube auch nicht, daß ich in seinen Büchern stehe«, sagte Jodi. »Zumindest meine Familie nicht.«

Ihr Vater und ihr Onkel waren beide auf dem Meer umgekommen. Ein Jahr darauf war ihre Mutter an gebrochenem Herzen gestorben, was darauf hinauslief, daß das Meer auch an ihrem Tod schuld war. Jodi schwieg eine Zeitlang und dachte an ihre Eltern, die sie nur aus den verschwommenen Erinnerungen des kleinen Kindes kannte, das sie zum Zeitpunkt ihres Todes gewesen war.

»Jodi?«

Sie schüttelte die düstere Stimmung ab.

»Geht schon wieder«, sagte sie. »Ich hab bloß nachgedacht.«

»Über die Steinmale?«

Sie nickte. »Ich glaube, ich bin noch nicht ganz bereit zu glauben, das Meer könnte ein Schwätzchen mit uns halten.«

»Es gibt auch noch das Men-an-Tol, aber das ist weiter weg.«

»Ich bin neunmal durch das Loch gekrochen, um den Zauber zu wecken, aber es nichts passiert.«

»Bei Mondaufgang?«

»Nicht bei Mondaufgang. Aber ...« Unvermittelt grinste sie ihn mitleidig an. »Ich kann einfach nicht *glauben*, daß wir diese Unterhaltung führen.«

»Du hast auch erst dann an Magie geglaubt, als dich die Witwe verhext hatte.«

Jodi nickte. »Ich meine, wir sollten das mit dem Stein versuchen, aber vorher müssen wir den Zauberknopf aus dem Haus der Witwe herausbekommen.«

»Wir gehen besser vorher zum Stein und finden heraus, *wie* der Zauber funktioniert. Wenn wir uns das Amulett holen, können wir ihn gleich ausprobieren.«

»Und uns von ihr gleich wieder verkleinern lassen.«

»Aber nicht, wenn wir hingehen, solange sie weg ist.«

»Schon möglich ...«

»Vielleicht kann uns das Kleine Volk einen Schutz gegen ihre Magie geben«, sagte Edern.

Jodi schlug in ihrer Verstimmung mit dem Hinterkopf gegen die Kiste.

»Und vielleicht«, sagte sie, »können wir auf einem Blatt davonfliegen und uns den langen Fußweg zum

Stein sparen. Verflixt und zugenäht! Ich habe das andauernde Vielleicht *satt*.«

Sie erhob sich, wählte einen neuen Stein aus und schleuderte ihn auf die Katze.

»Hau endlich ab!«

Diesmal funktionierte es zu ihrer Überraschung. Die Katze wich zurück, blickte einmal nach rechts, dann floh sie.

Jodi wandte sich grinsend ihrem Begleiter zu. »Jetzt hab ich's ihr aber gegeben!«

Edern allerdings wirkte nicht im mindesten erfreut. Er saß sehr blaß und still da und starrte durch die Lücke zwischen den Kisten, durch die die Katze eben noch zu ihnen hereingespäht hatte. Als Jodi sich umdrehte, erblickte sie, was er dort sah.

Windle, der Doppelgänger der Witwe, starrte zurück. Er hatte die Katze verjagt, um selbst ihre Stelle einzunehmen. Und Jodi wußte, daß er dort bleiben würde, bis die Witwe mit irgendeinem neuen Zauberspruch einträfe und sie wohl oder übel aus ihrem Versteck vertriebe.

»Hast du endlich etwas gefunden, mein Schätzchen?« rief eine nur allzu vertraute Stimme.

Vielleicht war die Witwe auch schon da.

3

Die Luft im ›Schiff‹ war verraucht und so dick wie Nebel. Wer weder Pfeife noch Zigarre schmauchte, dem hing eine Zigarette im Mundwinkel, und mit jedem Zug wurde der Nebel dichter. Hinter seinen Brillengläsern blinzelnd, steuerte Denzil zur Bar, wo er resigniert neben Taupin auf einem Hocker Platz nahm.

Brengy Taupins Äußeres wurde der selbstverliehenen Bezeichnung ›Feld-, Wald- und Wiesenphilosoph‹ teilweise gerecht. Er war gertenschlank und trug eine seltsame Zusammenstellung zerlumpter Kleidungsstücke, die ohne das mindeste Stilgefühl an ihm herabhingen, wie man es von einer Vogelscheuche nicht anders erwartet hätte – mit anderen Worten, er war nichts als Haut und Knochen. Die Hagerkeit seiner Gesichtszüge wurde von freundlichen und wasserhellen Augen gemildert. Sein Haar war ein ungebändigter brauner Schopf, in dem sich stets irgendwelche Blattstückchen und abgebrochenen Zweige verfangen hatten. Denzil ertappte sich häufig dabei, daß er ihn anstarrte und darauf wartete, daß plötzlich ein Vogelkopf aus diesem wirren Gestrüpp auftauchte.

»Darf ich dir einen ausgeben?« fragte er.

Ohne Taupins Antwort abzuwarten, bedeutete er dem Schankkellner, ihnen zwei Gläser Bitter zu bringen.

»Das ist sehr freundlich vor dir«, sagte Taupin nach einem großen genießerischen Schluck, von dem ein schaumiger Schnurrbart an seiner Oberlippe zurückblieb.

»Glaub ja nicht, daß mir das jetzt zur Gewohnheit wird«, sagte Denzil, der immer noch wünschte, er wäre ein paar Blocks weiter bis zum ›Schleppnetz‹ gegangen.

Trotz seiner Grobheit gegenüber Taupin kamen sie im Grunde recht gut miteinander aus, denn beide führten gern philosophische Gespräche – eine Seltenheit im zurückhaltenden Bodbury – und vermochten diese über Wochen weiterzuspinnen.

»Bestimmt nicht«, erwiderte Taupin, während er in einer seiner riesigen Manteltaschen wühlte.

»Ich hab hier was Neues für dich«, fügte er hinzu, als er einen seltsamen Apparat hervorzog, den er zwischen ihnen auf die Theke stellte.

Das Ding weckte sofort Denzils Interesse.

Taupin kannte seine Schwäche für unerklärliche Apparate und dergleichen. Wenn etwas nur seltsam war, wenn es nützlich ausschaute, ohne daß man gleich hätte sagen können, wozu es taugte, dann weckte es unweigerlich das Interesse des Erfinders.

Was auf der Theke lag, war höchst faszinierend. Anscheinend war es eine Art Uhrwerk, allerdings vermochte Denzil nicht zu erkennen, wie es aufgezogen wurde. Noch was es tun würde, wenn es aufgezogen war.

»Was ist das?« fragte er.

»Ich habe nicht die blasseste Ahnung«, erwiderte Taupin. »Aber sieh dir das mal an.«

Er schüttelte das Ding, dann stellte er es auf die Theke zurück. Eine Zeitlang passierte gar nichts. Dann rollte ein Zahnrad eine sanfte Schräge hinunter, rastete in ein anderes ein, worauf sich das zweite Zahnrad drehte. Ein kleiner Metallstift hob sich und setzte das erste Rädchen an den Ausgangspunkt zurück, während die Zähne des zweiten noch ein weiteres Zahnrad drehten, das wiederum eine ganze Anzahl anderer Zahnräder in Bewegung versetzte, bis sich am entgegensetzten Ende des Apparats eine Welle zu drehen begann. Währenddessen war das erste Zahnrad wieder die Schräge hinuntergerollt und abermals in das zweite eingerastet.

Denzil beugte sich vollkommen gefesselt weiter vor.

»Wie lange läuft es?« fragte er.

Taupin grinste. »Nun, es ist nicht gerade das Perpetuum Mobile, hinter dem du immer her bist, aber eine gute Stunde läuft es.«

»Nur von dem einen Mal Schütteln?«

Taupin nickte.

»Wo hast du das her?«

»Aus einem Trödelladen in Praed. Faszinierend, findest du nicht? Wenn du willst, kannst du's behalten.«

»Wie teuer?«

»Bah«, machte Taupin, das Angebot monetärer Entschädigung beiseite wischend. »Du kannst mich irgendwann mal zum Essen einladen – aber nur wenn

Jodi kocht, wohlgemerkt! Was du dir unter Essen vorstellst, finde ich ungenießbar.«

Denzil riß sich unwillig von dem Apparat los, der munter seiner undurchschaubaren Tätigkeit nachging. Er schob die Brille die Nase hinauf und wandte sich Taupin zu.

»Ich wollte mit dir über sie reden«, sagte er.

»Über wen?« fragte Taupin. »Jodi? Ein entzückendes Mädchen. Und seltsamerweise eine bemerkenswerte Köchin, wenn man bedenkt, daß sie das meiste von dir oder mir gelernt hat.«

Denzil nickte. »Ich wünschte, du würdest aufhören, ihr lauter Spukgeschichten zu erzählen.«

»Warum sollte ich? Was könnte das schaden?«

»Ihrem Intellekt. Der logischen Weiterentwicklung ihrer Vernunft.«

Taupin lachte. »Hör zu«, sagte er. »So« – er deutete auf den Apparat – »sehe ich die Welt. Alles hat seinen Platz. Alles greift wie ein Uhrwerk ineinander, ein Ereignis folgt aus dem anderen. Wenn etwas nicht hineinpaßt, dann liegt das bloß daran, daß wir es noch begriffen haben.«

»So?«

Nun griff Taupin in seine ausgebeulten Taschen und entleerte deren Inhalt auf den Tisch. Alle möglichen Arten von Krimskrams lagen wirr durcheinander. Ein kleines schmuddeliges Buch hatte sich in einem Stück Netz verfangen. Aus dem Mundstück einer Blechflöte ragte eine Feder hervor und aus dem anderen Ende etwas, das aussah wie ein getrockneter Rattenschwanz. Ein quadratisches Stück Stoff mit angenähten Knöpfen, miteinander verbunden durch verblüffend lebhafte Stickereien, die beinahe, jedoch nicht ganz, ein Muster ergaben. Die Schere eines Taschenkrebses mit einem Loch darin, durch das ein Stück Schnur gezogen war. Zwei Steine – einer mit dem fossilen Abdruck einer Muschel, der andere mit verblichenen Hieroglyphen oder bloßen Kratzern darauf.

Es gab noch mehr, doch es war zuviel, als daß Denzil es auf die schnelle hätte aufnehmen können.

»So ist die Welt in Wirklichkeit«, sagte Taupin. »Ein Durcheinander, in dem einige Dinge einen Sinn ergeben« – er schüttelte die Flöte frei und ließ sie auf dem Handteller hin- und herrollen –, »während andere vielleicht niemals eine Erklärung finden werden.«

Jetzt hob er den seltsam gemusterten Stein hoch und hielt ihn seinem Kumpel hin. Denzil nahm ihn behutsam, als fürchtete er, der Stein könne beißen, und begutachtete ihn flüchtig. Die Kratzer schienen eine Art Schrift zu sein – wenngleich er nicht hätte sagen können, welche es war. Und der Stein war sehr alt.

»Den habe ich an der Landspitze gefunden«, sagte Taupin. »Wurde wohl vom Meer angespült.« Er deutete wieder auf die Theke. »*Das* ist das wahre Gesicht der Welt, Denzil – ein einziges Durcheinander ohne erkennbares Muster, abgesehen davon, daß alles *irgendwie* miteinander verbunden ist und am Ende irgendwie aufgeht.«

»Eine hübsche Analogie«, sagte Denzil, als er den Stein zurücklegte, »aber eine falsche.«

»Im Grunde sind wir zwei doch gar nicht so verschieden. Beide suchen wir nach der Wahrheit.«

»Wir *sind* verschieden«, versicherte ihm Denzil. »Ich gehe bei meiner Wahrheitssuche rational und wissenschaftlich vor. Du hoffst darauf, aus purem Glück und Tollerei darüber zu stolpern.«

Taupin hob sein Glas. »Auf die Weisheit, wo immer sie anzutreffen ist.«

»Im Moment geht es mir darum, Jodi zu finden«, sagte Denzil.

»Hast sie wohl irgendwo verlegt?«

»Du, ich mache keine Witze.«

Taupins Lächeln verschwand, und als Denzil die

Lage erklärte, verdüsterte sich seine Miene zusehends.

»Das alles ergibt keinen Sinn«, sagte Denzil, als er geendet hatte.

»Nicht im mindesten«, stimmte Taupin zu.

»Das paßt einfach nicht zu Jodi.«

»Überhaupt nicht.«

»Und ich weiß nicht, wo ich anfangen soll, nach ihr zu suchen.«

Taupin schwieg lange. Die Stirn vor angestrengtem Nachdenken in Falten gelegt, beförderte er die Gegenstände langsam von der Theke in die Tasche zurück, dann trank er den letzten Schluck Bitter.

»Es gibt zwei Möglichkeiten, wie wir vorgehen können«, sagte er schließlich.

»Und die wären?«

»Wir beginnen nach Gossip mit der logischen Methode, stellen die ganze Stadt auf den Kopf und geben unterwegs den Kindern aus dem Bruch und anderen Bescheid.«

»Und die zweite Methode?«

»Tja«, sagte Taupin, »wenn wir auf dem logischen Weg nicht mehr weiterkommen, nehmen wir den unlogischen und fangen an, das Unmögliche in Betracht zu ziehen.«

Denzil schüttelte den Kopf. »Ich habe nicht die blasseste Ahnung, worauf du hinauswillst.«

»Es liegt Magie in der Luft«, sagte Taupin einfach.

Denzil schnaubte. »Was für ein Blödsinn!«

»Das kann schon sein. Aber ich kann's trotzdem riechen. Und schließlich geht tatsächlich das Gerücht, die Witwe sei eine Hexe.« Er hob die Hand, ehe Denzil weitere Einwände machen konnte. »Aber erst mal unternehmen wir zu Fuß einen Rundgang durch die Stadt und sperren die Augen auf – ja?«

Denzil nickte widerwillig, was seine Brille auf die Nasenspitze rutschen ließ. Er schob sie wieder hoch, während er sich Taupins Vorschlag durch den Kopf gehen ließ. Denzil wußte, daß er Hilfe brauchte. Er wünschte bloß, er hätte einen Helfer gefunden, der etwas praktischer veranlagt war. Aber man mußte eben nehmen, was kam.

Er trank sein Bitter aus, steckte den Apparat, den Taupin ihm geschenkt hatte, in die Tasche und erhob sich vom Hocker.

»Gehen wir«, sagte er.

Die Verzweiflung des Dudelsackspielers

Wenn man nahe genug an der Grenze zwischen Land und Meer lebt, wenn man aufmerksam lauscht und genau hinsieht, bekommt man ein Gespür für Orte, die sich von dem unterscheiden, was die meisten Menschen sehen und hören.

HILBERT SCHENCK aus *Chronosequence*

Auf dem Rückweg von Penzance nach Mousehole dachte Felix über Lena nach. Eigentlich schien sie ganz in Ordnung zu sein, aber dennoch war ihm ihr offensichtliches Interesse an ihm irgendwie unangenehm. Es lag nicht daran, daß sie unattraktiv gewesen wäre oder daß sie sich an ihn rangeschmissen hätte. Er hatte zur Zeit einfach keinen Bedarf an neuen Komplikationen.

Er hatte auch so schon genug Sorgen.

Das Problem dabei war, daß sie ihm leid tat. In der Fremde von ihrem Freund fallengelassen, wegen ihres Unfalls jetzt nicht einmal mehr in der Lage, Ausflüge zu machen, und dann war er aufgetaucht…

Waren es die Japaner, die glaubten, daß man für jemanden, den man rettete, verantwortlich wurde? Er hatte sie zwar aus keiner lebensbedrohlichen Zwangslage gerettet, aber jetzt, da er über sie Bescheid wußte und die unglückliche Lage kannte, in der sie sich befand, konnte er nicht abstreiten, daß er sich ein wenig verantwortlich für sie fühlte.

Wahrscheinlich handelte es sich um einen Fall von Empathie, denn er wußte genau, wie ihr zumute sein mußte. Doch da war noch etwas anderes, was ihn beunruhigte, irgend etwas Unterschwelliges, das die ganze Zeit über, die er mit ihr verbracht hatte, anwesend gewesen war und das nichts damit zu tun hatte, daß er sie anziehend fand oder daß er sie bedauerte und sich ein wenig verantwortlich für sie fühlte. Was immer es war, er vermochte nicht den Finger darauf zu legen. Eigentlich wollte er sich weder damit noch mit ihr beschäftigen.

Im Grunde wünschte er, sie gar nicht erst kennengelernt zu haben. Und da er sie nun mal kennengelernt hatte, wünschte er, sie nicht morgen treffen zu müssen, denn das würde alles nur noch komplizierter machen.

War denn gar nichts mehr einfach?

An der Nordklippe bog er in die Duck Street ein. Als er den Chapel Place erreicht hatte und sein Gepäck vor der Gartenmauer stehen sah, wurde ihm klar, daß er bis jetzt noch gar nicht gewußt hatte, was Komplikationen waren.

Was ging hier eigentlich vor?

Mit klopfendem Herzen ließ er sein Gepäck, den Seesack und den Akkordeonkoffer, stehen, wo es stand, und klopfte an die Tür. Als das grimmige Gesicht des Chefs erschien, vermochte dies sein wachsendes Unbehagen nicht zu besänftigen.

»Hallo, Tom«, sagte er. »Was ist …«

»Hau ab«, sagte der Chef.

»Könnte ich vielleicht eine kurze Erklä …«

»Ist er das?« fragte Janey von drinnen.

»Er stiehlt uns nur die Zeit, mein Goldstück«, sagte der Chef, doch Janey zwängte sich an ihm vorbei in den Eingang.

Felix war tiefbetroffen durch ihr tränenüberströmtes Gesicht und die Verletztheit in ihren Augen, die sich rasch in Wut verwandelte, je länger sie ihn ansah.

»Ich hasse dich für das, was du getan hast«, sagte sie mit tödlicher Ruhe.

Bei diesen Worten spürte Felix, wie sein Herz zu

Stein wurde. Eine nebelhafte Taubheit erfaßte ihn, und alles schien nur noch mit halber Geschwindigkeit abzulaufen.

»Was – was habe ich eigentlich getan?«

Seine Stimme schien in einem fort weiterzudröhnen, nur um diese paar Worte herauszubringen.

»Wir wissen alles über dich und dieses ...« Ihre Stimme brach, neue Tränen stiegen ihr in die Augen. »Über dich und dein kleines Flittchen.«

Er begriff, daß sie Lena meinte.

»Aber ...«

»Fang nicht schon wieder an zu lügen!« schrie sie. »Großvater hat dich mit ihr zusammen *gesehen.*«

Mach schon, dachte Felix. Erklär ihr, daß dein Zusammentreffen mit der Frau harmlos war, denn das alles war ihm schon viel zu weit aus den Händen geglitten.

Seine Stimme war jedoch immer noch hinter der zunehmenden Taubheit gefangen, die ihn einhüllte. Die Kälte in seiner Brust nahm zu. Als er sprach, schienen seine Worte aus der Ferne zu kommen – unwirklich selbst für ihn.

»Ich weiß nicht, was er gesehen hat, aber ...«

»Und das ist noch nicht das schlimmste. Dein dämlicher verlogener Brief – du hast ihn selbst geschrieben, nicht wahr? Oder hat *sie* das für dich erledigt? Du hast gewußt – du hast *gewußt*, wieviel mir das Buch bedeutet ... und das Versprechen ... das Versprechen, das Großvater Billy gegeben hat ...«

Sie konnte nicht weitersprechen. Tränen strömten über ihre Wangen, sie drehte sich zum Chef um, der sie in die Arme schloß.

»Verschwinde«, sagte der Chef.

»Aber ...«

Er fühlte, daß seine Worte um ihn herum einstürzten wie ein Kartenhaus, das die achtlos ausholende Hand eines Riesen umgeworfen hatten.

»Verschwinde«, wiederholte der Chef und setzte hinzu: »Oder ich rufe die Polizei.«

Er drehte sich um und zog Janey mit sich, dann knallte er Felix die Tür vor der Nase zu.

Felix stand da und starrte benommen auf die Tür. Tief in seiner Magengrube bildete sich ein steinharter Knoten. Seine Brust schien unter Spannung zu stehen, das Herz schlug einen wilden Trommelwirbel.

Das konnte alles nicht wahr sein, dachte er. Sie konnten ihn doch nicht aus ihrem Leben hinausdrängen, ohne ihm Gelegenheit zu geben, zu erklären, daß er nichts Schlimmes getan hatte?

Er hob die Hand, um abermals zu klopfen, dann ließ er sie einfach herabfallen.

Wahnsinn: Die ganze Reise war von Anfang an reiner Wahnsinn gewesen.

Er dachte an den Brief, der ihn nach Mousehole geführt hatte.

Janey hatte behauptet, sie habe ihn nicht geschrieben.

Er dachte an die seltsamen Geschichten, die der Chef erzählt hatte, von Fremden, die versucht hatten, die Schriften seines alten Freundes zu stehlen.

Was hatte so freundliche und sanfte Menschen wie die Littles in tobende Irre verwandelt?

Diese Geschichten – war überhaupt etwas Wahres daran? Da war der Einbrecher, den er aufgehalten hatte …

Er hob ein zweites Mal die Hand, dann wandte er sich langsam ab. Was für einen Sinn hatte das? Sie würden ihm sowieso nicht zuhören.

Nun brannten auch ihm die Augen. Er ließ die Tränen ungehindert strömen, während er sein Gepäck aufsammelte und zu dem einzigen Zufluchtsort taumelte, der ihm im Dorf noch geblieben war.

»O nein«, sagte Clare, als sie aufmachte. »Es ist nicht gut gelaufen, oder?«

»Es ist beschissen gelaufen«, sagte Felix. »Es ist überhaupt nicht gelaufen.«

Auf dem Weg zu ihr hatte er einen etwas klareren Kopf bekommen, aber die innere Kälte war geblieben. Er wußte nicht, ob sie jemals wieder weggehen würde. Er konnte jetzt ein wenig klarer denken; er konnte einfach nicht glauben, daß sich die Szene an der Haustür des Chefs wirklich zugetragen hatte. Er wollte umkehren, sich beweisen, daß alles ein Irrtum gewesen war, daß er es sich bloß eingebildet hatte, aber dann sah er wieder Janeys Gesicht vor sich, ihre Verletztheit und ihren Zorn, er sah die Wut des Chefs und wußte, daß alles stattgefunden hatte.

Clare geleitete ihn hinein. Ihre Mutter hatte sich schon schlafen gelegt, aber Clare war noch auf gewesen und hatte gelesen. Sie führte ihn nach hinten in die Küche und schenkte ihm aus der Kanne, die sie sich gerade aufgebrüht hatte, eine Tasse Tee ein. Felix nahm dankbar an, stürzte die kochendheiße Flüssigkeit beinahe hinunter. Er versuchte, die Kälte zu vertreiben, die sich in ihm ausgebreitet hatte, aber der Tee half nicht dagegen. Vielleicht würde nie wieder etwas helfen.

»Möchtest du darüber reden?« fragte Clare.

Felix hob langsam den Kopf von der Holzmaserung des Küchentischs, die er angestarrt hatte.

»Eigentlich gibt es nichts zu erzählen«, sagte er. »Ich kam überhaupt nicht zu Wort. Als ich von Penzance zurückkam, stand mein Gepäck draußen vor der Mauer, und als ich anklopfte, schrie sie mich bloß an. Sie weinte und schrie gleichzeitig. Der Chef meinte, er würde die Polizei rufen, wenn ich nicht verschwände.«

Clare hörte mit wachsendem Entsetzen zu. »Und was hast du gemacht?« fragte sie.

Felix lachte bitter. Es war ein unangenehmes Geräusch, das selbst ihm in den Ohren weh tat.

»Das war alles«, sagte er. »Ich habe nichts weiter getan, als ...«

Langsam berichtete er ihr, was er getan hatte, seit er sie nach Hause begleitet hatte.

»Ich schwöre, daß zwischen uns nichts gewesen ist«, sagte er, zum Ende kommend. »Ich meine, was sollte ich denn machen? Sie an der Straße liegenlassen?«

»Natürlich nicht. Du hast dich richtig verhalten.«

»Vielleicht sah es blöd aus, wie ich sie auf dem Fahrrad zum Hotel brachte, aber Herrgott noch mal, sollte man mir dann nicht wenigstens die Gelegenheit geben, meine Version zu erzählen?«

Clare nickte. »Da steckt bestimmt noch mehr dahinter.«

»Sie glaubt, ich hätte ihren Brief geschrieben«, sagte Felix. Er holte das zerknitterte Blatt Papier aus der Tasche und warf es auf den Tisch. »Oder Lena hätte ihn für mich geschrieben«, fügte er hinzu.

»O nein«, sagte Clare. »Sie irrt sich. Das ist überhaupt nicht ...«

»Und dann noch dieser Mist, den der Chef erzählt, von Leuten, die William Dunthorns kostbare Schriften stehlen wollten.« Felix warf ihr einen gequälten Blick zu. »Die sind völlig durchgedreht – beide.«

Er schob seinen Stuhl zurück und stand auf.

»Ich kann hier nicht bleiben«, sagte er.

Er wirkte gehetzt, wie ein eingesperrtes Tier.

»Felix, du kannst so nicht gehen.«

»Du irrst dich. Ich kann, und ich werde. Ich *muß*.«

»Bleib wenigstens über Nacht hier.«

Felix schüttelte den Kopf. »Ich werde mir in Penzance ein Zimmer suchen, den dämlichen Stock für Lena besorgen und dann nach London zurücktrampen und mir einen neuen Job suchen. Wenn Janey mit mir reden will, braucht sie bloß in dem Hafen zu erscheinen, in dem mein nächstes Schiff anlegt.«

Bevor er hinausgehen konnte, ergriff Clare seine Hand.

»Morgen haben die Geschäfte zu«, sagte sie. »Es ist Sonntag.«

»Und die Antiquitätenläden?«

»Die Hauptsaison ist vorbei.«

»Scheiße.«

»Ich kann ihr einen von meinen Stöcken leihen. Neben der Schreibmaschine in meinem Arbeitszimmer liegen ein paar Geschäftskarten mit der Ladenadresse. Du kannst ihr sagen, daß sie ihn dort abgeben kann, wenn sie ihn nicht mehr braucht. Das Geld für einen neuen kann sie sich sparen.«

Sie gab seine Hand frei, und Felix ging zur Tür, zögerte aber auf der Schwelle.

»Du glaubst mir doch, oder?«

Clare nickte. »Ich wünschte, ich hätte eher gewußt, daß du eine Vorliebe für Mädchen mit Spazierstöcken hast.« Kaum daß sie es gesagt hatte, tat es ihr offenbar auch schon leid. »Entschuldige. Das ist nicht der richtige Moment für Scherze.«

»Ist schon gut«, sagte Felix. »Ich weiß, daß du's gut mit mir meinst. Ich werde in Verbindung mit dir bleiben. Und dich besuchen. Das hätte ich schon eher tun sollen, aber ich...« Er seufzte. »Ich sollte meine *wahren* Freunde nicht vergessen.«

»Schreib Janey nicht so schnell ab«, riet ihm Clare. »Es kann sich immer noch alles zum Guten wenden.«

Felix schüttelte den Kopf. Er war die Kälte nicht losgeworden. Er fühlte sich immer noch taub und mitgenommen, aber er sah die Realität jetzt klarer.

»Es wird niemals wieder gut werden«, sagte Felix. »Das ist mir jetzt klargeworden.«

»Das glaubst du doch selbst nicht.«

»Wenn auch nur die geringste Hoffnung bestanden hätte«, sagte Felix, »hätte sie mich doch wenigstens angehört.«

»Das ist eben ihr Temperament. Du kennst doch Janey, sie ist...«

»Das stimmt. Ich kenne Janey. Oder wenigstens kenne ich sie jetzt. Ich...« Er fröstelte. »Ich muß los,

Clare. Ich muß einfach an die frische Luft. Ich habe das Gefühl, mir würde sonst der Kopf auseinanderspringen. Wo ist der Stock?«

»Neben dem Schreibtisch.«

Sie folgte ihm aus der Küche ins Arbeitszimmer, wo er den Spazierstock und eine Geschäftskarte an sich nahm.

»Felix«, setzte sie an, als sie an der Haustür angelangt waren. »Was diesen Brief betrifft …«

Er schüttelte den Kopf. »Ich will nicht mehr drüber reden. Ich ruf dich morgen an, ehe ich aus Penzance abreise, okay?«

»Aber …«

»Danke für den Stock.« Er beugte sich vor und gab ihr einen Kuß. »Ich mag dich, Clare. Schon immer. Du warst immer für mich da. Ich werde versuchen, das irgendwann wiedergutzumachen.«

Ihre Augen füllten sich mit Tränen. Ehe sie noch etwas sagen konnte, umarmte er sie rasch, dann nahm er sein Gepäck und ging hinaus.

2

Das hat man nun davon, wenn man sich einmischt, dachte Clare, als sie Felix über den Raginnis Hill zum Hafen zurückgehen sah.

Sie seufzte und blickte über die Dächer zur Mount's Bay hinüber, die düster und bedrohlich in der Dunkelheit lag. Heute waren über dem Wasser keine Sterne zu sehen, der Himmel war von Wolken verdeckt, die von nahendem Regen kündeten. Sie schaute wieder zur Straße hinüber, doch Felix war inzwischen verschwunden. Die Straße war leer, abgesehen von der unvermeidlichen Katze. Dies war die kleine gescheckte Katze, die ein paar Türen weiter zu Hause war. Sie strich über den Gehsteig, der Himmel wußte, wohin.

Clare beobachtete sie noch eine Weile, während sie an die alte Geschichte dachte, die sie über die Katzen von Zennor gelesen hatte.

Zwischen den beiden Weltkriegen kam eine Frau ins Dorf Zennor, das an der Nordküste der Halbinsel Penwith lag, und verkündete, daß sie Tiger züchten wolle. Unnötig zu sagen, daß ihr die örtlichen Behörden dies untersagten, worauf die Frau prompt verkündete, wenn sie keine Tiger züchten dürfe, dann werde sie eben eine rote Katze züchten, die so stark wie ein Tiger wäre. Und seltsamerweise hatte so gut wie jede Katze, die man irgendwo zwischen St. Ives und Zennor antraf, einen Stich ins Rote.

Als die gescheckte Katze in einem Garten gegenüber dem Wildvogelhospital verschwand, ging Clare ins Haus zurück und schloß die Tür.

Einmischen, dachte sie.

Sie hatte schon immer dazu geneigt, sich einzumischen.

Dies rührte aus ihrer frühen Kindheit her – kurz nachdem sie unten an der Höhle den Unfall gehabt hatte –, als die Ärzte ihren Eltern gesagt hatten, daß sie nie mehr werde gehen können. Sie hatte über der Mauseloch-Höhle gespielt und war älteren Kindern gefolgt, die über die Geröllhalden zur Höhle hinunterkletterten; während deren längere Gliedmaßen sie rasch hinuntertrugen, konnte sie, da sie kleiner war, mit Mühe Sichtkontakt mit ihnen halten. Sie krabbelte ihnen hinterher, und nach einem Fehltritt stürzte sie eine sechs Meter hohe Böschung hinunter.

Sie hatte von Glück sagen können, daß sie mit dem Leben davongekommen war, aber in den ersten trüben Monaten ihrer Genesung hatte sie dies anders gesehen.

Ein Bein war mehrfach gebrochen, und bis heute war dieses Bein dünner und schwächer als das andere, als wäre es niemals richtig geheilt. Wie ein alter Seemann spürte sie es in den Knochen, wenn das Wetter umschlug. Ihre Wirbelsäule war ebenfalls beschädigt worden.

Zwei Jahre lang hatte sie ihre unteren Gliedmaßen nicht gebrauchen können. Aber sie war entschlossen gewesen, wieder zu gehen, und ob nun durch reine Willenskraft – »Ich habe noch nie ein so mutiges Kind erlebt«, hatte der Arzt zu ihren Eltern gesagt, als sie sich nach der anfänglichen Depression einfach geweigert hatte, ihren Traum, wieder laufen zu können, aufzugeben – oder durch ein Wunder, schließlich waren die Nerven und Muskeln geheilt. Anschließend saß sie drei Jahre lang im Rollstuhl, benutzte weitere sechs Monate lang einen Gehapparat und viel zu lange die Krücken, aber am Ende vermochte sie mit einem Stock umherzugehen, wie sie es bis heute noch immer tat.

Die Muskeln hatten sich nie ganz erholt, und sie erlebte immer noch schlimme Tage, an denen ihr das Bein solchen Ärger machte, daß sie nur gehen konnte, wenn sie vorher ein Schmerzmittel nahm, aber was machte das schon? Verglichen damit, für den Rest ihres Lebens eine bettlägerige Invalide zu sein, war ihre jetzige Bewegungsfähigkeit ein Geschenk des Himmels.

Janey war vor dem Unfall ihre beste Freundin gewesen und war es auch hinterher geblieben. Solange Clare noch bettlägerig war, kam sie nach der Schule vorbei, um mit ihr das Gelernte durchzugehen oder einfach nur um zu klatschen, und sobald Clare wieder mobil war – wenn auch nur im Rollstuhl –, schob Janey sie im Dorf umher, kämpfte sich die steilen Straßen hinauf und hängte sich tollkühn hinten dran, wenn das Gefälle nicht zu groß war.

Obwohl Janey sich um sie kümmerte, war Clare viel zu oft allein. In dieser Zeit verliebte sie sich unsterblich in das geschriebene Wort. Damals stellte sich auch heraus, daß sie einen Großteil des Lebens nur aus zweiter Hand würde erfahren können, und sie fing damit an, sich einzumischen.

Clare war es, die ihre Mutter dazu überredete, nach dem Tod ihres Vaters wieder zur Schule zu gehen. Sie drängte Jack Treffry dazu, sich dem örtlichen Rugby-Team anzuschließen, wo er so erfolgreich war, daß er schließlich Profi wurde. Zusammen mit Dinny setzte sie Janey zu, als diese mit dem Dudelsackspiel anfing, weil Clare lange vor allen anderen klar gewesen war, daß ein Geigenspieler zwar bei jeder Session oder Tanzveranstaltung gern gesehen wurde, daß aber etwas Exotischeres nötig war, um in der Folkszene, wo es Geigenspieler gab wie Sand am Meer, Eindruck zu machen.

Dies wurde ihr so zur Angewohnheit, daß sie selbst dann, wenn sie ihr Leben in die eigene Hand nehmen konnte, damit fortfuhr, sich in anderer Leute Angelegenheiten einzumischen. So wie sie es bei Janey und Felix getan hatte.

Aber was, überlegte sie, wäre ihr in diesem Fall auch anderes übriggeblieben? Diese beiden Menschen waren ihr auf der ganzen Welt am liebsten. Und sie *wußte*, daß sie füreinander bestimmt waren. Sie waren jedoch, jeder auf seine Art, zu dickköpfig, um für ihre Beziehung das zu tun, was nötig war, um sie aufrecht zu erhalten.

Und so hatte sie ihr Möglichstes getan, nur daß der Schuß diesmal nach hinten losgegangen war.

Clare seufzte.

Für Janey hätte sie alles getan. Und was Felix anging …

Ihr tat nur leid, daß sie Felix nicht vor Janey kennengelernt hatte, aber sie wußte, daß sie ihre Gefühle die Jahre über gut verborgen hatte – abgesehen von der dummen Bemerkung, die ihr entschlüpft war, kurz bevor er gegangen war.

Als sie gefragt hatte, ob er eine Vorliebe für Mädchen mit Spazierstöcken habe.

Schön wär's.

Er und Janey sollten jedoch nie davon erfahren, und sie konnte nur hoffen, daß Felix mit seinem Feingefühl den Lapsus einfach vergaß.

Zeit genug, alles wieder einzurenken, dachte sie, während sie einen Pullover anzog, den ihre Mutter ihr für den letzten Winter gestrickt hatte. Darüber zog sie gelbes Ölzeug gegen den bevorstehenden Regen an und steckte sich einen gelben Regenhut in die Tasche.

Für den Fall, daß ihre Mutter aufwachte und sich wunderte, wo ihre Tochter hingegangen war, obwohl sie gemeint hatte, sie werde den Abend über zu Hause bleiben, hinterließ sie eine Nachricht, ging leise hinaus und machte sich, begleitet vom Klopfen des Spazierstocks auf dem Pflaster, auf den Weg hinunter zum Haus des Chefs.

3

Felix wünschte, er wäre wieder auf See.

Mousehole mit seinen dichtgedrängten Häusern, seinen schmalen Gassen und seinem Gemeinschaftssinn hatte heute für ihn all seinen Reiz verloren. Die erleuchteten Fenster, hinter denen die Familien ihren Beschäftigungen nachgingen, erinnerten ihn nur an das, was ihm fehlte. Die Gebäude schienen sich ihm entgegenzuneigen und verursachten ihm Platzangst. Das lärmige Treiben im ›Schiff‹, an dem er vorbeikam, die fröhlichen Gesichter seiner Besucher, die lachten und schwatzten, während sie einander Gesellschaft leisteten, vermittelten ihm das Gefühl, niemals daran teilhaben zu können.

Und in seiner Einsamkeit rief ihn das Meer. So wie jedesmal. Das Meer hatte ihn gerettet, als er und Janey sich zum erstenmal getrennt hatten.

Er ging durch den Hafen, lauschte auf die Flut, aber selbst durch ihr besänftigendes Murmeln hindurch vernahm er Janeys Anschuldigungen, den bitteren Klang der Stimme des Chefs und Clare. Die alles wegzuerklären versuchte.

Clare.

Hätte ich nur eher gewußt, daß du eine Vorliebe für Mädchen mit Spazierstöcken hast …

Ach, Clare, dachte er. Das habe ich nicht gewußt.

Er hatte nie über ihre Freundschaft hinausgeblickt, über ihre Wärme und ihren sanften Spott, hatte nie bemerkt, daß sie mehr in ihm sah als nur einen Freund. Aber seiner Qual ausgeliefert, das Herz offen und verwundet, hatte er an ihren geheimsten Sehnsüchten teilgehabt, bevor ihr klargeworden war, was sie gesagt hatte, und es rasch überspielt hatte.

Warum konnte er nicht wie alle anderen sein? dachte Felix, und diesen Gedanken hatte er nicht zum erstenmal.

Es war nicht nur seine Bühnenangst, die zwischen Janeys und seinem Glück stand. Undeutlich wußte er, daß ein Teil von ihm ihre Beziehung sabotierte, aus Angst davor, daß sie nicht anders werden würde als die seiner Eltern. Das war der Grund, warum er sich niemals ganz öffnete – nicht nur aus Angst, sich lächerlich zu machen.

Nicht einmal Clare hatte er das verraten.

Und wie nett war er zu ihr gewesen? Ein wie guter Freund? Er hatte ihr geschrieben, oh ja, eine Menge langer Briefe, aber ungeachtet der Entdeckung, die er heute gemacht hatte, schien er sich lediglich bei ihr anzulehnen, von ihrer Stärke zu zehren, weil sein Liebesleben nicht gut lief, und sie hatte ihn die ganze Zeit über geliebt. Sozusagen von ferne. Hatte seine Probleme mit ihm besprochen, ohne jede Hoffnung darauf, daß sich ihre Wünsche jemals erfüllen würden …

Das Dorf lag nun hinter ihm, und er befand sich auf der Straße nach Newlyn und näherte sich dem Steinbruch. Das Meer sprach noch immer zu ihm und lenkte seine Schritte über die Treppe bei den alten Silos zum

Betonkai am Meer hinunter, wo die Schiffe festmachten und mit blauem Alveolit beladen wurden. Er setzte sein Gepäck und Clares Spazierstock ab. Am Rand des Kais sitzend, blickte er aufs Wasser hinaus.

Was sollte er bloß mit sich anfangen?

Abermals weglaufen? Denn genau das hatte er beim letztenmal getan. Auch wenn er und Janey von Trennung gesprochen hatten. Er hatte ebenso großen Anteil an ihren Zankereien gehabt wie Janey, aber das alte Sprichwort hatte schon recht. Zum Streiten brauchte es immer zwei. Und so sehr er sich auch bemüht hatte, die Dinge zu durchschauen, ruhig zu bleiben und den Dialog aufrechtzuerhalten, hatte er sich wirklich stark genug bemüht? Oder hatte er einfach aufgegeben, sich auf Clares Unterstützung verlassen, bis ihre Kraft nicht mehr ausgereicht hatte, und war dann einfach weggelaufen?

Er wußte es nicht mehr.

Warum konnte er sich nicht in einen Job mit geregelter Arbeitszeit einfügen, anstatt sich in der Welt herumzutreiben, auf der Suche nach einem inneren Frieden, den er sowieso niemals finden würde? Heiraten, Kinder großziehen, Freunde an einem Ort haben, anstatt über die halbe Welt verstreut. Sich keine Sorgen darüber machen, ob er die gleiche Art Arschloch werden würde wie seine Eltern, einfach bloß leben. Sich nicht den Kopf über Bühnenauftritte zerbrechen, sondern die Musik nur als Hobby betrachten …

Doch so einfach war es natürlich nicht. Nichts war so einfach. Und niemandes Leben war frei von Komplikationen.

Hatte er nicht schon oft Freunden zugehört, die durch ihre Hypotheken und Familien an irgendeinen Bürojob gefesselt waren und ihn für einen rechten Glückspilz hielten, so ungebunden und frei, wie er war? Wie oft hatte er sie über gescheiterte Liebe reden, ›vielleicht‹ und ›wenn‹ sagen hören? Worin unterschied er sich eigentlich von ihnen? Nur in unwesentlichen Kleinigkeiten.

Die Frau, die er liebte, haßte ihn, und ihr Großvater auch.

Eine Sekretärin und Möchtegern-Schauspielerin interessierte sich für ihn, weil ihr Freund sie fallengelassen hatte und sie sich langweilte.

Eine Frau, die er für seinen besten Freund gehalten hatte, hatte jahrelang ihre romantischen Gefühle vor ihm verborgen.

Die Musik, die eine Sache, die er gut machte, war ihm als Karriere versagt, weil er eine zu große Memme war, um gegen ein bißchen Bühnenangst anzukämpfen.

Er hatte einen undankbaren Job ohne Zukunft, weil die damit verbundene Bewegungsfreiheit ihn daran hinderte, allzu dauerhafte Verbindungen einzugehen, und weil am Meer seine geistige Gesundheit hing …

Er saß schlimmer in der Klemme als jeder andere. Er war nicht verkorkster als alle anderen. Er hatte nur nicht gelernt, damit richtig umzugehen. Anderer Leute Probleme? Er war immer bereit zuzuhören und verstand sich nur allzugut auf das Austeilen von Ratschlägen, wie die Probleme zu lösen wären, wenn sie es nur auf einen Versuch ankommen ließen. Und seine eigenen? Sein Motto schien zu lauten: denk nicht drüber nach, dann lösen sie sich vielleicht in Luft auf.

Aber das taten sie nicht.

Sie wurden nur schlimmer.

Sie wurden so schlimm, daß kein Ausweichen mehr möglich war.

Felix beobachtete die Lichter eines Bootes, das über die Bucht fuhr.

Das war er, allein im Dunkeln. Aber bräuchte er nicht einfach nur wieder ins Helle zu kommen, und all seine Probleme würden verschwinden? Wäre das nicht wenigstens ein Anfang?

Er konnte einfach nicht mehr darüber nachdenken. Nicht jetzt.

Er konnte nicht nach Moushole zurückkehren, weder zum Chef, wo er sowieso nicht willkommen wäre, noch zu Clare, wo er vielleicht allzu willkommen war. Ebensowenig wollte er nach Penzance gehen, wo Lena allein und gelangweilt in ihrem Hotelzimmer saß.

Statt dessen versuchte er, seinen inneren Aufruhr vom Meer besänftigen zu lassen. Das funktionierte immer am besten. Wenn er auf See die Spätwache hatte oder wenn er an einem Ort wie diesem war – auf dem geheimen Territorium zwischen Meer und Küste –, vermochte er beinahe aus sich herauszutreten und Teil einer verborgenen anderen Welt zu werden, in der die Uhren anders gingen und das Vertraute fremd wurde. Dann begriff er, warum die Seeleute früherer Zeiten Nixen und Seeschlangen und Geisterschiffe gesehen, warum sie eine Musik aus den Wellen vernommen hatten, die nur der Lockruf von Sirenen hatte sein können.

Denn im Meer war eine Musik verborgen, die Felix manchmal zu hören vermochte. Nicht die offenkundige Musik der Brandung, der rasselnden Steine an Kiesstränden, der leise an der Kaimauer und dem Pfahlwerk leckenden Wellen, der in einsamen Höhlen donnernden Brecher. Sondern eine andere, fremdere Musik, die tiefer reichte. Die ihren Ursprung in verborgenen Ländern unter der Meeresoberfläche hatte und Menschen eher als Echos ihres eigenen Blutes zu Ohren kam als aufgrund einer physischen, auf das Trommelfell treffenden Schwingung. Eine Musik, die Melodien in seinen Fingern wachrief, die in ihren einzigartigen Rhythmus einfallen wollten.

Er griff hinter sich und holte sein Knopfakkordeon aus dem Koffer, setzte es auf dem Knie ab, während er die Schultergürtel löste. Es war ein altes dreireihiges Hohner-Instrument, das er in einem kleinen Laden in der Altstadt von Quebec erstanden hatte. Sein Gitterwerk war arg mitgenommen, das Gehäuse zerkratzt und abgenutzt, und der Faltenbalg war so oft repariert worden, daß wahrscheinlich kein originales Teil davon mehr vorhanden war. Aber die Knöpfe funktionierten noch immer tadellos, die Zungen stimmten, und das Instrument, das ihm besser gefallen hätte, mußte er erst noch finden, obwohl es ihm an Gelegenheiten nicht gemangelt hatte.

Felix liebte es, in alten Musikläden herumzustöbern, die Vorgeschichte einer bestimmten Quetsche oder einfach nur die des Instruments als solchem zurückzuverfolgen. Sein Ursprung war äußerst ungewöhnlich und eher dem Zufall als bewußter Planung zu verdanken.

Als Verwandter der Mundorgel war das Akkordeon mit seinen frei beweglichen Zungen von einem Deutschen namens Christian Burschmann im Verlauf der Entwicklung des mundgespielten Instruments erfunden worden. Er stellte ein Instrument mit zwanzig Zungen auf einer Messingplatte her, das von einem ledernen Blasebalg betrieben wurde und das er ›Handäoline‹ nannte. Weiter verbessert wurde es 1892 von Demian aus Wien, der die Bezeichnung ›Akkordeon‹ prägte, aber die ersten kommerziellen diatonischen Akkordeons oder Melodeons stellte die M. Hohner Harmonika-Fabrik her, angesiedelt in Trossingen im Schwarzwald.

Felix hatte oft unter der Unwissenheit von Leuten gelitten, die das Instrument nicht kannten und für die das Wort ›Akkordeon‹ peinliche Versionen von ›Lady of Spain‹ heraufbeschwor – etwas ganz anderes als die Musik, die Felix und seinesgleichen spielten. Sobald diese Leute einmal hörten, was sich sowohl mit dem Tasten- als auch dem Knopfakkordeon in der traditionellen Musik alles anstellen ließ, wurden sie meist schon durch ein paar Takte eines Besseren belehrt. Und sie staunten über das Erbe des Instruments.

Denn vor dem Zydeco und Rock 'n' Roll, vor Lawrence Welk und Astor Piazolla wurde die ›Quetschkommode‹ in der traditionellen Musik verwendet – zur Begleitung der Moriskentänzer in England und der Holzschuhtänzer in Quebec und auf dem Kontinent und um den Jigs und Reels aus Irland und Schottland den unverwechselbaren Schwung zu geben. Ohne eine lange Ahnenreihe wie die Harfe, die Flöte, die Geige oder die verschiedenen Arten von Dudelsäcken, hatte sie dennoch eine erstaunlich große Zahl von virtuosen Spielern hervorgebracht, die erst ganz allmählich als den besten Vertretern der Volksmusiktradition ebenbürtig betrachtet wurden.

Ihre Musik machte das Herz froh, ließ einen mit dem Fuß wippen und vermochte einen, wie Felix schon oft festgestellt hatte, zu trösten, wenn man traurig war.

Er streifte den einen Riemen über seine rechte Schulter; der andere kam über den Bizeps seines linken Arms. Mit dem Daumen den Ventilknopf nach unten drückend, öffnete er den Faltenbalg und spielte ein Arpeggio von Noten, während seine Finger das dreireihige Griffbrett hinauf- und hinuntertanzten. Die Begleitknöpfe berührte er nicht, sondern improvisierte bloß zur Lockerung der Finger mit der rechten Hand.

Dann, während er noch immer auf das gekräuselte Wasser der Bucht hinausschaute, ließ er die in ihrer dunklen Tiefe verborgene Musik sich mit dem Durcheinander in seinem Innern vermischen, und er begann zu spielen.

Was er in jener Nacht wachrief, war eine wehmütige, verzweifelte Musik, die ihn weder aufmunterte noch über seine Probleme hinwegtröstete. Aber wenigstens ermöglichte sie es ihm, seine Sorgen und wirren Gedanken auszudrücken, so daß er sich ihnen am Ende mit klarerem Kopf zu stellen vermochte.

Die Wunden seines Herzens waren zu tief, als daß ein Gegenmittel zur Hand gewesen wäre; um sie zu heilen, brauchte es mehr als Musik.

Zwei Stunden später legte er das Instrument schließlich beiseite. Eine unwirkliche Ruhe kam über ihn, als er das Akkordeon wieder im Koffer verstaute und sich dann langsam erhob.

Er wußte jetzt, was er zu tun hatte.

Er würde den Stock bei Lena abgeben, und weiter würde er sie sein Leben nicht komplizieren lassen. Dann würde er abreisen. Er brauchte Geld, brauchte einen Job. Aber wenn er diesmal wieder auf einem Schiff arbeitete, würde er das Geld sparen. Er würde nicht länger trauern um das, was gewesen war oder was nicht sein konnte. Er würde nach vorne schauen. Und schließlich würde er sich ändern; sich dem Leben stellen, anstatt vor ihm zu fliehen.

An Janey zu denken, schmerzte immer noch – und würde immer schmerzen, weil er sie unmöglich verdrängen konnte, als hätte sie ihm nie etwas bedeutet –, aber er durfte sein Leben nicht mehr von seinem Verlangen nach ihr bestimmen lassen.

Und er würde zurückkehren.

Nach Penwith. Nach Mousehole. Weil er sich seine Freundschaft mit Clare und Dinny und den anderen, die er in der Gegend kannte, nicht von dem, was nicht sein konnte, wegnehmen lassen würde.

Nicht mehr.

Leicht gesagt, dachte er, als er sich den Seesack über die Schulter hängte.

Er nahm den Akkordeonkoffer und Clares Spazierstock und stieg die Treppe zur Straße nach Penwith hinauf. Oben angekommen, hielt er inne und schaute nach Mousehole zurück. Das Dorf lag jetzt weitgehend im Dunkeln. Über ihm fiel aus den Wolken der erste dunstige Nieselregen herab, der wahrscheinlich die ganze Nacht anhalten würde. Als er sich vom Dorf abwandte und weiterging, war es ihm wieder eng in der Brust.

In ihm verklumpten seine hart erarbeiteten Entschlüsse wie kaltes Porridge, klebten aneinander fest und verhedderten sich und schienen längst nicht mehr so klar wie eben noch. Wenigstens konnte er sich davon abhalten, kehrtzumachen und wieder zurückzugehen.

Verdammt noch mal, Janey, dachte er. Warum konntest du zur Abwechslung nicht einmal *zuhören*?

Seine Wangen glänzten vor Nässe, während er sich zwang, nach Penzance weiterzugehen. Das meiste davon kam vom leichten Nieselregen, der ihn auf seinem Weg begleitete.

Aber nicht alles.

4

Nachdem der Chef Felix weggeschickt hatte, wollte Janey nichts weiter, als sich in einer Ecke zu verkriechen und zu sterben. Eine dumpfe Übelkeit hatte sie erfaßt. Sie saß zusammengesunken in einem Sessel am Kamin, die Arme um Dunthorns Buch geschlungen, als wäre es der Rettungsring, der sie vor dem Ertrinken bewahren würde. Sie starrte Jabez an, der sich auf dem Wollteppich zu ihren Füßen putzte, ohne ihn überhaupt zu sehen, ohne etwas anderes wahrzunehmen als die Leere, die sich in ihrem Innern eingenistet hatte.

Es stimmte wirklich, dachte sie. Man wußte immer erst dann, was man wollte, wenn man es verloren hatte.

Als der Chef ihr die Hand auf die Schulter legte, zuckte sie zusammen.

»Mach dir keine Vorwürfe, mein Goldstück«, sagte er. »Es war nicht deine Schuld.«

Sie nickte, traute sich aber nicht zu sprechen.

Der Chef seufzte. Er drückte ihr die Schulter, dann ging er zu seinem Sessel und nahm darin Platz, wobei er ein ebenso unglückliches Gesicht wie Janey machte.

»Aber wer hätte das gedacht«, begann der Chef. Er schüttelte den Kopf. »Er schien immer so ein prima Kerl zu sein …«

»Er – er war nicht immer … so …« Sie konnte nicht weitersprechen.

»Nein, mein Liebes«, stimmte der Chef zu. »Ich glaube, was am meisten weh tut, ist, daß wir so Knall auf Fall erfahren haben, was aus ihm geworden ist, seitdem wir ihn das letzte Mal gesehen haben.«

Abermals nickte Janey. Eigentlich hätte sie es schon eher merken müssen, dachte sie. Ein Mann konnte sich doch nicht so sehr verändern, ohne daß es ihm irgendwie anzumerken war? Aber Felix war ganz der alte gewesen – soweit sie es in der kurzen Zeit hatte feststellen können.

Verdammter Mist. Wie hatte er das nur tun können?

Eigentlich hatte sie gar keinen Anspruch auf sein Herz. Wie er sein Liebesleben gestaltete, war seine Sache, so sehr es sie auch schmerzen mochte. Aber ihr Vertrauen zu mißbrauchen, indem er mit denen gemeinsame Sache machte, die es im Grunde nur darauf abgesehen hatten, Billys Grab zu plündern …

»Wir müssen das Buch wieder verstecken«, sagte der Chef, als habe er ihre Gedanken gelesen.

»Ich – ich möchte bloß …«

Der Chef nickte. »Dann lies es halt zu Ende, meine Prinzessin. Aber dann muß es verschwinden.«

Das mußte ja so kommen, dachte Janey. Zuletzt war alles einfach zu schön gewesen. Die Entdeckung des Buches, Felix Rückkehr, der Reporter von *Rolling Stone*, der einen Artikel über sie schreiben wollte … Das hatte einfach ein böses Ende nehmen müssen. So war es ihr immer ergangen. Eigentlich hätte sie es inzwischen kapiert haben müssen: Werd bloß nicht zu glücklich, sonst kommt jemand und zieht dir den Teppich unter den Füßen weg. Wie damals, als Alan ihr die bevorstehende Tournee versaut hatte. Oder jetzt Felix, der mit seiner Rückkehr Hoffnungen in ihr geweckt hatte, nur um ihr in den Rücken zu fallen.

Wenn sie statt dessen wenigstens über ihren Verlust hätte wütend sein können.

»Ich muß ins Bett«, sagte sie.

»Schlaf bei mir«, sagte der Chef. »Ich möchte nicht, daß du nebenan allein bist.«

»Ich ... es geht schon wieder ...«

»Ich denke nicht an dein Herz, mein Goldstück, sondern an die verdammten Aasgeier, die an Billys Knochen nagen. Am besten bleiben wir beide zusammen, du und ich.«

»Einverstanden«, sagte Janey.

Noch immer das Buch umklammernd, ging sie zu seinem Zimmer hoch. Sie machte sich nicht die Mühe, sich auszuziehen, sondern kroch einfach unter die Decke, krümmte sich mit hochgezogenen Knien zusammen und versuchte, an nichts zu denken. Als kurze Zeit später Mike anrief, bat sie den Chef, ihm zu sagen, sie sei krank und könne nicht mit ihm sprechen.

»Vielleicht solltest du ihn treffen«, sagte der Chef. »Es könnte dich auf andere Gedanken bringen.«

»Ich – ich kann niemanden treffen, Opi.«

»Vielleicht ist es noch zu früh«, pflichtete er bei.

Es würde immer zu früh sein, dachte Janey, als er wieder nach unten ging. Ach, Felix, warum mußtest du auch zurückkommen? Es ging mir so gut, solange ich nicht an dich dachte, bis ich dich gestern wiedersah.

Sie versuchte zu schlafen, jedoch ohne Erfolg. Wenn sie nicht weinte, lag sie im Dunkeln und starrte an die Decke. Als sie unten die Türklingel läuten hörte, setzte sie sich im Bett auf, halb hoffend, es sei Felix, halb sich davor fürchtend. Als der Besucher jedoch sprach, erkannte sie Clares Stimme und stieß den Atem aus, von dem sie gar nicht wußte, daß sie ihn angehalten hatte. In ihre Erleichterung mischte sich Enttäuschung.

»Ihr ist nicht gut, meine Liebe«, hörte sie ihren Großvater sagen.

»Sie wird mich trotzdem sehen wollen«, erwiderte

Clare, »und Sie werden mir beide zuhören. Entschuldigen Sie meine Grobheit, Mr. Little, aber Sie und Janey haben sich heute wie zwei Trottel benommen, und ich werde nicht eher weggehen, bis ich euch wieder zur Vernunft gebracht habe.«

Janey verkroch sich wieder unter der Decke. Sie konnte Clares gutgemeinte, diesmal jedoch fehlgeleiteten Versuche, sie und Felix wiederzuversöhnen, nicht ertragen. Heute nicht.

»Hören Sie mir mal zu«, begann der Chef.

»Nein«, unterbrach ihn Clare. »Sie werden *mir* zuhören.« Lauter rief sie die Treppe hoch: »Janey! Ich weiß, daß du da bist. Kommst du von selber runter, oder muß ich raufkommen und dich runterschleppen?«

Konnte sie sie denn nicht mit ihrem Kummer in Ruhe lassen?

»Janey!«

»Ich weiß wirklich nicht, was in Sie gefahren ist, Clare Mabley«, sagte der Chef, »aber wenn Sie nicht mit dem Schreien aufhören, werde ich ...«

»Werden Sie was? Die Polizei rufen und mich wegbringen lassen? Dann los, nur zu, aber bevor sie eintrifft, werde ich trotzdem sagen, was ich zu sagen habe.«

»Sie begreifen nicht«, versuchte der Chef zu erklären. »Was mit Felix passiert ist, war ...«

»Nein, Sie begreifen nicht.« Wieder der laute Schrei die Treppe hoch: »Janey!«

»Hören Sie auf, herumzuschreien!« brüllte der Chef zurück.

Janey kroch mühsam aus dem Bett. Dunthorns Buch noch immer an die Brust gedrückt, schleppte sie sich auf den Korridor hinaus, stellte sich auf den Treppenabsatz und sah auf die beiden hinunter. Der Chef war ganz rot im Gesicht. Clare stand an der Tür, ebenso wütend wie er.

»Bitte streitet euch nicht«, sagte Janey.

Sie wandten sich um wie Kinder, die etwas angestellt hatten, dann versuchten sie beide gleichzeitig zu sprechen.

»Es wird allmählich Zeit ...«

»Sie wollte einfach nicht ...«

Janey hob die Hände. Sie blickte von Clare, die sie nicht minder liebte als ihren Großvater, zum Chef und fragte sich, wie es so weit hatte kommen können, daß sie sich gegenseitig an die Gurgel wollten.

»Wie wär's, wenn wir erst mal Tee aufsetzen würden, Opi«, sagte sie, »und dann hören wir uns an, worüber Clare mit uns reden möchte.«

Janey kam sich seltsam vor in der Rolle des Vermittlers – zumal da es um Clare und den Chef ging. Ihr Großvater war so gutmütig, daß er mit jedermann gut Freund war, und Clare war normalerweise so ausgeglichen, daß Janey sicher war, die Male, wo sie ihre Freundin wütend gesehen hatte, an einer Hand abzählen zu können. Aber den Vermittler zu spielen, half, das flaue Gefühl in Schach zu halten, das in ihr war, und sie wollte hören, was Clare zu sagen hatte – wobei sie insgeheim hoffte, Clare werde Felix' Verhalten irgendwie rechtfertigen können, so unwahrscheinlich es auch sein mochte.

Es dauerte eine Weile, aber als Janey und der Chef sie hatten ausreden lassen und sie alle drei bei einer Kanne Tee in der Küche saßen, tat Clares Geschichte genau diese Wirkung. Bei der ersten Erwähnung von Lena unterbrach sie der Chef und erklärte, wer die Frau war – daß sie schon einmal dagewesen sei und nach Dunthorns Geheimnissen geschnüffelt habe.

»Das wußte ich nicht«, sagte sie. »Und Felix auch nicht.«

Bevor der Chef vom Thema abschweifen konnte, fuhr sie mit ihrer Erzählung fort und weigerte sich, sich unterbrechen zu lassen, ehe sie fertig war. Dann überließ sie den anderen das Wort.

»Aber ich habe ihn und die Amerikanerin zusammen *gesehen*«, sagte der Chef. »Beide zusammen auf dem Fahrrad, daß jeder sie für ein Liebespaar halten mußte.«

»Und wie hätte er sie sonst ins Hotel bringen sollen?«

»Konnte er denn keinen Krankenwagen rufen?«

»Und habt ihr ihm denn Gelegenheit gegeben, alles zu erklären?« fauchte Clare. »Er hatte sie gerade erst *getroffen*. Wär's euch lieber gewesen, er hätte sie am Straßenrand liegenlassen?«

Janey ertappte sich dabei, daß sie nickte, dann wurde ihr klar, wie boshaft sie war. Außerdem, wenn Clare die Wahrheit sagte, dann konnte Felix gar nicht gewußt haben, wer diese Lena war.

»Alles gut und schön«, sagte der Chef, »aber alles hängt davon ab, daß wir Felix glauben.«

»Hat er euch vorher schon einmal angelogen?« wollte Clare wissen.

Janey schüttelte den Kopf. Der Chef allerdings nickte.

»Da war dieser Brief«, sagte er. »Janey hat ihn nicht geschrieben. Ich *glaube* ihr.«

»Natürlich hat sie ihn nicht geschrieben«, erwiderte Clare. »Ich hab's getan.«

Janey riß die Augen auf. »Du?«

Clare nickte. »Jemand mußte euch doch wieder zusammenbringen.«

»Dann – dann hatte Felix gar nichts zu tun mit – mit alledem ...?«

Janey hätte im Erdboden versinken mögen. Sie wandte sich mit schmerzgequältem Blick an den Chef. Dieser wirkte ebenso tief gedemütigt, wie sie sich fühlte.

»Natürlich nicht! Wie konntet ihr um Himmels willen bloß *glauben*, daß Felix in etwas verwickelt sein könnte, das euch weh tun würde?«

Das war ausgeschlossen, begriff Janey. Und wenn sie auch nur eine halbe Sekunde nachgedacht hätte, anstatt gleich auf ihn loszugehen, dann hätte sie das erkennen müssen.

Ach, Felix. Dir vorzuwerfen, du hättest unser Vertrauen mißbraucht…

»Ich bin furchtbar«, sagte Janey. »Ich bin eine furchtbare, schreckliche Person. Wie – wie konnte ich ihn nur so behandeln?«

»Das gilt für uns beide«, sagte der Chef düster.

»Also, zum Teil ist es meine Schuld«, sagte Clare. »Ich hätte den Brief nicht schreiben sollen. Damals hielt ich das für eine prima Idee…«

»Es war eine sehr gute Idee«, sagte Janey.

Denn das Wiedersehen mit Felix schien anfangs alles zum Besseren gewendet zu haben. Zunächst war sie sich über ihre Gefühle ein wenig unsicher gewesen, doch das war nur natürlich. Als sie erst einmal über alles nachgedacht hatte, war ihr klargeworden, wie sehr er ihr gefehlt hatte. Aber jetzt…

»Ist er – ist er bei dir?« fragte sie.

Clare schüttelte den Kopf. »Ich habe ihm einen Spazierstock geliehen, den er bei dieser Lena abgeben wollte – ich frage mich, ob sie sich *tatsächlich* den Knöchel verstaucht hat –, und dann wollte er nach London trampen und sich nach einem Job umsehen.«

»Wie lange ist er schon weg?« fragte der Chef.

Clare sah auf die Uhr. »Ich habe eine halbe Stunde gebraucht, um hierherzukommen, und wir haben uns fast zwei Stunden unterhalten… Ich bin mir nicht sicher. Vielleicht drei Stunden?«

»In welchem Hotel wollte er absteigen?«

»Das hat Felix nicht gesagt.«

»Er ist bestimmt schon weg«, sagte Janey. Ihre Augen füllten sich abermals mit Tränen. »Verdammter Mist! Warum habe ich ihn bloß nicht ausreden lassen?«

»Das konntest du nicht wissen«, setzte der Chef an, griff über den Tisch und tätschelte ihren Arm.

Sie wollte sich nicht trösten lassen.

»Das stimmt«, sagte sie. »Aber ich hätte es wissen sollen.«

Sie erhob sich vom Tisch.

»Was hast du vor?« fragte der Chef.

»Nach ihm zu suchen – was dachtest du denn?«

»Ich komme mit.«

Janey schüttelte den Kopf. »Das geht nur mich etwas an, Opi.« Sie wandte sich an ihre Freundin. »Danke, Clare. Ich mein's ernst.«

»Wenn ich den Brief nicht geschrieben hätte ...«

»Ich bin *froh*, daß du's getan hast«, sagte Janey mit Nachdruck. »Jetzt muß ich versuchen, etwas von dem zu retten, was du für mich in Gang gesetzt hast.«

Sie holte sich von nebenan eine Jacke und die Wagenschlüssel, und als sie zurückkam, standen Clare und der Chef draußen. Clare knöpfte gerade ihr Ölzeug zu. Zum Schutz vor dem schwachen Nieselregen trug sie einen dazu passenden gelben Hut. Mit ihrem Aufzug erinnerte sie an ein Besatzungsmitglied der Rettungsboote der Küstenwache.

»Soll ich dich mitnehmen?« fragte Janey.

Clare schüttelte den Kopf. »Such du nur Felix. Ich komme schon zurecht.«

»Clare, meine Liebe«, sagte der Chef. »Ich kann gar nicht sagen, wie leid es mir tut.«

»Wir haben heute alle Grund, uns Vorwürfe zu machen«, sagte sie zu ihm. »Mach nur, Janey. Wir sprechen uns morgen.«

Janey zögerte ein paar Herzschläge lang. Clare schenkte ihr ein schwaches Lächeln, dann machte sie sich auf den Heimweg. Der Chef winkte Janey zu ihrem Wagen.

»Bring ihn zurück«, sagte er.

Janey nickte. »Das werde ich, Opi.«

5

Chapel Place, der kleine Platz, an dem das Haus des Chefs lag, hatte seinen Namen von der alten Methodistenkirche an der Nordwestecke. Zur Kirche gehörte ein kleiner Hof, der durch eine niedrige Mauer vom Platz abgetrennt war, deren Fundament ein wenig erhöht über der Straße lag, da das Dorf hier, wo die Duck Street zur Mousehole Lane wurde, nach Paul zu noch weiter bergan stieg.

Hinter der Mauer, vor fremden Blicken geschützt und offenbar seinem Walkman lauschend, befand sich Michael Bett. Er trug einen Hut mit herabgeschlagener Krempe, der seine Gesichtszüge verbarg, und eine Art Sonnenbrille, die in Wirklichkeit jedoch speziell behandelte Infrarotgläser hatte, die dem doppelten Zwecke dienten, ihn vor zufälligen Blicken zu schützen und ihm eine bessere Nachtsicht zu gewähren. Zum Schutz vor der feuchten Nachtkühle hatte er unter seinem gefütterten Regenmantel einen warmen Pullover angezogen, dazu dicke Jeans und Gummischuhe mit einem molligen Schafwollfutter.

Er nahm die Kopfhörer ab und wartete darauf, daß sich die Haustür des Chefs schloß und Clares Schritte verhallten. Erst als auch das Geräusch von Janeys dreirädrigem Reliant Robin verklungen war, setzte er sich schließlich auf.

Als er den Privatdetektiv Sam Dennison anheuerte, hatte zu Dennisons Aufgaben auch die Installation einer Lauschvorrichtung nach dem neuesten Stand der Technik gehört. Vier winzige Mikrofonsender waren im Haus des Chefs angebracht worden – je einer in der Küche, im Wohnzimmer und im Hauptschlafzimmer im ersten Stock, der vierte in Janeys Wohnung. Auf Betts Wunsch hin hatte Dennison die Mikrofone an Ort und Stelle gelassen, nachdem er seine Überwachung abgeschlossen hatte.

Die Mikrofone hatten eine Reichweite von fünfhundert Metern – weit mehr, als Bett an seinem gegenwärtigen Standort benötigte, wenn ihm auch eine größere Reichweite lieber gewesen wäre, da er dann gemütlich in seinem Zimmer hätte bleiben können, anstatt hier im Nieselregen zu hocken. Andererseits, dachte er, hätte er dann auch nicht so leicht eingreifen können.

Nachdem er den Empfänger in der Innentasche des Mantels verstaut hatte, sprang er über die Mauer auf die darunterliegende Straße und ging zu der roten Telefonzelle, die er auf seinem ersten Erkundungsgang durchs Dorf beim Postamt entdeckt hatte. Er fischte Münzen aus der Tasche und wählte. Nach dem zweiten Klingeln nahm Lena ab.

»Hat dir schon mal jemand gesagt, daß du eine wundervolle Telefonstimme hast?« sagte er.

»Was willst du?«

»Tja, es ist schon merkwürdig, aber eben habe ich mir eine Unterhaltung angehört, die die Littles mit ihrer guten Freundin Clare Mabley geführt haben, und was meinst du, was ich erfahren habe?«

»Mir ist nicht nach Spielchen zumute, Bett.«

»Mir auch nicht. Ich habe dir doch gesagt, daß du heute nachmittag im Hotel bleiben solltest.«

Es entstand eine kurze Pause, die Bett nicht unterbrach. Laß ihr Zeit zum Nachdenken, sagte er sich.

»Ich kann das erklären«, begann sie.

»Gib dir keine Mühe. Ist schon erstaunlich genug, daß du's nicht vermasselt hast.« Er teilte ihr soviel mit, wie er für nötig hielt, dann schloß er: »Er wird jetzt jeden Moment bei dir auftauchen.«

»Oh, Mist.«

»Höre ich bei dir einen gewissen Widerwillen heraus, Lena?«

»Nein. Ich ...«

Es tat ihr lediglich leid, daß sie Gavin in solche Schwierigkeiten gebracht hatte, stellte Bett überrascht fest. Das war wirklich mal ein Knüller. Die Eisprinzessin machte sich zur Abwechslung mal um jemand anderen Sorgen. Das hatte ihm gerade noch gefehlt – daß sich die Eisprinzessin in eine weichherzige Kuh verwandelte. Schlimm genug, daß sie so dumm war.

»Jetzt hör mal genau zu«, sagte er in einem Ton, der keine Einwände mehr duldete. »Wenn er im Hotel aufkreuzt, wirst du ihn dabehalten, in deinem Zimmer, und du wirst ihn auf keinen Fall weglassen.«

»Aber ...«

»Es ist mir egal, wie du es anstellst, aber paß bloß auf, daß du's nicht vermasselst. Wenn ich nämlich feststelle, daß er heute nacht auf der Straße rumläuft«, fügte er hinzu, »wird sein nächster Auftritt in der Öffentlichkeit darin bestehen, daß seine Leiche am Strand angeschwemmt wird. Habe ich mich klar ausgedrückt?«

»Was hast du vor?«

»Ich muß mich um eine Freundin von Janey Little kümmern. Genau wie du hat sie ihre Nase in Dinge gesteckt, die sie nichts angehen. Im Gegensatz zu dir wird sie keine zweite Chance bekommen.«

Abermals entstand ein lastendes Schweigen, während Lena das Gehörte sacken ließ.

»Daddy meinte, es sollte eine sanfte Operation werden«, sagte sie schließlich.

Bett lachte in den Hörer hinein. Eine sanfte Operation. Herrgott noch mal, sie hatte die passende Terminologie parat, aber sie hatte nicht die leiseste Ahnung, wovon sie eigentlich sprach.

»Das ist keine Spionagegeschichte«, sagte er.

»Aber Daddy ...«

»*Ich* habe hier das Kommando. Tu einfach, was ich dir gesagt habe.« Er legte auf, bevor sie ihm weiter einen vorjammern konnte.

Allmählich ging sie ihm ernsthaft auf die Nerven.

Er öffnete die Tür der Telefonzelle, trat in den Nieselregen hinaus und atmete mehrmals tief durch, während sich seine an den Seiten herabhängenden Hände öffneten und wieder schlossen. Es war lange her, daß er jemanden auseinandergenommen hatte, um zu sehen, wie es in seinem Innern aussah, und je länger er ihrer winselnden Stimme zuhörte, desto stärker wurde sein Wunsch, zu erfahren, wie lange sie unter dem Messer wohl durchhalten würde.

Sie würde kreischen. Sie würde betteln und flehen. Sie würde ...

Nicht dran denken, sagte er sich.

Er durfte ihr nichts tun. Nicht ohne Maddens vorheriges Okay. Ebensowenig wie den Littles – zumindest solange nicht, bis sie ausgespuckt hatten, was immer der Orden von ihnen wollte.

Na schön. Das ließe sich machen. Aber von den Freunden der Littles hatte niemand etwas gesagt.

Diese Mabley zum Beispiel.

Ja, danke. Ich glaube, das werde ich.

Sie war ein lästiger Störenfried, den man nicht länger herumlaufen und alles wieder hinbiegen lassen durfte. Er würde keine Zeit haben, sie sich richtig vorzunehmen, aber es würde ihm doch eine gewisse Befriedigung bereiten, sie von einer Klippe zu werfen. Er mochte Leute nicht, die sich einmischten. Und er mochte keine Krüppel.

Der Akte zufolge, die Dennison über sie angelegt hatte, war sie in ihrer Kindheit schon einmal abgestürzt. Die Klippen hinter ihrem Haus waren gefährlich für Krüppel. Es wäre wirklich schade, wenn sie noch einmal abstürzen sollte.

Arme Clare Mabley.

Und arme Janey Little, wenn sie eine solche Freundin verlöre, kurz nachdem sie es sich mit Gavin verdorben hatte, den man bald in einer kompromittierenden Situation mit dem ›Feind‹ vorfinden würde.

Janey würde einen Freund brauchen. Sie brauchte wirklich Trost. Und er kannte den richtigen Mann dafür – Mike Betcher, Starreporter von *Rolling Stone*.

Bett fühlte sich nun so weit beruhigt, daß er lächelte, als er sich auf den Weg machte, um Clare Mabley zu finden, bevor sie in die trügerische Sicherheit ihres Hauses zurückgehumpelt war.

Notfalls würde er sie zu Hause erledigen.

Es würde die Dinge allerdings beträchtlich erleichtern, wenn er nicht bei ihr einzubrechen brauchte.

Einsame Straßen. Dunkle Straßen. Alles mögliche konnte dort passieren. Sogar in einem ruhigen kleinen Dorf wie diesem.

6

Der Chef ging ins Haus zurück und schloß hinter sich die Tür. Er schaute sich langsam im Zimmer um, in dessen behaglichen vier Wänden er eine ungewohnte Beengung empfand.

Das kam davon, daß er einen Fehler gemacht hatte. Soweit hatte Clare recht gehabt. Sie hatten Felix keine Gelegenheit gegeben, sich zu erklären. Sie hatten ihn unfair behandelt, als hätte er sich schon lange vor dem heutigen Vorfall ihres Vertrauens als unwürdig erwiesen, und der Chef wußte, daß er die meiste Schuld daran trug.

Er fragte sich, ob Felix ihnen verzeihen würde. Fragte sich, ob sie wohl Gelegenheit bekommen würden, es herauszufinden. Er konnte überall sein, und der Chef machte sich keine großen Hoffnungen, daß Janey ihm einfach über den Weg laufen würde. Das hätte einen zu unwahrscheinlichen Zufall bedeutet, und es hatte sich erwiesen, daß der Zufall in letzter Zeit gegen sie arbeitete.

Sein Blick fiel auf *Das kleine Land*, das Janey mit nach unten gebracht hatte, dann aber auf dem Sofa liegengelassen hatte, als sie in die Küche hinübergegangen waren, um mit Clare zu reden.

Mochte Felix nun unschuldig sein oder nicht – und der Chef war geneigt, im Zweifel für den Angeklagten zu entscheiden –, er wurde das Gefühl nicht los, daß Billys Buch im Mittelpunkt des Gespinstes stand, in dem sich sämtliche Ereignisse der vergangenen Tage verfangen hatten.

Er nahm das Buch und trug es zu seinem Sessel beim Kamin. Auch ohne es aufzuschlagen, erinnerte er sich noch an die Geschichte – so oft hatte er darin geschmökert, seit er es vor Jahren zum erstenmal gelesen hatte. In einer Zeit, als es im Haus der Littles ebenfalls zu einer Serie erstaunlicher Ereignisse gekommen war, wie er sich erinnerte. Es waren nicht bloß die Aasgeier gewesen, die nach allem gestöbert hatten, was einmal Billy gehört hatte. Es hatte auch andere Vorkommnisse gegeben, weniger leicht erklärbar, aber doch nicht minder offensichtlich.

Musik, die man hörte, ohne daß sie einen erkennbaren Ursprung gehabt hätte.

Aus den Augenwinkeln wahrgenommene Bewegungen, und wenn man sich umdrehte, war niemand da.

Eine ungewohnte Rastlosigkeit bei ihm und seiner jungen Frau Adeline, die noch unerklärlicher gewesen war.

Und ihr Sohn Paul war spät nachts aus Alpträumen hochgeschreckt, obwohl er normalerweise die Nacht über durchschlief und sich weder vor den Schatten unter seinem Bett noch im Schrank fürchtete.

Alles hatte aufgehört, als er das Buch wieder sicher versteckt hatte.

»Was hast du getan, mein Lieber?« fragte er den Geist seines alten Freundes, den er heranschweben fühlte. »Was hast du in diesem Buch versteckt?«

Nichts, was der Chef hätte sehen können.

Gewiß war es seltsam, daß es mit einer Auflage von

nur einem Exemplar gedruckt worden war, doch das erklärte nichts. Und wenn die Geschichte auch in Billys bemerkenswerter Prosa erzählt wurde, war sie doch nicht bemerkenswerter als seine vorherigen Bücher, obwohl dieses Buch dem Chef von allen dreien am besten gefallen hatte.

Besonders gemocht hatte er einen der Hauptcharaktere, den Kapitän eines Fischkutters namens *Der Talisman* aus der Zeit vor dem Ende der Sardinenindustrie. Er wurde der beste Freund der Heldin des Buches, einer rotzfrechen jungen Waise, die sich als Junge verkleidet hatte und solange auf dem *Talisman* arbeitete, bis sie entlarvt wurde. Und dann hatte es Krach gegeben, denn eine Frau an Bord zu haben, bedeutete Unglück, wie jeder Fischer wußte – es war fast so schlimm, als hätte man einen Hund dabei oder, schlimmer noch, ein Kaninchen oder einen Hasen. Die Fischer verwendeten nicht einmal die gebräuchlichen Tiernamen, wenn sie auf See waren, sondern nannten sie statt dessen Doppeldecker.

Billy hatte die Geschichte in einer imaginären Stadt angesiedelt, die der Chef allerdings mühelos als eine Kombination aus Penzance, Newlyn und Mousehole wiedererkannt hatte – diese drei vermischten sich zu einem wunderlichen Hafenstädtchen. In dem Buch kam auch etwas von Dunthorns gewohnter Magie vor: die Kleinen, deren winzige Boote eines Morgens bei Ebbe im Hafen entdeckt wurden, und die verborgene Musik, die jedem einen Wunsch zu erfüllen vermochte, wenn man es nur schaffte, sich an ihre eigenartigen Melodien zu erinnern und diese nachzuspielen. Beide Details hatte Billy auch schon in seinen beiden vorherigen Büchern benutzt.

Dies hatte den Chef ziemlich überrascht, denn Billy war nicht der Typ gewesen, der sich wiederholte, allerdings war die Geschichte selbst neu gewesen, und gut noch dazu. Eine Geschichte, bei der der Chef den Eindruck gehabt hatte, daß sie beim Lesen zu ihm ganz persönlich sprach, und zwar um so mehr, je älter er wurde und Parallelen zwischen seinem eigenen Leben und dem des Kapitäns der *Talisman* im Buch entdeckte.

Nichts davon erklärte jedoch, warum es für diese Lena und ihre Freunde so wichtig sein sollte. Noch warum sie so lange danach gesucht hatten, denn der Chef war überzeugt davon, daß dieses neue Interesse nur ein erneuertes Interesse war, wenngleich er nicht hätte sagen können, warum er dieser Meinung war.

Fünfunddreißig Jahre war es jetzt her, seit die Aasgeier zum erstenmal danach gesucht hatten.

Er blätterte durch die Seiten und versuchte zu ergründen, woran es lag, daß dieses Buch mehr sein sollte als eine literarische Kuriosität, doch er kam immer noch nicht darauf.

Er zögerte einen Moment und lauschte mit erhobenem Kopf, da er meinte, etwas gehört zu haben. Vielleicht Janey, die zurückgekommen war, oder … er wußte nicht, was. Jetzt hatte es aufgehört.

Nur der Wind, dachte er. Oder ein heftiger Schauer inmitten des Nieselregens.

Als er auf die Uhr sah, stellte er fest, daß Janey erst seit zwanzig Minuten fort war. Er war müde, wußte aber, daß er erst würde einschlafen können, wenn sie wieder da war – mit oder ohne Felix. Er mußte es wissen.

Er schlug das Buch wieder auf und beschloß, es noch einmal zu lesen, während er wartete. Bei den Anfangszeilen lächelte er und war schon bald von der vertrauten Geschichte gefesselt, und während er las, summte er eine alte, von ferne vertraute Melodie vor sich hin.

Das wandernde Moor

Von Ghulen und Geistern und langbeinigen Tieren
und Dingen, die nachts herumpoltern,
erlöse uns, o Herr.

Gebet aus Cornwall

»Sieh ihr nicht in die Augen!« schrie Edern, als der Doppelgänger zur Seite trat, damit sich die Witwe hinabbeugen und zwischen die Kisten spähen konnte, wo er und Jodi sich verbargen.

Seine Warnung kam jedoch zu spät.

Das eine riesengroße Auge der Witwe, das sie mit seinem starren, magnetischen Blick anstarrte, hatte Jodi bereits auf der Stelle festgenagelt. Es hypnotisierte sie, lockte sie.

Komm her, komm her …

Jodi trat einen Schritt vor.

»Jodi, nicht!« rief Edern.

Er hätte ebensogut versuchen können, Wasser mit einem Sieb aufzufangen, denn der Zauber der Witwe hatte in Jodis Geist bereits Wurzeln geschlagen. Sie hörte nur noch diese warme, freundliche Stimme, die ihr Sicherheit versprach.

Komm her, meine Hübsche …

Als Jodi einen zweiten Schritt machte, packte Edern sie beim Arm und stieß sie grob gegen eine Kiste. Die ruckartige Bewegung reichte aus, um den Zauber der Witwe vorübergehend zu brechen.

»Was …?« setzte Jodi an.

Ederns Gesicht befand sich eine Handbreit vor ihrem.

»Sieh ihr *nicht* in die Augen«, warnte er sie abermals, »und hör nicht auf das, was sie sagt.«

Bevor Jodi widersprechen konnte, packte er sie wieder beim Arm und zog sie tiefer in das Kistenlabyrinth hinein. Vom hypnotischen Blick der Witwe befreit, schauderte Jodi. Die Witwe schrie ihnen hinterher, mit honigsüßen Worten versprach sie ihnen die Erfüllung ihrer Herzenswünsche, wenn sie nur zurückkämen. Ob sie wollte oder nicht, Jodi ertappte sich dabei, daß sie umkehren wollte, bis Edern sie wieder beim Arm nahm und zu singen begann. Seine klare Tenorstimme übertönte die Beschwörungen der Witwe, so daß deren Worte nackt und bloß erschienen und als die Lügen kenntlich wurden, die sie tatsächlich waren.

Aber wenn sie nicht auf Ederns Stimme lauschte, war es leicht, einfach zu glauben …

Als spürte Edern, daß sie wieder schwach wurde, sang er lauter, als er zum Refrain gelangte:

»Juchheissassa, juchhe!
In aller Morgenfrüh,
Da war'n wir schon dabei …«

»Sing mit!« schrie Edern.

Jodi zögerte einen Herzschlag lang, dann stimmte sie in das bekannte Lied mit ein.

»Den Sommer zu begrüßen,
Begrüßen auch den Mai,
Denn der Sommer naht,
Der Winter ist vorbei.«

Eine Strophe auslassend, die sie womöglich nicht kannte, begann Edern den Refrain gleich wieder von vorn. Er ließ seine Hand auf Jodis Arm, zog sie mit sich fort, wenn sie zu zaudern schien.

Aus vollem Hals singend wichen sie bis zum Rand des Kais zurück, wo sie nicht weiterkonnten. Noch immer hörten sie die Stimme der Witwe, doch nun nahmen ihr die vielen Kisten und die gegen die Pfähle schlagenden Wellen ihren Zauber.

Schließlich gab die Witwe auf und verstummte.

Jodi sank an einer Kiste zu Boden. »Ach du grüne Neune«, sagte sie. »Das war aber knapp.«

»Zu knapp«, stimmte Edern zu.

»Wie schafft sie das mit ihrer Stimme nur? Bestimmt kann sie von jedem bekommen, was sie nur will.«

Edern schüttelte den Kopf. »Vorher muß sie ein Stück von dir haben. Sie muß deinen Namen dreimal gerufen haben, oder sie braucht ein Fitzelchen von deiner Seele, wie das, was sie in ihren Umhang eingenäht hat. Kannst du dir vorstellen, dich mit jemandem zu unterhalten, der dreimal deinen vollen Namen ruft, ehe er dich um etwas bittet? Es würde nicht lange dauern, und man hätte sie entlarvt und die alten Amulette hervorgeholt, um sich vor ihren Zaubersprüchen zu schützen.«

»Aber im Augenblick sind wir doch vor ihr sicher?«

»Nicht lange. Und vergiß nicht, man wird die Kisten bald einladen, und wo sollen wir uns dann verstecken?«

»Vielleicht sollten wir uns in einer Kiste verstecken?« schlug Jodi vor.

»Und wo landen?«

Sie nickte düster. »Verflixt und zugenäht. Man sollte meinen …« Sie verstummte, hob den Kopf und schnüffelte. »Was stinkt denn hier so?«

Sie vermochte Ederns Gesichtszüge im Halbdunkel nicht genau zu erkennen, spürte aber seine plötzliche Anspannung.

»Edern«, sagte sie. »Was ist los?«

»Sie verfügt über mehr Macht, als ich ihr zugetraut habe«, erwiderte er.

»Wovon *redest* du?«

Jodi erhob sich, denn die Holzplanken des Kais unter ihr wurden feucht. Der Gestank wurde schlimmer: Er erinnerte an den Geruch, der von aufgerührten stehenden Gewässern aufstieg. Sie wischte sich den Hosenboden ab und rümpfte die Nase. Die Planken, auf denen sie stand, fühlten sich eindeutig schwammig an.

»Hast du schon mal von Moorgespenstern gehört?« fragte Edern.

»Nein«, sagte sie und schüttelte den Kopf. Die Geste ging in der Dunkelheit unter. »Warum graut mir vor dem, was du mir sagen willst?« fügte sie hinzu.

»Weil es schreckliche Kreaturen sind – zumal für Leute von unserer Größe.«

Jodi hörte jetzt etwas näher kommen – mehr als nur ein Etwas, und es bewegte sich mit einem nassen, saugenden Geräusch.

»Normalerweise verwendet eine Hexe sie als Doppelgänger«, erklärte Edern, »aber es sind nur vorübergehende Phänomene. Sie überleben nur selten die Nacht, in der sie erschaffen wurden.«

Jodi starrte den Weg zurück, den sie gekommen waren, ins Dunkel hinein. In der Ferne sah sie undeutlich etwas Grünes anwachsen, das war auch schon alles. Es stank jetzt wirklich fürchterlich, und in der Luft lag eine Kühle, die nichts mit der normalen Feuchte einer Herbstnacht in Bodbury zu tun hatte.

»Edern, was *ist* das?«

»Sie bestehen aus Materialien, die in einem Moor gesammelt wurden – aus faulendem Schlamm und verrottenden Zweigen, die mit verwesendem Schilf und Binsen zusammengebunden sind. In ihren behelfsmäßigen Adern fließt abgestandenes Wasser wie schlammiges Blut. In ihren Augen glüht Sumpfgas, das die Hexe bei ihrer Erschaffung mit einem Funken ihrer eigenen Seele verbindet.«

Während er sprach, sah Jodi das gespenstische nadelgroße Glühen dieser Augen – kleine boshafte Funken inmitten des widerwärtigen grünen Leuchtens, das den

Wesen vorausging. Der Gestank war jetzt so abscheulich, daß sie durch den Mund atmen mußte.

»Was werden sie mit uns machen?« fragte sie. »Was *können* sie machen?«

In dem Leuchten, das aus ihrer Haut zu kommen schien, konnte sie nun die Form der Moorwesen erkennen, die triefend näher tappten. Stockdünne, an dickbäuchigen Rümpfen befestigte Gliedmaßen, darüber flache, halslose Köpfe. Jodi schnappte nach Luft, und ihr Magen rebellierte, als eine neue Welle von Gestank auf sie zugerollt kam. Die Planken des Kais, auf denen sie stand, waren so weich geworden wie der sumpfige Boden eines Moors.

»Sie können uns zur Witwe zurückbringen«, antwortete Edern düster. »Sie sind viel stärker, als man aufgrund ihrer Beschaffenheit meinen sollte.«

»Irgend etwas müssen wir unternehmen.«

Aber es gab keinen Ausweg, sie konnten nirgendwo hin. Sie standen jetzt mit dem Rücken zum Rand des Kais. Unter ihnen lag das Meer. Und vor ihnen rückten die stinkenden Kreaturen der Witwe langsam, aber unausweichlich näher.

»Wir können nichts tun«, sagte Edern. »Es sei denn…« Er blickte aufs dunkle Wasser hinunter. »Kannst du schwimmen?« fügte er hinzu.

»Ja, aber bei unserer Größe… Wie sollen wir es nur bis zum Strand schaffen?«

»Das Risiko mußt du eingehen – etwas anderes bleibt dir nicht übrig. Das Salzwasser wird dich schützen.«

»Was meinst du damit, *mich* schützen?«

»In gewisser Weise sind Hexen wie Nebelgeister«, sagte Edern. »Beide vertragen kein Salz auf der Haut. Wenn es auch sonst jeder vergessen hat, das fahrende Volk weiß es.«

»Ich meinte«, sagte sie, »daß du nur von mir gesprochen hast. Was ist mit dir?«

Die Moorwesen waren inzwischen so nahe, daß ihre

Gesichter im schwachen Licht, das ihre Leiber warfen, auszumachen waren. Ihre Köpfe glichen Zwiebeln und wiesen keine bestimmten Merkmale auf, abgesehen vom höhnischen Grinsen, das die untere Gesichtshälfte spaltete, und den gespenstisch glühenden Augen. Das Fehlen irgendwelcher anderer Merkmale ließ sie für Jodi noch schrecklicher erscheinen. Aus der Nähe war ihr Gestank unerträglich.

»Ich kann nicht schwimmen«, teilte Edern ihr mit.

»Ich helfe dir – Taupin hat mir gezeigt, wie man jemanden im Wasser abschleppt. Es ist gar nicht so schwer.«

»Du verstehst mich nicht – daß ich nicht schwimmen kann, ist noch längst nicht alles. Sobald ich mit dem Wasser in Berührung käme, würde ich auf den Grund des Meeres sinken.«

»Das ist Unsinn. Warum solltest du ...«

»Glaub mir.«

»Ohne dich springe ich nicht.«

Edern machte einen Schritt nach vorn, auf die schrecklichen Wesen zu.

»Du mußt«, sagte er. »Denk an das Men-an-Tol. Geh bei Mondaufgang neunmal hindurch.«

»Ich werde nicht ...«

Ihr blieb jedoch keine Zeit mehr, ihm zu widersprechen. Edern rannte auf die Wesen zu und in sie hinein, als wäre er ein lebender Rammbock. Das erste Moorgespenst fiel um und stürzte auf die hinter ihm befindlichen. Ein eigentümliches Zischen erscholl, das sich anhörte wie das wütende Summen von Bienen.

»Ich will sie lebend!« hörte Jodi die hinter den Kisten verborgene Witwe leise rufen.

Jodi tänzelte an die kämpfenden Gestalten heran und versuchte einen Tritt anzubringen, doch Edern versperrte ihr den Weg. Der Durchgang zwischen den Kisten war so schmal, daß sich immer nur zwei Wesen gleichzeitig auf ihn stürzen konnten.

»Laß mich dir helfen!« schrie Jodi.

»Hau ab!« gab Edern zurück, ohne auch nur den Kopf nach ihr umzudrehen.

Er packte den Arm des nächsten Wesens und riß ihn vom Rumpf ab. Schwarzes, schlammiges Blut spritzte hervor. Ein Tropfen, der auf Jodis Handrücken landete, brannte wie Nesseln. Und Edern, der das meiste abbekommen hatte …

Jodi schnappte nach Luft.

Sein Gesicht schien zu schmelzen. Wo einmal ein hübsches Gesicht gewesen war, tropfte nun die Haut herunter, wie Wachs, das an einer Kerze hinablief.

»D-d-du …«, stammelte sie.

Er riß einem weiteren Moorwesen den Arm ab, und abermals brach ein ätzender Blutstrahl hervor. Das hintere Wesen kletterte über seine gefallenen Kameraden, um an Edern heranzukommen.

»Nicht!« hörte Jodi die Hexe schreien. »Ihr bringt sie noch um!«

Jodi nickte benommen.

»Tut ihm nichts«, sagte sie leise.

Ihm? dachte sie. War er überhaupt ein Mensch?

Sie trat zögernd einen Schritt vor. Edern wandte sich nach ihr um. Unter seinem inzwischen geschmolzenenen Gesicht kam kein Knochen, sondern Metall zum Vorschein. Der polierte Stahl glänzte im Licht, das aus den Leibern der Kreaturen drang. Jodi schlug die Hand vor den Mund, zu erschrocken, als daß sie hätte sprechen können. Ein Moorwesen boxte ein Loch in die Brust des kleinen Mannes. Als er den Arm zurückzog, sprang das Uhrwerk hervor, und Zahnräder und Rädchen rollten über die aufgeweichten Planken.

Unbeweglich auf den Fleck gebannt, starrte Jodi an, was Edern in Wirklichkeit gewesen war: ein Automat.

Wie irgendein Apparat von Denzils Werkbank.

Aber er war umhergegangen und hatte gesprochen wie ein richtiger Mensch. Mechanische Uhrwerke be-

wegten sich mit steifen, ruckartigen Bewegungen. Sie konnten nicht sprechen. Sie konnten nicht fühlen. Sie ...

»Du ...«, setzte sie an. »Du kannst doch nicht ... «

Das gab es einfach nicht.

Das Moorgespenst stieß ihn beiseite. Noch mehr Rädchen und winzige Zahnräder ergossen sich aus seiner Brust, als er auf die schlüpfrigen Planken aufschlug.

Das konnte alles nicht wahr sein.

Aber er sah zu ihr auf, die Augen immer noch voller Leben.

»Denk dran«, sagte er. »Der Stein. Neunmal durchs Loch ...«

Seine Stimme klang nun hohl.

»Denk dran«, wiederholte er.

Sie nickte benommen. Bei Mondaufgang.

»Ihr Idioten!« hörte sie die Witwe schreien.

Sie wich vor den schlurfenden Wesen zurück, den Blick noch immer auf Ederns zerstörtes Gesicht gerichtet. Als das Licht in seinen Augen schließlich erlosch – nein, sie verwandelten sich von menschlichen Augen einfach zu Glasaugen –, drehte sie sich um und rannte auf den Rand des Kais zu.

Die Wesen folgten ihr. Ihr wütendes Summen erfüllte die Luft. Ihr Gestank war beinahe zu greifen. Sie hörte die Witwe rufen, erhaschte einen Blick auf Windle, der durch eine Lücke zwischen den Kisten auf sie herunterstarrte, dann hatte sie die Kante erreicht und sprang.

Einen Augenblick später schlugen die dunklen Meereswellen über ihr zusammen.

2

Denzil und Taupin liefen stundenlang kreuz und quer durch Bodbury, entdeckten von Jodi jedoch nicht die geringste Spur. Es war, als hätte sie sich einfach in Luft aufgelöst.

Zu Beginn ihrer Suche hatte Taupin sich der Hilfe Kara Faulls, eines Kindes aus dem Bruch, versichert, indem er Kiesel gegen ihr Fenster geworfen hatte, bis sie heruntergekommen war und sich erkundigt hatte, was er von ihr wollte. Sobald er ihr die Lage erklärt hatte, setzte sie sich aufs Fahrrad, und bald darauf war eine ganze Schar von Kindern unterwegs und durchstöberte ebenfalls die Stadt. Von Zeit zu Zeit radelte eines bei Denzil und Taupin vorbei und erstattete Bericht.

»Auf dem Hügel hat man sie nicht gesehen.«

»In der Altstadt keine Spur von ihr.«

»Wir haben das Neue Dock durchkämmt, sie aber nirgendwo entdeckt, bloß die Witwe, die mit der so ziemlich häßlichsten Katze spazierenging, die ich je gesehen habe.«

»Sie hatte kein Fell, ehrlich.«

»Ja, echt. Und am Kai hat es ekelhaft gestunken.«

Weit nach Mitternacht kehrten alle Kinder wieder nach Hause zurück, und nur Denzil und Taupin setzten die Suche fort, ohne allerdings zu wissen, wie sie jetzt weiter vorgehen sollten.

»Tja«, sagte Taupin schließlich, auf einer niedrigen Steinmauer am Alten Kai sitzend. »Die logische Methode haben wir ausprobiert, oder?«

»Warum will ich nicht hören, was du mir jetzt sagen wirst?« fragte Denzil.

Taupin lächelte. »Trotzdem ist es jetzt an der Zeit, das Unmögliche in Betracht zu ziehen.« Als Denzil die Stirn runzelte, fügte er hinzu: »In dem Punkt waren wir uns einig.«

»Das hast du gesagt.«

»Hast du einen besseren Vorschlag?«

»Wir könnten es noch mal woanders versuchen, zum Beispiel am ...« Als Taupin den Kopf schüttelte, verstummte Denzil.

»Wozu?«

»Natürlich um Jodi zu finden!«

»Läßt du's mich erklären?«

Denzil seufzte. »Na schön. Aber ich mache mir Sorgen, Brengy.«

»Ich ebenfalls.«

»Woran hast du gedacht?«

Taupin deutete mit dem Kinn hinter den Bruch, wo mehrere alte Lagerhäuser standen.

»Wir fragen Henkie.«

»Jetzt bist du endgültig übergeschnappt«, sagte Denzil.

Hedrik Whale war das schwarze Schaf der Stadt. Wie sein Familienname bereits andeutete, war er ein gewaltiger Mann, einszweiundneunzig groß und über dreihundert Pfund schwer. Er hatte einen Bart, der ihm bis zur Hüfte reichte und teilweise zu kleinen Zöpfen geflochten war, und sein Haar war so kurz geschnitten, daß er sich den Schädel ebensogut hätte rasieren können. Er trieb sich in mit Farbe bekleckten Latzhosen und alten Arbeitsschuhen, einer knielangen Jersey-Joppe und seinem unvermeidlichen Halstuch in der Stadt herum.

Vor Jahren, als die Sardinen verschwunden waren, hatte er mit dem riesigen Vermögen, das sein Vater, Rawlyn Whale von den Whale Fisheries, ihm hinterlassen hatte, ein paar der alten Lagerhäuser aus dem Bruch erworben und diese mit dem Gerümpel der Stadt vollgestopft. Eines benutzte er für sich selbst und verwahrte darin eine gewaltige Bibliothek sowie die riesigen Leinwände auf, die er malte. Seine Gemälde zeigten ausnahmslos schöne Frauen – die aus unbekannten Gründen in Scharen von ihm angezogen wurden, obwohl er fast immer roch, als hätte er sich wochenlang nicht gewaschen –, und er hatte einen tollen Stil. Seine Leinwände schienen regelrecht zu atmen – nicht bloß vor Leben, sondern auch vor Lüsternheit und Ausschweifung.

Ließ man die Gemälde, die er an die Wand eines seiner Lagerhäuser gemalt hatte und die den Stadtrat in unterschiedlichen Stadien der Trunkenheit und Nacktheit zeigten, einmal außer acht, so beruhte sein schlechter Ruf vor allem auf dem seltsamen Fall einer verschwundenen Leiche. Als einer seiner heruntergekommenen Freunde, ein gewisser John Briello, ein Mann unbestimmten Alters ohne festen Wohnsitz, vor einigen Jahren gestorben war, hatte Henkie, anstatt den Mann zu begraben, wie es sich gehörte, Briellos Anweisungen befolgt und seinen Freund ausgestopft.

Er hatte die Leiche solange in einer Ecke seines Ateliers stehen gehabt, bis die Behörden davon Wind bekamen, und als die Polizei im Atelier eintraf, war die Leiche verschwunden. Nur noch gerüchteweise hatte man je wieder von ihr gehört.

Bei aller Bewunderung, die Denzil für das Können des Mannes hegte – oder zumindest für seinen hervorragenden Stil, denn um die Wahrheit zu sagen, war Denzil ein wenig prüde –, hatte er es nie länger als ein paar Minuten in dessen Gegenwart ausgehalten. Henkie roch unangenehm, und so gut er als Künstler auch sein mochte, war er persönlich eine echte Zumutung. Er war taktlos, unvernünftig, grob, beleidigend, aggressiv … kurz gesagt, es war nicht leicht mit ihm auszukommen.

»Du solltest ihn erst mal kennenlernen«, sagte Taupin.

»Davor«, sagte Denzil, »habe ich am meisten Angst, weiß du.«

»Er kann uns helfen«, beharrte Taupin.

»Ti-ta-to. Wahrscheinlich genausoviel wie die Witwe.«

»Nein«, sagte Taupin. »Aber er besitzt ein paar ihrer angeblichen Fähigkeiten.«

Denzil verdrehte die Augen. »Wahrscheinlich kann er mit Hilfe einer Glaskugel wahrsagen, hab ich recht?«

»Noch besser. Er kann mit den Toten Verbindung aufnehmen.«

»Also, du hast sie wirklich nicht mehr alle.«

Taupin erhob sich von der Mauer und machte viel Aufhebens darum, nicht vorhandene Fusseln von seinem Mantelärmel zu entfernen.

»Das ist doch sinnlos«, sagte Denzil.

Taupin betrachtete seine Fingernägel, dann wühlte er in seiner Tasche und brachte ein Taschenmesser zum Vorschein, mit dem er einen Nagel säuberte.

»Das wäre reine Zeitverschwendung«, versuchte Denzil es noch einmal, obwohl er bereits schwankend wurde.

Taupin begann ein zotiges Kneipenlied zu pfeifen, drehte sich um und betrachtete den Hafen.

Denzil seufzte. »Ich weiß, daß mir das noch einmal leid tun wird«, sagte er.

Taupin wandte ihm wieder das Gesicht zu und versetzte ihm einen herzhaften Schlag auf den Rücken.

»Das ist die richtige Einstellung, alter Sportsfreund«, sagte er. »Optimismus. Mit Optimismus erreicht man wahre Wunder. Man sollte ihn in Flaschen abfüllen und als Stärkungsmittel verwenden, aber erst mal müssen wir rausfinden, wie er sich destillieren läßt, was seine besondere ...«

Denzil rückte seine Brille gerade, die ihm ganz schief auf der Nasenspitze saß, dann schob er sie hoch, bis sie wieder an Ort und Stelle saß.

»Bringen wir's einfach hinter uns, ja?« sagte er.

»... Heilkraft ausmacht.« Taupin grinste ihn an. »Du wirst es nicht bereuen.«

»Ich bereue es jetzt schon«, versicherte ihm Denzil, als sie sich auf den Weg vom Alten Kai zu Henkies Lagerhaus machten.

Auf ihr Klopfen hin öffnete eine atemberaubende, nur mit einem Laken bekleidete Brünette, in das sie sich offenbar nur halbherzig und einzig und allein zu dem Zweck gewickelt hatte, um aufzumachen, denn in dem Licht, das sie von hinten beleuchtete, war deutlich zu erkennen, daß sie nichts darunter anhatte. Denzil kannte sie und war unwillkürlich überrascht, sie an diesem Ort anzutreffen.

Sie hieß Lizzie Snell und war tagsüber die Sekretärin des Bürgermeisters.

»Hallo, Brengy«, sagte sie. »Und Mr. Gossip. Was führt Sie mitten in der Nacht hierher?«

»Ist Henkie noch auf?« fragte Taupin.

Lizzie errötete. »Also, als ich ihn alleinließ, war er's noch.«

»Ich meine, können wir ihn sprechen?«

»Oh. Ich sehe mal nach. Wollt ihr drinnen warten?«

Als sie eingetreten waren, schloß sie hinter ihnen die Tür, dann verschwand sie in einem Labyrinth von Bücherregalen und ließ sie in Gesellschaft eines fünf Meter hohen Gemäldes zurück, auf dem sie kein Laken trug, das ihre unbestreitbar üppigen Reize verborgen hätte.

»Wundervoll«, meinte Taupin.

»Ja«, sagte Denzil nach einem raschen Blick, bei dem ihm fast die Augen aus dem Kopf gefallen wären. Er wandte sich ab und betrachtete eingehend eine Broschüre, die auf einem Tisch neben der Tür gelegen hatte. »Er ist ein begnadeter Künstler.«

Taupin lachte. »Ich hab Lizzie gemeint.«

Denzil las den Titel der Broschüre – ›Die Pflege und das spirituelle Wohlergehen des Penis: Eine Untersuchung von Hedrik Whale‹ – und legte sie hastig wieder zurück.

Diese Nacht dauerte eindeutig schon zu lange, dachte er.

»Vielleicht sollten wir besser gehen«, sagte er zu seinem Begleiter. »Offenbar stören wir ihn im – äh – Bett, und …«

»Gehen?« dröhnte eine tiefe Stimme. »Was soll der Quatsch, ihr seid doch gerade erst gekommen.«

Denzil blinzelte kurz, als er sich umdrehte, da er meinte, ein Bär käme zwischen den Buchregalen, wo Lizzie soeben verschwunden war, hervorgestapft, doch dann erkannte er, daß es nur ihr Gastgeber war – in voller Leibesgröße und in ein Bärenfell gewickelt. Seine eigenen behaarten Beine ragten unten heraus und wirkten merkwürdig dünn. Hinter ihm tauchte Lizzie auf, bekleidet mit einem weiten arabischen Gewand.

»Tee für alle?« fragte sie.

»Oder was Stärkeres?« dröhnte Henkie.

Seine Stimme, erinnerte sich Denzil, während er den Drang unterdrückte, sich die Ohren zu reiben, war immer so laut.

»Tee wäre nett«, sagte Denzil. »Ganz ausgezeichnet.«

»Ich nehme etwas Stärkeres«, sagte Taupin.

Eine halbe Stunde später saßen sie um einen Kanonenofen herum, der in einem Winkel des Lagerhauses stand, der als provisorische Küche diente. Lizzie und Denzil waren beide bei ihrer zweiten Tasse angelangt. Denzil hatte den Überblick darüber verloren, wieviel Whiskey Taupin und ihr Gastgeber getrunken hatten. Den größten Teil der halben Stunde über hatten sie Artigkeiten ausgetauscht, während Henkie und Taupin sich hinsichtlich ihrer Erlebnisse gegenseitig auf den neuesten Stand gebracht hatten, doch endlich kam Taupin auf den Grund ihres Besuchs zu sprechen.

»Oh, ich habe die Witwe noch nie gemocht«, sagte Lizzie. »Sie kommt ständig ins Büro seiner Lordschaft, beklagt sich über dies, will das.«

»Ganz zu schweigen davon, was für eine Pfeife dieser Tremeer ist«, fügte Henkie hinzu. »Scheißbullen.«

»Hattest mal wieder Krach mit ihnen?« fragte Taupin.

Henkie nickte. »Fang bloß nicht wieder damit an.«

Ja, dachte Denzil. Tu's bloß nicht.

Nachdem er eine Weile dumpf vor sich hin gebrütet hatte, wandte Henkie sich zum Glück an Denzil.

»Brengy hat recht gehabt«, sagte er. »Heute nacht stinkt's nach Magie.«

Vom Geruch nach ungewaschenen Körpern ganz zu schweigen, dachte Denzil. Er warf Lizzie einen verstohlenen Blick zu. Wie konnte sie nur mit dem Mann schlafen?

»Aber ich glaube, wir können euch helfen«, fuhr Henkie fort.

»Siehst du?« warf Taupin ein.

»Wie können Sie uns helfen?« fragte Denzil.

»Also, nicht ich direkt«, sagte Henkie. »Wir werden Briello fragen müssen.«

Denzil konnte ihn nur anstarren. »Wie bitte?«

»Meinen Kumpel, John Briello.«

»Den *toten* John Briello?«

»Wen sonst?«

Denzil wandte sich an Taupin. »Ich glaube, wir sollten jetzt wirklich gehen.«

»Urteile nicht so schnell über Dinge, von denen du verdammt noch mal keine Ahnung hast«, sagte Henkie.

»Tote reden nicht«, sagte Denzil trocken. »Aber Whiskey schon.«

Henkies Augen wurden hart. »Wollen Sie mich etwa einen Lügner nennen?«

Alle seine Instinkte rieten Denzil dazu, zu kneifen, doch das war einfach nicht seine Art. Er schob sich die Brille mit einem ausgestreckten Finger hoch und hielt Henkies Blick stand, Auge in Auge.

»Wenn Sie behaupten, ich könnte von einem Toten einen Rat bekommen«, sagte er, »dann nenne ich Sie allerdings einen Lügner.«

Henkie funkelte ihn an, dann brach er auf einmal in Gelächter aus. »Oh, Sie gefallen mir, Denzil Gossip. Sie haben einen nüchternen Verstand, und das ist im verdammten hirntoten Bodbury eine Seltenheit, finden Sie nicht?« An Taupin gewandt, setzte er hinzu: »Aber wir werden ihm die Augen verbinden müssen.«

»Denzil hat bestimmt nichts dagegen«, erwiderte Taupin. »Nach dieser Nacht wird ihm klarwerden, daß er sein ganzes Leben lang mit verbundenen Augen herumgelaufen ist.«

Denzil warf ihm einen wütenden Blick zu und erhob sich. »Ich muß eine Freundin finden, und ich habe keine Zeit …«

»Ach, setzen Sie sie sich schon«, dröhnte Henkie.

»Nehmen Sie's nicht so schwer«, sagte Lizzie. »Sie nehmen Sie nur ein bißchen auf den Arm.«

»Mir ist heute nicht nach Witzen zumute«, sagte Denzil steif.

»Aber das ist kein Witz«, versicherte sie ihm. »Briello wird Ihnen wirklich helfen können. Ich habe ihn selbst reden hören.«

»Aber …«

»Ich weiß, es ergibt keinen Sinn, aber das tun eine Menge andere Dinge auf der Welt auch nicht, oder?«

»Schluß mit dem Gerede«, sagte Henkie. »Lizzie, hol ein Halstuch, mit dem wir unserem Freund hier die Augen verbinden können – Sie haben doch nichts dagegen?«

»Also, ich …«

»Gut.«

»Keine Angst«, sagte Lizzie, als sie hinter ihn trat. Sie nahm ihm die Brille ab und steckte sie in die Brusttasche seines Jacketts, dann legte sie ihm das Halstuch über die Augen. »Ich passe schon auf, daß Sie nicht stolpern.«

Sie nahm ihn beim Arm und führte ihn weg, bevor er weiteren Protest anmelden konnte.

Zunächst gingen sie über Holz – Denzil hörte ihre Schritte auf den Bohlen –, dann, nachdem eine Tür geknarrt hatte, schritten sie im Freien über Pflastersteine. Denzil roch den Meeresgeruch. Der Wind zauste sein

Haar. Kurz darauf gelangten sie zu einem anderen Gebäude, dann stiegen sie eine Steintreppe hinunter. Viele Stufen und Windungen später hörte er eine weitere Tür knarren, dann wurde ihm das Halstuch abgenommen. Er blinzelte im Licht einer Laterne und fühlte sich ein wenig benommen, während er die Brille aus der Tasche holte.

Er stellte fest, daß er sich in einer Art Keller befand, allerdings war er eingerichtet wie ein viktorianisches Wohnzimmer. Taupin hielt die Laterne, die ein helles Licht auf die Möbel warf. Daß die Wände mit Henkies Bildern geschmückt waren, überraschte ihn nicht. Neben ihm stand Lizzie, das Halstuch in der Hand, ein aufmunterndes Lächeln um die Lippen. Und Henkie – Henkie stand, noch immer barfuß und in das Bärenfell gewickelt, neben dem konservierten Leichnam eines menschlichen Wracks, der an der entgegengesetzten Wand lehnte.

Abgesehen von der ein wenig verschrumpelten Haut und der steifen Haltung hätte man den Leichnam beinahe für lebendig halten können, dachte Denzil. Und abgesehen davon, daß ein lebender Mensch keine Silbermünzen in den Augen hatte.

Denzil schluckte trocken, inzwischen überzeugt davon, daß er einem Haufen Irrer in die Hände gefallen war. Er warf einen verstohlenen Blick zur Tür, aber obwohl sie weder verschlossen noch verriegelt war, bezweifelte er, daß er sie würde öffnen und fliehen können, ehe einer seiner Bewacher ihn niederstreckte.

Er wandte sich an Taupin, eine Warnung auf der Zunge, aber bevor er etwas sagen konnte, kam Henkie, der dem Leichnam inzwischen Denzils Problem erläutert hatte, zum Ende.

»So, alter Junge. Kannst du uns sagen, wo sie abgeblieben ist?«

Denzil blickte unwillkürlich den Leichnam an. Und dann fiel ihm die Kinnlade herunter.

Denn der Leichnam bewegte sich. Die Münzen in seinen Augen blinkten unheimlich im Licht der Laterne, als der Tote ihnen langsam den Kopf zuwandte. Der Kiefer knarrte beim Aufgehen, und das Geräusch, das daraus erscholl, war wie der Pesthauch aus einem offenen Grab.

Aber es *war* eine Stimme.

Der Leichnam *konnte* sprechen.

»Ich sehe sie«, sagte er. »Sie scheint sehr klein zu sein.«

»La-li-la-la«, murmelte Denzil heiser. Er meinte, jeden Augenblick ohnmächtig zu werden.

»Ich glaube, sie befindet sich in der Gewalt des Meeres«, fuhr der Leichnam fort. »Draußen am Neuen Dock. Aber sie ist sehr klein. So groß wie eine Maus, scheint es, aber das kann nicht gut sein, oder?«

Er wandte den Kopf mit den aufblitzenden Münzen in Henkies Richtung und stieß ein staubtrockenes Lachen aus.

»Wenn's drum geht, was möglich ist oder nicht, da bin ich gerade der Richtige, was, Henkie?«

Sie machten es mit Spiegeln, versuchte Denzil sich einzureden. Oder sie hatten ihn unter Drogen gesetzt. Ihn hypnotisiert. Ihn zum Wahnsinn getrieben ...

»Bist du dir da sicher?« fragte Henkie. »Sie ist so groß wie'n verdammtes Mäuschen und treibt im Meer?«

»Klar doch«, erwiderte die trockene Stimme.

»In einem Boot?«

»Nein, sie ist naß und zittert und wird's nicht mehr lange machen.«

Bauchrednerei, entschied Denzil. So wurde es gemacht. Und jemand war hinter der Wand und steuerte den Leichnam, damit es so aussah, als bewege er sich.

»Danke«, sagte Henkie.

»Hast du was für mich?« fragte der Leichnam.

»Ein neues Bild – ist fast fertig.«

Und nun lächelten diese trockenen Lippen tatsächlich. Denzil vermochte den Blick nicht abzuwenden.

»Ich freu mich drauf«, sagte der Leichnam.

Und dann verstummte er.

»Wir müssen uns beeilen, wenn Sie Ihre Freundin retten wollen«, sagte Henkie.

Lizzie näherte sich Denzil mit dem Halstuch, doch dieser schüttelte den Kopf und durchquerte den Raum, bis er unmittelbar vor dem Leichnam stand.

»Blödsinn«, sagte er und hob seine Hand an dessen Gesicht. »Dieses Ding ist nicht echt. Tote können nicht ...«

Auf einmal ging der Arm des Leichnams nach oben, und tote Finger packten sein Handgelenk.

»So groß wie eine Maus«, sagte er und blies Denzil seinen grabeskalten Atem ins Gesicht. »Und wie erklärst du dir nun *das*?«

Denzil schrie auf und sprang zurück. Die Brille flog ihm von der Nase. Er stolperte über einen Tisch und wäre hingefallen, wenn Henkie ihn nicht gepackt und festgehalten hätte. In diesem Moment der Verwirrung nahm der Leichnam wieder seine ursprüngliche Haltung ein. Denzil starrte ihn an.

Lizzie hatte die Brille aufgefangen und reichte sie ihm. Mit zitternden Fingern setzte Denzil sie auf. Er konnte nicht verhindern, daß seine Hände zitterten, darum steckte er sie in die Tasche.

»Kommen Sie«, sagte Henkie. »Es bleibt nicht mehr viel Zeit, Ihrer Freundin zu helfen.«

»Aber ... aber ... «

Das Halstuch fiel über seine Augen und nahm ihm gnädigerweise die Sicht auf den Leichnam. Kurz darauf verließen sie das Zimmer und machten sich an den langen Aufstieg.

»Das kann einfach nicht sein«, murmelte Denzil ständig vor sich hin, während er sich führen ließ. »Wie ist das bloß möglich?«

Es konnte nicht sein. So einfach war das. Er hatte sich die ganze lächerliche Veranstaltung eingebildet. Eine andere logische Erklärung gab es nicht.

Doch er spürte noch immer den Griff der toten Finger um sein Handgelenk.

Vier nackte Beine

Es ist die Lüg'
Maskierte Wahrheit nur!

LORD BYRON
Don Juan, 11. Gesang

Nachdem Bett die Verbindung unterbrochen hatte, lauschte Lena noch eine Weile auf das Pausenzeichen, dann legte sie langsam den Hörer auf.

Irgendwie läuft alles falsch, dachte sie.

Sie erhob sich und humpelte ans Fenster, um nach draußen zu sehen. Ein feiner Sprühregen ging über der Promenade nieder und verlieh der Straßenoberfläche im Schein der Laternen einen feuchten Glanz. Hinter der Mauer, die den Fußweg vom steinigen Strand abtrennte, stieg und fiel das Wasser der Mount's Bay im zeitlosen Rhythmus der Gezeiten.

Daddy hatte einen Fehler gemacht, wurde ihr klar. Sie sollte wirklich nicht hier sein.

Nicht daß sie geglaubt hätte, ihre Aufgabe nicht bewältigen zu können. Und obwohl der Erfolg bislang ausgeblieben war, vom dummen Fahrradunfall ganz zu schweigen, machte es sogar irgendwie Spaß. Genau wie ein Spionageroman, ganz gleich, was Bett dazu zu sagen hatte.

Aber an einem Mord beteiligt zu sein… davon zu wissen, und nichts dagegen zu unternehmen…

Das paßte ihr nicht.

Sie kannte Clare Mabley nicht, abgesehen von den Akten, die sie über die Frau gelesen hatte. Sie schuldete Mabley nichts. Aber das änderte überhaupt nichts an ihren gegenwärtigen Gefühlen. Die Frau hatte es nicht verdient, zu sterben – nur deshalb, weil sie mit Janey Little befreundet war und Bett bei seinen Plänen, die er mit der Little hatte, im Weg stand.

Sie fragte sich, ob Daddy überhaupt wußte, was Bett hier vorhatte. Es war eine Sache für sich, ein harter Geschäftsmann zu sein. Sogar mit ein wenig Gewaltanwendung konnte sie sich abfinden, wenn es angebracht war und keine andere Möglichkeit blieb, allerdings nicht dann, wenn sich die Gewalt gegen Unbeteiligte richtete. Und die Erkenntnis, wieviel Spaß es Bett machen würde, verursachte ihr Übelkeit.

Und es *würde* ihm Spaß machen. Das wußte sie. Jedesmal, wenn sie mit ihm zusammen war, spürte sie den Kern von beherrschter Gewalttätigkeit, der unmittelbar unter seiner Oberfläche lag und den es danach verlangte, freizukommen. Sie wußte genug über Männer, um diesen Aspekt zu erkennen, wenn er vorhanden war. Es gab welche, die nur große Reden schwangen, und andere, die einfach handelten, und vor denen mußte man sich wirklich in acht nehmen. Denn deren gewalttätige Impulse hatten nichts mit gewöhnlicher Wut zu tun. Vielmehr entsprangen sie entweder einer amoralischen Weltsicht oder, was schlimmer war, einem krankhaften Bedürfnis, anderen weh zu tun.

Auf Bett traf wahrscheinlich beides zu.

Vielleicht hatte der Orden, beziehungsweise Madden, einen Fehler gemacht, als er ihn hierhergeschickt hatte.

Sie erinnerte sich noch an den Abend, als ihr Vater sie in die Geheimnisse des Ordens eingeweiht hatte. Siebzehn war sie gewesen, der Geheimbund alter Männer und Frauen, die die Welt regieren wollten, war ihr gleichzeitig blöde und furchteinflößend erschienen. Doch an dem Abend, als der Orden der Grauen Taube sie in seinen Reihen willkommen geheißen hatte, hatten nicht nur alte Männer und Frauen auf sie gewartet.

In der Kirche im Norden des Bundesstaates New

York, in der sie sich versammelt hatten, waren drei Generationen vertreten gewesen, Männer wie Frauen. Leute, die so alt waren, daß sie ihre Großeltern hätten sein können – während ihre eigenen Großeltern, väterlicher- wie mütterlicherseits, tot waren und Daddy ihr nie hatte sagen wollen, wer von ihnen, wenn überhaupt, Mitglied gewesen war. Dann war da die Generation ihres Vaters. Und schließlich Teenager, von denen nur einer jünger war als sie selbst.

Alle waren maskiert gewesen – kostümiert, hatte sie damals gemeint, wie die Mitglieder irgendeines Kostümvereins, die sich auf eine Parade vorbereiteten, aber wenn der Orden ein Verein war, dann ein unheimlicher. Da war Blut, und sie wußte noch immer nicht, ob es von einem Menschen gewesen war, wie ihr einer der jüngeren Eingeweihten später anvertraut hatte, und ein Ritual wurde vollzogen. Und sie bekam die Tätowierung.

Es wäre lächerlich gewesen, wenn es nicht so todernst gewirkt wäre. Und dann, als die Jahre vergingen und sie in die tieferen Mysterien eingeweiht wurde, als sie entdeckte, daß sie alles – *alles* – bekommen konnte, was sie sich wünschte, durch reine Willenskraft, war es ihr überhaupt nicht mehr unmoralisch erschienen.

Wollte man ewig leben?

Der Orden behauptete, daß es möglich sei. Viele der älteren Mitglieder behaupteten, weit über Hundert zu sein, obwohl keiner älter als Sechzig wirkte.

Wollte man Reichtum?

Sie waren alle reich, und auch Lena war in reichen Verhältnissen aufgewachsen, wie sollte sie da nicht noch mehr haben wollen?

Wollte man Macht über andere erlangen?

Die Geheimnisse des Ordens lehrten, wie man durch richtigen Gebrauch der Willenskraft die Schafe beherrschen konnte. Und wenn manchmal eher physische Manipulationen vonnöten waren – wie die heimliche

Verwendung von Drogen oder andere äußerliche Machenschaften –, war ebenfalls eine Art von Magie nötig, um deren volles Potential zu nutzen.

Lena war in dieser Umgebung aufgewachsen, hatte sich jedoch eine leicht distanzierte und herablassende Haltung gegenüber dem Orden bewahrt. Warum sollte sie ihnen auch die Genugtuung gönnen, zu meinen, daß sie sie ebenfalls beherrschten? Denn einen weiteren Aspekt des Ordens sah sie darin, daß die älteren Mitglieder die jüngeren herumkommandierten, sie im Grunde als eine andere Art von Schafen betrachteten.

In vielerlei Hinsicht unterschied sich der Orden gar nicht so sehr von der Gesellschaft in ihrer Ganzheit. Man stieg in ihm genauso auf wie in der Geschäftswelt oder im gesellschaftlichen Getriebe.

Lena zog es vor, sich zu nehmen, was sie gebrauchen konnte, sich ansonsten aber seine Spielregeln möglichst wenig zu eigen zu machen. Sie hatte eine andere Verwendung für das erworbene Wissen. Anstatt sich an die niederen Ränge des Ordens zu halten, schuf sie sich lieber ihre eigenen Machtzirkel, wobei sie allerdings darauf achtete, daß sie dem Orden nicht in die Quere kam.

Nur in Zeiten wie diesen ging der Schuß nach hinten los, wenn ihr Vater, enttäuscht über seinen mangelnden Einfluß auf seine eigene Tochter – und aus dem gleichen Grund in Anwesenheit anderer Ordensmitglieder zweifellos peinlich berührt –, sie mit einer unangenehmen Unternehmung betraute, um zu beweisen, daß er immer noch über sie bestimmen konnte.

Für gewöhnlich machte sie das Beste daraus und erledigte die Aufgabe so rasch wie möglich, um in ihr gesellschaftliches Umfeld in Boston zurückkehren zu können, in dem sie eher Anführer als Speichellecker war. Unglücklicherweise war diesmal Felix Gavin aufgetaucht und hatte die ganze Angelegenheit kompliziert.

Auf eine Weise, die sie noch immer nicht ganz begriff, hatte er den Schutzschirm aus aufgesetzter Selbstsicherheit, mit dem sie die Welt in Schach hielt, durchstoßen und war geradewegs in ihr Herz marschiert. So daß ihr das Schicksal eines anderen Menschen zur Abwechslung einmal nicht mehr gleichgültig war. Und am schlimmsten war, daß es gar kein so schlechtes Gefühl war. Abgesehen davon, daß ihre Gefühle für ihn aussichtslos waren.

Was also sollte sie tun?

Seufzend wandte sie den Blick von der Außenwelt ab und sah auf ihr Handgelenk. Die graue Taube, das Symbol des reizenden Ordens ihres Vaters. Waren sich diese alten Männer und Frauen der dunklen Neigungen Betts überhaupt bewußt?

Wahrscheinlich.

Aber sie konnte ihren Vater trotzdem anrufen.

Sie hinkte zum Bett zurück und hielt den Hörer bereits in der Hand, dann legte sie wieder auf, ohne angerufen zu haben. Ihr war noch etwas anderes klargeworden.

Daddy würde Jim Gazo als ihren Bodyguard herschicken, aber Jim konnte nicht vor morgen früh eintreffen. Bis dahin war sie auf sich allein gestellt. Wenn sie ihren Vater anrief und Daddy Madden dazu brachte, daß er Bett zurückpfiff, würde Bett vorbeikommen und sich an ihr rächen. Wahrscheinlich würde er weitermachen und Clare Mabley trotzdem töten und dann zurückkommen und ihr weh tun, ungeachtet der möglichen Folgen. Ebenso wie er Felix töten würde, wenn sie es nicht schaffte, ihn heute nacht hierzubehalten.

Michael Bett war das zuzutrauen.

Bis morgen war sie auf sich allein gestellt. Weder Daddy noch der Orden konnten ihr bis dahin helfen. Womit sie wieder bei der ersten Frage angelangt war: Was zum Teufel sollte sie nun tun?

An erster Stelle stand die Selbsterhaltung. Gar keine

Frage. Aber Clare Mabley ... Konnte sie einfach tatenlos zusehen, wie Bett sie umbrachte? Und was war mit Felix? Ihm gegenüber hegte sie sehr sonderbare Gefühle. Ihr wurde klar, daß sie ihn nicht anlügen wollte. Sie wollte eine Chance, ihn für sich zu gewinnen, auf ehrliche Weise und ohne Hintergedanken.

Es würde nicht klappen. Alles ging schief. Darum würde sie sich auf einen Tauschhandel einlassen müssen. Mableys Leben gegen die Lüge, die Felix dazu veranlassen würde, hierzubleiben. Und wenn er am Ende alles herausbekam, würde er sie vielleicht verstehen. Denn Mabley war schließlich auch Felix' Freundin, oder etwa nicht?

Sie nahm abermals den Telefonhörer ab.

»Hallo, Willie?« sagte sie, als die Verbindung hergestellt war. »Nein, keine Angst. Er ist nicht da. Ja, ich mache mir auch nicht viel aus ihm. Hör zu, es ist wichtig. Erinnerst du dich an die Freundin von Janey Little, mit der Gavin heute morgen zusammen war? Genau, Clare Mabley. Jemand will sie heute nacht umbringen.

Nein, ich weiß nicht, wer«, log sie. »Es darf ihr bloß nichts passieren. Kannst du deinen Freund in Mousehole anrufen, damit er sich darum kümmert? Nein, jetzt gleich. Das letzte, was ich gehört habe, war, daß sie von den Littles nach Hause ging. Es sind tausend Dollar für dich drin« – sollte er sich den Wechselkurs selbst ausrechnen –, »wenn sie die Nacht überlebt, und für deinen Freund noch mal soviel.

Danke, Willie. Ich dachte mir, daß dich das interessieren würde. Paß bloß auf, daß du's nicht vermasselst, sonst ...«

An der Tür wurde geklopft.

»Wir reden später weiter, Willie«, sagte sie und legte auf.

Sie fuhr sich mit der Hand durchs Haar und blickte nervös im Zimmer umher.

»Wer ist da?« rief sie.

»Felix.«

Gut, dachte sie. Ich habe getan, was ich konnte, jetzt bist du dran, Felix. Wenn du's vermasselst, sind wir beide dran.

»Einen Moment!« rief sie.

Während sie zur Tür humpelte, warf sie einen Blick in den Spiegel und zuckte zusammen, als sie ihren verletzten Knöchel zu sehr belastete. Ohne daß sie hätte schauspielern müssen, stand ihr der Schmerz noch ins Gesicht geschrieben, als sie die Tür öffnete.

»Es tut mir leid, daß ich noch so spät vorbeikomme«, begann Felix, »aber ...«

»Mein Gott«, fiel sie ihm ins Wort. »Sie sehen schrecklich aus.«

Er lächelte schwach, doch ihr entging nicht der Schmerz in seinen Augen. Er war klatschnaß, das kurze Haar klebte am Schädel, die Kleidung war durchweicht. Er trug einen Seesack über der Schulter, und neben ihm stand ein quadratischer schwarzer Kasten am Boden. In der Hand hielt er einen Spazierstock.

Er hat ihn von Clare Mabley bekommen, dachte sie mit einem Anflug von Unbehagen. Willie, ich hoffe, daß du's schaffst.

»Kommen Sie rein«, setzte sie hinzu.

»Ich kann nicht bleiben ...«

»Das macht nichts. Bloß einen Moment. Was haben Sie gemacht, waren Sie schwimmen?«

»Nein. Aber es regnet ...«

»Das sehe ich.« Sie nahm den Stock entgegen und stützte sich darauf auf, als sie von der Tür zurücktrat. »So geht's schon besser. Sie sind ein Engel, Felix. Wirklich. Wo haben Sie den her? Kommen Sie«, fügte sie hinzu, als er auf dem Korridor verharrte.

»Ich kann wirklich nicht bleiben.« Er wühlte in seiner Tasche und reichte ihr eine Geschäftskarte. »Der Spazierstock gehört einer Freundin von mir ...«

»*Der* Freundin?«

Er schüttelte den Kopf, der schmerzliche Ausdruck seiner Augen vertiefte sich. »Nein. Aber ich war heute abend bei ihr. Sie – das heißt, wir ... Ich möchte eigentlich nicht darüber reden.«

»Dann lassen Sie's. Ist schon in Ordnung. Sie brauchen nichts zu tun, was Sie nicht wollen, Felix.«

»Ich wollte nur den Stock bei Ihnen abgeben. Ich hab ihn von der Frau, deren Name auf der Karte steht. Geben Sie ihn einfach im Laden ab, wenn Sie ihn nicht mehr brauchen.«

»Kein Problem. Es war nett von ihr, ihn mir zu leihen.«

»Ja, Clare ist ein netter Mensch.«

»Ich freue mich schon darauf, sie kennenzulernen.«

Vermassele es bloß nicht, Willie, dachte sie.

»Ich fahre nach London«, sagte Felix. »Ich muß einfach von hier weg.«

Lena nickte. »Manchmal bleibt einem nichts anderes übrig.« Sie schenkte ihm einen mitfühlenden Blick, dann fügte sie hinzu: »Möchten Sie nicht *reinkommen*? Wenigsten um wieder ein bißchen trocken zu werden. Sie sehen aus wie – na, ich weiß jetzt, was damit gemeint ist, wenn jemand von einem begossenen Pudel spricht.«

»Ich glaube nicht ...«

»Ich beiße nicht.«

Als er immer noch zögerte, trat sie vor – wobei sie eine Schau daraus machte, wie sehr ihr jede Bewegung weh tat –, und griff nach dem schwarzen Kasten am Boden.

»Okay«, sagte er und hob ihn selbst auf. »Aber nur ganz kurz.«

Lena trat zurück und gab die Tür frei. »Warum hängen Sie Ihren Mantel nicht über den Stuhl am Fenster, damit er an der Heizung ein bißchen trocknen kann? Ich mache Tee. Es ist nett, daß es in englischen Hotels in jedem Zimmer einen Wasserkessel und die nötigen Zutaten gibt, finden Sie nicht?«

Sie plauderte munter drauflos, während er seinen Mantel aufhängte und sich auf dem Sofa niederließ. Kleine Pfützen bildeten sich auf dem Teppich unter seinen Schuhen. Draußen hatte sich der Nieselregen in einen regelrechten Platzregen verwandelt. Eine Bö wirbelte einen Regenschwall gegen das Fenster.

»Hören Sie«, sagte Lena, nachdem sie das Wasser aufgewischt und sich auf die Bettkante gesetzt hatte. »Ich habe den Eindruck, daß Sie auf der Straße sitzen, weil Sie keinen Platz zum Bleiben haben.«

»Ich komme schon zurecht.«

»Das glaube ich Ihnen, aber warum bleiben Sie nicht heute nacht hier? Ohne Bedingungen. Sie nehmen die Couch, ich das Sofa. Um diese Zeit gehen sowieso keine Züge, oder?«

Felix schüttelte den Kopf. »Ich muß einfach raus aus der Stadt.«

Würde das genügen? fragte sich Lena. Sie ließ im Geiste die Unterhaltung mit Bett Revue passieren.

Wenn er im Hotel aufkreuzt, wirst du ihn dabehalten, in deinem Zimmer, und du wirst ihn auf keinen Fall weglassen …

Nein, wurde ihr klar, das würde nicht genügen. Was Bett betraf, hielt sie alles für möglich.

Sie sah Felix an, der mit hängenden Schultern dasaß und seine Schuhe anstarrte.

Mist. Und *er* würde jedenfalls nicht bleiben.

Somit blieb ihr keine andere Wahl.

Sie trug an beiden Händen einen Ring. In jedem befand sich unter dem Stein ein kleiner Hohlraum. Die Fassungen waren so gestaltet, daß es die Sache eines Augenblicks war, die jeweilige Hand mit dem Ring herumzudrehen, das Geheimfach zu öffnen und deren Inhalt in ein Getränk zu schütten. Das Pulver in beiden Ringen war vollkommen geschmacklos. Das im rechten war ein Betäubungsmittel. Das im linken war etwas Spezielleres. Es basierte auf einem Derivat des Thiopentons, das von einem Ordensmitglied entwickelt worden war und nicht nur der allgemeinen Muskelentspannung und Reflexunterdrückung diente, sondern gleichzeitig auch den Willen brach, so daß sich das Zielobjekt mühelos beeinflussen ließ.

Lena überlegte, welches sie benutzen sollte. Die neuen Gefühle, die Felix in ihr wachgerufen hatte, sagten ihr, daß sie ihn lediglich zu betäuben brauchte, um die Abmachung mit Bett zu erfüllen. Aber wenn sie bedachte, daß sie keine zweite Chance bekommen würde – keine wie diese, nicht mit ihm …

Wenn er nur aufgetaut wäre.

Aber das würde noch kommen.

Als sie sich entschieden hatte, fühlte sie sich gleichzeitig schuldig und erregt. Mit dem Rücken zu ihm leerte sie den Inhalt des linken Rings in eine Teetasse, dann goß sie Tee darüber.

»Milch? Zucker?« fragte sie.

»Von beidem etwas.«

Sie fügte beides hinzu und rührte ausgiebig um. Felix tauchte hinter ihr auf und ließ sie zusammenfahren, aber er wollte ihr nur den umständlichen Rückweg zum Sofa ersparen.

Sie unterhielten sich noch ein wenig, während Lena ihn verstohlen beobachtete, darauf wartend, daß die Droge zu wirken begann. Sie brauchte nicht lange zu warten. Schon bald begann Felix undeutlich zu sprechen. Seine Bewegungen wurden fahrig, bis er schließlich nur noch mit glasigem Blick dasaß.

»Felix?« sagte Lena.

»Mmm …?«

»Wie fühlst du dich?«

»Hmmm …«

»Du fühlst dich bestimmt unwohl in den nassen Sachen. Warum hängen wir sie nicht zu deinem Jackett und lassen sie trocknen?«

Sie erhob sich und ging, sich auf den Spazierstock

stützend, zu ihm hinüber, um ihm beim Aufstehen zu helfen. Sie half ihm dabei, das Hemd aufzuknöpfen, und bald darauf zog er es zusammen mit seinen übrigen Sachen selbständig aus.

»Dein Körper gefällt mir«, sagte Lena. »Hast du mal Gewichtheben gemacht?«

»Hmm ...«

Die Droge war der Konversation wenig förderlich, doch Lena war sowieso nicht nach Reden zumute. Die Droge war für ein Ordensritual entwickelt worden, in das sie noch nicht eingeweiht war, aber sie wußte, daß es sexueller Natur war – zweifellos ausgedacht von einem der älteren Mitglieder, die es dazu benutzten, sich mit irgendeinem süßen jungen Ding zu vergnügen, dem sie sich sonst nicht hätten nähern können. Sexmagie wurde im Orden nicht gelehrt, aber Lena hatte sich ausgiebig damit beschäftigt, zog es allerdings vor, diesen Aspekt ihres Lebens dem Vergnügen vorzubehalten.

Und sie vergnügte sich jetzt; ihre letzten Schuldgefühle verflüchtigten sich, als sie Felix zum Bett führte. Nachdem sie sich ihrerseits entkleidet hatte, legte sie sich neben ihn und fuhr mit ihren Fingern seinen straffen Körper hinauf und hinunter.

Wieviel würde er später noch wissen? fragte sie sich, als sie seinen Penis zu streicheln begann und spürte, wie er sich in ihrer Hand versteifte. Nicht viel, ihren früheren Erfahrungen mit der Droge nach zu schließen.

Aber sie würde sich erinnern.

Und er würde Träume haben, ohne daß er jemals darauf kommen würde, woher sie stammten ...

2

Die Nacht ist dunkel und stürmisch, sagte Clare vor sich hin, während sie langsam nach Hause ging. Keine Menschenseele regte sich, nicht einmal eine Maus: doch aufgepaßt, was war das für ein Licht hinter dem Fenster …?

Ein Lächeln glitt über ihre Züge.

Du hast zuviel gelesen, Mabley, dachte sie.

Das Problem war, daß sie sich tatsächlich an alles erinnerte, was sie gelesen hatte – besonders an die Klischees und die Moralpredigten und solche Sachen. Sie kombinierte sie gerne zu sinnlosen Sätzen und Absätzen – eine Angewohnheit aus ihrer Jugend, als sie zuviel allein gewesen war. Ein ähnlicher Zeitvertreib bestand darin, daß sie sich die ersten dreißig Songs der aktuellen Hitparade vornahm oder die Überschriften verschiedener Zeitungen am Kiosk, wenn sie in der Schlange darauf wartete, bedient zu werden, oder die Titel einer Buchreihe in einem der Regale des Ladens, um zu sehen, wie es wohl wäre, wenn man sie durcheinanderwarf und aneinanderreihte.

Zum Beispiel Thomas Hardy.

Im grünen Wald, fernab der lärmenden Menge, zwei blaue Augen, die …

Was taten? Judaten den Unberühmten?

Sie schüttelte den Kopf. Aus ›Juda‹ ein Verb zu machen – das war unfair.

Vielleicht wenn sie die Gedichtüberschriften mit einbezog.

Im grünen Wald, fernab der lärmenden Menge, trotzt das Gespenst der Vergangenheit, gottverlassen, der Rückkehr des Eingeborenen.

Nicht schlecht. Das war fast schon selbst ein Gedicht …

Sie blieb stehen und spähte den steilen Abhang des Raginnis Hill hinunter, denn sie hatte auf einmal das Gefühl, nicht mehr allein zu sein. Aber da war niemand. Als sie sich umdrehte, blies ihr der Wind ins Gesicht. Sie wischte sich mit dem Handrücken den Regen aus den Augen und von den Wangen und stieg weiter hügelan; die Titel von Hardys Büchern und Gedichten hatte sie vergessen.

Die feuchte Nachtkühle war unter ihr Ölzeug und den Pullover gekrochen, doch das konnte nicht der Grund für das unerwartete Frösteln sein, das sie empfand. Irgend etwas Seltsames war in der Luft, eine elektrische Spannung, die nichts damit zu tun hatte, daß in den Sturmwolken über ihr ein Blitz lauern mochte. Alles schien aus den Fugen geraten – vielleicht seit die ganze Sache mit Felix und Janey und dem Chef angefangen hatte. Leute schlichen in Mousehole herum und suchten nach alten Manuskripten von William Dunthorn. Und dann der Einbruch.

Shakespeare, dachte sie, um sich auf andere Gedanken zu bringen.

Viel Lärm um nichts ... der Sturm ...

Verdammter Mist.

Sie blickte sich abermals schaudernd um, vermochte aber wieder nichts Ungewöhnliches zu entdecken. Bloß das friedliche Mousehole, das größtenteils dunkel dalag, denn es war schon spät, und in der Nachsaison blieb sowieso niemand lange auf – nicht einmal am Samstagabend. Die schmale dunkle Straße, die sich hinter ihr steil zu den Häusern hinunterwand, regennaß und glänzend. Die in tiefem Schatten daliegenden Gassen ...

Sie führte Selbstgespräche und war sich dessen bewußt, vermochte jedoch nicht aufzuhören, weil nichts mehr so zu sein schien, wie es hätte sein sollen.

Sei keine blöde Gans, sagte sie sich.

Schelten half auch nicht.

Sie versuchte zu laufen, aber mit der Kälte in ihren Knochen und auf der steilen Straße konnte sie nicht schneller gehen. Eine Schildkröte konnte schneller laufen. Eine Schnecke konnte schneller kriechen. Das Gehen lag ihr einfach nicht, damit mußte sie sich eben abfinden.

Der Wind wurde heftiger und peitschte ihr den Regen mit solcher Gewalt entgegen, daß sie den Kopf senken mußte, während sie sich mit der freien Hand das Ölzeug dichter ans Kinn zog. Unter ihrem Hut prickelte ihr der Nacken in Erwartung von etwas Schrecklichem – das Gefühl wurde so stark, daß sie sich schließlich umdrehen mußte, um sich zu vergewissern, und da …

Sie zuckte zusammen, war so verblüfft, daß sie beinahe das Gleichgewicht verloren hätte.

»Mein Gott«, sagte sie zu der vermummten Gestalt, die von hinten an sie herangetreten war. »Sie haben mich richtig erschreckt, wie sie da aufgetaucht sind …«

Sie verstummte, als sie den langen Regenmantel bemerkte, den Hut, die unter der Krempe hervorstarrende Schutzbrille, das über die Unterseite des Gesichts emporgezogene Halstuch, das sämtliche Gesichtszüge wirkungsvoll verbarg. Ihr Herz begann zu rasen, als der Fremde die linke Hand aus der Tasche nahm und ein großes Klappmesser hervorholte. Wie durch Zauberkraft schnellte die Klinge mittels eines Handschlenkers aus dem Griff hervor.

»N-nein«, sagte Clare. »Bitte …«

»Wir beide werden einen Spaziergang machen, du und ich«, sagte der Mann, dessen Stimme durch das Halstuch gedämpft wurde. »Zu den Klippen hoch, denke ich.«

Todesangst lähmte für eine Weile Clares Muskeln, dann nahm sie ihren ganzen Mut zusammen und schwang den Spazierstock. Der Mann wehrte den Schlag mühelos ab. Clare war weniger erfolgreich, als er mit der freien Hand nach ihr schlug. Der Schlag riß ihr den Spazierstock aus der Hand und warf sie aufs Pflaster nieder, wo sie sich die Hände aufschürfte. Ihr krankes Bein reagierte auf die schlechte Behandlung mit einem schmerzhaften Stich.

Ehe sie wegkriechen konnte, hatte sich der Mann

neben sie gekniet und drückte sie, die rechte Hand auf ihre Schulter gelegt, nach unten, das Messer dicht vor ihrem Gesicht.

»Wir können das ruhig und friedlich hinter uns bringen«, sagte er. »Ein Spaziergang an den Klippen, und keine Schmerzen. Oder ich ziehe dich an den Haaren dort rauf, und wir sehen mal, ob der Regen das Blut ebenso schnell abwaschen kann, wie ich es zum Fließen bringe.«

Die Brillengläser starrten sie an, leblose Käferaugen, die keine Hoffnung boten.

»Es könnte eine Zeitlang dauern«, fügte er hinzu.

Clare öffnete den Mund, um zu schreien, dann klappte sie ihn wieder zu, als die Messerspitze knapp unterhalb ihres linken Auges ihre Wange berührte. Der Regen strömte auf ihr Gesicht, ließ ihre Sicht verschwimmen.

»Keinen Mucks.« Die Stimme klang ganz beiläufig. »Keine Schreie. Würde sowieso nichts nützen. Niemand kann dich hören – nicht in dieser Nacht.«

Das Messer wich ein wenig zurück, hing zwischen ihnen in der Luft. Der Mann hielt es lässig in der Hand. Clare starrte die drohende Spitze an. Undeutlich nahm sie das Bild des Mannes in sich auf – nur ein schattenhafter Schemen, gesichtslos unter dem Hut, der Schutzbrille und dem Halstuch. Sie erlebte einen Augenblick vollkommener Klarheit. Sie merkte den Knick an der Krempe, als wäre der Hut zu lange in einer Tasche zusammengedrückt gewesen. Den fehlenden Knopf am rechten Revers des Regenmantels. Die merkwürdige kleine Tätowierung am linken Handgelenk des Mannes.

Dann zerrte er sie auf die Beine und stieß sie in die Richtung des Küstenwegs. Er klappte das Messer zusammen und steckte es wieder in die Tasche.

»Mein – mein Stock ...«

»Lauf ohne«, sagte der Mann.

»Aber …«

Das Messer kam abermals zum Vorschein, die Klinge schnappte auf.

»Du langweilst mich allmählich«, sagte der Mann. »Langweile mich lieber nicht. Ich gefiele dir nicht, wenn ich mich langweile.«

Das Messer bewegte sich vor ihrem Gesicht hin und her. Sie taumelte einen Schritt zurück, aber er kam ihr mühelos nach.

»Gar nicht gefallen«, sagte er leise.

3

Janey ging es elend. Die Scheibenwischer ihres kleinen Reliant Robin hatten sich entschieden, nur mit halber Kraft zu arbeiten, und schafften es nicht mehr, die Windschutzscheibe von Regen freizuhalten. Die Lüftung funktionierte ebenfalls nicht richtig, so daß sie das Fenster an der Fahrerseite öffnen mußte. Als sie die halbe Strecke nach Newlyn geschafft hatte, waren ihre linke Schulter und der linke Arm durchnäßt.

Und vor allem bekümmerte sie der Anlaß, warum sie heute nacht unterwegs war …

Sie fuhr mit zu hoher Geschwindigkeit durch Newlyn und Penzance hindurch, aber das war ihr gleichgültig. Sie versuchte gleichzeitig, den Robin auf der Straße zu halten und Felix am Straßenrand auszumachen, während sie sich wegen ihres Verhaltens heftige Vorwürfe machte. Warum hatte sie ihm nicht *zugehört*, anstatt gleich in die Luft zu gehen.

Schuld daran war ihr verfluchtes Temperament.

Als sie am entgegengesetzten Ende von Penzance angelangt war, hämmerte sie ratlos auf das Lenkrad. Zu dieser Zeit fuhren weder Busse noch Bahnen, aber wenn er nun per Anhalter gefahren war? Er konnte schon weg sein …

Sie fuhr abermals im Zickzack durch Penzance, langsamer diesmal, aber wiederum erfolglos. Schließlich hielt sie an, kurz bevor sie die Newlyn Bridge am Ende des Nordpiers erreicht hatte. Sie starrte mürrisch durch die Windschutzscheibe. Die Scheibenwischer wedelten kraftlos hin und her, verteilten den Regen mehr, als daß sie die Scheibe freigewischt hätten.

Das war sinnlos. Er konnte überall sein.

Dann fiel ihr ein, daß Clare gesagt hatte, Felix wolle vor seiner Abreise einen Spazierstock bei dieser Lena abgeben. In einer solchen Nacht müßte er verrückt sein, wenn er versuchen würde, per Anhalter aus der Stadt wegzukommen. Vielleicht war er noch bei der Frau.

Janeys Stimmung hob sich. Die Amerikanerin war vermutlich in einem Hotel abgestiegen.

Sie wendete und fuhr nach Osten zur Strandpromenade.

Ein Hotel. Natürlich. Dann verließ sie der Mut. Welches mochte es sein?

Beim dritten Hotel, bei dem sie es versuchte, hatte sie Glück. Hinter der Rezeption stand Ron Hollinshead, ein früherer Schulkamerad von ihr. Bei ihrem Eintreten sah er von einer Zeitschrift auf, in der er gelesen hatte. Sich das dunkle Haar aus der Stirn zurückstreichend, erhob er sich und lächelte ihr entgegen. Im Stehen war er nur wenig größer als Janey.

»Hallo, Janey«, sagte er, an ihr vorbei zum Wagen blickend, den sie am Straßenrand geparkt hatte. »Ist dir der Wagen verreckt?«

»Hör mir bloß mit dem Wagen auf.«

Ron kam um den Tresen herum. »Soll ich mal nachschauen?«

»Nein. Das ist es nicht. Ich muß – ist hier eine Amerikanerin abgestiegen? Ich weiß nur ihren Vornamen: Lena.«

Ron nickte. »Lena Grant. Sie ist schon ein paar Tage hier. Hält sich für was Besseres. Was willst du von ihr?«

»Hatte sie heute abend Besuch?« fragte Janey.

»Etwa vor einer halben Stunde – von einem kräftigen Kerl. Sah aus, als wäre er in der Bucht schwimmen gewesen.«

»Hatte er irgendwelches Gepäck dabei?«

»Einen Seesack und eine Art Koffer. Was soll das alles, Janey?«

»Welche Zimmernummer hat sie?«

»Das darf ich dir nicht sagen.«

»Es ist wichtig.«

Ron wirkte verlegen. »Aber die Information ist vertraulich. Ich könnte meinen Job verlieren, wenn ich zulasse, daß die Gäste belästigt werden. Hab ein Einsehen, Janey.«

»Ich werde niemanden belästigen«, sagte Janey. »Ehrlich. Ich will bloß mit dem Kerl reden, der bei ihr ist.«

»Das glaube ich dir nicht«, sagte Ron. »Um diese Zeit gehört nicht viel Phantasie dazu, sich vorzustellen, was sie gerade machen.«

Janey hatte große Mühe, die plötzlich in ihr aufsteigende Wut zu unterdrücken.

Ich habe ihn weggeschickt, sagte sie sich. Wenn er mit ihr im Bett ist, dann ist es meine Schuld. Ich werde ganz ruhig bleiben. Ich werde lediglich mit ihm reden. Und ihr vielleicht ihr verdammtes rotes Haar ausreißen …

»Tut mir leid, Janey«, sagte Ron. »Aber es gibt gewisse Regeln, an die ich mich halten muß.«

Janey seufzte. »Du willst es mir nicht sagen?«

»Wollen schon – ich kann nicht.«

»Dann muß ich es eben selbst herausfinden.«

Als sie sich zur Treppe wandte, packte Ron sie beim Arm. »Um Himmels willen, Janey, mach bloß keine Szene.«

»Das werd ich schon nicht. Sag mir einfach ihre Zimmernummer.« Sie rang sich ein entwaffnendes Lächeln ab. »Mach schon, Ron. Es ist wirklich sehr wichtig.«

»Verdammter Mist.«

»Niemand braucht zu erfahren, daß du's mir gesagt hast«, versicherte sie ihm.

»Du wirst nicht schreien und kein Theater machen?«

»Versprochen«, sagte sie und legte die Hand aufs Herz.

Ich werde sie leise umbringen, setzte sie im stillen hinzu.

»Wenn ich meinen Job verliere …«

»Das wirst du nicht, Ron. Ich gehe nur rauf, mich ein bißchen unterhalten, und dann bin ich gleich wieder weg, mucksmäuschenstill. Niemand wird wissen, daß ich überhaupt da war.«

Er seufzte schwer und blickte sich in der Halle um, als rechnete er damit, daß irgendwo seine Vorgesetzten darauf lauerten, daß er gegen die Regeln verstieß, um ihn rauszuwerfen, und dann könnte er wieder stempeln gehen.

»Also gut«, sagte er. »Zimmer Nummer fünf – am Ende der Treppe rechts. Aber denk dran, daß du …«

Janey nickte. »Ich werde so leise sein wie ein Geist.«

Wie ein Rachegeist, dachte sie, dann verdrängte sie den Gedanken. Sie würde ruhig bleiben – ganz gleich, was sie im Zimmer dieser Frau vorfinden würde. Sie würde *keine* Szene machen.

»Danke, Ron«, sagte sie.

Sie drückte rasch seinen Arm, dann eilte sie die Treppe hinauf, bevor er es sich anders überlegen konnte. Als sie vom ersten Treppenabsatz zu ihm hinuntersah, starrte er ihr nach, offenbar immer noch beunruhigt. Sie legte einen Finger an die Lippen und ging demonstrativ auf Zehenspitzen weiter, bis er sie nicht mehr sehen konnte.

Ich werde ganz ruhig sein, ermahnte sie sich, als sie die Tür erreicht hatte, auf deren Messingschild ›Nummer Fünf‹ geschrieben stand.

Leicht gesagt. Ihr Herz pochte heftig, als sie die Hand hob, um mit den Knöcheln anzuklopfen, und sie war alles andere als ruhig. Bevor sie klopfte, zögerte sie und legte ein Ohr an die Holzverkleidung. Sie vernahm ein seltsames Geräusch, doch aufgrund der Dicke der Tür konnte sie nicht sagen, was es war.

Vielleicht schliefen sie. Zusammen in einem Bett. Erschöpft vom wilden Liebesspiel...

Sie würde die Frau umbringen. Sie würde ihr die Haare ausreißen...

Ruhig, ermahnte sie sich. Ganz ruhig.

Sie klopfte, und niemand antwortete. Aber sie spürte, daß sie dort drinnen waren. Leere Räume hatten eine andere Ausstrahlung. Und da war dieses gedämpfte, rhythmische Geräusch.

Sie klopfte ein zweites Mal, und als wieder keine Antwort erfolgte, versuchte sie die Tür zu öffnen. Der Knauf ließ sich mühelos herumdrehen. Sie riß die Tür auf und trat ins Zimmer, wo sich ihre schlimmsten Befürchtungen bewahrheiteten.

Eine nackte Frau hockte rittlings über Felix auf dem Bett und ritt ihn, als wäre er ein Vollbluthengst, die Hände auf seinen Schultern, die Brüste in wippender Bewegung, während ihre Hüften auf und nieder gingen. Sie blickte Janey mit weitgeöffneten, überraschten Augen an und verharrte mitten in der Bewegung, Felix' Penis noch halb in ihr. Felix bewegte sich weder, noch drehte er sich um.

»Was zum Teufel willst *du* denn hier?« wollte die Frau wissen.

Janey hielt Ausschau nach dem erstbesten Gegenstand, den sie auf die Frau werfen konnte.

4

Davie Rowe knöpfte sich das Hemd über seiner breiten Brust zu und schlüpfte in die Hose, mit dem rechten Bein zuerst.

Zweihundert verdammte Pfund, dachte er, als er sich das Hemd in die Hose stopfte und dann den Reißverschluß hochzog. Und zur Abwechslung mal für etwas Legales. War das etwa nichts?

»Bist du es, Davie?«

Davie blickte auf die Wand, die sein Schlafzimmer von dem seiner Mutter trennte.

»Ja, Mam.«

»Wer war das eben am Telefon?«

Ihre Stimme klang jetzt näher.

Ach, bleib doch im Bett, dachte Davie. Die Wahrscheinlichkeit, daß sie es tun würde, war allerdings gering.

»Nur ein Freund«, sagte er.

Seine Mutter tauchte in der Tür auf, einen abgetragenen geblümten Morgenmantel um den mageren Leib geschlungen.

»Doch nicht etwa dieser Willie Keel, oder?«

Davie schüttelte den Kopf. »Es war Darren Spencer. Er hat einen Platten am Steinbruch und braucht Hilfe.«

»Dieser Keel gefällt mir nämlich nicht«, fuhr seine Mutter fort, als hätte sie ihn nicht gehört. »Er hat dich schon einmal in Schwierigkeiten gebracht, und er wird's wieder tun, wenn du ihn läßt. Davie, er ist kein anständiger Kerl, und ...«

Davie schnitt ihr mit einem flüchtigen Kuß auf die Wange das Wort ab.

»Ich muß jetzt wirklich los, Mam. Darren wartet.«

»Ist gut. Seinen Freunden soll man beistehen«, sagte seine Mutter. »Nicht, daß Darren dir beigestanden hätte, als du im Gefängnis warst. Wo war er da, frag ich dich? Aber jetzt, wo er selbst ein bißchen Hilfe braucht, um – wie spät ist es eigentlich?«

»Zeit, daß ich wegkomme. Leg dich wieder hin, Mam. Ich bleib nicht lange.«

Seine Mutter nickte. »Und zieh einen Mantel an und setz einen Hut auf. Das ist eine wahre Sintflut heute.«

»Mach ich.«

Er entdeckte seine Stiefel neben der Tür, wo er sie fallengelassen hatte, und schnürte sie rasch. Seine Mutter plapperte unterdessen weiter, während er in einen dicken Regenmantel schlüpfte und sich einen Südwester auf die widerspenstigen braunen Locken setzte.

»Auch ein großer Junge wie du«, sagte seine Mutter, als er die Haustür öffnete, »kann sich eine Lungenentzündung holen.«

»Ich paß schon auf, Mam.«

Er schloß die Tür und trat dankbar auf die Straße hinaus. Die körperlichen Unannehmlichkeiten des Regens waren ihm lieber als die Nörgelei seiner Mutter. Sie meinte es gut, das wußte er, aber ihr ständiges Nörgeln ging ihm trotzdem schwer auf die Nerven. Natürlich war es seine eigene Schuld. Fast dreißig, und immer noch lebte er zu Hause bei seiner Mutter. Und lachte ihn Willie nicht genau deshalb aus? Aber was sollte er machen? Eine eigene Wohnung konnte er sich nicht leisten, und wenn er sich nicht um die alte Frau kümmerte, wer würde es dann tun? Sein Vater jedenfalls nicht – er ruhe in Frieden –, und außer den Vettern, die nach Kanada ausgewandert waren, hatten sie keine Angehörigen.

Eine schöne Bescherung, daß die einzigen Rowes, die noch in Mousehole lebten, eine brummige alte Frau und ihr nichtsnutziger Verbrechersohn waren. Aber was sollte man machen? Als Dad noch gelebt hatte und ab und zu mit kleinen Schmuggelgeschäften das geringe Einkommen aus dem Fischfang aufgebessert hatte, war es besser gewesen. Und zu Zeiten seines Großvaters ... damals waren die Rowes die besten Schmuggler weit und breit gewesen.

Doch die Zeiten, als es noch Sardinen gab und die Boote mit Windkraft statt mit Motoren betrieben wurden, waren lange vorbei. Er lebte heute. Im Augenblick hatte er nur die zweihundert Pfund im Kopf, die ihm winkten, wenn er Clare Mabley fand und sie am Leben blieb.

Zweihundert Pfund!

Während er im Regen durchs Dorf zum Raginnis Hill eilte, überlegte Davie, wieviel Willie wohl für sich behalten würde. Und er fragte sich, wer Clare wohl etwas zuleide tun wollte. Er hatte früher ein paar schlimme Sachen getan und würde zweifellos noch weitere tun, aber er konnte guten Gewissens von sich sagen, daß er noch keinen behinderten Menschen verletzt oder bestohlen hatte.

Es wollte ihm nicht in den Kopf, wie man so etwas tun konnte.

Wegen des heftigen Regens hatte Davie die beiden Gestalten schon fast erreicht, als er sie sah. Clare humpelte ohne ihren Stock den Hügel hinauf, während der Mann sie weiterstieß, wenn sie langsamer wurde.

»He!« schrie Davie. »Laß sie los, du!«

Der Mann drehte sich um. Seine linke Hand tauchte in die Manteltasche und kam mit einem Messer wieder hervor. Davie nahm die vermummte Erscheinung des Mannes und das Messer mit einem Anflug von Unbehagen wahr. Der Mistkerl ist ausstaffiert wie der Schurke in einem schlechten amerikanischen Film, dachte er. Aber das Messer war kein Witz. Auch nicht die selbstsichere Art, wie der Mann es hielt, mit der Klinge nach oben.

Unwillkürlich stellte Davie sich vor, wie das Messer in seinen Bauch eindrang und ihm dann die Brust aufschlitzte, bis es vom Brustbein aufgehalten wurde …

Trotzdem blieb er standhaft.

Zweihundert Pfund, dachte er.

Außerdem mochte er Clare.

»Hast also'n Messer?« sagte er. »Fühlst dich mächtig stark damit, möchte ich wetten.«

Die Antwort des Mannes bestand darin, daß er plötz-

lich einen Satz nach vorn machte. Das Messer schnitt durch Davies Mantel, verfehlte jedoch die Haut, da Davie dem Angriff seitlich auswich. Bevor der Mann herumschwenken konnte, versetzte Davie ihm mit seiner fleischigen Faust einen heftigen Schlag an die Schläfe, der den Angreifer auf der Stelle zu Boden warf.

Morgen würden ihm die Knöchel weh tun, dachte Davie, als er sich dem Mann näherte, um dafür zu sorgen, daß er am Boden blieb.

Der Mann schüttelte den Kopf und war bereits wieder auf den Beinen, bevor Davie ihn erreicht hatte. Mit vorgestrecktem Messer hielt er Davie wirksam in Schach. Dann erspähte Davie Clares Spazierstock dort, wo er zuvor aufs nasse Pflaster gefallen war.

Also gut, dachte er. Bringen wir's schnell hinter uns.

Er machte einen Ausfall auf den Mann zu, duckte sich unter dem ausholenden Messer hindurch und trat dem Mann die Beine weg. Als Clares Angreifer aufs Pflaster stürzte, lief Davie rasch dorthin, wo der Stock lag. Damit bewaffnet, kehrte er gerade in dem Moment zurück, als sich der Mann hochrappelte.

»Der Spaß ist vorbei«, sagte Davie. »Warum haust du nicht ab, bevor du ernsthaft verletzt wirst?«

Der Mann stieß ein unartikuliertes Brüllen aus und stürmte vor. Davie schwang zweimal den Stock. Beim erstenmal schlug er dem Mann das Messer aus der Hand. Seitlich ausweichend, führte Davie den zweiten Schlag gegen die Schulter des Mannes, als dieser an ihm vorbeischoß. Der Mann taumelte gegen eine niedrige Gartenmauer, wandte sich rasch um. Sein rechter Arm hing steif an der Seite herab.

Gebrochen, dachte Davie. Oder vielleicht sind auch nur die Nerven betäubt. Egal, der Mann war nicht mehr in der Verfassung, den Kampf fortzusetzen.

Davie hob abermals den Stock.

»Ich mein's ernst, Kumpel«, sagte er. »Hau ab, oder ich zeig dir, was richtiger Schmerz ist.«

Er spürte den Haß, der hinter der seltsamen Schutzbrille in den Augen des Mannes brannte. Diese gehässige Wut brauchte keine Worte, um verstanden zu werden. Davie hatte den Hut im Verlauf des kurzen Kampfes verloren, und der Regen klatschte ihm die Locken an den Schädel, lief ihm in die Augen. Doch er bewegte sich nicht, blinzelte nicht einmal, bis die Gestalt an der Mauer sich langsam nach links davonschlich, dann hügelabwärts flüchtete.

Davie beugte sich vor, hob das Messer des Mannes auf und schleuderte es in die Dunkelheit hinter dem nächstgelegenen Haus unterhalb der Straße. Er hob seinen durchnäßten Hut auf und steckte ihn in die Tasche, dann ging er zu Clare hinüber, die mit aufgerissenen Augen auf der Straße kauerte.

»Mein Gott, Davie«, sagte sie, als er sie erreicht hatte. »Er wollte mich umbringen.«

Davie wußte nicht so recht, was er jetzt tun sollte. Er half Clare auf die Beine und kam sich dumm und verlegen vor, als sie ohne seine Hilfe auf den Beinen stand und ihren Stock wieder in Händen hielt.

»Tja, also ...«, setzte er an, dann wußte er nicht mehr weiter.

»Du hast mir das Leben gerettet, Davie.«

»Ich – äh – kam gerade zufällig vorbei.«

Clare trat ein wenig näher und stützte sich auf seinen Arm. Er spürte, wie sie zitterte.

»Ich hab in meinem ganzen Leben noch keine solche Angst gehabt«, sagte sie.

»Also, er – äh – ist ja jetzt weg.«

Abermals erbebte Clare. »Und wenn er zurückkommt?«

»Das glaube ich nicht.«

Das Reden fiel ihm allmählich leichter.

»Aber wenn doch?« fragte sie. »Wir rufen besser die Polizei.«

»Keine Polizei«, sagte Davie.

»Aber ...« Clare sah zu ihm auf. Sie blinzelte den Regen weg, dann nickte sie. »Natürlich«, sagte sie. »Du bist kein Freund der Bullen, stimmt's?«

Davie saugte an seinen übel zugerichteten Knöcheln. »Stimmt. Hat er dich verletzt?«

»Nein, ich bin bloß ein bißchen mitgenommen – das ist alles.«

»Ich begleite dich nach Hause«, sagte Davie.

»Das ist sehr nett von dir.«

»Du kannst die Polizei von zu Hause aus anrufen«, fuhr Davie fort. »Du darfst mich bloß nicht erwähnen, das ist alles.«

Clare nickte und ließ sich den Hügel hinaufführen, vorbei am Vogelhospital, bis zu ihrer Haustür.

»Was könnte sie auch schon ausrichten?« sagte sie. »Er ist jetzt bestimmt schon über alle Berge.«

»Über alle Berge«, stimmte Davie zu.

»Aber ich sollte es trotzdem melden, damit er nicht noch mal jemanden überfällt. Es sei denn ...« Sie verstummte.

»Es sei denn, was?« fragte Davie.

Clare fröstelte. Ihre Finger zitterten, als sie den Schlüssel ins Schloß zu stecken versuchte. Davie nahm ihn ihr ab und schloß für sie auf.

»Ich hatte das seltsame Gefühl, daß er es speziell auf mich abgesehen hatte.«

»Warum sollte dir jemand was antun wollen?« fragte Davie.

Aber als er dies sagte, dachte er an die zweihundert Pfund und an Willie Keel. Jemand hatte Willie gesagt, daß der Überfall stattfinden würde. Jemand, der bereit war, mindesten zweihundert Pfund – wahrscheinlich das Doppelte, wenn man Willies Anteil dazurechnete – dafür zu bezahlen, daß er verhindert wurde.

Der einzige Mensch, dem Davie diesen Betrag zugetraut hätte, war die Amerikanerin, die in Penzance abgestiegen war. Aber warum? Und warum Clare?

»Ich weiß nicht«, sagte Clare. »Aber jemand will es.«
Sie ging hinein, dann schaute sie sich zu ihm um.

»Magst du nicht für einen Moment hereinkommen?« fragte sie. »Du bist ja ganz naß. Ich könnte Tee machen.«

»Ich denk schon«, sagte Davie. »Aber nur, wenn du nicht die Polizei anrufst, solange ich da bin.«

Sie warf ihm einen eigenartigen Blick zu. »Was hattest du vor, Davie?«

»Nichts. Ehrlich nicht. Ich hab bloß einen Spaziergang gemacht, mehr nicht. Aber wenn die Bullen mich hier antreffen, dann nehmen sie mich trotzdem mit.«

»Nun, das kann ich nicht zulassen«, sagte Clare. »Nicht, nachdem du mir geholfen hast. Aber spazierengehen dem bei Regen?«

»Man bekommt davon einen klaren Kopf.«

»Den kann man jetzt auch brauchen«, sagte Clare.

»Wie bitte?«

»Nichts. Möchtest du einen Tee?«

»Ja, bitte.«

»Ich setze Wasser auf.«

Sie hängte ihren Mantel an einen Haken neben der Tür und ging in die Küche. Davie hängte ebenfalls seine Sachen auf, dann stand er verlegen neben der Garderobe, bis sie ihn in die Küche rief.

»Solange du hier bist, fühle ich mich besser«, sagte sie. »Sicherer. Hast du sein Gesicht gesehen?«

»Da war nicht viel zu sehen, mit der Schutzbrille und dem Halstuch und so.«

»Das ist es ja. Ich kriege schon eine Gänsehaut, wenn ich nur an ihn denke.«

Davie nickte und setzte sich an den Küchentisch. Es war wirklich unheimlich gewesen. Und verletzt oder nicht, der Mann war immer noch dort draußen. Er konnte wiederkommen. Falls er das täte, und Davie wäre nicht in der Nähe, um ihn aufzuhalten, dann würde er seine zweihundert Pfund abschreiben können, das wußte er. Ganz zu schweigen davon, daß Clare dann tot wäre…

»Kann ich mal telefonieren?« fragte er.

Clare hob die Brauen. »Willst *du* jetzt etwa die Polizei anrufen?«

»Bestimmt nicht. Ich möchte bloß einen Kumpel anrufen, den ich treffen wollte, und ihm sagen, daß ich nicht kommen kann.« Sie sah ihn weiterhin fragend an. »Ich dachte, äh, ich sollte vielleicht 'ne Weile bleiben«, fügte er hinzu. »Für den Fall, daß der Kerl, der dich angegriffen hat, wiederkommt. Die Polizei würde wahrscheinlich niemanden hierlassen, weißt du.«

»Das ist nett von dir.«

»Es sei denn, dir wär's lieber, daß ich gehe…?«

»Nein. Du kannst auf der Couch schlafen, wenn du magst.«

»Ich brauche nicht viel.« Er zögerte, dann fügte er hinzu: »Das Telefon?«

»Ist im Arbeitszimmer«, sagte sie und zeigte in die entsprechende Richtung.

»Danke.«

Am Telefon angelangt, wählte Davie sogleich Willies Nummer. Willie hob ab.

»Es war höchste Zeit«, sagte er, als Willie sich gemeldet hatte.

»Gab es Probleme?«

»Nicht der Rede wert. Kennst du ihn?«

»Nein.«

»Glaubst du, er kommt wieder?«

»Daran habe ich noch gar nicht gedacht«, sagte Willie. »Gibt es einen Ort in der Nähe, von wo aus du Mableys Haus beobachten kannst?« Einen Moment lang schwieg er und dachte offenbar nach, dann, bevor Davie etwas sagen konnte, setzte er hinzu: »Da ist natürlich dieses verflixte Wetter, nicht?«

»Das macht nichts«, sagte Davie. »Ich bin im Moment

bei Clare. Sie hat mich eingeladen, weil ich sie gerettet habe.«

»Kannst du bleiben?«

»Das ist nicht das Problem. Ich will wissen, Willie, was das Ganze eigentlich soll.«

»Hab nicht die leiseste Ahnung, Kumpel. Ich hab bloß das Geld eingesteckt und meinen Job getan. So bringt man's zu was in der Welt.«

»Das werd ich mir merken«, sagte Davie, dann legte er auf.

Er sah sich im Zimmer um, betrachtete die an den Wänden aufgereihten Bücher und fragte sich, ob Clare sie tatsächlich alle gelesen hatte. Er erinnerte sich an ihre gemeinsame Schulzeit. Sie war noch auf der Volksschule gewesen, als er die Prüfung abgelegt hatte, um zur Gesamtschule in Penzance überzuwechseln – und durchgefallen war. Aber er wußte noch, daß sie nach dem Unfall lange zu Hause gewesen war und dann mit dem Rollstuhl zur Schule gekommen war, stets in Begleitung von Janey Little.

Sie mußte viel Zeit gehabt haben, um das alles und noch mehr zu lesen, sagte er sich. Er zog wahllos ein Buch aus dem Regal und blätterte es durch. Er fragte sich, wie es wohl sein mochte, so etwas zu lesen. Als Junge hatte er gerade den wöchentlich erscheinenden *Beano*-Comic geschafft. Inzwischen las er allenfalls noch die Fußballergebnisse – und zwar nachdem er einen ausgiebigen Blick auf das Mädchen von Seite drei geworfen hatte. Aber Bücher … ein guter Film jederzeit – am liebsten die alten, in denen Gut und Böse säuberlich getrennt waren und wo man beides nicht durcheinanderbrachte wie im wirklichen Leben.

Er hob einen Band hoch, wog sein Gewicht in der Hand. Filme waren gut und schön, aber das war etwas anderes. Es lag gut in der Hand.

Clare war klug – bestimmt war sie das, da sie all diese Bücher gelesen hatte. Und auch hübsch. Komisch, daß ihm das bis jetzt noch gar nicht aufgefallen war. Man sah den Stock, und weiter sah man nicht.

»Der Tee ist fertig!« rief Clare aus der Küche.

»Bin schon unterwegs«, sagte er.

Klug und hübsch und umgänglich. Und nun versuchte jemand, sie umzubringen.

Er stellte das Buch zurück.

Nicht, solange er ein Wörtchen mitzureden hatte.

5

»Felix, wie *konntest* du bloß?« schrie Janey.

Ihn mit dieser Frau im Bett anzutreffen, war ein endgültiger Schlag ins Gesicht. Der schlimmste Verrat. Weil sie bereit gewesen war, ihm zuzuhören. Sie hatte Clare *geglaubt*, als diese behauptet hatte, er sei unschuldig. Aber ihn so zu sehen ... zu wissen, daß er sie die ganze Zeit über zum Narren gehalten hatte.

Die rote Flutwelle ihrer Wut peitschte gegen die trügerische Ruhe, die sie während der letzten paar Stunden verzweifelt zu bewahren versucht hatte.

»Felix!« schrie sie abermals. »Willst du mich wenigstens *ansehen*?«

Du hast ihn so weit gebracht, protestierte ein Teil von ihr, warum regst du dich dann so auf? Du hast ihn in ihre Arme getrieben.

Das war totaler Blödsinn.

Sie hatte ihn weggeschickt – das war nicht zu leugnen –, aber wenn er wirklich so unschuldig war, warum war er dann zur Amerikanerin ins Bett gehüpft?

»Felix!« schrie sie zum dritten Mal, und ihr Tonfall wurde schrill.

Lena war ganz ruhig. Sie erhob sich aus ihrer peinlichen Lage – Felix' Penis klatschte gegen seinen Bauch, als sie von ihm herunterstieg –, und bedeckte ihre Blöße gelassen mit einem Bademantel.

»Mach, daß du hier rauskommst«, sagte sie zu Janey, während sie den Gürtel schloß.

Sie hatte leise gesprochen, doch dahinter war Härte spürbar. Diese Stimme war gewohnt, daß man ihr gehorchte. Ein Tonfall, der gegenüber Dienstboten angewendet wurde.

Janey beachtete sie nicht, hatte nur Augen für Felix.

Er hatte sich nicht bewegt. Er hatte nicht einmal den Kopf in ihre Richtung gedreht. Er lag einfach auf dem Bett und starrte an die Decke, während sein Penis schrumpfte und weich wurde. Er sah lächerlich aus, doch der Anblick brach Janey das Herz.

Sie tat einen Schritt auf ihn zu. Lena trat vor, wobei sie ihr verletztes Bein schonte, und stellte sich zwischen das Bett und Janey.

»Ich sagte ...«, setzte sie an.

Die Bewegung der Frau brach den Bann, unter dem Janey gestanden hatte. Ohne sich über ihr Tun Gedanken zu machen, ballte sie die Faust und boxte Lena so fest wie möglich in den Bauch. Als Lena keuchend zusammenklappte, trat sie beiseite. Lenas Bein gab unter ihr nach, und sie fiel auf den Teppich. Janey trat ans Bett. Sie bewegte ihre Hand vor Felix' Gesicht hin und her und wartete darauf, daß er der Bewegung folgte, aber nach wie vor starrte er zur Decke.

Allmählich ging Janey ein Licht auf, wenn sie auch noch nicht alles begriff.

»Du hast ihn unter Drogen gesetzt«, sagte sie, sich vom Bett abwendend.

Als ihr das klar wurde, schwand ihre Wut kaum, sondern sie suchte sich vielmehr ein neues Ziel. Vor allem aber hatte sie schreckliche Angst um Felix. Was hatte ihm die Frau gegeben? Würde er sich davon erholen?

Lena rappelte sich auf. Sich an der Bettkante aufstützend, zog sie sich vom Boden hoch und lehnte sich ans Bett. Als Janey einen Schritt auf sie zu machte, zuckte sie zusammen.

»Glaub ja nicht... daß du damit durchkommst«, sagte Lena. »Ich zeige dich wegen Körperverletzung an, du dumme kleine...«

»Du hast ihn unter Drogen gesetzt!« schrie Janey, die Drohung übergehend. »Was hast du ihm gegeben?«

Als sie noch näher kam, schlug Lena nach ihr, die Finger wie eine Klaue gespreizt, die langen polierten Nägel krümmten sich nach Janeys Gesicht. Janey wich dem schwachen Angriff aus und ohrfeigte Lena. Von ihrer Hand blieb ein Abdruck auf der Wange der Frau zurück – flammendrot im Gegensatz zu der bleichen Haut. Lena zuckte zusammen. Sie bedeckte die schmerzende Wange mit der Hand, an Angriff dachte sie nicht mehr.

»*Was* hast du ihm gegeben?« wollte Janey wissen.

Als Lena nicht antwortete, hob sie abermals drohend die Hand, was die Frau sogleich zum Reden brachte.

»Er hat nichts. Die Droge macht ihn lediglich willenlos. In ein paar Stunden läßt die Wirkung nach.«

Ihr Tonfall war bestimmt und wütend, aber das war Janey egal. Sie hätte die Frau am liebsten auf der Stelle aus Cornwall hinausgeschmissen.

Lena aus den Augenwinkeln beobachtend, trat sie wieder ans Bett.

»Felix?« sagte sie. »Kannst du mich hören?«

»Uuuh...«

Sie nahm seine Hand und zog an seinem Arm, worauf er sich im Bett aufsetzte wie ein Roboter, der von sich aus zwar zu steifen Bewegungen imstande war, sich aber nicht ohne fremde Hilfe fortbewegen konnte. Janey blickte sich im Zimmer um, bis sie seine auf dem Boden liegende Kleidung erspäht hatte. Sie hob sie auf und reichte sie ihm.

»Zieh das an«, sagte sie.

Er hielt die Sachen auf dem Schoß fest, starrte jedoch dumpf in eine unsichtbare Ferne.

Janey sah Lena an. Abgesehen von einer dunklen

Wut, die tief in ihren Augen flammte, schien sie alle Kampfeslust verlassen zu haben. Befriedigt darüber, daß sie die Situation nicht weiter komplizieren würde, half Janey Felix beim Ankleiden. Es war nicht viel anders, als wenn sie eine Schaufensterpuppe angezogen hätte. Endlich hatte sie ihn soweit, daß er an der Tür stand, während der Seesack und der Akkordeonkoffer auf dem Flur warteten. Janey hob auch Clares Spazierstock auf. Sollte die Frau ruhig auf den Knien herumrutschen.

»Das wird dir noch leid tun«, sagte Lena unvermittelt.

»Ach, tatsächlich?«

Janey war richtig stolz darüber, wie sie ihr Temperament im Zaum hielt.

»Du hast überhaupt keine Ahnung, wer ich …«

»Da täuschst du dich«, sagte Janey. »Ich weiß genau, was für ein Mensch du bist *und* weswegen du hier bist.«

Sie lächelte kalt, als Lenas Miene Überraschung ausdrückte.

»Ganz recht«, fügte sie hinzu. »Und vielleicht brauchst du dort, wo du herkommst, nur mit den Fingern zu schnippen, um zu bekommen, was du willst, aber hier gilt das nicht. Hier passen wir auf uns auf. Am besten steigst du in den erstbesten Zug nach London und fliegst nach Hause, denn beim nächstenmal, wenn du uns belästigst, wirst du's nicht bloß mit mir zu tun haben. Ich habe eine Menge Freunde in der Gegend, Lena Grant, und wir passen wirklich gut auf uns auf.«

»Du wirst nicht …«

Aber Janey schlug einfach die Tür zu und hörte nicht mehr, was die Frau sagen wollte. Sie schubste Felix den Korridor entlang, dann hob sie seinen Seesack und den Akkordeonkoffer auf, klemmte sich Clares Spazierstock unter den Arm und folgte ihm zum Treppenabsatz, wo er stehengeblieben war.

»Runter geht's«, sagte sie und stieß ihn abermals an, damit er sich wieder in Bewegung setzte.

Am Fuß der Treppe erwartete sie Ron, der vor Angst beinahe komisch wirkte. Er musterte Felix eingehend, der wieder angehalten hatte und so reglos dastand wie eine abgeschaltete Maschine, dann blickte er Janey fragend an.

»Ich habe jemanden rufen hören«, sagte er.

Janey nickte erschöpft. »Es tut mir leid. Haben wir jemand aufgeweckt?«

»Nein. Es ist bloß …« Er sah wieder zu Felix. »Was ist mit ihm?«

»Sie hat ihn unter Drogen gesetzt. Eine nette Kundschaft habt ihr hier, Ron.«

»Wir suchen sie uns nicht einzeln aus. Bringst du ihn ins Krankenhaus?«

Janey schüttelte den Kopf. »Ich nehme ihn mit nach Hause.«

»Aber …«

»Da ist er jetzt am besten aufgehoben«, sagte sie bestimmt. »Ich will nicht, daß er in einem Krankenzimmer aufwacht, ohne zu wissen, wie er dort hingekommen ist.«

Ron schien noch etwas sagen zu wollen, doch dann zuckte er nur die Achseln.

»Warte«, sagte er und nahm ihr den Seesack und den Koffer ab. »Laß mich das tragen.«

Er verstaute das Gepäck im Wagen, während Janey Felix in den Regen hinausführte und seine massige Gestalt auf dem kleinen Beifahrersitz des Reliant unterbrachte.

»Kann ich sonst noch etwas für dich tun?« fragte Ron.

»Nein«, sagte Janey. Sie ließ den Wagen an. »Jedenfalls vielen Dank. Du solltest besser machen, daß du aus dem Regen kommst.«

Sie schaltete die Scheinwerfer und Scheibenwischer

ein. Letztere funktionierten noch immer nicht richtig und verteilten das Wasser halbherzig auf der Windschutzscheibe. Seufzend kurbelte Janey ihr Fenster herunter, und sogleich begann es hereinzuregnen. Ron beobachtete sie von der offenen Hoteltür aus. Janey winkte ihm zu, wendete den Wagen und fuhr nach Mousehole zurück.

Wenn sie je eine schlimmere Nacht erlebt hatte, dann war sie ihr im Moment entfallen.

6

Lena sah, wie sich die Tür hinter ihnen schloß. Sie faßte sich an ihre immer noch brennende Wange. Außerdem tat ihr der Bauch weh. Als sie den Bademantel öffnete und an sich hinunterblickte, stellte sie fest, daß sich ein Bluterguß bildete.

Sie war in keiner guten Verfassung.

Langsam erhob sie sich und humpelte ans Fenster, wo sie Janey Littles komischen dreirädrigen Wagen vor dem Hotel abfahren sah. Sie legte eine Hand auf ihren Bauch und streichelte sanft die wehe Stelle, ohne etwas darum zu geben, daß jeder, der vorbeikam, sie mit offenem Bademantel sehen konnte. Schließlich gürtete sie ihn jedoch wieder zu und nahm in einem Sessel Platz.

Das war Karma, dachte sie. Sie hatte versucht, das Richtige zu tun, aber weil sie es ungeschickt angefangen hatte, war alles schiefgegangen. Es hatte ihr in einzigartiger Weise an Konzentration gefehlt. Sie hatte keinen Gebrauch von ihrer kühlen, messerscharfen Willensstärke gemacht, sondern sich von den erogenen Zonen ihres Körpers leiten lassen.

»Denk niemals mit dem Bauch«, hatte Daddy ihr mehr als einmal geraten. »Das ist die erste Regel im Geschäftsleben, und sie gilt gleichermaßen für Frauen wie für Männer – vergiß das niemals. Gebrauche deinen

Verstand, nicht deine Libido. Ich habe schon viele Enttäuschungen erlebt, weil Geschäftspartner mit dem Bauch gedacht haben und nicht mit dem Kopf...«

Es klang vernünftig. Es war ein guter Rat.

Aber sie hatte gegen die Regel verstoßen. Sie hatte sich von ihrer Libido in eine Lage bringen lassen, in die ihr gesunder Menschenverstand sie niemals gebracht hätte. Wenn sie Felix statt dessen das Betäubungsmittel gegeben hätte... ihn auf das Sofa gelegt und sich dann ins Bett gelegt hätte... dann hätte sie sich die ganzen Unannehmlichkeiten erspart.

Aber jetzt, wo es nun einmal passiert war...

Wenn sie nur daran dachte, wie das kleine Miststück hier hereingeplatzt war, als gehörte ihr die ganze Welt...

Wut war auch keine Lösung, aber trotzdem schwelgte sie eine Zeitlang darin, bis sie schließlich seufzte. Sie zwang sich zur Ruhe.

Dreh nicht durch, beruhige dich.

Aber das bedeutete, ihn für immer zu verlieren. Nicht, daß sie auch nur die Spur einer Chance gehabt hätte, die Dinge wieder zurechtzubiegen. Nicht, daß sie es gewollt hätte. Er war schließlich nichts weiter als ein großer dummer Seemann, oder etwa nicht?

Und doch, verdammt noch mal...

Sie vergegenwärtigte sich die ungewohnten Empfindungen, die er in ihr geweckt hatte, und erkannte mit einem Anflug von Rührseligkeit, die ebenfalls ungewohnt für sie war, daß sich ihre Gefühle Felix Gavin gegenüber nicht verändert hatten. Nicht ein bißchen. Er hatte eine Bresche in die Mauer geschlagen, die sie zu ihrem Schutz um sich herum aufgerichtet hatte, er hatte sich hindurchgezwängt, in ihr Herz und ihren Kopf, und nun wollte er nicht wieder hinausgehen.

Es lag nicht nur daran, wie er am Nachmittag alles hatte stehen und liegen lassen, um ihr zu helfen, während jeder aus ihren Kreisen nur mitfühlend genickt hätte und dann weitergegangen wäre, wenn sich überhaupt jemand die Mühe gemacht hätten, sie zur Kenntnis zu nehmen. Es lag auch nicht an der einfachen Aufrichtigkeit, die ihm ins Gesicht geschrieben stand, oder an der Aufmerksamkeit, mit der er ihrem Geschwätz zugehört hatte. Auch nicht daran, daß er einen wundervollen Körper hatte …

Sie wußte nicht, woran es lag. Und was sie nicht verstand, das brachte sie aus der Fassung. Weil es sie verwundbar machte. Weil es dazu führte, daß sie verloren und einsam dasaß wie alle anderen blöden Schafe auch, die nicht bekommen konnten, was sie wollten …

Sie erinnerte sich daran, wie sich seine Haut an ihrer angefühlt hatte. An die sanfte Kraft seiner Hände. Wie sie seinen harten Schwanz tief in sich hineingestoßen hatte. Wegen der Droge war er ohne ihr Zutun nicht sonderlich energisch gewesen, das stimmte. Bei Licht besehen, war es fast schon Nekrophilie gewesen … aber es hatte sich einfach so gut angefühlt …

Ihre Hand fiel zwischen ihre Beine hinab, und sie lehnte den Kopf an die Sessellehne, schloß die Augen und stellte sich vor, es wären seine Finger, die hin- und herglitten, seine Berührung, sein Verlangen nach ihr, das die heiße Flamme nährte, die tief in ihrem Leib anschwoll und sich in Wellen in ihr auszubreiten begann …

Doch dann fiel ihr wieder Janey Little ein. Und Felix' tieftrauriges Gesicht, als er zu ihr gekommen war, um den Spazierstock abzugeben …

Ihre Hand kam zum Stillstand. Die Lust verflüchtigte sich, wenn auch nicht ihr Verlangen.

Sie schlug die Augen auf und blickte sich im Zimmer um. Sie zog den Bademantel zusammen und schlang die Arme fest um ihre Brust.

Dreh nicht durch, beruhige dich.

Es mußte eine Möglichkeit geben, wie sie Daddy und den Orden zufriedenstellen und *trotzdem* alles bekommen konnte, was *sie* wollte. Sie hatte es nur noch nicht richtig durchdacht.

Das letzte Wort ist noch nicht gesprochen, Janey Little, dachte sie. Auf lange Sicht jedenfalls noch nicht.

7

Für Clare war es eine Frage der Selbstbeherrschung.

Als der Fremde sie überfallen hatte, dort draußen im Regen, sie beide ganz allein, hatte sie Angst gehabt. Verletzt zu werden. Und dann zu sterben. Aber auf einer tieferen Ebene, die bis zu jenem ursprünglichen Kern hinabreichte, der sie zu dem Menschen machte, der sie war – der sie von den Milliarden anderen Menschen unterschied, mit denen sie den Planeten teilte – hatte sie Angst gehabt, die Beherrschung über sich zu verlieren.

Was der Angreifer ihr in diesem Moment nahm, verletzte ihr innerstes Wesen. Er hatte ihr geraubt, was sie die Jahre über, in denen sie bettlägerig gewesen war, und während ihrer Physiotherapie gesund erhalten hatte.

Selbstbeherrschung.

Sie hatte schlechte Karten gehabt – oder sich selbst ausgeteilt, könnte man sagen, obwohl es schwerfiel, in diesen Kategorien zu denken, wenn man bedachte, wie jung sie gewesen war, als sie abgestürzt war. Sie hatte die motorische Kontrolle über ihren Körper verloren und mit all ihrer Kraft und Willensstärke darum gekämpft, sie wiederzuerlangen. Und sie erlangte sie wieder. Sie hatte sich nicht vollständig erholt, aber sie war erfolgreicher gewesen, als die Ärzte für möglich gehalten hatten.

Was war das Geheimnis?

Selbstbeherrschung.

Als sie sich endlich wieder bewegen konnte, schwor

sie sich, nie wieder darauf zu verzichten. In keinem Aspekt ihres Lebens.

Und als der Angreifer sie ihr raubte – so beiläufig wie ein grausames kleines Kind, das einer Fliege die Flügel auszupfte, indem er sie ihr mit brutaler Kraft und einem Messer entriß – untergrub das alles, was all die Jahre über ihre Stärke ausgemacht hatte. Einfach so. Und sogar jetzt noch, während sie mit Davie Rowe in der Küche Tee trank, hielt sie die Erinnerung daran fest wie einen Schwimmer, der sich in einem Knäuel Seetang verheddert hatte, das ihn unter Wasser zog, hinunter in die Tiefe, wo ihm die Luft ausging, die Kraft, und er die Beherrschung über sich selbst verlor …

Die Herrschaft über sich selbst.

Was sie am meisten erschreckte, war, wie mühelos ihr Angreifer sie ihr weggenommen hatte.

Sie blickte ihr Gegenüber an, das mannhaft versuchte, den Tee nicht zu schlürfen. Davie Rowe. Mit den schlimmen Aknenarben, der Boxernase und dem überdimensionalen Kinn; dem einen großen Ohr und den im wesentlichen freundlichen Augen, die unglücklicherweise zu klein waren und zu eng beieinanderstanden; dem purpurroten Flecken eines Muttermals, das die linke Stirnseite verunzierte …

Es war ein Gesicht, das nur eine Mutter zu lieben imstande war, und soweit Clare wußte, liebte es auch nur seine Mutter.

Ebenso wie Clare hatte auch Davie Rowe schlechte Karten bekommen, und obendrein war es ihm verwehrt gewesen, jemals irgendwelchen Einfluß zu erringen. Wegen seines Aussehens hatte er nicht viele Freunde gehabt. Wenn er sich um eine Beschäftigung bemühte, schlug man ihm die Tür vor der Nase zu. Er hatte eine geringe Schulbildung, und sein einziger Vorzug, wenn man es so nennen wollte, bestand darin, daß er sich im Kampf behaupten konnte – er hatte sein ganzes Leben Zeit gehabt, diese Fähigkeit zu vervollkommnen. Leider war sie nicht zu vermarkten. War es da ein Wunder, daß er angefangen hatte, Brieftaschen und dergleichen aus den Zimmern der Touristen zu stehlen, die Penwith im Sommer bevölkerten? Was hätte er sonst tun sollen?

Jeder im Dorf kannte ihn. Er war weniger der Dorftrottel von Mousehole, als vielmehr dessen schwarzes Schaf, und dort brachte man ihm auch ein gewisses Maß an argwöhnischer Zuneigung entgegen, wenn sich auch niemand länger mit ihm abgab.

Aber was bedeutete schon sein Aussehen oder seine Vorgeschichte? In diesem Moment empfand Clare eine tiefe Zuneigung zu ihm. Und eine seltsame Wesensverwandtschaft.

Um sich von dem düsteren Gefühl abzulenken, das sich tief in ihrem Innern festgesetzt hatte und sich partout nicht vertreiben lassen wollte, überlegte sie, wie es für ihn sein mußte.

Er war nicht verkrüppelt, denn in physischer Hinsicht erfüllte sein Körper alle Funktionen so, wie es sein sollte, aber er war trotzdem behindert. Denn während die Leute, die ihr begegneten, nicht weiter sahen als bis zu ihrem Hinken und dem Stock, blickten sie bei ihm nicht über das Gesicht hinaus. Der wesentliche Unterschied bestand darin, daß sie sich angestrengt hatte, die Beschränkungen, die ihr die Gesellschaft auferlegte, zu überwinden, während er das gleiche bei sich entweder nicht geschafft oder keine Gelegenheit dazu gehabt hatte.

»Hast du alle die Bücher gelesen?« fragte Davie unvermittelt.

Clare zwinkerte und kehrte auf den Boden der Wirklichkeit zurück.

»Was hast du gesagt?«

»Die Bücher in deinem Arbeitszimmer«, sagte Davie und machte eine Kopfbewegung zum Korridor. »Hast du sie alle gelesen?«

Clare lächelte. »Alle wohl kaum. Aber ich habe viele davon gelesen. Warum fragst du?«

»Ich hab mich gefragt, wie das wohl ist.«

»Was, so viele Bücher gelesen zu haben?«

»Nein. Ein Buch zu lesen. Bis zum Schluß, von Anfang bis Ende. Eins ohne Bilder.«

»Du hast noch nie ein Buch gelesen?« fragte Clare, darum bemüht, nicht ungläubig zu klingen.

Davie zuckte die Achseln. »Bin irgendwie nie dazu gekommen ...«

»Aber was machst du dann die ganze Zeit?« In dem Moment, als es ihr entschlüpft war, tat es ihr auch schon leid. »Entschuldige«, fügte sie rasch hinzu. »Das geht mich eigentlich nichts an.«

»Es macht mir nichts aus, daß du das fragst. Ich gehe gern spazieren. Ich unternehme lange Spaziergänge. Und von Willie hab ich ein Fahrrad bekommen. Manchmal radle ich an einem Tag bis nach St. Ives und wieder zurück. Ich höre viel Radio, und abends sehen ich und Mam fern. Und ich gehe gern ins Kino. Aber wenn ich mir die ganzen Bücher in deinem Arbeitszimmer angucke, dann denke ich mir unwillkürlich, daß du klug sein mußt, da du so viel gelesen hast.«

»Durch Bücher allein wird man nicht klug«, sagte Clare.

Gott war ihr Zeuge, das sah sie jeden Tag im Laden, wo sie mehr Liebesgeschichten und Bestseller verkaufte als irgendwas von literarischem Wert oder tieferer Bedeutung. Sie konnte sich nicht mehr erinnern, wann sie das letztemal ein Exemplar Joyce an jemand anderen als einen Studenten verkauft hatte.

»Lesen heißt Begreifen«, fügte sie hinzu. »Und es regt zum Nachdenken an. Ich habe keine Probleme mit Unterhaltung, aber ich lese gern ganz unterschiedliche Sachen, um von allem etwas mitzubekommen.«

Davie nickte, aber sie merkte, daß es nur die Geste des Begreifens war.

»Du machst auch Musik«, sagte er. »Draußen bei Charly Boyd, nicht?«

»Meistens Freitags abend«, sagte Clare. »Aber ich habe dich noch nicht da gesehen.«

Davie zuckte die Achseln. »Wenn ich vorbeikomme und die Musik höre, bleibe ich manchmal davor stehen und höre eine Weile zu.«

»Warum kommst du nicht rein?«

»Ich spiele kein Instrument und kann beim Singen den Ton nicht halten.«

»Dann könntest du eine Geschichte erzählen, wie ein paar von den alten Opas.«

»Kenne keine Geschichten. Ich ...« Er rutschte unbehaglich auf dem Stuhl hin und her. »Wenn ich irgendwo reinkomme, dann verändert sich die Atmosphäre. Alle werden so ruhig und starren mich an. Wenn ich in die Kneipe gehe, habe ich nur dann Gesellschaft, wenn ich den Narren spiele. Dann sind Leute um mich rum, geben mir einen aus oder spielen Billard mit mir, aber ...« Er sprach nicht weiter.

Clare wußte nicht, was sie sagen sollte.

»Manchmal hab ich's einfach satt«, fügte er nach einer Weile hinzu.

Clare nickte. »Es ist nicht leicht ... anders zu sein. Ich kenne das sehr gut.«

»Du bist gar nicht anders«, sagte Davie. »Du siehst gut aus und bist klug und ...«

Er verstummte unvermittelt und trank in großen Schlucken seinen Tee aus.

»Es wird spät«, sagte er und erhob sich vom Tisch. »Wenn du mir eine Decke und ein Kissen gibst, dann mache ich mir auf dem Sofa mein Bett.«

Clare wollte etwas Tröstendes sagen, ließ es jedoch ungesagt. Wenn sie einander ähnlich waren, dann hätte es bloß nach Mitleid geklungen, und sie haßte es, bemitleidet zu werden.

»Ich hole die Sachen«, sagte sie.

Später schaute sie zu ihrer Mutter hinein – wie sie es bereits getan hatte, als sie nach Hause gekommen war –, aber diese schlief noch immer. Sie hinterließ eine Nachricht auf dem Nachttisch, worin sie Davie Rowes Anwesenheit im ersten Stock kurz erklärte, dann ging sie auf ihr Zimmer. Sie zog sich aus, stellte jedoch fest, daß sie nicht einschlafen konnte. Statt dessen verbrachte sie die restlichen Nachtstunden damit, aus dem Fenster zu schauen und zu beobachten, wie der Regen erst nachließ und dann ganz aufhörte, bis nur noch der bedeckte Himmel übrigblieb, als Erinnerung an die Ereignisse der Nacht.

Als sie schließlich im Sessel einschlief, kreisten die Möwen ums Dach des Hauses. Sie träumte von einem maskierten Mann, der sie durch enge, gewundene Gassen verfolgte, während sie nur flüchten konnte, indem sie mühsam über das Pflaster kroch, denn sie hatte ihren Stock verloren. Die Pflastersteine waren vom Regen glitschig. Das hinter einer Schutzbrille verborgene Gesicht ihres Verfolgers tauchte schemenhaft über ihr auf. Er hielt eine lange, glänzende Klinge senkrecht in der Hand, in sein Handgelenk war das unangemessen friedvolle Bild einer Taube eintätowiert. Gelächter drang hinter dem Halstuch hervor, das seine Züge verbarg.

Sie erwachte mit diesem scheußlichen Gelächter in den Ohren, dann begriff sie, daß es nur die heiseren Schreie der Seemöwen waren. Steif humpelte sie zum Bett und kroch unter die Decke, dann schlief sie augenblicklich wieder ein, und diesmal träumte sie nicht.

8

Als die Haustür aufgerissen wurde, schreckte der Chef jäh aus dem Schlaf hoch. Dunthorns Buch rutschte von seinem Schoß, und er konnte es gerade noch auffangen, bevor es auf den Boden fiel. Er blickte umher, dann erhob er sich rasch, als seine durchnäßte Enkeltochter mit einem ebenso durchnäßten Felix hereinkam, der außerdem leicht abwesend wirkte.

»Du hast ihn gefunden!« sagte er. »Felix, ich kann dir gar nicht sagen, wie leid es mir tut wegen ...«

»Es bringt nichts, wenn du mit ihm redest, Opi«, sagte Janey.

Der Chef sah genauer hin und stellte fest, daß Felix mit offenen Augen ins Leere blickte. Er bewegte sich allein deshalb, weil Janey ihn vor sich herstieß.

»Was ist passiert?« fragte der Chef. »Hat er einen Unfall gehabt?«

Janey schüttelte den Kopf. »Nein. Ich würde eher sagen, das hat man absichtlich getan. Hilfst du mir, ihn ins Bett zu bringen?«

Es dauerte eine Weile, Felix nach oben zu verfrachten, ihn auszuziehen und ins Bett zu bringen. Dann holten sie noch sein Gepäck aus dem Reliant, aber schließlich war alles getan. Janey und der Chef setzten sich im Wohnzimmer zueinander aufs Sofa, und erst jetzt begann sie zu erklären, was geschehen war und was die so beherrschte Janey die ganze Zeit über unverdaut mit sich herumgeschleppt hatte. Sie brach in Tränen aus und vergrub ihr Gesicht an der Schulter des Chefs.

Es dauerte eine Weile, bis er ihr die Geschichte entlockt hatte. Dann hielt er sie einfach fest, streichelte ihr Haar und murmelte ihr ins Ohr. Was er sagte, ergab eigentlich keinen Sinn. Er versprach ihr, daß alles wieder gut werden würde, daß sie den Dingen auf den Grund gehen würden, kommt Zeit, kommt Rat, mein Spatz, und wenn sie alle ihre Köpfe zusammensteckten, würden sie das Geheimnis schon enträtseln, und sie solle sich keine Sorgen machen.

Aber das waren bloß Worte.

Während er auf sie einredete, blickte er zu Dunthorns Buch hinüber, das auf dem Sessel lag.

Es war leider nur allzu offensichtlich, daß all die Verwicklungen gerade erst angefangen hatten, wenn er auch nicht hätte sagen können, woher er das wußte. Er hatte einfach so ein Gefühl.

Wenn er das Buch ansah.

Wenn er auf den Wind lauschte, draußen vorm Haus, der an den Rolladen rüttelte, während er durch die Straße wirbelte.

Wenn er an das letzte Mal dachte, als das Unheimliche in sein Haus eingedrungen war.

Er wußte, daß es gerade erst anfing.

Und diesmal würde es schlimmer werden.

Ein dummer alter Mann

Jahrhundertelang haben die Philosophen darüber gestritten, wie viele Engel auf einer Nadelspitze Platz haben, aber die Materialisten wußten von vorneherein, daß es davon abhängt, ob sie Jitterbug tanzen oder Wange an Wange.

TOM ROBBINS, *Jitterbug Perfume*

Das Hafenwasser traf Jodi wie ein Faustschlag.

Betäubt sank sie in die dunkle Tiefe, hinabgezogen vom Schwung ihres langen Falls. Gleich darauf tauchte sie wieder an die Oberfläche, emporgetragen vom natürlichen Auftrieb des Salzwassers. Der Kälteschock ließ sie augenblicklich starr werden. Bereits unter dem Trauma der Entdeckung leidend, daß Edern nichts weiter gewesen war als ein verhexter Automat, bewirkte diese zweite Attacke auf ihr Nervensystem, daß sie sich ihrer mißlichen Lage kaum bewußt wurde.

Im Spätherbst war das Meer um Bodbury herum kalt. Es war schon öfter vorgekommen, daß Fischer im Wasser gestorben waren, weil die Kälte in ihre Muskeln eingesickert war und ihnen die süße Wärme des Lebens geraubt hatte. Dann zog sie die Tiefenströmung hinab.

Wurden sie angespült, mußten die trauernden Familien die angeschwollenen blauen Leichen beerdigen. Ein kleiner Trost, aber immerhin ein Trost, denn die meisten wurden aufs Meer hinausgezogen, und ihr Leichnam wurde niemals gefunden. Trotz ihrer ständigen Nähe zum Meer, tagein, tagaus draußen auf dem Wasser, hätten die meisten Fischer, vor die Wahl gestellt, es vorgezogen, ihr Gebein an Land untergebracht zu wissen und tief im Erdboden begraben zu werden, anstatt zum Spielball der Gezeiten und Strömungen zu werden.

Jodi war sich der Kälte nur undeutlich bewußt. Gelegentlich ruderte sie mit Armen und Beinen und hielt sich so in der Schwebe, doch vor ihrem geistigen Auge stand ein völlig unmögliches Bild:

Edern Gee ...

Das umherspritzende Blut der Moorgespenster, das seine Haut schmelzen und wie heißes Wachs herunterrinnen ließ ...

Das Loch in seiner Brust und die kreuz und quer umherspringenden Zahnrädchen und Schrauben und Speichenräder, die sich auf die schlüpfrigen Planken des Kais ergossen hatten ...

Die Erinnerung hatte sich in ihrem Kopf festgesetzt wie ein Wasserrad, in dem sich ein Ast verfangen hatte und das stehengeblieben war. Mitten in der Bewegung erstarrt. Ein eingefangener und festgehaltener Augenblick, verschlungen wie der Schaukelstrick einer Katze, bei dem es, ganz gleich wie man ihn wendete, weder einen Anfang noch ein Ende gab. Bloß die unaufhörliche Parade dieses einen Moments, der sich in ihrem Kopf festgesetzt hatte, dem sie nicht zu entkommen vermochte.

Bis ihr Kopf nach vorn fiel und ein Tröpfchen Salzwasser in ihren Lungen explodierte. Würgend und hustend hob sie das Gesicht. Und dann setzten die ersten Schauder ein.

Schwimm, befahl sie sich. Schwimm, oder du wirst hier ertrinken.

Doch die Schauder verwandelten sich in ein Zittern, das Zittern wiederum in ein unbeherrschtes Beben. Abermals tauchte ihr Kopf ins Wasser, er war zu schwer, um ihn hochzuhalten, doch sie schaffte es, das Gesicht zu heben, bevor sie abermals Wasser einatmete.

Die Strömung hatte sie bereits ein Stück weit vom Pier fortgetragen. Sie sah seine dunkle Masse hinter sich emporragen. Auf einer Kiste hockte Windle, der Doppelgänger der Hexe, und schnatterte wütend hinter ihr her. Die Witwe selbst war nirgendwo zu sehen. Weiter weg lag ausgebreitet das Alte Kai – die Entfernung zwischen ihm und ihr wegen ihrer derzeitigen Winzigkeit auf das Tausendfache vergrößert.

Sie schloß die Augen …

… und da war Edern, sein schmelzendes Gesicht, die aufgerissene Brust, aus der sich die Einzelteile seines Uhrwerks ergossen …

… und öffnete sie rasch wieder.

Schwimm, befahl sie sich abermals.

Doch ihre Arme und Beine waren zu schwer geworden. Sie fühlten sich so dick an – kalt und vor Taubheit prickelnd. Ihr Gesicht tauchte erneut ins Wasser, und sie schaffte es kaum noch, es wieder zu heben. Die Strömung drehte sie herum, so daß sie nicht mehr die Küste vor sich hatte. Als eine Welle sie nach oben trug, erblickte sie vor sich das endlose Wogen des dunklen Meeres, dann sackte sie in ein weiteres Wellental.

Hoffnungslosigkeit breitete sich in ihr aus. Sie bewegte sich kaum noch.

Warum gegen die Kälte ankämpfen? überlegte sie. Warum gegen die Wellen ankämpfen?

Das Meer hatte es noch nie gut mit ihr gemeint, hatte ihr Mutter und Vater geraubt und raubte ihr nun ebenfalls das Leben. Aber sie spürte unter den Wellen etwas Friedvolles warten. Ein Versprechen von Wärme und Trost, wenn sie sich bloß hinabsinken ließe …

Der Wellenkamm hob sie abermals empor, doch diesmal war da mehr zu sehen als nur das endlos ausgebreitete dunkle Wasser. Etwas noch Dunkleres bewegte sich durchs Wasser auf sie zu, zog ein V-förmiges Kielwasser hinter sich her.

Ein Hai, dachte Jodi, und ein neuerlicher Anfall von Panik pumpte Adrenalin durch ihren Körper. Bestimmt war es einer der kleinen Blauhaie, welche die Fischer mit ihren Makrelen- und Sardinenködern unmittelbar vor dem Hafen fingen.

Eben noch hatte sie aufgeben, sich einfach hinabsinken lassen und sich den Wellen überantworten wollen. Aber ihr Selbsterhaltungstrieb – wachgerüttelt von der unmittelbaren Bedrohung, von einem Hai als spätes Abendessen verzehrt zu werden – ließ sie abermals um ihr Leben kämpfen.

Sie plantschte hektisch im Wasser und versuchte wegzukommen, dann wurde ihr klar, daß sie ihn mit ihrer Zappelei nur um so schneller anlockte. Die Dünung zog sie in ein Wellental hinunter.

Es war nicht gerecht, dachte sie, ganz gleich, was Tante Nettie zum Thema Gerechtigkeit zu sagen hatte. Um diese Jahreszeit dürfte es hier gar keine Haie geben.

Erneut wurde sie von einem Wellenkamm hochgehoben und stellte fest, daß ihr Angreifer verschwunden war.

Geschafft, dachte sie erleichtert, dann schrie sie auf, als unter ihr etwas aus dem Wasser tauchte.

Sie schlug mit ihren winzigen Fäusten dagegen, unaufhörlich schreiend, bis sie erkannte, daß sie sich weder im Maul eines Hais befand noch auf dessen weiche Haut eintrommelte, sondern auf das naßglitschige Fell eines Robbenkopfes. Ihre Schreie erstarben, und sie packte das Fell mit beiden Händen.

»Oh, danke, danke, danke«, murmelte sie in das Fell.

Sie klapperte mit den Zähnen. Ihre Gliedmaßen zitterten, als hätte sie Schüttellähmung. Sie hielt sich fest, die Finger in das kurze Fell gekrallt, während der Seehund durch die Wellen glitt und sie dem Ufer entgegentrug. Und dann, so unglaublich es klingen mag, verfiel sie augenblicklich in einen komaähnlichen Zustand von Erstarrung, während sie sich schlafend weiterhin an den Seehund klammerte.

Die Erschöpfung und der Schock hatten ihren unvermeidlichen Tribut gefordert.

2

Etwa eine Stunde nachdem man ihn mit verbundenen Augen aus dem geheimen Kellerraum hinausgeführt hatte, der John Briellos lebendigen Leichnam beherbergte, war sich Denzil noch immer nicht ganz sicher, ob die seltsame Wendung, die die Nacht genommen hatte, nicht Teil eines unbegreiflichen Schwindels war. Wenn es sich um einen Schwindel handelte, dann war er sorgfältig geplant worden. Und wurde mit äußerster Sorgfalt aufrechterhalten. Denn nun befanden sie sich alle vier in einem Ruderboot draußen im Hafen, ein zusammengewürfelter Haufen, wie er im Buche stand, und suchten das dunkle Wasser an Bug und Heck mit Laternen ab.

Henkie Whale machte das Beste aus seiner Größe; er saß mittschiffs und beugte im Rudertakt den Rücken, während sie im Hafen hin- und herruderten. Der riesige Mann hatte sein Bärenfell gegen Arbeitshosen und Pullover eingetauscht, das unvermeidliche Halstuch war um seinen Hals gewickelt und flatterte im Wind. Taupin saß im Bug und beugte sich mit seiner Laterne weit vor, während er das vor ihnen liegende Wasser musterte, um nach Jodi Ausschau zu halten und sie vor den zahlreichen Schiffsmasten und Wracks zu warnen, mit denen sie ansonsten zusammengestoßen wären. Denzil hielt die andere Laterne und saß mit Lizzie Snell im Heck.

Auch Lizzie hatte sich umgezogen und sich mit Sachen aus den Kostümtruhen, die Henkie für seine Modelle aufbewahrte – wenn er sie überhaupt etwas anziehen ließ – als Pirat herausgeputzt.

Sie suchten nach Jodi.

Die angeblich verhext und auf die Größe des Däumlings aus dem alten Kinderreim verkleinert worden war und nun hilflos im Hafen trieb.

Einem Toten zufolge.

Nicht sehr wahrscheinlich, fand Denzil.

Die ganze Angelegenheit war von Anfang bis Ende absurd. Abgesehen davon, daß Jodi tatsächlich verschwunden war. Und daß er noch immer die Berührung der Hände des Leichnams spürte, Briellos gespenstische Stimme hörte, die kalt und krächzend seinen toten Lippen entsprungen war…

»Was ist das?« schrie Lizzie und zeigte zu der Seite, wo im Schein von Denzils Laterne kurzzeitig etwas zu erkennen gewesen war, das auf den Wellen trieb.

Taupin leuchtete mit seiner eigenen Laterne in die Richtung. Henkie hörte zu rudern auf, um es genauer zu betrachten, dann hob er wieder die Ruder.

»Es ist zu groß«, sagte Taupin.

»Bloß ein Seehund«, stimmte Henkie zu.

»Vielleicht sollten wir ihn um Hilfe bitten, wißt ihr«, sagte Denzil, ohne seinen Tonfall von Sarkasmus freihalten zu können.

Henkie schien der Einfall jedoch bedenkenswert.

»O nein«, sagte Denzil. »Jetzt gehen Sie aber zu weit…«

Die Seeleute aus der Gegend von Bodbury – Fischer mit ihren Sardinenkuttern und Haifängern, Matrosen und Angehörige der Küstenwache, Schmuggler und Krabbenfischer, alle, die zur See fuhren – waren ein abergläubisches Völkchen. Und ihre Vorstellungen waren eine bunte und verwirrende Mischung aus Unsinn und Altweibergeschichten.

Sie hatten es nicht gern, wenn ihnen etwas aus ihren Booten gestohlen wurde – nicht nur aus naheliegenden Gründen, sondern weil sie glaubten, daß damit auch ein Stückchen Glück verlorenging. Aus dem gleichen

Grund verminderte alles, was von Schiff zu Schiff ausgeliehen wurde, das Glück des Besitzers, wenn man den Gegenstand nicht ein wenig beschädigte, bevor man ihn weggab, und sei es noch so geringfügig.

Sie glaubten, ein Geistlicher an Bord, ganz besonders ein Pfarrer, bringe Unglück, darum benutzten sie in Anspielung auf den Kragen der Geistlichen den Ausdruck ›Gaffelschoner‹. Ein anderer gebräuchlicher Ausdruck war ›Vatermörder‹.

Einmal an Bord, brachte es Unglück, wenn man von zu Hause etwas holte, das man vergessen hatte.

Frauen an Bord brachten ebenfalls Unglück.

Eine Sardine vom Kopf her zu verspeisen, bedeutete, die Fischschwärme zu vertreiben.

Und hundert andere seltsame und unlogische Annahmen, an denen die Seeleute festhielten, obwohl viele von ihnen tief religiös waren.

Das gleiche galt für ihre Überzeugungen hinsichtlich der Seelen Verstorbener.

Um Himmel und Hölle scherten sie sich nicht. Sie behaupteten, daß in den Seemöwen die Seelen toter Fischer und Seeleute wohnten, während Robben die Seelen toter Kobolde beherbergten. Das Kleine werde groß, das Große klein, meinten sie. Und sie glaubten fest daran, daß es ebenso großes Unglück einbrachte, einer Möwe oder einem Seehund ein Leid zuzufügen, als wenn man zum Spaß einen Spiegel zerbräche.

Darum konnten die Seemöwen die Fischer beim Löschen der Ladung überfallen und ungehindert über Bodbury kreisen. Und die einheimischen Robben, deren Brutplätze am Yolen Rock südlich der Stadt lagen, durften ungestraft bis in den Hafen schwimmen, denn wer wagte es schon, ihnen etwas zuleide zu tun? Halfen sie nicht schließlich den Fischern – indem sie diese zu den Sardinenschwärmen führten oder deren Kutter bei dichtem Nebel zurück in den Hafen geleiteten?

In Bodbury erzählte man sich keine Geschichten von Wesen, die im Wasser Seehunde und an Land Menschen waren. Derartige Geschichten waren denen vorbehalten, die weiter nördlich wohnten. Nein, hier waren die Robben seit jeher mit den Guten Nachbarn verwandt und wurden mit dem gleichen vorsichtigen Respekt behandelt, den die Landbewohner den Kobolden entgegenbrachten.

Das alles war natürlich dummes Zeug, fand Denzil. Ein Haufen Quatsch, klar ausgedrückt.

Doch Henkie hörte abermals zu rudern auf. Er legte die Hände trichterförmig an den Mund und rief etwas übers Wasser, dorthin, wo die Robbe von einem Wellental zum nächsten Wellenberg aufstieg.

»Sie hat etwas auf dem Kopf«, sagte Lizzie.

»Bestimmt einen Hut«, murmelte Denzil. »Ist es ein Männchen oder ein Weibchen? Wie ich höre, könnt ihr sie an der Kopfbedeckung unterscheiden, wenn sie eine Spritztour zum Hafen machen.«

»Es ist ein Weibchen«, sagte Henkie, während er das Boot wendete und auf die Robbe zuruderte.

Denzil verdrehte die Augen und schaute zum Ufer zurück. Sein Blick blieb an einer Gestalt hängen, die am Kai des Neuen Docks stand und sie beobachtete. Aufgrund der Entfernung und der Dunkelheit vermochte er nur einen Umriß auszumachen, der sich von einer Laterne auf dem Marktplatz abhob, doch dieser Umriß wies eine unheimliche Ähnlichkeit mit der Witwe Pender auf.

Denzil fröstelte, und er hätte nicht sagen können, warum. Er sah weg, dann wieder hin, aber jetzt war die Gestalt verschwunden.

»Allmächtiger!« hörte er Taupin rufen.

Müde und gereizt und von den seltsamen Ereignissen der Nacht mehr als nur ein wenig angeschlagen, drehte Denzil sich wieder um und sah, was Taupin so aufgeregt hatte. Und dann fiel ihm zum zweitenmal in dieser Nacht die Kinnlade herunter.

3

Jodi hatte einen höchst sonderbaren Traum.

Es war ein Spätnachmittag im Sommer, und das Meer lag friedlich da. Sie war in der Bucht nahe Yolen Rock und trieb in einer ›Nußschale‹ auf den sanften Wellen – in einem der kleinen Boote, die die Jungens aus dem Bruch aus einem Korken herstellten, mit einer Öse als Kiel. Wenn man zu den Kleinen gehörte, hatte eine Nußschale gerade die richtige Größe.

Um sie herum, im Meer und auf den Felsen der zerklüfteten Insel aus blauem Alveolit, die den Robben als Brutplatz diente, waren die Seehunde von Yolen Rock. Mindestens hundert Stück. Vermählte Bullen und Kühe, Junggesellen und junge Weibchen und Junge. Die sich sonnten. Die ebenso behäbig im Wasser trieben wie sie in ihrer Nußschale. Und einen gehörigen Radau machten. Ihr Gebell und Heulen erfüllte die Luft – eine Art von Unterhaltung, von der Jodi meinte, daß sie sie verstehen könnte, wenn sie sich nur ein bißchen anstrengte.

Als sie noch ihre alte Größe besessen hatte, war sie oft hierhergekommen, während Ollie sich in ihre Jacke gekuschelt hatte, wenn es kalt war, und auf ihrer Schulter gesessen hatte oder auf dem Boden vor, neben und hinter ihr umhergetollt war, wenn die Sommersonne warm schien. Manchmal war sie mit Denzil hierhergekommen, und sie hatten sich stundenlang unterhalten, oder mit Taupin, und sie hatten sich auf die Landzunge gegenüber dem Felsen gesetzt, hatten stundenlang dort gesessen und wortlos der Herde zugeschaut.

Sie war ihnen noch nie so nah gekommen.

Eine Gruppe junger Seehunde hatte am Wasser eine Rutschbahn, und sie spielten darauf wie Ottern – führten sich auf wie ein Haufen lärmender Kinder aus dem Bruch. Ihre Nußschale trieb näher an sie heran, doch dann wurde sie von einem Junggesellen abgefangen.

Aus seinem glänzenden Fell strömte Wasser, als er den Kopf hob und sie ansah.

Der Stein, sagte er.

Seine Stimme hatte einen angenehmen Klang – der Unterschied zwischen diesem lieblichen, glockenartigen Ton und dem Gebell der Seehunde war ebenso groß wie der zwischen einem Wald bei Sonnenschein und bei Nacht. Er schien ihr auch vertraut, als hätte sie genau diesen Akzent, dieses ländliche Schnarren, noch vor kurzem gehört – aber mit den Ohren, nicht im Geist.

Während sie eine Hand träge durchs Wasser gleiten ließ, blickte sie zum Yolen Rock hinüber, der vor ihr aus dem Wasser ragte.

»Was ist damit?« fragte sie.

Denk an den durchlöcherten Stein.

Ein unangenehmes Gefühl erwachte in ihrer Magengrube. Unter den angenehmen Reizen des schönen Wetters und der wärmenden Sonne regte sich eine dunkle Erinnerung.

»Nein«, sagte sie.

Neunmal hindurch.

Das Gefühl wurde stärker, verengte ihr die Brust, sandte einen Schauder durch ihren Körper. Auch die Erinnerung weitete sich aus – sie hatte etwas mit Uhrwerken zu tun …

»Sprich nicht so.«

Bei Mondaufgang.

Ein dumpfes Pochen setzte hinter ihren Augen ein, ein stechender Schmerz, der zu einem Schrei zwischen ihren Schläfen wurde.

»Bitte, nicht …«

Aber es war schon zu spät. Sie erinnerte sich bereits. An die Witwe und ihre Kreaturen und daran, was sie Edern angetan hatten. An einen Automaten, der zerfetzt worden war. An Zahnräder und Rädchen, die überall verstreut worden waren, während sie in die dunklen Fluten gesprungen und ertrunken war …

Wenn du aufwachst, sagte der Seehund, dessen riesige feuchte Augen sie verschlangen, *denk an den Stein.*

»Ich will nicht aufwachen.«

Weil es so angenehm war, eine Kleine zu sein, und weil aufzuwachen bedeutete, daß sie wieder an einen schrecklichen Ort gelangen würde. Wo es Hexen und Doppelgänger gab. Moorgespenster und kleine Automatenmenschen, die in Stücke gerissen wurden. Und das Meer, die dunklen Meeresfluten, die sich über ihrem Kopf schlossen, genauso wie sie es über dem ihres Vaters getan hatten …

»Du kannst mich nicht zum Aufwachen zwingen.«

Doch ihre Umgebung verschwamm bereits, als wäre sie niedergeschlagener Dampf auf einer Fensterscheibe, die eine riesige Hand nun sauberwischte.

»Ich will nicht!« schrie sie.

Aber wir brauchen dich.

Jetzt begriff sie, woher sie die Stimme kannte.

Sie schwebte im Dunkeln – nicht im Meer, sondern an einem Ort, wo es kein Oben und Unten gab, bloß das Gefühl des Schwebens. Und die Dunkelheit. Doch von diesen Schatten ging keine Bedrohung aus.

Ich brauche dich.

Nun erinnerte sie sich wieder an die alten Geschichten der Seeleute – daß in Robben die Seelen toter Kobolde wohnten.

Sie erinnerte sich an einen kleinen Mann.

An ihren Automatenmann.

Der jetzt tot war.

Mausetot – wenn er überhaupt jemals lebendig gewesen war.

»Edern?«

Sie bekam keine Antwort.

»Edern?« versuchte sie es erneut. »Gab es dich wirklich?«

Doch es war zu spät, sie kam tatsächlich zu sich, und nun wichen auch das Gefühl des Schwebens und die

Dunkelheit, und sie erwachte in einem übel zugerichteten und schmerzenden Körper, und ein Licht schien so hell, daß es ihren Augen weh tat und sie zum Tränen brachte.

4

»Sie ist so winzig«, sagte Lizzie, die Augen vor Erstaunen weit aufgerissen. »Wie eine Puppe.«

Henkie brummte bloß. Er hatte selbst mal kurz hingeschaut, doch nun konzentrierte er sich mehr darauf, das Boot ruhig zu halten, damit sich der Seehund mit seiner seltsamen kleinen Last leichter nähern konnte, als auf die Last selbst.

Denzil konnte nur die winzige Gestalt anstarren, die auf dem Robbenkopf durch die Fluten getragen wurde – und überlegen, ob er entweder endgültig verrückt geworden war oder aber seine Weltanschauung vollkommen neu überdenken mußte. Er nahm die Brille ab, um das angetrocknete Salz abzuwischen, das eine besonders heftige Welle darauf zurückgelassen hatte, und setzte sie wieder auf.

Alles war anders geworden.

Was sein konnte und was nicht. Was wahr, was wahrscheinlich und was unmöglich war.

Nichts paßte mehr zusammen, und er wußte nicht mehr, was er eigentlich glauben sollte. Seine Erleichterung darüber, daß Jodi in Sicherheit war – ganz gleich wie groß sie sein mochte – kämpfte mit seiner Bestürzung über ihre Größe. Und er kam sich vor wie ein Idiot. Wie ein dummer, närrischer alter Mann. Er konnte sein spöttisches ›Ti-ta-to‹ hören, wann immer er irgend etwas für wissenschaftlich anfechtbar hielt.

Wie demütigend zu wissen, daß er sich die ganze Zeit über geirrt hatte. Gleichzeitig erwachte in ihm jedoch eine schwer faßbare Erregung.

Daß so etwas überhaupt möglich war. Es eröffnete der Forschung vollkommen neue Welten.

Denzils einziger Trost war, daß er – abgesehen von Henkie, der in ein mürrisches Schweigen verfiel, wann immer er mit etwas Heiklem zu tun hatte, und der sich allem Wunderbaren anscheinend ganz sachlich näherte – in seiner Verblüffung nicht allein war. Taupin und Lizzie wirkten ebenso sprachlos wie er selbst.

Sprachlos und in einem Zauber gefangen.

Denn ging von der winzigen Jodi nicht ein starker Zauber aus?

Lizzie hob sie behutsam vom Kopf des Seehunds herunter. Nachdem sie den winzigen zitternden Körper in ein Taschentuch gewickelt hatte, hielt sie ihn dicht an die Laterne und gab gurrende Laute von sich, von denen Denzil wußte, daß sie Jodi wahnsinnig gemacht hätten, wenn sie sie hätte hören können.

»Ist sie …?«

»Sie ist fürchterlich durchgeweicht«, sagte Lizzi, »und das arme kleine Ding zittert vor Kälte, aber ich glaube, sonst geht es ihr gut. Was meinst du, Henkie?«

Der große Mann, der wieder zu seinem Lagerhaus am Ende des Alten Kais zurückruderte, gab ein erneutes Brummen von sich, das alles mögliche bedeuten konnte. Denzil beschloß, es als Bestätigung aufzufassen. Er war froh, daß Henkie sich mit dem Naheliegenden beschäftigte. Es war eine heikle Angelegenheit, sich einen Weg durch den Friedhof der Schiffsmasten und Wracks hindurchzusuchen, die entlang des Alten Kais aus dem Wasser ragten.

Taupin leuchtete mit seiner Laterne zu Lizzie hinüber, halb aufgerichtet, um besser sehen zu können. Das Boot schwankte hin und her.

»Wirst du dich wohl hinsetzen!« sagte Henkie.

Taupin setzte sich.

Denzil riß die Augen von der winzigen Gestalt los

und blickte sich nach dem Seehund um, doch dieser war verschwunden.

»Wie erstaunlich«, sagte er leise. »Ich danke dir!« rief er aufs Wasser hinaus.

Henkie warf ihm einen Blick zu und lächelte, sagte jedoch nichts. Seine Armmuskeln rollten unter dem Pullover, während er sie mit langen, gleichmäßigen Schlägen durch den Hafen ruderte. Denzil drehte sich wieder um und wandte seine Aufmerksamkeit Jodi zu.

Sie stießen ans Ufer. Denzil sah auf, überrascht, daß sie so schnell angekommen waren.

»Dann haben Sie sich's also anders überlegt?« fragte ihn Henkie, während er die Ruder verstaute.

»Was?«

»Alles.«

»Ich schätze ja.«

»Ach, seht mal«, sagte Lizzie mit leicht erhobener Stimme. »Sie kommt zu sich.«

Alle beugten sich vor und sahen, wie sich die winzigen Augenlider flatternd öffneten.

»Das ist wirklich ein Wunder«, sagte Henkie. »Nur schade, daß sie keine Flügel hat. Ich würde liebend gern mal richtige Flügel sehen.«

»Sie ist keine viktorianische Elfe, weißt du«, sagte Denzil.

»Aber ein bißchen Magie ist schon dabei, nicht?«

»Wollt ihr wohl *leise* sein«, zischte Lizzie.

Jodi hatte das winzige Gesicht verzogen und hielt sich die Ohren zu.

»Bringen wir sie rein«, sagte Henkie, während er das Boot vertäute.

Er versuchte leise zu sprechen, aber selbst sein Flüstern dröhnte noch.

»Leise«, sagte Lizzie.

Henkie nickte und murmelte unterdrückt: »Verdammter Mist«, während er zum Lagerhaus voranging.

Die anderen marschierten hinter ihm drein. Denzil

bildete den Abschluß. In der Tür blieb er stehen und sah den dunklen Laufsteg entlang, der sich vom Alten Kai bis zum Neuen Dock erstreckte. Er hielt Ausschau nach der Witwe, konnte sie aber nirgends entdecken, obwohl er das Gefühl nicht los wurde, daß ihn dort draußen im Dunklen irgend etwas beobachtete. Ein verwirrender Geruch lag in der Luft, der ihn an aufgerührtes Brackwasser erinnerte, obwohl er dessen Ursprung ebenfalls nicht auszumachen vermochte.

Er blieb noch eine Weile dort stehen, dann schließlich schüttelte er den Kopf und folgte den anderen ins Lagerhaus.

5

Als sie den anfänglichen Schreck, von all den riesigen Gesichtern angestarrt zu werden, erst einmal überwunden und sich in den trockenen Sachen, die Henkie einer Puppe ausgezogen hatte, die er irgendwo in dem Durcheinander der Schachteln und Regale und Kisten entdeckt hatte, mit denen das Lagerhaus vollgestopft war, erwärmt hatte, nippte Jodi an einem Fingerhut voll Tee und berichtete, wie es ihr ergangen war. Als sie geendet hatte, war sie heiser, trotz des Tees, dem man mit einem Augentropfer behutsam ein paar Tropfen Rum hinzugefügt hatte. Gott sei Dank sprachen die Riesen – wie sie ihre Retter im stillen nannte – nur flüsternd, so daß ihr die Ohren nicht mehr klingelten.

»Ich komme mir vor, als wären wir eine Verschwörerbande«, bemerkte Taupin.

»Ich schätze, in gewisser Hinsicht sind wir das auch«, sagte Henkie.

Von den vieren war er der einzige, dessen Stimme ihr noch in den Ohren weh tat. Was er für ein Flüstern hielt, war ein dumpfes, tiefes Grollen, das wie ferner Donner rollte. Wenn er das Wort ergriff, spürte Jodi, wie ihre Brustknochen von den tiefen Baßtönen in Schwingungen versetzt wurden.

Wie jeder andere auch, der im Bruch aufgewachsen war, kannte sie den exzentrischen Maler, obwohl sie sich zum erstenmal in seinem Lagerhaus aufhielt. Es hielt, was die forschenden Blicke versprochen hatten, die sie und die anderen Kinder durch seine schmutzigen Fenster geworfen hatten. Sie hätte mühelos Stunden in seinem verzweigten Inneren zubringen können, das aufgrund ihrer gegenwärtigen Kleinheit noch unermeßlicher wirkte.

Was sie an das vordringlichste Problem erinnerte.

»Wie erlange ich meine ursprüngliche Größe zurück?« piepste sie heiser.

»Zunächst einmal«, sagte Henkie, »marschieren wir zum Haus der verdammten Witwe rüber und holen diesen Knopf.«

»Das wird gar nicht so leicht sein«, sagte Denzil.

»Und warum nicht?« fragte Henkie.

»Weil ich gesehen habe, wie sie uns vom Neuen Dock aus beobachtet hat, als wir im Hafen waren. Sie ist vorgewarnt und hat den Knopf inzwischen bestimmt schon versteckt.«

»Und sie ist eine so miese alte Kröte«, fügte Lizzie hinzu, »daß sie uns niemals sagen wird, wo sie ihn versteckt hat.«

»Dann prügeln wir das Geheimnis eben aus ihr heraus«, grollte Henkie.

»Na, na, na«, machte Taupin. »Würde das nicht die Polizei auf den Plan rufen?«

Denzil nickte. »Ein paar von uns gehören nicht gerade zu den respektabelsten Mitgliedern der Gesellschaft.«

»Tremeer würde sich darum reißen, dir eins auszuwischen«, sagte Lizzie.

»Aber *irgend etwas* müssen wir doch tun können«, sagte Henkie.

Jodi zuckte zusammen, als er die Stimme hob.

»Was ist mit dem Stein?« piepste sie. »Mit dem Men-an-Tol?«

»Das ist doch nur ein Märchen«, sagte Denzil. »An einem Stück Stein, ob er nun von den Alten behauen wurde oder nicht, ist nichts Magischeres als an... an...«

»Woran?« fragte Taupin grinsend.

»Vergiß es«, sagte Denzil mürrisch.

Sogar Jodi mußte lachen, obwohl sie sich die Ohren zuhalten mußte, als Henkie darin einfiel.

»Henkie«, warnte ihn Lizzie.

Er sah erst sie, dann Jodi an und brach unvermittelt ab. Obwohl er nichts sagte, sah Jodi, wie seine Lippen die Worte ›Verdammter Mist‹ formten. Offenbar war das sein Lieblingsausdruck.

»Dieser kleine Mann«, sagte Taupin. »Du meinst, er war tatsächlich ein Automat?«

Jodis gute Stimmung schwand augenblicklich, als sie nickte.

»Und dann hast du geträumt, sein Geist befände sich im Körper eines Seehunds?«

Erneutes Kopfnicken.

»Ich dachte immer, im Traum sprächen nur Götter und Engel zu einem«, sagte Denzil, der es immer noch nicht schaffte, den Sarkasmus aus seinem Tonfall herauszuhalten.

»Nur, wenn es ein Wahrtraum ist«, sagte Henkie.

»Vielleicht haben wir von dieser Fähigkeit der Kobolde nur noch nichts gehört«, sagte Taupin nachdenklich.

»Was meinst du damit?« fragte Henkie. »Daß sie die Fähigkeit besitzen, einem im Traum zu erscheinen?«

»Das und die Tatsache, daß sie ihren Geist aus ihrem eigenen Körper zu lösen und damit in den Geist anderer zu schlüpfen vermögen – daß sie sich die Körper von Tieren borgen und Gegenstände beleben können, wenn es erforderlich ist und ihr eigener Körper die Aufgabe nicht bewältigen kann.«

Denzil räusperte sich, sagte jedoch nichts.

Taupin lächelte ihn an und fügte hinzu: »Ja, man braucht sich nur eben mal umzudrehen, und schon erweist sich die Welt als ein Ort ganz unerwarteter Wunder.«

Lizzie nickte. »Ist euch schon mal aufgefallen, wie eine Katze manchmal dasitzt und einen ansieht, als verstünde sie jedes einzelne Wort?«

Taupin nickte. »Das macht einen schon nachdenklich, nicht?«

»Dann meint ihr also«, sagte Denzil leicht erschöpft, »wir sollten Jodi zum Stein bringen und sie neunmal durch das Loch reichen?«

»Bei Mondaufgang«, sagte Jodi.

Denzil seufzte. »Und was passiert *dann*?«

»Es gibt nur eine Möglichkeit, es herauszufinden«, sagte Henkie.

»Aber wir müssen uns vor der Witwe in acht nehmen«, fügte Jodi hinzu. »Sie hat diesen Windle, um uns nachzuspionieren. Es könnte wer weiß was passieren, wenn sie uns bis zum Stein folgen würde.«

»Also, diesen Doppelgänger würde ich gern einmal malen«, sagte Henkie. Er blickte Jodi an. »Und dich auch, so klein wie du bist. Ich wußte gar nicht, daß Nettie eine Tochter hat, und noch dazu eine so hübsche.«

»Ich bin ihre Nichte«, sagte Jodi.

»Und sie will nicht von dir gemalt werden«, fügte Denzil hinzu.

Er blickte zu dem lebensgroßen Porträt von Lizzie hinüber, das noch immer auf der Staffelei stand, dann sah er rasch weg. Henkie quittierte die Bewegung mit erneutem Gelächter.

»Ich meinte nicht im Evaskostüm«, sagte der große Mann.

»Das könnte mir schon Spaß machen«, sagte Jodi. »Bisher hat mich noch niemand gemalt.«

»Und so sollte es auch bleiben«, sagte Denzil. »Was würde denn ihre Tante sagen, wenn …«

»Dieses Wesen«, unterbrach ihn Lizzie. Sie hatte nervös im Lagerhaus umhergeblickt. »Könnte es uns im Moment belauschen?«

Sie verstummten und spähten ins Dunkel jenseits des kleinen Lichtkreises, in dem sie saßen.

»Na, wir haben ja geflüstert«, sagte Henkie, »darum glaube ich nicht, daß es was gehört hat.«

»Da waren auch noch die Moorgespenster«, sagte Jodi. »Aber Edern meinte, sie würden die Nacht nicht überleben, und außerdem hätten wir sie inzwischen gerochen.«

»Gerochen …?« Denzil richtete sich auf dem Stuhl auf und rückte seine Brille zurecht, die sich ein wenig verschoben hatte. »Beim Reinkommen habe ich einen schrecklichen Gestank bemerkt …«

Henkie erhob sich so rasch, daß sein Stuhl dabei umkippte. Der laute Krach veranlaßte Jodi, sich abermals die Ohren zuzuhalten. Mit wenigen langen Schritten hatte der Künstler die Tür erreicht und riß sie weit auf. Er stand lange Zeit da und ließ den grauen Morgen auf sich wirken, der über der Stadt dämmerte, dann beugte er sich vor und betrachtete etwas, das nahe der Tür auf dem Boden lag.

»Was ist das?« fragte Taupin.

»Sieh's dir selbst an.«

Sie marschierten hinüber, wobei Denzil Jodi behutsam in der hohlen Hand trug, und besahen sich die kleinen Pfützen aus Schlamm und vermoderten Pflanzen, zu denen Henkie sich hinuntergebeugt hatte.

Für Jodi war der Geruch unverwechselbar. Die furchtbare Erinnerung an Ederns Sterben wurde in ihr wach, und sie wandte sich ab und klammerte sich an Denzils Daumen.

»Was glaubt ihr, wieviel sie wohl gehört haben?« fragte Lizzie.

»Kommt darauf an«, erwiderte Henkie, indem er sich aufrichtete, »wie gut ihr Gehör ist.«

Er scheuchte sie alle wieder ins Haus und schloß die Tür hinter ihnen.

»Wir brauchen einen Plan«, sagte er so leise, daß alle sich vorbeugen mußten, »und ich habe einen, der die verdammte Hexe vollkommen in Verwirrung stürzen wird. Und ich werde uns auch nicht« – er blickte Lizzie an – »mit dem Gesetz in Konflikt bringen.«

»Und wie lautet der Plan?« fragte Denzil in einem Ton, der erkennen ließ, daß er ihn am liebsten nicht gekannt hätte.

»Stellt euch die Kinder aus dem Bruch auf ihren Fahrrädern vor«, begann Henkie. »Eine ganze Horde, die ausschwärmen wie die Hornissen …«

Das Rätsel

Jetzt auf der halben Erde
Scheint tot Natur, und den verhangnen Schlaf
Quälen Versucherträume …

WILLIAM SHAKESPEARE, Macbeth

Wenn der Orden der Grauen Taube ein Tümpel geheimen Wassers war, tief versteckt im Wald der Welt, dann konnte man John Madden mit dem hineingeworfenen Stein vergleichen, von dessen Aufschlagpunkt die Wellen der Konsequenz in konzentrischen Kreisen ihren Ausgang nahmen.

Die Spur der Autorität ließ sich leicht zu ihrem Ursprung zurückverfolgen, wenn man wußte, wo und wie man zu suchen hatte: Da war die Welt, da war der Orden, da waren die verschiedenen Zweige des Ordensrates der Älteren Adepten, da war der Innere Zirkel und schließlich, im Zentrum all dessen, war Madden selbst, der an den Fäden seines spinnwebartigen Willens zog und sie alle damit beherrschte. Wie der ins Wasser geworfene Stein rief er einen Welleneffekt hervor, der sich zunächst über die zahlreichen Ebenen des Ordens ausbreitete, dann hinaus in die Welt der Schafe, die zu beherrschen er sich geboren glaubte.

Was er wollte, bekam er unweigerlich. Und er war geduldig.

Er hatte nur einen bekannten Fehler – einen schwerwiegenden Fehler –, und dessen Nachwirkungen waren noch immer zu spüren. So auch an diesem Abend, als der Innere Zirkel des Ordens zusammentrat und er abermals daran erinnert wurde.

In der Suite, in der sie sich versammelt hatten, fehlte

das theatralische Drumherum, das man sich für andere Zusammenkünfte des Ordens ausgedacht hatte. Es gab weder Masken noch Roben, weder Kerzen noch Rituale. Der Sitzungssaal war spartanisch, aber geschmackvoll eingerichtet und lag dreißig Stockwerke über den Straßen von Manhattan. Er schimmerte von Glas und Stahl, Teakholz und poliertem Leder. Fünf Sessel, jeder besetzt, standen an einem Ende eines langen Holztisches. Es gab weder Notizzettel noch Kugelschreiber; keine Aufzeichnungsgeräte und keine Sekretärinnen, die ein Protokoll hätten aufnehmen können. Die Wände waren schmucklos, abgesehen von einem Gobelin, der die graue Taube des Ordens darstellte und hinter Maddens Sessel am Kopfende des Tisches an der Wand hing.

Zu Maddens Rechten saß Roland Grant, den *Forbes*, das wöchentlich erscheinende amerikanische Wirtschaftsmagazin, als den siebtreichsten Nichtmonarchen der Welt bezeichnete. Er war ein großer, stämmiger Mann, ein Paul Bunyan der nordamerikanischen Geschäftswelt, gebändigt von einem dreiteiligen Maßanzug, das Haar trotz seines Alters noch immer dunkel, und gut in Form für sein Gewicht. Seine Kapitalanlagen waren ein ›Who is Who‹ der großen Firmen, und er saß in mehr Aufsichtsräten, als ein Monopoly-Spiel Felder hatte.

Neben Grant saß James Kelly ›J.K.‹ Hale, ein schlanker, sonnengebräunter Mann mit den schmalen Gesichtszügen eines Falken, der für eine Reihe von westlichen Konzernen als Rechtsberater in Hongkong tätig war. Madden versuchte Hale gerade in der amerikanischen politischen Arena als Berater aufzubauen, obwohl Hale, nach seinem geplanten Karrierewechsel gefragt, die Idee wahrscheinlich für seine eigene gehalten hätte.

Zu Maddens Linken saß Eva Diesel, die westdeutsche Autorin und Menschenrechtsaktivistin, die ihren guten Ruf als eine der großen europäischen Humanisten dazu benutzte, Öffentlichkeit und Regierung im Sinne des Ordens zu beeinflussen. Sie war eine eindrucksvolle Frau, sowohl von ihrer Erscheinung her als auch nach ihrem Temperament, und Madden mußte sich erst noch klar darüber werden, wieviel von ihrer Propaganda auf echter Überzeugung beruhte und wieviel reine Rhetorik zur Förderung der Ziele des Ordens war, wenn diese die öffentliche und staatliche Unterstützung erforderten, die sie zu mobilisieren vermochte.

Neben ihr vervollständigte Armand Monette, der französische Industriemagnat, dessen Geschäftszentrale in Paris beheimatet war, den Inneren Zirkel. Wie auch im Falle Grants, waren seine weltweit operierenden Firmenholdings überwiegend mit Frachtverkehr, Ölhandel und verschiedenen Medien befaßt. Das Bild des eleganten Franzosen Lügen strafend, erschien er stets in zerknitterten Anzügen, mit schief sitzender Krawatte und zerwühltem Haar, rotäugig und unrasiert, aber sein Verstand war ebenso scharf, wie sein Äußeres unordentlich war, und wenn seine Geschäfte nicht so einträglich waren wie Grants, so lag das allein daran, daß Madden dem Mann weniger vertraute und darum – im verborgenen – dafür sorgte, daß sich seine Erfolge in Grenzen hielten.

Keiner der fünf war unter sechzig, obwohl diese Information etliche Klatschkolumnisten sicher überrascht hätte.

Sie trafen sich einmal im Monat, um die laufenden Strategien und Operationen des Ordens zu bewerten und private Projekte zu besprechen – Unternehmungen, die nur in ihrer Gesamtheit geheim waren. Die allgemeinen Absichten wiederum wurden den Abteilungsführern des Rates der Älteren Adepten berichtet, allerdings sagte man den Adepten gerade soviel, daß sie willfährig waren. Der Orden als Ganzes wußte wenig oder nichts von den langfristigen Zielen des Inneren Zirkels, nicht einmal in verschwommenen Umrissen.

So sollte es auch sein, das war Madden schon vor langer Zeit klargeworden, denn bei all ihrer Hingabe an seine Doktrinen waren die Ordensmitglieder nur eine andere Art von Schafen, letztendlich seinem Willen unterworfen, nicht ihrem eigenen.

Und manchmal – besonders an einem Abend wie heute – fand er, daß der Innere Zirkel ebenfalls eine Lektion darüber nötig hatte, wer führte und wer geführt wurde. Zumindest im Hinblick auf ihre fortdauernde Nützlichkeit für ihn kam es darauf an, ihnen das Gefühl zuzugestehen, einen freien Willen zu haben, darum übte er bei seinen Manipulationen Zurückhaltung, obwohl es auf dasselbe hinauslief: Er hatte das Kommando.

Und niemand sonst.

Der Orden der Grauen Taube war aufgrund *seiner* Vision und *seiner* Beharrlichkeit entstanden. All die anderen – die Mitglieder des Inneren Zirkels und des Rates der Älteren Adepten gleichermaßen – waren Nachzügler. Ohne ihn hätte es den Orden gar nicht gegeben.

Darum ließ er sich heute von ihnen ausfragen: er ließ sich von ihnen wegen seines mißlungenen Versuchs, in den Besitz von Dunthorns Geheimnis zu kommen, ins Gebet nehmen. Aber er wartete bis zum Ende der Versammlung, bis er ihnen die Gelegenheit dazu gab, und er ließ ihnen nur wenig Zeit, dann brach er die Diskussion ab.

Er regierte sie.

Die dem Orden zugrundeliegende Vision war seine Vision.

»*Alors*«, begann Armand Monette – natürlich er, dachte Madden. »Wir müssen noch über Ihr Geheimnis sprechen, John. *Le mystère* in Cornwall. Wie geht die Sache voran?«

»Wir haben zwei unserer besten Mittelsleute darauf angesetzt.«

Madden war sich Grants dankbaren Blickes dafür, daß er Lena in so positivem Licht erscheinen ließ, bewußt, zeigte jedoch nicht, daß er ihn bemerkt hatte.

»Aber das ist jetzt schon fast zwei Wochen her«, fuhr Monette fort. »Es gibt doch bestimmt schon irgendwelche Ergebnisse?«

»Richtig«, sagte Eva Diesel in ihrem abgehackten, förmlichen Englisch. »Sie haben uns jahrelang damit gequält. Ist etwas herausgekommen?«

Wie sollte er erklären, daß es zwischen ihm und der verborgenen Macht, die Dunthorn gehütet hatte, eine Verbindung gab, daß er sie jedesmal spürte, wenn er aufwachte und seinen Einfluß ausdehnte, aber nicht zu erkennen vermochte, welche Gestalt sie hatte, noch was sie eigentlich darstellte, nur daß es eine Macht war, die alle Vorstellungen weit überstieg.

Andererseits, dachte er, *warum* sollte er es eigentlich erklären?

Er bedauerte es längst, ihre Existenz überhaupt erwähnt zu haben.

»Wir wissen lediglich, daß es wieder einmal zum Vorschein gekommen ist«, sagte er. »Und daß wir ganz nahe daran sind, es zu bekommen.«

J. K. Hale straffte sich in seinem Sessel. »Ich muß Sie noch einmal fragen, John: Wozu diese ganze Leisetreterei? Warum gehen wir nicht einfach hin und holen es uns?«

»Wir hatten Dunthorn zwei Tage lang«, sagte Madden. »Er hat uns nichts gesagt. Wenn wir zu voreilig sind, werden wir wahrscheinlich noch weitere fünfunddreißig Jahre darauf verzichten müssen.«

»Wir haben inzwischen bessere Befragungsmethoden«, sagte Hale. »Die Tongs haben in den vergangenen Jahren ein paar sehr interessante Drogen entwickelt …«

»Von unserer eigenen Regierung ganz zu schweigen«, unterbrach ihn Monette.

Hale warf ihm einen verunsicherten Blick zu. »Wir könnten sie zum Reden bringen«, sagte er. »Laß meine Leute sie sich bloß einen Tag lang vornehmen.«

»Ich bin mir der pharmazeutischen Fortschritte wohl bewußt, die sowohl in Amerika – das *nicht* mein Heimatland ist, Armand – und im Ausland erzielt wurden«, sagte Madden. »Aber ich kenne diese Leute. Sie verfügen über eine Dickköpfigkeit, die noch die Wirkung der raffiniertesten Befragungsmethoden übersteigt, die wir bei ihnen zur Anwendung bringen könnten. Und bedenken Sie, es könnte durchaus sein, daß sie gar nicht wissen, wonach wir suchen.«

»Aber Sie meinten, das Geheimnis sei aufgeweckt worden«, sagte Diesel. »Dann muß es doch wohl jemand aufgeweckt haben?«

Madden brauchte lediglich das innere Zwiegespräch zum Verstummen zu bringen, das alle Männer und Frauen mit sich führten, und schon spürte er, wie Dunthorns verborgenes Vermächtnis, wach und mächtig, über den weiten Atlantik nach ihm griff und zu ihm sprach. Und diesmal, deutlicher als je zuvor, spürte er etwas, das ihm ein weit klareres Verständnis dessen ermöglichte, wonach er so lange gesucht hatte.

»Es muß sich nicht einmal um einen Gegenstand handeln«, sagte er leise. »Es könnte auch ein … Ort sein. Alles, was wir brauchen, ist der Schlüssel, der uns das Geheimnis öffnet. Und schon bald …«

»Ein Ort?« fragte Monette.

Madden runzelte die Stirn, verärgert darüber, daß er soviel gesagt hatte, und weil Monette ihn unter Druck setzte. Er konnte jedoch nichts dagegen machen. Immer deutlicher hörte er Dunthorns Vermächtnis auf sich einflüstern, spürte er, wie es seltsame Sehnsüchte weckte, die übliche Klarheit seines Denkens beeinträchtigte.

»Was meinen Sie damit?« fragte nun auch Diesel mit vor Neugier leuchtenden Augen.

Hale, dem seine Begierde deutlich anzumerken war, nickte. »Haben Sie etwas Neues in Erfahrung gebracht?«

Nur Grant schwieg, und Madden nahm es dankbar zur Kenntnis.

Madden erhob sich. »Wenn Sie nicht spüren können, was ich spüre«, sagte er, zur Mystik Zuflucht nehmend, um die zudringlichen Fragen zu beenden, »dann sind Sie für das Geschenk des Geheimnisses vielleicht noch nicht bereit. Es wird ein Geschenk sein, das ja, aber man muß es sich verdienen.«

Er hob die Hand, um jedes weitere Gespräch zu unterbinden.

»Denken Sie darüber nach«, fügte er hinzu, dann verließ er den Sitzungssaal.

2

Madden saß in seinem Privatbüro, als Grant kurze Zeit später zu ihm kam. Hier war der Boden mit weichem Plüschteppich bedeckt, und die Ledermöbel waren dick gepolstert, mehr auf Komfort als auf Wirkung bedacht. Ein vom Boden bis zur Decke reichendes Bücherregal säumte eine Wand; eine andere war vollständig einem riesigen Fenster vorbehalten. Die Vorhänge waren zurückgezogen, und draußen lag die dunkle, von diamantenen Lichtern erhellte Skyline von New York. Sein Schreibtisch war ein antikes Rollpult, das poliert worden war, bis das Holz glänzte. Echte Gemälde von drei verschiedenen Impressionisten hingen an einer anderen Wand. In einer Ecke befand sich eine kleine Bar; in einer anderen eine Computeranlage, die über ein Modem mit Maddens Wirtschaftsimperium verbunden war.

Er sah aus dem Fenster auf die Skyline von Manhattan hinaus, blickte jedoch durch sie hindurch, weit jenseits der von Menschenhand geschaffenen Berge und des ununterbrochenen Funkelns und Glitzerns; jenseits der dunklen Weiten des Atlantiks bis zu einer kleinen wellenumspülten Halbinsel, deren Land in eine Dunkelheit gehüllt war, wie New York City sie vielleicht einmal gekannt hatte, jedoch nie wieder erleben würde; bis zu dem Ort, an dem Dunthorns Vermächtnis von einer Kraft summte und pochte, die in seine Gewalt zu bringen es Madden verlangte und die ihm noch nie so greifbar erschienen war wie jetzt.

Grant sagte nichts, als er das Büro betrat. Er schenkte sich reichlich Whiskey ein, dann nahm er auf dem Ledersofa neben der Bar Platz und nippte nachdenklich an seinem Drink, während er geduldig wartete, bis Madden ihm schließlich das Gesicht zuwandte.

»Die anderen begreifen es nicht, Rollie«, sagte er.

»Ich begreif's auch nicht.«

Madden nickte. »Ich weiß. Aber du bist bereit, dich solange zu gedulden, bis du aufgeklärt wirst, und das unterscheidet dich von den anderen. Wenn wir sie nicht brauchten ...«

Grant stellte seinen Drink auf dem Glastisch vor dem Sofa ab.

»Man könnte sie ersetzen«, schlug er vor.

Madden lächelte. »Aber dann müßten wir eine neue Gruppe ausbilden, und dazu hat keiner von uns beiden Zeit. Ebensowenig wie wir Zeit haben, ihre Verpflichtungen zu übernehmen. Außerdem *kennen* wir diese Wölfe wenigstens.«

»Das stimmt allerdings.«

Grant nahm wieder sein Glas und nippte daran, dann stellte er es genau auf den Kondensationsring zurück, den es auf der durchsichtigen Tischplatte zurückgelassen hatte.

»Was siehst du, John?« fragte er. »Wenn du in die

Nacht hinausschaust, was siehst du dann, was wir nicht sehen können?«

Bei jedem anderen hätte Madden gemeint, man wolle ihn aushorchen. Aber Rollie war nicht nur sein ältester Geschäftspartner, er kam auch dem am nächsten, was andere einen Freund genannt hätten.

»Mehr als Macht und Ruhm«, sagte Madden. »Ich sehe ein Geheimnis, eine Art mystischen Sinn, der sich desto mehr entzieht, je weiter man ihm folgt, aber mit jedem Schritt, den man tut, weitet sich der eigene Geist. Schwillt an. Vergrößert sich, bis man eines Tages das Gefühl hat, man könnte die ganze Welt umfassen. Aber das Beste daran ist, daß man selbst dann noch weiß, daß das Geheimnis weiter reicht, daß es unergründbar ist und daß man ihm ewig folgen kann. Ein Leben lang. Über den Tod hinaus. Über alles hinaus, was jenseits des Todes liegen mag.«

Er blickte abermals aus dem Fenster, den Anflug eines Lächelns um die Lippen. Als er sich wieder zu Grant umdrehte, sprach die Ferne aus seinen Augen. Wilde Energie und ein grenzenloser Frieden vermischten sich, spielten solange in Maddens Blick, bis er blinzelte.

»Wahre Unsterblichkeit«, sagte er leise.

»In Dunthorns Vermächtnis?« fragte Grant.

Madden nickte. »Genug für uns alle, aber sie wird nur denen zuteil werden, die wir ihrer für würdig halten. Denen, die sie verdienen.«

Flüchtig sah er Angst in Grants Augen aufscheinen, dann schwand sie unter seinem forschenden Blick.

»Ich an deiner Stelle würde mir keine Sorgen machen, Rollie«, sagte er. »Du bist auf dem richtigen Weg. Du hast dir das Recht verdient, vom Geheimnis zu kosten.«

»Darauf kommt es nicht an«, sagte Grant. »Vielmehr darauf, daß du es erlangst.«

Bei jedem anderen hätte Madden geglaubt, er wolle

ihm lediglich schmeicheln, aber er kannte Grant gut genug, um zu wissen, daß er das, was er sagte, auch ernst meinte. Wenn die Geschichte Madden als Religionsführer erweisen würde – und Madden wußte, daß es schließlich so kommen würde –, dann würde Grant unter seinen Jüngern einer der ersten sein. Noch vor Michael Bett, denn Betts momentaner Körper beherbergte die Seele des Antichrists, und dem Antichrist durfte man, trotz all seines Könnens und seiner Weisheit, niemals trauen. Nicht in seinen früheren Inkarnationen; nicht in seiner gegenwärtigen.

Grant war sein Johannes. Einfältig und unerschütterlich, und er würde ihm bis zuletzt treu bleiben.

»Was immer Dunthorns Vermächtnis sein mag«, sagte Madden, »es hat seine Fesseln abermals abgestreift. Wohin ich mich auch wende, überall spüre ich seine Anwesenheit in der Luft. Es ist ständig da.«

»Könntest du es aufspüren?«

»Ich glaube ja«, sagte Madden und nickte. Dann, bestimmter: »Ja. Ich bin mir sicher.«

Grant rieb seine Hände aneinander. »Warum fliegen wir dann nicht nach Cornwall?«

Madden lachte. »Einfach so?«

Sein Gelächter erstarb, als Grant nicht darin einstimmte.

»Was ist denn, Rollie?«

Grant zögerte.

»Keine Geheimnisse zwischen uns«, log Madden. »Weißt du noch?«

Grant nickte. »Es geht um Michael«, sagte er. »Ich habe heute abend mit Lena gesprochen. Nach allem, was sie mir gesagt hat, glaube ich, daß er dabei ist, die Sache zu vermasseln.«

»Ach, Lena ...«

»Ich weiß, was du von ihr hältst, John, aber sie kann tüchtig sein, wenn sie sich etwas in den Kopf gesetzt hat.«

»Sie läßt sich so leicht ablenken«, sagte Madden.

Er hob beschwichtigend die Hand, bevor Grant seine Tochter verteidigen konnte.

»Ich habe mit Michael gesprochen, bevor der Zirkel zusammengetreten ist«, sagte er. »Er wirkte … beunruhigt. Ich glaube, in diesem Fall hat Lena vielleicht gar nicht so unrecht. Ich glaube nicht, daß Michael aus dem Ruder gelaufen ist – jedenfalls bis jetzt noch nicht. Aber wenn wir ihm dort freie Hand lassen, könnte es bald dazu kommen.«

»Also fliegen wir?«

Madden lächelte. »Klar tun wir das, Rollie. Wie sollten wir auch anders, jetzt, wo wir so nahe daran sind, Dunthorns Vermächtnis zu finden?«

»Ich schicke einen von meinen Sicherheitsleuten rüber, damit er auf Lena aufpaßt«, fügte Grant hinzu. »Ich mache mir Sorgen um sie. Bett – anscheinend hat er sie bedroht. Das Problem dabei ist, daß Gazo frühestens morgen dort eintreffen wird.«

»Du hast dich richtig verhalten«, sagte Madden, »wenn es dich beruhigt. Aber Michael wird ihr heute nacht keinen neuen Ärger machen. Heute hat er herausgefunden, daß Schafe nicht nur Zähne haben, sondern manchmal sogar damit zurückbeißen.«

»Wurde er verwundet?«

»Verletzt«, erwiderte Madden. »Und zwar hauptsächlich in seinem Stolz.« Er blickte wieder aus dem Fenster; spürte, wie ihn das Geheimnis rief, ihm zuflüsterte …

»Kümmerst du dich um den Flug, Rollie?« sagte er in gedämpfterem Ton.

Weder hörte er Grants Antwort, noch wie dieser hinausging. Sein Kopf summte von dem Dunthorns verlorenem Vermächtnis innewohnenden Versprechen: einmal verloren und nun wieder erwacht. So gut wie gefunden. Und es rief ihn; rief und rief …

Madden hatte noch nie zuvor einen so lieblichen Klang vernommen.

3

Madden war nicht der einzige, der die Anwesenheit von William Dunthorns Vermächtnis spürte. Wie ein Nebel, der aus dem Meer aufstieg, berührte es die Schläfer in Mousehole und Paul, in Lamorna und Newlyn und selbst in Penzance.

Für manche bedeutete es lediglich einen Wechsel zu einer helleren oder dunkleren Stimmung in ihren Träumen. Es rief Erinnerungen wach an die, welche ausgewandert oder in den Norden oder einfach nur in eine andere Gegend des Westteils von Penwith gezogen waren; an die Verstorbenen und Verschwundenen – an eine geliebte Ehefrau, einen vermißten Freund, ein geliebtes Kind, an einen Ehemann oder Bruder oder Cousin, der im Meer verschollen war; rief Hoffnungen und Ängste und die gemischten Gefühle dazwischen wach; beschwor die Abwesenden und die Toten herauf und ließ sie durch die Träume der Schläfer wandeln.

Manche begrüßten ihre geisterhaften Besucher mit Ehrfurcht, Freude und Liebe.

Manche waren einfach nur verwirrt.

Andere empfanden nichts als Furcht ...

Clare Mabley durchlebte noch einmal ihr nächtliches Erlebnis, doch diesmal war kein Davie Rowe da, um sie zu beschützen.

In heftigem Regen huschte sie durch Mouseholes enge, gewundene Straßen, unerbittlich gejagt von ihrem maskierten Angreifer, dessen Klappmesser sich in ein Fleischermesser verwandelt hatte, auf das Jack the Ripper stolz gewesen wäre. Die Klinge glühte von einem inwendigen Feuer und sprühte Funken und zischte, wenn Regentropfen auf den glänzenden Stahl trafen. Schließlich holte er sie am Mühlteich ein, hob die Klinge hoch empor, während das Gesicht hinter der Schutzbrille und dem Halstuch mehr denn je einem Insekt ähnelte, aber bevor die Klinge hinabstoßen konnte, riß sie ihm die Maske ab und entdeckte –

Sie erwachte zitternd im Sessel und schüttelte den Kopf.

»Nein«, flüsterte sie. »Bestimmt nicht Felix.«

Im Nebenzimmer begegnete Lilith Mabley im Traum ihrem Mann.

Sie saßen beieinander auf der Steintreppe ihres Hauses, wie sie es so oft getan hatten, die Mount's Bay vor sich ausgebreitet im Dunst. Er legte ihr den Arm um die Schulter, und wenn er auch ein wenig salzig roch, so störte sich Clares Mutter nicht daran, denn sie hatte ihm soviel zu erzählen, und er ihr …

Davie Rowe befand sich an einem Ort, wo alle anderen noch mißgestalteter waren als er selbst, mit angeschwollenen Gesichtern, so daß sie eher zum Leben erwachten Kinderzeichnungen glichen als Menschen. Doch es war auch ein Ort der Wunder – eine unter den Granitklippen nahe dem Dorf verborgene Grotte.

Draußen dröhnte das Meer, doch im Innern lag das Wasser so unbewegt da wie eine phosphoreszierende Glasscheibe. Neben einem Spiegel, der über dem am anderen Ende der Grotte entlangführenden Steg in den Fels eingelassen war, befand sich eine Kerze, die mehr Licht spendete, als eine Kerze normalerweise sollte. Einer nach dem anderen, fein säuberlich aufgereiht, näherten sich ihr die Menschen, um an dem Wunder teilzuhaben.

Denn in ihrem Licht fielen die Verunstaltungen von ihnen ab, und ihr wahres Selbst kam zum Vorschein. Das verwachsene Kind, jetzt ein Engel. Der an Neurofibromatose leidende Mann, jetzt so stattlich wie ein Theaterstar. Die Frau mit den deformierten Gesichtsknochen und den grauen Tumoren, die sich wie Mehltau über ihr Gesicht ausbreiteten, jetzt eine Schönheit …

Und schließlich kam er an die Reihe.

Er zitterte vor Ungeduld, als er näher trat, die Beine wollten seine massige Gestalt kaum mehr tragen. Aber die Schwäche war bedeutungslos, denn endlich war er an der Reihe.

Nun endlich badete er sich im Licht der Kerze und blickte in den glänzenden Spiegel mit dem Messingrahmen und sah, daß sein wahres Selbst –

(Nein! heulte er.)

– noch häßlicher war als das Gesicht, das er normalerweise der Welt zeigte.

Er erwachte auf Clares Sofa und setzte sich auf, in den Decken verheddert, schweißgebadet und keuchend, verwirrt von seiner Umgebung, bis er sich erinnerte, wo er sich befand und wie er hierhergekommen war.

Er hatte Clare gerettet. Er hatte bewiesen, daß er in Wahrheit ein guter Mensch war, genau wie Humphrey Bogart und Clint Eastwood und die hundert anderen Kinoidole, deren Heldentaten seine Gedanken tagsüber beschäftigten.

(Was machen da schon die zweihundert Pfund, was, Davie?)

Er hätte es sowieso getan.

(Natürlich hättest du das. Aber nur, damit du ihr ans Höschen kannst.)

So war es nicht.

(Und ein hübsches Paar werdet ihr beide sein – der Krüppel und das Monster ...)

Er schüttelte den Kopf. Das stimmte überhaupt nicht.

(Ein Krüppel und ein Monster ...)

Sie ist kein Krüppel.

(Und du bist kein Monster, nicht wahr, Davie? Ganz bestimmt nicht. Wie lange ist es her, daß dir jemand ins Gesicht geschaut hat, ohne würgen zu müssen?)

Clare. Sie –

(Ist ein verdammter Krüppel.)

Davie schüttelte abermals den Kopf, versuchte die Stimme aus seinem Kopf herauszuschütteln.

(Wie lange ist es her, daß du nicht dafür bezahlt hast, Davie? Glaubst du, Gary Grant mußte dafür bezahlen? Oder Robert Redford?)

»Hör auf«, flüsterte er.

(Und trotzdem konntest du es in ihren Augen sehen: Trotz des Geldes hätten sie dir am liebsten einen Sack über den Kopf gestülpt ...)

Davie warf sich auf dem Sofa hin und her und stöhnte leise, weigerte sich, noch länger zuzuhören. Als der Morgen anbrach und schmutziges Grau über dem Himmel im Osten ausgoß, schlich er sich ins Freie und nach Hause, doch die Stimme verfolgte ihn.

Er konnte ihr nicht entkommen.

Sie war immerzu in seinem Kopf.

Manchmal war sie nur schwerer zu überhören.

Am Fuße des Raginnis Hill, im eigentlichen Dorf, lag der Chef schlafend in seinem Haus in der Duck Street.

Sein Traum führte ihn aus den schützenden Armen Mouseholes in einem Ruderboot in den Hafen hinaus. Er saß zusammen mit Adeline im Heck – mit der süßen, sanften Addie, die ihren Arm behaglich in seine Armbeuge geschmiegt hatte, während ihr Sohn Paul sie am Shag Rock und an der Insel St. Clemen's vorbeiruderte, mühelos den Rücken beugend, das ganze Gesicht von seinem vertrauten Lächeln erhellt, strahlend und leuchtend.

Auf der Insel, zunächst noch von den Felsen verdeckt, sah Billy, der alte Kumpel des Chefs, von dem Buch auf, in dem er gelesen hatte, klemmte es sich unter den Arm und winkte ihnen zu, als sie vorbeifuhren. Das Seltsame dabei war, daß Dunthorn nicht der junge Mann war, als der ihn der Chef von alten Fotos her in Erinnerung hatte, sondern so aussah, als habe er bis jetzt gelebt.

»Billy!« schrie der Chef.

»Da staunst du, was?« rief Billy zurück. »Hast wohl gedacht, ich wär tot?«

Der Chef wandte sich um. »Warte mal eben, Paul«. sagte er.

Aber Paul ruderte weiter, und die Insel fiel zurück, während Billy an der Felsenküste winkte.

»Mach nicht soviel Aufhebens«, sagte Addie zum Chef. »Erzähl mir lieber, was aus unserer Janey geworden ist.«

»Unsere Janey …?«

Der Chef wurde von heftiger Angst erfaßt, doch als er in Addies sanft lächelndes Gesicht sah, legte sich der Aufruhr in seinem Innern, und er lehnte sich zurück.

»Unsere Janey ist jetzt Musikerin«, begann er und lächelte, als er sah, daß Paul sich vorbeugte, damit ihm kein Wort entging.

Janey Littles Traum handelte weder von ihrer Großmutter noch von ihrem Vater, sondern betraf ein Mitglied ihrer nächsten Verwandtschaft – die verlorene Seele, die ihre Mutter war.

Janey fand sich bei Nacht in einer riesigen Stadt wieder, in der sie noch nie gewesen war, die sie aber sogleich als New York erkannte, als die Hauptverkehrsstraße, an der sie entlangging und die sie zum brodelnden Hexenkessel des Times Square brachte. Neonlichter blendeten, eine ständig größer werdende Zahl von Passanten rempelte sie an; Drogen und Sex wurden ihr angeboten, man wollte sie kaufen und ihr etwas verkaufen, alles innerhalb nur weniger Augenblicke. Der Tumult griff ihre Nerven an, bis sie schließlich auf eine ruhigere Nebenstraße ausweichen konnte, bevor ihr alles zuviel wurde.

Dort blieb sie stehen und lehnte sich an eine schmutzige Wand, während der Gestank nach Müll und Urin ihren Magen rebellieren ließ und sich aus der Straßenmündung noch immer Lärm und Hektik über sie ergossen. Sie stieß sich von der Wand ab, ging weiter in die Straße hinein und zuckte zusammen, als sich zu ihren Füßen in einem Haufen Zeitungspapier etwas regte. Aus einem höhergelegenen Fenster fiel Licht auf das schmutzige Gesicht, das zu ihr aufsah. Durch den Schmutz hindurch, indem sie durch die verschiedenen Lagen verdreckter Kleidung und das schmierige Haar hindurchsah, erkannte sie entsetzt ihre Mutter wieder, die dort lag und zu ihr aufblickte.

»Haste eigentlisch nie gedacht, daß isch disch hätt bei mir haben wolln?« fragte ihre Mutter.

Die Worte klangen undeutlich und fremd, von Alkohol und Zahnlücken verzerrt.

»Mein Baby hat mir ja sooo gefehlt …«

Die schmutzigen Finger – knochig, wie Vogelklauen – griffen nach ihr, und Janey wich zurück.

»Bittä …«

Janey wurde von Schuldgefühlen überwältigt, wich jedoch noch weiter vor der Frau zurück. Ihre Mutter rappelte sich hoch und lehnte sich an die Wand, um das Gleichgewicht zu bewahren, und an einem Bein lief Urin hinab. Ohne darauf zu achten, kam sie Janey nach, die auf der Stelle kehrtmachte und den Weg zurücklief, den sie gekommen war.

Sie wurde zwischen den aufgebrachten Fußgängern eingekeilt, bis schiere Verzweiflung sie nach Luft schnappend aufwachen ließ. Sie setzte sich im Bett auf, erschauerte, als ihr feuchter Körper der kühlen Nachtluft ausgesetzt war, und versuchte, ihren Atem zu beruhigen. Sie blickte auf Felix hinunter, der sich hin und her bewegte, gefangen in seinem eigenen Traum. Sie wollte ihn berühren – um ihn zu trösten, sich trösten zu lassen –, doch dann stieg in ihrem Geist eine letzte Erinnerung an ihren eigenen Alptraum auf und lähmte ihre Hand.

Es war die Stimme ihrer Mutter, klar und deutlich zu

vernehmen, die ihr aus der grauen Sphäre des Schlafs gefolgt war.

»Verzeih mir«, hatte sie gesagt, als Janey gerade aufgewacht war.

Ihre letzten Wort hatten gelautet …

Verzeih mir.

Übelkeit erfaßte Janey, als ihr klarwurde, daß sie nie an die Frau gedacht hatte – sich nicht einmal an sie erinnern konnte. Daß sie sie kaum mit dem Wort ›Mutter‹ in Verbindung bringen konnte.

Die Frau hatte sie verlassen; es war, als wäre sie tot gewesen. Aber wenn sie nun erkannt hatte, daß alles ein Fehler gewesen war? Wenn ihr vor Jahren der Fehler klargeworden war, den sie begangen hatte, und sie ihn bedauert hatte, es damals aber schon zu spät gewesen war?

Verzeih mir.

Hatte nicht auch Janey in der Vergangenheit Fehler gemacht? Fehler, die ebenso endgültig erschienen waren, Entscheidungen, die in der Hitze des Gefechts gefallen waren und die sich so gut wie nie hatten rückgängig machen lassen?

Sie blickte auf Felix hinunter, der sich neben ihr im Bett noch immer unruhig bewegte.

Verzeih mir.

Sie schüttelte den Kopf. Es war nur ein Traum, mehr nicht. Ein schlechter Traum.

Verzeih mir.

Sie schuldete ihrer Mutter nichts. Ihre Mutter schuldete ihr nichts.

Verzeih mir.

Ihre Augen füllten sich mit Tränen, während sie abermals den Kopf schüttelte, ohne die Erinnerung an die New Yorker Pennerin aus ihrem Traum loswerden zu können. Ebensowenig brachte sie damit den nachhallenden Refrain zum Verstummen, den die Stimme in Janeys Kopf wieder und wieder flüsterte.

Verzeih mir.

»Ich weiß nicht, ob ich das will«, sagte Janey.

Verzeih mir.

»Ich weiß nicht, ob ich das überhaupt kann...«

Felix Gavin war gehängt worden.

Er wußte weder, was er sich hatte zuschulden kommen lassen, noch wer ihn verurteilt hatte, aber man hatte ihm die Schlinge um den Hals gelegt, und er hatte den langen Fall getan, sein Hals war gebrochen, seine Glieder hatten gezuckt, und nun war er tot. Er befand sich noch immer in seinem Körper, hatte aber keine Gewalt mehr über ihn. Jetzt war er ein Passagier auf einer Reise, die nirgendwohin führte. Er schwang lediglich im Regen hin und her, am provisorischen Galgen hängend – ein gewaltiger alter Baum an einer Kreuzung.

Er bemerkte eine Frau, die sich ihm im Regen näherte, zum Schutz vor dem Wetter in einen Mantel mit Kapuze gehüllt. Ein Messer zwischen den Zähnen haltend, hob sie die Röcke und kletterte die Eiche hoch. Als sie an den Strick herankam, schnitt sie ihn durch, und er fiel in den Dreck, ohne den Aufprall allerdings zu spüren.

Seine Nerven waren taub. Er war tot. Ein Gespenst, gefangen in seinem eigenen Leichnam, das leidenschaftslos beobachtete, was aus der Hülle wurde, die es bewohnt hatte.

Der Tod war anders, als die Kirche es ihn gelehrt hatte, doch er war es gewohnt, von Autoritäten angelogen zu werden. Die Welt, die er mit seinem Tod verlassen hatte, war voller Lügen. Aber er hatte herausgefunden, daß eines stimmte, was er über das Hängen gehört hatte: Man bekam einen Steifen, wenn das Seil sich straffte und der Hals gebrochen war – man zeigte gewissermaßen mit dem Finger auf die Welt. Ein allerletztes Ihr-könnt-mich-mal.

Er erkannte dies daran, daß die Frau, nachdem sie

ihm die Kleider abgestreift hatte, abermals ihren Rock hob und sich dort im Schlamm und im Regen rittlings auf ihn setzte und seine letzte ungewollte Erklärung an die Welt tief in sich aufnahm, seine tote, kalte Erektion mit ihrer Wärme umschloß.

Das war unrecht, fand Felix. Es war krankhaft. Pervers.

Sie erzeugte tief in ihrer Kehle leise Laute und bewegte sich schneller, stöhnend und zuckend, was Felix – in seinem seltsam unbeteiligten Zustand – merkwürdig vorkam. Was ihn betraf, so beinhaltete dieses gewaltsame Auf- und Abhüpfen ebensoviel Lust wie das Schlagen von Butter.

Aber was wußte er denn schon? Er war tot. Während sie ...

Als sie sich nach hinten krümmte, fiel ihre Kapuze zurück. Hätte Felix in diesem Moment eine Kehle besessen, würde er den Atem angehalten haben.

Sie ...

Das dunkle Haar ...

Diese vertrauten Gesichtszüge ...

Sie erschauerte, als sie zum Höhepunkt kam, ihr ganzer Körper schüttelte sich und erbebte. Sie legte sich auf seine Brust, ihn immer noch in sich festhaltend, und strich mit den Lippen über seine kalte Wange.

Körperlich empfand er nichts. Doch er spürte, daß in seinem Herzen, im Geist, der weiterlebte, irgend etwas abstarb.

»Ich würde alles für dich tun«, sagte sie. »Alles, was nötig ist, damit du mein wirst.«

Sie biß ihn in die Lippen, seinen Kopf in Händen haltend, dann steckte sie ihm die Zunge in den Mund.

Nein, wollte er schreien. Aber er hatte keine Stimme. Konnte nichts spüren.

»Und wenn ich dich nicht lebendig haben kann ...«

Sie stemmte ihm ihren Unterleib entgegen.

Nein, schrie er abermals lautlos. Das ist unrecht.

Er kämpfte darum, gehört zu werden, seine toten Gliedmaßen zu bewegen, die einmal seine gewesen waren, sie von sich wegzustoßen.

»... dann nehme ich dich eben tot.«

Sie drückte sich hoch, die Hände auf seine Brust gestützt, dann begann sie sich von neuem auf und nieder zu bewegen.

Als Felix diesmal darum kämpfte, gehört zu werden –

– erwachte er statt dessen.

Ihm war gleichzeitig warm und kalt. Hinter seinen Augen lärmte ein Kopfschmerz wie ein Zahnarztbohrer. In seinem übersäuerten Magen rumorte es, und er wußte, daß er sich übergeben würde, konnte sich aber noch immer nicht bewegen.

Schließlich war er ja tot ...

Aber er spürte seinen Körper wieder, außerdem das Bettzeug an seiner Haut und daß jemand neben ihm lag. Also war er gar nicht tot. Er konnte sich bloß nicht bewegen. Aber er konnte die Augen öffnen und an eine dunkle Decke starren, die ihm von ferne bekannt vorkam, und einen erstickten Laut von sich geben.

»N-nei ...«

Die Bettfedern gaben nach, als sich jemand im Bett zu ihm umdrehte. Er versuchte, den Kopf zu wenden, um nachzusehen, wer es war, aber selbst diese simple Bewegung war ihm verwehrt. Brennender Mageninhalt stieg ihm in der Kehle hoch.

Ich werde am eigenen Erbrochenen ersticken, dachte er. Ich werde ...

Aber wer auch immer neben ihm lag, hob und drehte seinen Kopf herum. Er erhaschte einen Blick auf Janeys besorgtes Gesicht, dann würgte er seinen Mageninhalt in den Papierkorb, den sie vom Boden hochgehoben hatte.

Er würgte solange, bis sein Magen leer war, dann würgte er noch eine Zeitlang weiter, einen widerlichen

Geschmack im Mund, mit schmerzender Brust. Doch schließlich war es vorbei. Endlich konnte er seinen Kopf matt auf das Kissen legen und in kleinen Zügen atmen, die ihm keine Schmerzen in der Brust verursachten.

Er versuchte sich auf Janey zu konzentrieren, auf das, was sie sagte, doch lange Zeit vernahm er bloß den wortlos tröstenden Klang ihrer Stimme, während sie ihm Wasser brachte, mit dem er sich den Mund spülen konnte, und sie ihm das Gesicht mit einem feuchten Lappen abwischte.

Er versuchte zu begreifen, was er eigentlich hier tat – denn inzwischen erkannte er das Schlafzimmer als dasjenige wieder, worin er im Haus des Chefs geschlafen hatte – und warum Janey sich um ihn kümmerte.

Das letzte, woran er sich erinnerte …

Er war gehängt worden, von einer Eiche abgeschnitten worden, und dann …

Nein. Das hatte er geträumt.

Das letzte, woran er sich erinnerte, war …

Aber dabei war es ebenfalls um eine Frau gegangen, die rittlings auf ihm gesessen und seinen Steifen tief in sich aufgenommen hatte …

Ein anderer Traum.

Das letzte, woran er sich wirklich erinnerte, entschied er, war, daß der Chef und Janey ihn fortgeschickt hatten. Daß er an einem alten Steinbruch gespielt hatte – ein Duett mit der Flut. Und er erinnerte sich an den Sturm. An Lena. Daß er mit ihr Tee getrunken hatte …

»Felix, hörst du mich?«

Endlich nahm er ihre Worte zur Kenntnis.

Er versuchte zu sprechen, dann ließ er es mit einem Kopfnicken bewenden.

»Es wird alles wieder gut werden«, sagte sie. »Du wurdest unter Drogen gesetzt. Von dieser Frau …«

Lena. Der Tee. Das war real gewesen. Aber unter Drogen gesetzt? Sie hatte ihn unter Drogen gesetzt?

»W-w-wie …?« brachte er heraus.

»Ich bin gekommen und hab dich rausgeholt. Ach, Felix …«

Im Geiste erblickte er ein flackerndes Bild. Eine nackte Frau. Die auf ihm saß. Nicht im Regen und im Dreck. Sondern in einem Bett …

Ein Traum?

»Weißt du noch, was passiert ist?«

Das Winseln in seinem Kopf wurde durchdringender. Er blinzelte, versuchte durch den Lärm zu seinen Erinnerungen vorzudringen, die sich mit Träumen vermischt hatten, versuchte sich darüber klarzuwerden, welche real waren und welche nicht. Er kam jedoch nicht am Schmerz vorbei.

»N-ni …« setzte er an. »N-nichts …«

Janey beugte sich vor und umarmte ihn.

»Es tut mir so leid, daß ich dir keine Zeit gelassen habe, alles zu erklären«, sagte sie. »Manchmal bin ich eine schreckliche Person.«

Nein, wollte er ihr sagen, aber alles, was er herausbrachte, war: »N-nei …«

»Ich liebe dich, Felix.«

»Liieb … dich …«

Sie drückte ihn an sich. Er sah Tränen in ihren Augen. Seine Sicht verschwamm. Als sie von ihm abrücken wollte, versuchte er, sie davon abzuhalten, schaffte es jedoch nicht, seine Hände zu bewegen.

Geh nicht weg, wollte er sagen. Verlaß mich nicht.

»Na … na«, brachte er bloß heraus.

Aber sie verstand ihn und legte sich wieder neben ihn. Der winselnde Schmerz in seinem Kopf verwandelte sich in einen Pfeil, der sich tief in sein Unterbewußtsein bohrte, und er folgte ihm und ließ Janey zurück, die seinen schlafenden Körper umarmt hielt, bis auch sie wieder einschlief.

Felix träumte nicht mehr. Dafür aber Janey …

Diesmal führten ihre Träume sie in eine vertrautere Umgebung.

Sie fand sich am Fuß der Treppe im Haus des Chefs wieder und blickte quer durchs Zimmer zu William Dunthorns *Das kleine Land* hinüber, das auf dem Lieblingssessel des Chefs lag. Es lag dort noch so, wie der Chef es hingelegt hatte, die Magie seiner Worte von den ledernen Buchdeckeln umschlossen, während die Lampe hinter dem Sessel sanftes Licht darüber ausgoß, als wäre der Sessel eine Bühne und das Buch ein Schauspiel.

Und als wäre Janeys Anwesenheit das Signal gewesen, den Vorhang für den ersten Akt zu öffnen, gab der Einband des Buchs ein leises Knistern von sich, und der Buchdeckel klappte auf. Die Seiten raschelten, als würden sie umgeblättert, eine nach der anderen, sie knisterten, als führe ein Wind darüber hin oder als blättere eine unsichtbare Hand sie um.

Sie trat einen Schritt vor, dann blieb sie stehen, als um sie herum Musik erscholl – ein Schwall geheimnisvoller Klänge, die eine Melodie spielten, die zugleich vertraut und fremd für sie war. Sie erzählte von verborgenen Orten, von längst vergessenen Geheimnissen, die darauf warteten, entdeckt zu werden. Ihre Finger zuckten, suchten nach dem Griffbrett oder den Luftlöchern eines Instruments, das gar nicht vorhanden war.

Als die Musik lauter wurde, hörten die Seiten auf, sich zu bewegen. Figuren auf dem Kaminsims, Bilderrahmen an der Wand und Gläser und Geschirr in den Küchenschränken erzitterten, dann klirrten sie, als tiefe Baßresonanzen durchs Haus hallten. Sie spürte, wie der Boden unter ihren Füßen erbebte, und schwankte leicht, bewegte sich im Takt des seltsamen Rhythmus.

Sie machte einen weiteren Schritt nach vorn, dann einen dritten und blieb abermals stehen, als sie auf dem Buch eine Bewegung wahrnahm.

Nein, entschied sie. Nicht darauf. Etwas stieg heraus. Ein winziger Mann trat aus den Seiten hervor, hob den

Kopf und schaute sich im Zimmer um, nahm die riesigen Möbel in sich auf, bis sein Blick auf Janey fiel und bei ihr verharrte.

Er war nicht größer als die kleinen Mäuse oder Maulwürfe, die Jabez mit dem selbstgefälligen Stolz seiner Art gelegentlich auf der Hintertreppe des Chefs ablegte. Der Mann hätte auf Janeys Handfläche Platz gehabt – in voller Länge, von den Zehenspitzen bis zum Scheitel.

Unwillkürlich hielt sie den Atem an, als die winzigen leuchtenden Augen sie fixierten.

Die Musik spielte weiter, eine Art langsamen Reel, aber mit Instrumenten, die sie nicht zu identifizieren vermochte. Sie wiesen eine gewisse Ähnlichkeit mit ihr bekannten Instrumenten auf, aber sie hatten trotzdem irgend etwas Eigenartiges an sich, es blieben Unterschiede, die sie bei aller Vertrautheit fremd klingen ließen. Da waren gezupfte und gestrichene Streichinstrumente. Ein unterschwelliger Trommelrhythmus, der vom Fell einer Crowdy Crawn erzeugt zu werden schien – dem Cornwall-Äquivalent der Bodhran. Zungeninstrumente und andere, die oboenartige Töne erzeugten. Eine Art Psalter oder Harfe und ferne Flöten, die wie ein Chor von Pibcorns klangen – das alte Instrument aus Cornwall, das eine einzige Zunge und zwei Kuhhörner am Ende eines Rohres aus Zedernholz hatte und große Ähnlichkeit mit der bretonischen Bombarde aufwies.

Sie kannte diese Musik, kannte sie mit jeder Faser ihres Wesens, hatte sie jedoch noch nie zuvor gehört. Unerkannt war sie schon immer in ihr gewesen und hatte darauf gewartet, aufgeweckt zu werden. Sie entsprang dem verborgenen Mysterium, dem das Geheimnisvolle seinen besonderen Reiz verdankt und die Religion ihre ehrfurchtgebietende Größe, und das gleichzeitig danach verlangte, bezweifelt und auf die Probe gestellt zu werden.

Die Musik hatte etwas Wunderbares und entzückte mit ihren hellen Freudenklängen das Herz, doch es lag auch Dunkelheit darin, ein Schatten, der bis ins Innerste vordrang und alle Wahrnehmungen mit einem trostlosen grauen Schleier zu trüben vermochte. Der Weg zwischen beiden Extremen war schmal und tückisch, wie der verschlungene Pfad, der alten Folksongs zufolge angeblich zum Feenland führte.

Janey kannte diese Lieder, kannte die Lektionen über den steinigen Pfad zum Himmel, die breite Straße zur Hölle und über die Gefahren des Feenlandes, das in die Welt des Hier und Jetzt, in die sie hineingeboren war, in der sie jetzt lebte und eines Tages sterben würde, eingebettet war wie die tieferen Schichten einer Zwiebel. Vor die Wahl gestellt, würde sie sich immer für den steinigen Pfad ins Feenland entscheiden, denn im Himmel war es zu hell. Dort gab es keine Geheimnisse, weil nichts dem durchdringenden Glanz seines Lichts standzuhalten vermochte. Und in der Hölle war es zu finster.

Doch das Feenland ...

Die Musik schien den Weg dorthin zu weisen. Sie führte in geheime Schluchten, in denen verborgene Wunder auf jene warteten, die tapfer genug waren, ihr bis zum Ende zu folgen.

Janey konnte nicht anders. Sie mußte diesen Weg gehen.

Der Schlüssel zum ersten Schritt dorthin lag in der Musik, gleichzeitig aber auch ein quälendes Stückchen weit außerhalb ihrer Reichweite.

»Wie kann ich ...?« setzte sie an.

Eine neue Woge von Musik, die sich plötzlich steigerte, zu einem Crescendo anschwoll, so daß sie den Faden verlor, und dann wieder verklang.

Wenn du fragen mußt, schien sie zu sagen, *dann wirst du den Weg niemals finden ...*

»Aber ...?«

Sie blickte den kleinen Mann auf Dunthorns Buch hilfesuchend an.

Dunkelheit ist das Größte, wisperte die Musik. *Dunkelheit ist alles.*

Der winzige Mann erwiderte ihren Blick mit Sorge, die sie teilte.

Die Musik war zu einem tiefen Dröhnen geworden. Das ganze Haus vibrierte von den Baßtönen, die Holzbalken knackten, Sockelsteine verschoben sich gegeneinander. Die Majestät des Himmels, der Zauber des Feenlands hatten sich verflüchtigt.

Ein unheimliches Heulen stieg aus dem Dröhnen empor, kreischte über den Hintergrund der Musik wie ein Fingernagel über eine Schiefertafel. Der kleine Mann versank wieder im Buch – heftig mit den Armen fuchtelnd, als werde er in ein Moor hinabgezogen.

Janey trat rasch näher, doch diesmal ließ sie ein Kratzen am Fenster stehenbleiben. Als sie hinaussah, erblickte sie eine Unmenge winziger, höhnisch grinsender Koboldgesichter, die sie anstarrten. Die Wesen kratzten am Glas, ein gelbes Leuchten in den geschlitzten Augen.

Die Musik glich mittlerweile dem Soundtrack eines Horrorfilms.

Aus den Augenwinkeln nahm sie eine Bewegung wahr und drehte sich zum Buch herum. Die Seiten bewegten sich wieder, wurden von unsichtbaren Händen rasch umgeblättert. Als sie diesmal zur Ruhe kamen, gellte die Musik in einem neuerlichen Crescendo auf, und ein dunkler Nebel stieg aus den aufgeschlagenen Seiten des Buches.

In dem Nebel waren unheimliche Gestalten. Der Geruch nach alten, wieder geöffneten Gräbern und Leichengestank verpesteten die Luft. Die Alpträume der Kindheit erwachten zum Leben: eine Büchse der Pandora voller Schrecken und Ängste; das Schreckgespenst der Pestilenz – das Freunde und Familienangehörige heimsuchte.

Ihr Großvater, der wie ein Leichnam aus dem dunklen Nebel hervortaumelte, lebendig zwar, doch längst seelenlos, der Mund voller sich windender Maden, die Augen leere Höhlen …

Felix, zum Skelett abgemagert und mit eiternden Wunden bedeckt, mit blutenden Händen nach ihr greifend …

Clare, die sich mit Raubvogelkrallen über den Teppich auf sie zuschleppte, den Körper an der Taille abgeschnitten, den Mund voller schrecklicher Haifischzähne, von denen Blut troff …

Der Reporter von *Rolling Stone*, der mit milchigen und blicklosen Augen auf sie zutaumelte, wobei er einen zerfetzten Strang seiner eigenen Innereien hinter sich herzog …

Und andere, so viele andere, die alle auf sie zustrebten.

Und nach ihr griffen …

Die sie jetzt mit ihren Händen erreicht hatten, hundert Hände, die nach ihren Beinen und ihrem Rumpf packten, ihr lange blutende Hautstreifen abrissen, sie ins Zentrum des dunklen Nebels hineinzerrten, wo größere Schrecken darauf warteten, sich an ihr zu weiden …

Draußen vor den Fenstern kratzten die Kobolde mit den Fingernägeln am Glas …

Das Zimmer stank wie ein Schlachthof, nach Blut und Exkrementen, nach verbranntem Haar und offenen Gräbern …

Die Musik ein rhythmisches elektronisches Dröhnen, begleitet vom Geräusch knirschender Zähne …

Und feuchtes Geplapper.

Haßerfülltes Flüstern.

Und ein langgezogenes, mitleiderregendes Stöhnen, das Janey – als sie schließlich erwachte – als ihr eigenes erkannte …

Es dauerte sehr lange, bis sie, psychisch erschöpft, endlich wieder einschlafen konnte.

In seinem kleinen Zimmer in der Pension, bloß einen Katzensprung vom Haus des Chefs in der Duck Street entfernt, lag Bett alleine wach und grübelte.

Er hatte ebenfalls geträumt – von sonnenerhellten Feldern, erfüllt von Veilchen- und Anemonenduft und dem Summen der Bienen. Von steilen Hängen, die zu einer Höhle abfielen, wo die Brandung gegen den uralten Granit spülte. Der Himmel war wolkenlos, und es ertönte eine leise Musik – die sanften Klänge eines northumbrischen Dudelsacks, der eine Melodie spielte, die er kannte, weil sie auf Janey Littles zweitem Album war.

Bett war noch niemals an einem solch friedvollen Ort gewesen.

Er regte ihn auf, machte ihn wütend.

In der Welt ging es anders zu. Die Welt war voller scharfer Kanten, und es kam darauf an, die Nummer Eins zu sein und sich zu nehmen, was man bekommen konnte.

Das hier war eine Lüge.

Er hob einen Stock auf und begann auf die Blumen einzuschlagen, ihnen die Köpfe mit weitausholenden Armbewegungen abzuschneiden, aber seine Schulter fühlte sich an wie ausgerenkt, und das Summen und Zwitschern des Dudelsacks ging ihm unter die Haut, bis er kaum noch klar denken konnte und er nichts weiter wollte, als die Person umzubringen, die ihn spielte.

Janey Little.

Er wollte ihr die Lungen aus der Brust reißen.

Er wirbelte herum, wild mit dem Stock um sich schlagend, versuchte den Ursprung der Musik auszumachen, während sich in seiner Brust ein archaisches Heulen aufbaute, darum flehte, herausgelassen zu werden.

Er erwachte mit diesem Heulen in der Kehle und konnte es gerade noch in dem Nest aus Bettwäsche ersticken, in dem er sich verfangen hatte. Seine Schulter pochte schmerzhaft.

Er erinnerte sich daran, wie er bei Clare Mabley versagt hatte.

Er erinnerte sich an Lena Grants neuentdeckte Unabhängigkeit.

Er erinnerte sich, Madden berichtet zu haben, wie sich alles entwickelt hatte.

Er wollte nach irgend etwas schlagen, nach irgend jemandem, egal, was es war, aber er konnte nur mit schmerzender Schulter im dunklen Zimmer daliegen und an die Decke starren.

Geduld, sagte er sich. Hab Geduld. Alles wird sich finden. Und dann würde es mit den Schmerzen erst richtig losgehen. Er würde schon noch herausfinden, wie sie funktionierten, jeder einzelne von ihnen. Welche Arterien mit welchen Venen verbunden waren. Wie lange sie mit einem Loch in der Lunge atmen konnten. Wie laut sie schreien konnten, wenn er ihnen die Haut abpellte ...

Er konnte sich gedulden.

Aber er würde für heute nacht den Versuch aufgeben, wieder einzuschlafen.

In ihrem Hotelzimmer in Penzance lag Lena Grant ebenfalls wach.

Verglichen mit den Träumen, die andere auf der Halbinsel Penwith heimgesucht hatten, war ihrer recht prosaisch gewesen. Sie hatte es lediglich mit einem aufgebrachten Felix zu tun gehabt und ihm ihre Handlungsweise zu erklären versucht. Doch er wollte nicht zuhören. Und ihr brach das Herz. Und sie wunderte sich, warum ihr überhaupt daran lag, ihm alles zu erklären, aber sie versuchte es trotzdem weiter, immer wieder. Und es brach ihr das Herz. Bis sie schließlich erwachte, allein in ihrem Zimmer, mit tränennassen Wangen und einer Leere in sich, wie sie sie noch nie zuvor empfunden hatte.

Sie versuchte nicht, wieder einzuschlafen. Statt dessen setzte sie sich auf, zog die Knie ans Kinn, schaukelte gegen das Kopfbrett vor und zurück und versuchte zu verhindern, daß die Leere sie überwältigte. Sie dachte an Boston zurück, stellte sich vor, was die Angehörigen ihres gesellschaftlichen Umfelds an diesem Wochenende wohl unternähmen, doch ständig kehrten ihre Gedanken nach Penzance zurück.

Wo sie alleine in diesem Hotelzimmer saß und ihr das Herz brach.

Wo sie wünschte ... wünschte ...

Nicht zu denken versuchte ...

Nicht an Felix und an Janey Little und daran, was diese im Moment wohl von ihr dachten. Wie sie den Schmerz in ihrem Innern stillen könnte. Sie überlegte, ob Willie Bett bei Clare Mabley wohl zuvorgekommen war. Sie dachte an den Telefonanruf ihres Vaters, den sie gerade entgegengenommen hatte, daran, daß er und Madden in einem von Maddens Privatjets gleich am nächsten Morgen in England eintreffen würden.

Ebenso wie Michael Bett hatte sie das Gefühl, alles sei durcheinandergeraten, doch die Schuld dafür gab sie allein sich selbst. Sie war diejenige, die sich veränderte. Sich verändert hatte. Und sie begriff nicht, warum.

Wie hatte ihr ein kräftiger Seemann das nur antun können?

Die Enttäuschung jedoch, die sie ihrem Vater und damit indirekt dem Orden bereitet hatte, und die Sorgen wegen Bett – das alles war in diesem Moment zweitranging. Sie wollte wissen, was mit ihr geschehen war, daß sich das Unterste zuoberst gekehrt hatte.

Wenn das Liebe war, dann hätte sie lieber darauf verzichtet, vielen Dank.

Leider fragte sie in dieser Angelegenheit niemand um ihre Meinung.

Nun endlich erfuhr sie eine Wahrheit, die ihr Vater und Madden noch lernen mußten: Bei manchen Dingen wurde man eben nicht vor die Wahl gestellt.

Und so nahm die Nacht ihren Lauf, und die mit der Wirkung von William Dunthorns Vermächtnis Beschenkten oder Geschlagenen durchmaßen die scheinbar endlosen Stunden der Freude und des Leids, der Angst und der Wut.

Für manche kam der Morgen nur allzu rasch.

Manchen schien es, als würde es niemals wieder Morgen.